MW01075849

LOLA GALÁN, J. C. DEUS

El papa Borgia
Un inédito Alejandro VI
liberado al fin de la leyenda negra

punto de lectura

Título: El papa Borgia
© 2004, Lola Galán y J. C. Deus
© Santillana Ediciones Generales, S.L.
© De esta edición: julio 2005, Punto de Lectura, S.L.
Juan Bravo, 38. 28006 Madrid (España) www.puntodelectura.com

ISBN: 84-663-1739-2
Depósito legal: B-30.138-2005
Impreso en España – Printed in Spain

Diseño de cubierta: Pep Carrió / Sonia Sánchez y Paco Lacasta
Fotografía de cubierta: *Retrato de Alejandro VI* (Escuela de Melozzo
    de Forlí). Museo Vaticano
Diseño de colección: Punto de Lectura

Impreso por Litografía Rosés, S.A.

628 / 01

LOLA GALÁN, J. C. DEUS

El papa Borgia
Un inédito Alejandro VI
liberado al fin de la leyenda negra

A los perjudicados de la Historia

Agradecimientos

A Santos López por la propuesta, a Carla Alfano por abrir la senda, a la Librería Afarre por tener libros valiosos y a la Biblioteca Nacional por guardarlos.

Índice

Prólogo

En su afán de limpiar la memoria de la Iglesia, el papa Juan Pablo II ha pedido perdón por diversos pecados cometidos en sus casi dos mil años de historia, y ha hecho denodados esfuerzos por explicar actuaciones discutibles del pasado. El Pontífice se ha cuidado mucho de responsabilizar de aquéllos y éstas a sus antecesores, pues una regla no escrita obliga al ocupante del Vaticano a aceptar la labor de su antecesor sin fisuras ni críticas.

Existe, sin embargo, una llamativa excepción a esta norma: el papa Borgia, condenado sin paliativos ni eximentes por la propia institución desde el mismo momento de su muerte hasta el día de hoy. Su mismo sucesor —y enemigo acérrimo—, Julio II, sancionó con la autoridad que le confería la tiara papal la leyenda difamatoria contra los Borgia orquestada por sus enemigos. Luego, con los años, han sido los propios historiadores católicos los que más severamente han juzgado a este papa, dando alas a los artífices del mito novelesco de los Borgia, convertidos en sinónimo de todas las perversiones.

¿Por qué este ensañamiento? Sin duda hay pecados y pecados, y los del sexto mandamiento resultan de especial peso para la Iglesia. Alejandro VI, hábil político y extraordinario negociador que aseguró la supervivencia del Vaticano en momentos dificilísimos fortaleciendo su poder temporal, ha sido presentado —sin suficientes pruebas— como un hombre de desmesurado apetito carnal, engendrador de hijos ilegítimos, algunos de ellos tan famosos como Lucrecia o César Borgia. Sin embargo, ello no bastaría para explicar su ejemplar condena, pues otros papas antes y después de Rodrigo Borgia se saltaron sin mayores problemas las normas del celibato sacerdotal, especialmente en el Renacimiento.

Habría que pensar que en el papa español confluyeron una serie de circunstancias que le convirtieron en el chivo expiatorio ideal de todos los males de ese largo y complejo periodo. Para decirlo en pocas palabras, Alejandro VI ha sufrido profusión de detractores y ausencia de valedores. Hoy, a quinientos años de distancia, la figura de Alejandro VI emerge de nuevo, con luces y sombras, aciertos y errores, pero libre de la leyenda monstruosa y del ensañamiento injustificable con el que la Iglesia le ha pagado.

Ésta es la historia de una figura de primera magnitud, un papa excepcional al que la Iglesia católica debe mucho, pero que por abandono de propios y envidia de extraños, por azares del destino y caprichos de la historia, fue convertido en personificación del mal, y cuya memoria, obra y dimensión histórica han estado sometidas a cinco siglos de leyenda negra, esencialmente injusta.

Es la historia de un español *avant la lettre* de aquellos tiempos memorables en que España se forjaba. Fue un valenciano, ciudadano de la Corona de Aragón, que asimiló sin problemas la italianidad necesaria para ascender al trono de Pedro en tiempos de máxima confusión entre los poderes temporal y espiritual. Rodrigo Borgia, como todos los papas del último Medievo, del periodo renacentista y posrenacentista, fue un monarca absoluto al frente de una Monarquía similar en todo a las de las naciones europeas, salvo en un aspecto clave: la herencia. La soledad suprema de los papas, rodeados de extraños, a menudo enemigos, y en su caso de vasallos traidores, convertía a la propia familia en el único soporte fiable para el pontífice. La de Alejandro VI contribuyó extraordinariamente a la empresa de unificación y fortalecimiento del poder de la Iglesia, pero el papa español no consiguió dar continuidad a su obra y su empresa finalmente naufragó repentina y estrepitosamente.

Si Alejandro VI y su familia hubieran conseguido apuntalar su poder en el Vaticano y el control de la Curia arrebatado a las familias romanas e italianas que lo habían usufructuado hasta entonces, páginas históricas muy distintas se habrían escrito en los siglos posteriores.

Nuestro interés por el personaje nació en el año 2000, con la presentación en Roma del Año Borgia que iniciaba de forma increíblemente tardía una tímida reivindicación de su memoria. Poco a poco, la ciudad nos fue mostrando la huella de este pontífice denostado en calles y monumentos, desde el escudo con el buey de los Borgia en una esquina de Campo dei Fiori al enorme blasón pétreo presidiendo el castillo de Sant'Angelo.

El impulso para acometer la tarea de escribir este libro llegó con la exposición *I Borgia, l'arte del potere*, celebrada en 2002. Al iniciar la visita, la mirada aún titubeante del visitante se encontraba de frente con cuatro pequeños retratos. Isabel y Fernando, los Reyes Católicos, ocupaban el centro, escoltados a su derecha por el almirante Cristóbal Colón y a su izquierda por el papa Rodrigo Borgia. Sin quizá pretenderlo, los organizadores de la exposición parangonaban el Descubrimiento de América, obra de un genovés al servicio de la Corona de España, con otro descubrimiento también notable, el de Roma y el cetro de la Cristiandad, obra de un valenciano no menos audaz y osado, al servicio de una Iglesia a la que había sido destinado desde los siete años. De los dos «descubrimientos», el uno, América, era todo un Continente; el otro, San Pedro de Roma, era la dirección política y espiritual de la Cristiandad, otro «continente» no menos vasto y complejo.

Este libro es un intento de acercarse al verdadero Rodrigo Borja, el papa Borgia, una figura oscurecida por la calumnia. Es un reportaje histórico, la crónica de un viaje en el tiempo, que no aspira a parangonarse con los libros de historia, sino a despertar en el lector las mismas perplejidades sobre la velci dosa fama que afloraron en los autores cuando, embarcados en busca de un personaje legendario, encontraron otro mucho más interesante, una persona de carne y hueso, un Papa en cuerpo y alma.

I

Un seminarista huérfano, de Valencia a Roma

No se conoce con exactitud la fecha de nacimiento del que sería uno de los pontífices más famosos en la larga historia de la Iglesia católica. Rodrigo Borja, que reinaría con el nombre de Alejandro VI, nació el 1 de enero de 1431 según Ludwig von Pastor, que ha sentado cátedra en la materia con su *Historia de los Papas*. Pero otros historiadores sitúan el nacimiento en julio del mismo año basándose en documentos municipales. No hay dudas respecto al lugar, la ciudad de Xátiva, en Valencia. Cuando fue nombrado Papa, sesenta y un años después, el Consistorio municipal tomó la decisión de que trece testigos, bajo juramento, consignaran que Rodrigo era hijo de los nobles Yofré (Jofré) de Borja e Isabel de Borja, y que «nació durante el mes de julio, a media noche», en la casa y zaguán que está en la plaza después llamada de los Borja. Estos testigos además dijeron, para indicar el grado de nobleza de Yofré de Borja, que tenía cuatro caballos y que su hijo Rodrigo, a los 8 años, iba por la ciudad «caballero en una haquilla». También juraron y así quedó escrito que, tras la muerte de Yofré, toda la familia se trasladó a Valencia.

Xátiva era entonces una pequeña ciudad amurallada perteneciente al Reino de Aragón, desde la que se dominaban las opulentas plantaciones de la huerta valenciana. Un vergel cercado por sierras ásperas, en el que florecían naranjos y limoneros, y un sinfín de árboles frutales, en un paisaje salpicado de palmeras. El Tribunal de las Aguas ya controlaba —como hoy— el perfecto orden de los regadíos que hacían de la vega de Xátiva un terreno próspero y rentable. La familia Borja pertenecía a un linaje campesino no demasiado elevado, emparentado entre sí desde tiempo atrás. Según Miquel Batllori, los abuelos maternos del futuro papa Alejandro fueron Domingo y Francina de Borja, labradores propietarios de tierras no sometidos a ningún señor feudal, padres de un solo hijo varón, Alfonso, tío y mentor de Rodrigo y futuro papa Calixto III, y de cuatro hijas: Isabel, Juana, Catalina y Francisca. Isabel fue la madre de Rodrigo, nacido de la unión con Jofré, hijo de Rodrigo de Borja y de Fenollet y de Sibilia Escrivà y de Procida, los abuelos paternos de Rodrigo.

El padre, siguiendo la tradición asentada en las familias de su clase, le destinó desde su nacimiento a la vida eclesiástica, por no ser el primer varón de su descendencia. Jofré Borja murió en 1437, cuando Rodrigo apenas había cumplido los 6 años de edad. Isabel le había dado dos hijos varones, Pedro Luis y Rodrigo, y tres hijas, según Butllori; según otros historiadores, fueron cuatro: en la vida de Rodrigo Borja los datos fidedignos son escasos y las fechas, como otros aspectos de su biografía, bailan la danza infernal de la inexactitud y las suposiciones. Las hermanas del futuro pontífice se llamaban Juana, Beatriz, Damiana y Tecla.

Así que Rodrigo era doblemente Borja, un linaje que se pretendió incluso hacer descender de Julio César, cuando éste fuera cuestor en la Hispania romana. Lo único que parece confirmado es que los Borja (tanto el tronco paterno como el materno de los que procede Rodrigo) descendían del conde Pedro de Atarés, a quien el rey Alfonso el Batallador había hecho entrega en 1121 de la pequeña población de Borja, en Zaragoza, Aragón, ganada a los musulmanes. En 1238, ocho miembros de la familia Borja, a las órdenes de Jaime I de Aragón, desempeñaron un papel importante en la reconquista de Valencia y obtuvieron como premio la fortaleza de Xátiva y un amplio territorio circundante. Adoptaron como blasón un buey paciendo, que luego sustituyeron por un toro aureolado con ocho gavillas. Según Batllori, «en el siglo XV, Valencia y Xátiva eran las ciudades españolas donde más abundaba el apellido Borja».

DESTINADO A LA CARRERA ECLESIÁSTICA

En todo caso y como es lógico, habiendo transcurrido más de quinientos años, escasean las fuentes sobre la infancia y adolescencia de Rodrigo. Además, con frecuencia son poco fiables y adolecen de numerosas lagunas. Pero, realmente, tampoco importa demasiado: Rodrigo es un segundón de la pequeña nobleza, que tras la muerte de su padre se traslada con su madre y sus hermanos a la ciudad de Valencia; fueron acogidos por un pariente, tío y cardenal, que será fundamental en la vida de su sobrino, del que se hizo cargo desde entonces.

Se trataba de una familia con más ínfulas que posición, que destinó al segundogénito Rodrigo a la Iglesia apenas cumplió los 7 años, límite mínimo de edad impuesto por los cánones para iniciarse en la carrera eclesiástica.

En 1447, con 15 años de edad, Rodrigo recibe autorización por una bula papal para desempeñar altos oficios administrativos y dignidades eclesiásticas. El papa Nicolás V atribuye textualmente esta concesión a su *«vitae ac morum honestas aliaque laudabilia probitatis et virtutum»*. Honestidad y virtudes que no eran otra cosa que una fórmula puramente retórica para justificar éste y posteriores beneficios y prebendas, entre ellas, la entrada en el cabildo de Valencia, gracias a la influencia en la corte papal de su tío, el cardenal Alfonso.

Incluso puede que ya hubiera recibido otros beneficios del papa Eugenio IV antes de esa edad. Según el historiador italiano Roberto Gervaso, «la asignación de cargos eclesiásticos a menores entraba en los hábitos, o vicios, de la Iglesia, la cual comerciaba con ellos de la manera más descarada».

En 1449, por bula de 17 de febrero, Nicolás V autoriza al canónigo de Valencia, Rodrigo Borja, a residir «fuera de los lugares en los cuales radicaban los beneficios obtenidos». Se cree que ese mismo año su tío reclama a su lado en Roma a los hijos de su hermana viuda, Isabel: el mayor, Pedro Luis, y el segundo, Rodrigo.

Para entonces, el apellido Borja se ha italianizado ya, convirtiéndose en el famoso Borgia que adoptará toda la rama de la familia establecida en Italia y que pasará a la Historia marcado por los tintes siniestros de una leyenda secular y poderosa, aunque con poco fundamento.

Es difícil imaginar un futuro tan radiante como el que esperaba al joven Rodrigo en Roma sin tener en cuenta el poder conquistado antes en la corte pontificia por su tío. Alfonso Borja había nacido en Xátiva en 1378. En 1429 fue nombrado obispo de Valencia, tras haber destacado como consejero del rey de Aragón, Alfonso V el Magnánimo, y haber conseguido acabar con el cisma de Occidente, propiciando la abdicación del último antipapa, Gil Sánchez Muñoz, que con el nombre de Clemente VIII, había sustituido al aragonés Benedicto XIII —el famoso Papa Luna—, refugiado en Peñíscola. Con su talante moderado y sus cualidades de óptimo negociador, Alfonso convenció a Clemente de que cediera la tiara, lo que le valió como recompensa el obispado de Valencia en 1429. La historia oficial vaticana no parece haber valorado con justeza esta intervención, trascendental para la supervivencia de la Iglesia católica. La posición eclesiástica de Alfonso Borja se consolida definitivamente en 1444, cuando se le nombra cardenal después de otra exitosa intervención diplomática, esta vez, en el Reino de Nápoles.

Asentado en la corte pontificia como uno de los príncipes de la Iglesia, con todo el poder y las prebendas que ello conllevaba, Alfonso hace venir a sus dos sobrinos, Pedro Luis y Rodrigo, a la Ciudad Eterna. Rodrigo llega a Roma cuando ronda los 18 años y su aparición no pasó desapercibida: algunos historiadores aseguran que «impresiona a todos». «En Rodrigo llamaban también la atención los modales finos, la experiencia de mundo, la ironía escéptica, el orgullo comedido, la prudencia, la perspicacia, la elegancia, la decisión, el autocontrol y el *sex appeal*», dice Gervaso. No es poco para un jovenzuelo. «Un hombre», lo define el historiador contemporáneo Jacopo de Volterra, «cuyo espíritu es capaz de todo y de gran inteligencia; habla hábilmente y sabe modular a la perfección sus discursos, aunque sus conocimientos literarios sean mediocres; es diestro por naturaleza y tiene un arte maravilloso para hacer negocios».

En aquella época, tan excepcional personaje, nacido en lo que sería hoy la clase media-alta, no tenía muchas oportunidades de medrar, dado que el gobierno le estaba vedado por sangre: su carrera era la eclesiástica, la más democrática al fin y al cabo. Y en ella llegaría al máximo. Fue un excepcional político de su época que alcanzó la cúspide del poder multinacional de entonces. «Encarnaba espléndidamente los egoísmos y antojos de aquel Renacimiento cínico y pasional, sin reglas ni ideales, cuyo modelo insuperado e insuperable estaría constituido por *El Príncipe* de Maquiavelo», dice uno de sus múltiples biógrafos modernos que intentan un ejercicio de equidistancia frente a la abrumadora leyenda negra que pesa sobre el personaje.

Las crónicas de la época presentan al futuro Alejandro VI como un joven enormemente atractivo, de figura imponente, hábil en el arte de la convivencia cortesana, consumado diplomático, sensual y amante de la belleza. Un hombre profundamente humano que no disimulaba sus emociones y sus sentimientos, una actitud poco acorde con la conducta que se esperaba de un clérigo, aunque la historia de la Iglesia renacentista está repleta de personajes cuya conducta escandalizaría a los creyentes actuales. El perfil de Rodrigo Borja comparte elementos comunes con muchos otros príncipes y soberanos de aquella Iglesia contaminada por todas las pasiones humanas, preocupada sobre todo por afirmar su poder terrenal.

Muchos de los que lo acogieron con curiosidad y complacencia se convertirían en encarnizados enemigos a medida que el ambicioso valenciano fuera tomando las riendas del poder vaticano, que en aquellos años era, sobre todo, un poder temporal adornado con la aureola entre fanática y oscurantista que le otorgaba la representación del poder divino en la tierra.

La envidia persiguió a Rodrigo Borja desde joven y fue elemento fundamental en la maraña de infundios con que la Historia ha ocultado sus dotes y aciertos, que fueron tantos y más que las sombras de su carácter y su figura.

En Roma estudió con provecho bajo la guía del gramático Gaspar de Verona, uno de los humanistas más doctos de la urbe, a cuyas lecciones asistía la flor y nata de la juventud capitolina. Frecuentó también a pintores, músicos, poetas y filósofos. Y también las tabernas y los burdeles, en opinión de algunos historiadores. Gaspar de Verona diría de él: «No necesita ni mirar a una mujer hermosa para inflamarla de amor de la manera más extraña: atrae a las mujeres como el imán al hierro».

Vive en las dependencias familiares de su tío, en el convento-fortaleza de los Cuatro Santos Coronados, que se alza todavía hoy, sobre las ruinas del Coliseo y el Foro Romano, dominando también la vaguada que va desde San Pedro del Vaticano hasta San Juan de Letrán, eje vital de la ciudad de los papas.

Roma era una ciudad de mediana importancia: perdido el esplendor del imperio, todavía convaleciente del hundimiento producido por el cisma de Occidente, que se saldó con el traslado de la sede papal a Aviñón durante casi ochenta años, durante el reinado de los papas franceses. Han transcurrido relativamente pocos años del regreso oficial a la sede romana. De la antigua potencia quedan sólo jirones y, en la Ciudad Eterna, el papa de turno reina en perpetua zozobra, acosado por un puñado de familias feudales que imponen su ley, luchan entre sí y se alían o batallan contra el pontífice, según las conveniencias del momento. Una situación de precariedad a la que Alejandro VI se empeñaría en poner fin.

EN LA UNIVERSIDAD DE BOLONIA

En 1453 encontramos a Rodrigo Borgia en la Universidad de Bolonia, la mejor de la época, convertido en un estudiante más de Derecho canónico, siguiendo los pasos de su tío, eminente especialista en la materia. Es el año de la caída de Constantinopla en poder de los turcos, una noticia que conmociona el orbe cristiano. Mientras estudia en la hermosa ciudad de la Emilia, se produce un hecho trascendental en su vida: su tío, el cardenal Alfonso Borgia, es elegido papa tras la muerte de Nicolás V. La decisión del cónclave se produce el 8 de abril de 1455, y Alfonso adopta el nombre de Calixto III. Después de una ardua lucha entre varios candidatos, los purpurados optaron por una figura de transición, el viejo cardenal Alfonso Borgia, de 76 años de edad, para darse un respiro en la batalla por el poder.

Coronado el día 20 de abril, el 10 de mayo siguiente Calixto nombra a Rodrigo protonotario apostólico, y al mes siguiente le confía el decanato de Xátiva. Alfonso, ahora papa Calixto III, tiene 77 años, una salud pésima, un pasado sin tacha, grandes conocimientos jurídicos, pocos amigos y también pocos enemigos. La elección de un papa «extranjero» —aunque esta vez español y no francés— había provocado inquietud en Roma, todavía no

31

recuperada del trauma de Aviñón. Pero Calixto III se mantuvo por encima de tentaciones nacionalistas y defendió a la Iglesia de Roma mejor que los mismos romanos. Aun así, los historiadores hacen mucho hincapié en subrayar la invasión de «catalanes» que se produjo en la ciudad apenas Calixto se ciñó la tiara. Cientos de paisanos del nuevo pontífice coparon los puestos de cierta importancia, provocando una inevitable ola de impopularidad. Sin embargo, no puede considerarse anómala la conducta de Calixto III, que favoreció a sus parientes, empezando por los sobrinos, como era costumbre en la época —costumbre no desterrada hasta bien entrado el siglo XIX—. Por otro lado, no pueden considerarse aceptables las críticas de algunos historiadores a esta «invasión» de extranjeros, puesto que el Gobierno de la Iglesia Universal no debería considerarse patrimonio de los italianos, como ha ocurrido durante tantos siglos. Considerar extranjeros a los papas Borgia demuestra únicamente el excesivo grado de «italianitis» imperante entonces y hoy en la Iglesia de Roma, y el escaso valor «espiritual» de esta institución en aquellos atormentados años de finales de la Edad Media e inicios del Renacimiento.

Los sobrinos de Calixto —Pedro Luis y Rodrigo— pasaron de inmediato a ocupar puestos de responsabilidad en la corte pontificia. Pero el nepotismo de que hizo gala Alfonso de Borja era casi una norma de supervivencia para el pontífice de turno, rodeado por camarillas de enemigos y falsos amigos, y necesitado imperiosamente del apoyo de personas de total confianza que no podían ser otras que sus parientes directos. Muchos autores han analizado a fondo la «utilidad» del nepotismo, sin el cual no habrían sobrevivido los papas, ya que la monarquía vaticana, al no ser hereditaria, coloca al pontífice en una extraña situación de aislamiento. Así las cosas, Pedro Luis fue convertido sin tardanza en prefecto de Roma y Gran Gonfalonero de la Iglesia, portaestandarte de Cristo, con mando sobre las plazas de Spoleto, Terni y Orvieto, además de otros cargos y dignidades con prebendas diversas.

Para Rodrigo se abría un futuro brillante que habría de depararle la tiara pontificia muchos años después.

CARDENAL Y DOCTOR

Todo ocurrió con celeridad. Menos de un año después de la elección de Calixto III, Rodrigo Borgia recibía el capelo cardenalicio con la titularidad de la basílica romana de San Nicolás in Carcere, y su primo, Luis Juan de Milà —hijo de Catalina, otra hermana del papa Calixto—, obtiene el mismo título, «heredando» la basílica de los Cuatro Santos Coronados.

Calixto III había decidido hacer cardenales a estos dos sobrinos, Rodrigo Borgia y Luis Juan de Milà y Borgia, pero deseaba al mismo tiempo que terminasen sus estudios. Hombre de considerable cultura y jurista habituado al formalismo, prefirió que los dos jóvenes recibieran un «baño» de instrucción universitaria antes de otorgarles tan alta dignidad eclesiástica.

Finalmente, en un Consistorio celebrado el 20 de febrero de 1456, el Papa nombró tres cardenales: sus sobrinos Luis Juan de Milà y Rodrigo Borgia, y don Jaime de Portugal, hijo del infante don Pedro. Fue una elección de jóvenes. Milà, según diversas fuentes también obispo de Segorbe y Lérida y gobernador de Bolonia, tenía 25 años; Rodrigo, 24, y Jaime, 23. El Consistorio es unánime. Puede hablarse de nepotismo, naturalmente: el habitual en la época.

Ese mismo año, habiendo cumplido solamente tres de los cinco años preceptivos —año y medio, según algunos autores—, y debido a sus grandes méritos o quizás a sus excelentes relaciones, Rodrigo es admitido a la prueba de licenciatura de Bolonia. El 13 de agosto se doctora en Derecho canónico. No sabemos si fue un niño prodigio, pero sin duda alguna fue un joven prodigio.

Mientras, Calixto III inicia el proceso de beatificación de Juana de Arco. Y consigue organizar la resistencia cristiana que en Belgrado detiene a los turcos.

PRIMERA TAREA: LEY Y ORDEN EN ANCONA

El joven cardenal Borgia recibe enseguida su primer encargo de cierta importancia. En diciembre, es nombrado vicario papal en la marca de Ancona, uno de los dominios más turbulentos de la Iglesia. Un cargo difícil que le coloca frente a unos nobles levantiscos en perpetua guerra civil. Rodrigo se impuso con rapidez y energía. «Restablecida la paz, el cardenal castigó a los rebeldes y confiscó sus bienes, revisó algunas gabelas, como la de la sal, y disciplinó la justicia, desplegando unas poco corrientes dotes de mando y de buena gestión», dice Gervaso.

Es la primera vez que Rodrigo Borgia se encuentra frente a frente con estos tiranos, que se disputan entre sí las posesiones de la Iglesia romana recurriendo a asesinatos, traiciones y conjuras. Desde esta temprana hora, debe comprender que bajo el nombre de vicarios se ocultan usurpadores que dominan la Iglesia haciéndose pasar por sus defensores.

El viejo papa Calixto vio en su sobrino Rodrigo el continuador glorioso del apellido familiar. Esto no significa que dejara de proteger a otros sobrinos y parientes, especialmente a Pedro Luis Borgia, para el cual había soñado incluso con la corona del Reino de Nápoles. Pero el Papa es consciente de que sólo en la organización eclesiástica se pueden alcanzar, en esos momentos, éxitos y honores sin excesivos peligros y, en 1457, cuando estima que puede hacerlo sin gran oposición, nombra vicecanciller al cardenal Rodrigo. En la Iglesia era el segundo cargo jerárquico en importancia.

VICECANCILLER DE LA IGLESIA

El éxito de Ancona, enaltecido por el afecto familiar del Papa, era más que suficiente para justificar tal promoción. En otoño de 1457, Rodrigo asume el puesto de vicecanciller, el responsable de la organización interna de la Iglesia. Hay que señalar que el cargo estaba vacante desde la muerte del cardenal Condulmaro, sobrino del papa Eugenio IV, ocurrida el 30 de octubre de 1453. Se trata de una posición envidiable en la corte papal, tanto por la remuneración que llevaba asociada como por el poder que confería. El sueldo del vicecanciller era de 8.000 florines anuales según Jacopo de Volterra, y sus poderes eran prácticamente ilimitados. Rodrigo pasa a ser, en el organigrama jerárquico, el hombre de máxima confianza del papa Calixto III, su tío, más allá de los lazos de sangre. En diciembre es nombrado, además, general de las tropas pontificias en Italia. Tiene 26 años: es vicecanciller de la Iglesia, cardenal, doctor, jefe militar a las órdenes de su hermano Pedro Luis... Una posición que comienza a despertar como es lógico adhesiones interesadas y furibundas envidias.

Las acusaciones de nepotismo contra Calixto III por el nombramiento de su sobrino fueron grandes, o al menos los historiadores así lo cuentan. Sin embargo, por nepotista que fuera la decisión, parece innegable que las cualidades de Rodrigo Borgia la justificaban plenamente. Pese a su juventud, su habilidad política era ya muy notable y sus dotes diplomáticas mitigaban de alguna manera la extrema ambición que le atribuyen la mayoría de sus biógrafos. El joven Rodrigo era carnal y emotivo, pero su conducta no difería de la de la mayoría de los prelados y cardenales que gozaban del mundo y de sus bienes con toda naturalidad, y su capacidad intelectual estaba por encima de la media. En una época que reverenciaba el poder y justificaba todos los medios para obtenerlo, Rodrigo Borgia demostró cualidades de tolerancia y capacidad de diálogo poco comunes, aunque empleó todas las argucias y estratagemas a su alcance para mantenerlo.

«Sin estas cualidades, que condena la ética pero legitima la ambición, Rodrigo no sólo no habría subido nunca al solio, sino que no habría conservado durante treinta y cinco años el cargo de vicecanciller. Todos los sucesores de Calixto se lo confirmaron pese a no tener con él vínculos de sangre. Rodrigo, es cierto, favoreció la elección de todos ellos, pero ningún candidato a papa, una vez ceñida la tiara, estaba obligado a cumplir las promesas. Las capitulaciones, como se llamaban los pactos que precedían al voto, se saltaban con la mayor naturalidad. Y esto no sólo en la época de los Borgia, sino durante todo el Renacimiento. Y nadie se escandalizaba por ello. Si Pío II, Pablo II, Sixto IV e Inocencio VIII mantuvieron uno tras otro en su puesto a este vicecanciller, no fue en absoluto por agradecimiento, sino porque no habrían encontrado otro mejor», escribe Gervaso.

Así pues, a partir de 1457, y con tan sólo 26 años de edad, el cardenal Rodrigo Borgia inicia su larguísima trayectoria como vicecanciller de la Iglesia bajo cinco papas: su tío y sus cuatro sucesores, en cuyas elecciones tendría una participación capital. Será un periodo de su vida extenso y pleno que culminará con su propio ascenso al trono papal, en 1492.

Antes de llegar a esa meta, el cardenal Borgia acumula cargos y rentas. En junio de 1458 es nombrado obispo de Valencia, lo que representa, dignidades aparte, unos réditos de 18.000 ducados. Entretanto, su hermano Pedro Luis ha adquirido el rango de capitán general de la Iglesia y gobernador del castillo de Sant'Angelo, la fortificación que asegura la defensa del Vaticano.

El 6 de agosto de 1458 muere Calixto III, tras tres años y cuatro meses de pontificado. No pudo cumplir su deseo de reconquistar Constantinopla, aunque dedicara a ello 200.000 ducados, obtenidos en parte con la venta de vajillas y objetos pontificios, y 600.000 ducados que Nicolás V había confiado a tal empresa. Tampoco pudo anexionarse Nápoles, deponiendo al rey Ferrante y sustituyéndolo por su sobrino Pedro Luis, como hubiera sido su deseo. La operación encontró la resistencia de importantes señores feudales, como Francisco Sforza y Cosme de Medici, temerosos de cualquier reforzamiento del Papado.

Calixto III había sido nepotista como el que más, nombrando cincuenta secretarios y creando una cohorte pretoriana de protonotarios, auditores y subdiáconos. El mismo día de su muerte, la multitud dirigida por la familia Orsini asaltó los palacios de los «catalanes», mató a unos e hizo huir a otros. Su sobrino, Pedro Luis, consciente del peligro que corría por la elevada posición que había ocupado, huyó a su feudo de Civitavecchia, acompañado en aquella hora aciaga por un amigo fiel de los Borgia, el cardenal veneciano Pedro Barbo, que más tarde reinaría como papa Pablo II. Una supuesta fiebre —los datos son muy confusos— acabaría con la vida del hermano de Rodrigo a finales de septiembre.

Pero nuestro vicecanciller demostró una vez más su extraordinario temple. Ni huyó ni perdió la sangre fría. Permaneció junto al Papa agonizante, abandonado por todos, y se enfrentó después a la multitud enardecida. Según el historiador francés Jacques Robichon, Rodrigo estaba fuera de Roma cuando estallaron los disturbios. Adoptando una actitud opuesta a la de su hermano mayor, regresa a la ciudad en mitad de la noche y se presenta ante la muchedumbre a punto de saquear su casa. Hace frente a la sedición y reduce el motín con una calma y una sangre fría de las que daría muestra en numerosos episodios posteriores de su agitada vida.

En una estancia del Vaticano de la que han huido sirvientes, parientes e incluso las propias hermanas del Papa agonizante, el cardenal Borgia se mantiene solo a la cabecera del moribundo, que tarda cinco días en expirar.

Al caer la noche del 6 de agosto de 1458, Rodrigo Borgia recoge el último suspiro de su protector, el viejo tío de 80 años. E inmediatamente, se prepara para enfrentarse al Colegio Cardenalicio y defender la memoria del primer papa Borgia y su propio futuro. En el curso de una deliberación tumultuosa, el sobrino, desdeñando las amenazas que pesaban sobre los Borgia y sus allegados, exige que Calixto III reciba las exequias solemnes que una parte de la asamblea pretendía negarle.

Más tarde, asistirá al cónclave y como vicecanciller desempeñará un importante papel en la elección del sucesor de Calixto, uno de los más conocidos humanistas de su tiempo, Eneas Silvio Piccolomini, papa Pío II. En ese mismo año de 1458 ha muerto Alfonso V de Aragón y su hijo bastardo, Ferrante, se ha coronado sin contar con el preceptivo *placet* papal rey de Nápoles. Por esas fechas, Rodrigo inicia la construcción de un palacio que será el modelo renacentista romano, destinado a ser su morada y también sede de la Cancillería Vaticana. Las obras durarían hasta 1462.

II

Los años dorados del vicecanciller

La muerte del tío Alfonso, Calixto III, no impidió que su sobrino Rodrigo siguiera escalando posiciones en la Curia. Su sucesor, Pío II, que reinó seis años, fue enormemente generoso con el vicecanciller. Algunos historiadores señalan esta época como la de consolidación de la posición social, política y religiosa del joven Borgia. Su palacio, decorado con lujo deslumbrante, se convierte a partir de 1462 en el centro de la vida social romana. A las fiestas del vicecanciller, famosas por su fastuosidad, acude lo más granado de la ciudad y los visitantes de mayor rango de paso por Roma. El poderoso cardenal español es ajeno, sin embargo, a uno de los vicios más comunes de la jerarquía eclesiástica: la gula. Su mesa es extremadamente parca, como su bodega: en esto coinciden los historiadores.

El joven cardenal Rodrigo se halla en los inicios de una larga carrera eclesiástica. Para Orestes Ferrara, uno de los pocos autores que ha asumido la defensa de este pontífice —quizás con excesiva pasión—, su labor fue notable en los cónclaves. «Borgia, en los cuatro a los que concurrió, decidió virtualmente la

41

elección, y en tres, en el último momento, votando en los primeros escrutinios en contra del que tenía más votos, para luego, con movimiento elegante y certero, dar la mayoría necesaria y resolver como árbitro. Era en estas asambleas electorales donde todo cardenal determinaba gran parte de su carrera futura. En aquella hora única, el cardenal es soberano, como lo es modernamente el pueblo en los comicios públicos. Su habilidad debía consistir en obligar al nuevo electo tan sinceramente que éste, monarca absoluto, o sea, sin frenos jurídicos, por superior a la ley, y sin otros frenos morales que los voluntarios, recordara espontáneamente el favor recibido».

En 1459 se celebra el Congreso de Mantua, a instancias de Pío II, para intentar comprometer a los príncipes europeos en una nueva ofensiva militar contra los turcos. Algunos piensan que en esta ciudad y en estos días, Rodrigo Borgia conoció a Vannozza Cattanei, la mujer esencial de su vida, considerada comúnmente como la madre de cuatro de sus hijos y su amante durante muchos años. Sin embargo, los datos que probarían esta relación son confusos e imprecisos, hasta el punto de que más de un autor ha planteado la hipótesis de que bajo el nombre de Vannozza Cattanei se esconda más de una dama.

La fiesta de Siena

En todo caso, tras este congreso —de resultados casi nulos—, encontramos al cardenal Rodrigo en Siena, donde en junio de 1460 asiste a una fiesta cuya fama se ha mantenido viva durante muchos siglos y que le propició una severa reprimenda por parte del Papa. Al parecer, la fiesta en cuestión se alargó durante varias horas y Rodrigo, al que acompañaba un maduro purpurado, se entretuvo en compañía de un ramillete de las más bellas damas de la ciudad, sin que pudieran acceder al evento sus acompañantes masculinos. A juzgar por la carta reprobatoria de Pío II, el escándalo se limitó a danzas y galanteos, pero el hecho de que se negara la entrada a los hombres, incluido algún que otro marido, hizo correr como la pólvora la leyenda de un suceso licencioso y secreto. El Papa, con tono paternal, critica en su carta la conducta impropia de su vicecanciller, más por su repercusión pública que por su intrínseca gravedad.

Rodrigo intentará, de ahora en adelante, ser más discreto. Algunos han querido cargar las tintas en este asunto, pero la reprimenda no pasa de ser una simple reconvención, pues el Papa era también un hombre de mundo, tolerante con los pecados de la carne. Pero no quería escándalos. De regreso a Roma, Rodrigo recibió nuevos beneficios, entre ellos, la administración del monasterio cisterciense de Tarragona.

Son años de acumulación de experiencia y poder para entrar triunfador en la treintena.

Un cardenal querido y respetado

A Rodrigo se le encomiendan las misiones de mayor dificultad y se le premia con largueza, como demuestran diversas bulas en las que se da cuenta de los ingentes beneficios que recibe. Los elogios que contienen podrían servir para escribir un panegírico. No hay alto mandatario de visita en Roma que no sea homenajeado con una recepción en el palacio del vicecanciller. En su vida privada, en cambio, es modesto hasta lo frugal; las fuentes de la época dicen que en su mesa se sirve un solo plato y que, por esta razón, otros cardenales evitan comer con él. Es y será siempre completamente abstemio. Gasta lo menos posible y los que le rodean a veces llegan a calificar tal actitud de avaricia. Pero en la vida pública, al servicio de su cargo y posición, es espléndido como pocos.

Rodrigo tiene enormes ingresos, pero no menores gastos. Edifica el Palacio Episcopal de Pienza para agradar a Pío II, que en sus sueños humanistas crea esta ciudad como ejemplo utópico. Reconstruye las fortalezas de Subiaco y también el castillo de Civita Castellana, cerca de Roma. En 1461 contribuyó con treinta hombres de armas, más que ningún otro cardenal, a la guerra contra uno de los señores feudales levantiscos que hostigaban a las fuerzas pontificias. En la cruzada que preparó Pío II contra los turcos —desafortunada iniciativa truncada por una epidemia de peste que acabó con la vida del propio Papa en Ancona—, Borgia participaba con una galera que le costó muchos miles de ducados. Mejoró todas las iglesias que estaban bajo su jurisdicción, gastando en ello sumas enormes.

Su contemporáneo Volterra no le niega admiración: «Varón de versátil inteligencia, de alma grande, orador fácil, aunque sus palabras no revelan un alto valor literario. Temperamento cálido, pero mira las cosas que trata sobre todo bajo el prisma del interés; hábil en buscar la forma de actuar [*ser ante omnia mirae ad res tractandas industriae. Claret mirum in modum opibuss*]. Múltiples reyes y príncipes están ligados a él por amistad [...]; posee, principalmente en España e Italia, ricas entradas sacerdotales, preside tres sedes catedralicias: Valencia, Porto y Cartagena, y de la Cancillería recibe una suma que, según se dice, llega a ocho mil ducados. Tiene vasos de plata, piedras preciosas, hábitos sagrados de oro y seda, y libros de doctrina [...]; al punto que se le considera el más rico, si se excluye al cardenal De Estouteville».

LOS PRIMEROS «HIJOS» DE RODRIGO

Las crónicas sitúan en este periodo de realización personal el nacimiento de los tres primeros hijos de Rodrigo Borgia: Pedro Luis, Jerónima (Girolama) e Isabel: los tres nacidos de madres distintas y desconocidas; década y media después vinieron al mundo los concebidos por el «gran amor de su vida» —a tenor de las crónicas—, doña Vannozza Cattanei: César, Juan, Lucrecia y Jofré. Siete hijos en total, a los que incluso hay autores que añaden dos más, uno de ellos, póstumo.

Historiadores y noveladores coinciden en establecer esta múltiple paternidad de Rodrigo Borgia, pese a los muchos interrogantes y a las zonas de sombra que se concentran en esta etapa de su vida. La Historia tiene problemas serios a la hora de demostrar la paternidad de Rodrigo en todos y cada uno de los casos. La leyenda pinta sin dificultades un panorama de desenfreno sexual y moral en el que cabe incluso el incesto. Existe tal confusión en las fechas de nacimiento de los hijos del futuro Papa, tal ausencia de datos fiables, que algunos autores, como el sacerdote especialista en Alejandro VI, Peter de Roo, o el cubano Orestes Ferrara, se atreven a plantear la hipótesis de que estos hijos del vicecanciller sean más bien sobrinos, o parientes muy próximos. Hijos adoptivos en definitiva, pero tanto o más queridos que si hubieran sido biológicos.

Pedro Luis —bautizado con el nombre de su malogrado tío— habría nacido entre 1458 y 1463 y sería el primogénito, pero para probarlo sólo existen algunas bulas papales que contienen tales inexactitudes y alteraciones que hacen dudar de su autenticidad. De hecho, la falsificación de este tipo de documentos llegó a convertirse en un negocio lucrativo en aquella época, pese a las severas persecuciones. Los clérigos no eran ajenos a estas prácticas y conviene recordar que incluso el derecho jurídico de la Iglesia de Roma a disponer de un territorio —supuestamente cedido por el emperador Constantino a san Silvestre— emana de un documento falsificado.

Ferrara está seguro de que este Pedro Luis Borgia es hermano por parte de padre y madre de los posteriores hijos Juan y César Borgia, porque así lo dice un documento real español de autenticidad innegable. Sin embargo, nunca será mencionado como hijo de Vannozza Cattanei, la presunta compañera del cardenal Borgia durante quince o veinte años y considerada unánimemente como la madre de cuatro hijos suyos —cinco, con Pedro Luis—; ni su nombre figurará tampoco en su tantas veces citada lápida mortuoria, hoy en el atrio de la basílica romana de San Marcos.

En ningún documento conocido se citan los nombres del padre o de la madre de Pedro Luis, pero está confirmado que nació en España; por tanto, resulta bastante difícil imaginar que la Vannozza italiana y el cardenal Rodrigo fueran sus padres. Pedro Luis morirá prematuramente, antes de 1491, truncando una carrera fulgurante que con 20 años lo situaba en el círculo familiar del rey Fernando de Aragón y como titular del ducado más importante del Reino de Valencia.

Jerónima es otra hermana posible. Y también Isabel. «Pero Isabel no es hija, sino pariente de Rodrigo, y probablemente de la rama pobre de los Borgia»; Ferrara considera probado el hecho, esta vez de forma categórica.

Lo cierto es que estos tres «hijos» juveniles del cardenal Rodrigo Borgia son, cuando menos, dudosos, aunque la mayoría de los historiadores los suman a la larga prole del vicecanciller. Dice Robichon: «Por lo mismo que Vannozza no fue la primera a la que sedujo, tampoco fue la primera de quien tuvo hijos. Es opinión generalizada que en fecha posterior al Concilio de Mantua, el cardenal Borgia tenía ya un hijo y dos hijas de una o varias amantes desconocidas. El primero de la descendencia reconocida de

Rodrigo Borgia, que llevaba el nombre de Pedro Luis en recuerdo del tío trágicamente desaparecido, no asistiría al ascenso paterno al sumo pontificado. Legitimado al cumplir los 18 años de edad, había sido enviado a España donde luchó contra el moro, comportándose valientemente en la batalla de Ronda; el 3 de diciembre de 1485 recibía de Fernando de Aragón el ducado de Gandía, al sur de Játiva. La ambición del padre respecto de su hijo no debía de tener límites, ya que Pedro Luis Borgia estuvo comprometido con doña María Enríquez, prima del rey español. Pero murió, prematuramente, durante un viaje a Roma».

Según este historiador, Jerónima habría nacido en 1469, pero, entonces, sería posterior a la relación con Vannozza, iniciada años antes. En un documento de 1482, Rodrigo la reconoce como hija, pero no se trata de un documento completamente fiable y lo hace con una fórmula que no excluye la adopción.

Ratificado por Pablo II

Pero sigamos el hilo de la Historia. En 1464, Pío II viajó a Ancona, en la costa oriental italiana, desde donde pensaba embarcarse para dirigir personalmente la ofensiva contra el turco. Los propósitos del Papa se vieron truncados por la peste. Una mortífera epidemia asolaba la ciudad y el Pontífice acabó siendo su víctima más ilustre. La enfermedad contagió a varios de los cardenales que le acompañaban, entre ellos, a Rodrigo Borgia. El médico consideró que el vicecanciller se hallaba en peligro de muerte, pero hay quien aventura que su mal no era la peste, sino la terrible sífilis. Las dudas viene a sembrarlas una carta en la que se explica que el cardenal no durmió solo en su lecho, aunque no se dice que lo compartiera con una mujer y pudo ser con otro miembro del séquito por escasez de habitaciones. Sin embargo, los datos más solventes dan credibilidad a la tesis de la peste que puso en peligro de muerte a los cardenales Scarampo, Barbo y otros. En periodos posteriores se recordará que Rodrigo Borgia había padecido la peste en su juventud.

Pío II sucumbe a la epidemia y el cónclave elige como sucesor al veneciano Pedro Barbo, íntimo amigo de los Borgia, el cardenal que acompañara a Pedro Luis en su huida de Roma mientras agonizaba su tío Calixto III. Así pues, el nuevo Papa, que elige el nombre de Pablo II, era gran amigo de Rodrigo, que no olvidaría nunca el favor prestado. Fue coronado el 30 de agosto de 1464, con 47 años de edad y mantuvo un pontificado discreto hasta su muerte, en 1471; falleció a causa de una apoplejía, atribuida al enorme peso de su tiara, según unos, a un festín demasiado copioso, según otros, e incluso a la excitación de un coito homosexual que le fulminó «*in ipso acto venereo*», según otras fuentes.

El pontificado de Pablo II coincide con una etapa de esplendor personal del vicecanciller Rodrigo, a la sazón en la treintena. Es obispo de Valencia, legado pontificio en la Marca de Ancona, decano del Capítulo de Cartagena, y administrador de las diócesis de Toledo, Burgos y Maguncia.

A medida que el vicecanciller consolida su posición en el Vaticano y suma éxitos y honores a los muchos que ya ha obtenido, se habría ido estabilizando su situación afectiva, llegando a fundar con Vannozza Cattanei no ya una pareja estable, sino una familia feliz.

La importancia de esta mujer en el «mito Borgia» es fundamental, probablemente clave. Y dada la inconsistencia de su figura histórica, merece atención especial, aunque sea imposible resolver las dudas.

Los historiadores sitúan el encuentro entre Rodrigo Borgia y Vannozza Cattanei entre 1466 y 1467. Vannozza vivió setenta y seis años, cuatro meses y trece días, según reza en su lápida; puesto que murió el 26 de noviembre de 1518, había nacido el 13 de julio de 1442.

El lugar común da por hecho que Rodrigo Borja, mientras era cardenal, vivió una larga y feliz relación de pareja con ella. Y que, al mismo tiempo, esta mujer tuvo dos o tres maridos consecutivos y, al menos, otros dos hijos de ellos. Pero es necesario apuntar, por amor a la verdad, que no existen pruebas concluyentes respecto a la vida de esta mujer, sino una amalgama novelada elaborada a lo largo de siglos de repetición de la leyenda, cada vez más adornada, hasta parecer realidad establecida e innegable. Sobre la figura de Vannozza no hay acuerdo: ni sobre su verdadero nombre, ni sobre su condición social, ni sobre los matrimonios que contrajo ni sobre los hijos que tuvo.

No se trata aquí de negar los amores ilícitos de Rodrigo para defender su figura. Poco cambiaría su valoración histórica de haber mantenido las relaciones que se le atribuyen, por otra parte nada excepcionales entre príncipes y reyes en una época de pasiones desatadas, en la que la corte vaticana se distinguía por el máximo grado de inmoralidad y el más extremo libertinaje. Tuvieron hijos sus antecesores Pío II, Sixto IV e Inocencio VIII, al que se le atribuyeron nada menos que dieciséis hijos; y tuvieron hijos algunos de sus sucesores, como Julio II, al que algunos autores dan como seguro padre de tres hijas, al tiempo que cultivaba sus inclinaciones homosexuales, o Pablo III, que tuvo tres hijos de otras tantas mujeres. Y otro tanto cabe decir de personajes hoy muy discutidos, como el papa León X, en cuyo pontificado se consumó el cisma luterano.

Más bien, se trata de hacer un esfuerzo por aclarar lo que hay de irrefutable y lo que hay de mera invención en este complejo cuadro biográfico.

No se ha hallado en documentos, memorias y crónicas noticia alguna de que Rodrigo tuviese como amante a Vannozza y, posteriormente, a Julia Farnesio durante su periodo cardenalicio. Estos dos personajes, importantísimos en la tragedia borgiana, comienzan a ser nombrados cuando Rodrigo es ya papa, aunque siempre con referencias vagas, especialmente por lo que toca a Vannozza. Luego, a su muerte, se apoderan del caso los libelistas y, más tarde, los historiadores asignan a ambas mujeres un papel esencial en la vida del papa Borgia.

Leonetti y De Roo, dado el cúmulo de contradicciones, creen en un papa Borgia casto y puro. Ferrara, por el contrario, dice: «Al fijarnos en la figura de él reproducida por El Pinturicchio en el Vaticano, y al reflexionar sobre los tiempos aquellos, que no invitaban a la contrición y al sacrificio, nos inclinamos a pensar que el voto de castidad pudo ser violado por nuestro personaje, ya que se violaba generalmente por clérigos menores, a pesar de que la disciplina es más exigente en los inferiores que en los superiores; y se violaba abiertamente en los conventos, tanto en los de los hombres como en los de las mujeres. Los retratos que los escritores del tiempo nos hacen de él tampoco revelan al asceta. Sano de cuerpo y de mente, vigoroso y fuerte; sus placeres, tomados de las cosas de la vida mortal; de la comedia, reproducción de esta vida; del carnaval, manifestación alegre de las cualidades espontáneas del espíritu; su sentimentalidad exagerada, que le lleva a explosiones de alegría, en que las lágrimas le hacen aún más húmedos los ojos sensuales, o a tristezas que desploman su alma; por todo ello pensamos que sus hábitos no fueron diferentes a los de otros hombres y sacerdotes de la época».

Y LAS CUATRO VANNOZZAS

Volviendo al «enigma Vannozza», Ferrara también defiende la hipótesis de que el personaje sea, en realidad, una síntesis de diversas mujeres, ya que el nombre era muy común entonces. La Vannozza casada con Arignano no debe de ser la casada con Della Croce y con Canale, argumenta. La dama rica que deja una cuantiosa fortuna «a la Beneficencia y a la Religión» no puede ser la Vannozza pobre, preocupándose de sus pequeñas deudas en algunos documentos notariales. La madre de Jofré no puede ser la madre de Octaviano. La cortesana romana no puede ser aquella a la que Pablo Giovio llamaba la «*probamulier Benossia*» (este Giovio conoció personalmente a la madre de Juan, César, Lucrecia y Jofré Borgia). La propietaria y gestora de posadas y fondas no puede ser la madre del duque de Gandía, del duque Valentino, de la duquesa de Ferrara y del príncipe de Squillace. Quizá hay una tercera Vannozza que casó con Paolo de Brixia. Quizá existieron aún más de tres, o sea: una, la madre de los Borgia, probablemente casada en segundas nupcias con Arignano; otra, la señora casada con Della Croce y Canale; una tercera, la cortesana; y una más, ligada con De Brixia. Los historiadores las han unido a todas indiscriminadamente, haciendo no sólo un monstruo moral, sino un monstruo físico, que tiene hijos sin cesar, por doble serie, a edades inconcebibles, y que, pasados los 75 años, todavía espera tener más.

La parte verdaderamente histórica no es extensa. Todo lo que se conoce de Vannozza está en relación con sus hijos. La noche del asesinato de Juan, éste y César habían cenado en su casa. Sabemos que Vannozza acompaña a su hija Lucrecia a Pesaro cuando ésta acude a encontrarse con su primer marido, Juan Sforza. Más tarde, mantiene correspondencia con ella, cuando Lucrecia es ya duquesa de Ferrara. Igualmente, existe correspondencia de Vannozza dirigida al cardenal Hipólito de Este, hermano del tercer marido de Lucrecia. Más tarde, muerto Alejandro VI, se le pone un pleito por indemnización de daños, por haber reclutado soldados para su hijo César, según la acusación. Su hijo Jofré, príncipe de Esquilache, desaparecido César de la escena italiana, le envía a su casa de Roma al nieto para que la vieja abuela lo cuide. A su muerte, en el año 1518, se le organizan funerales con pompa digna de un cardenal; el papa León X envía a sus chambelanes y la Congregación del Gonfalone le rinde homenaje.

Con estos datos no se puede reconstruir una vida, pero son suficientes para afirmar que, en efecto, existió una Vannozza que fue la madre de los famosos Borgia. Sin embargo, la paternidad de Alejandro VI puede suponerse, pero no demostrarse. Y las dificultades se multiplican cuando se piensa que los hijos que se atribuyen a Vannozza, por los documentos fehacientes, o sea los cuatro indicados, tuvieron por lo menos otro hermano y otra hermana, indudablemente hermanos de padre y madre, como lo acreditan documentos irrefutables que establecen relaciones jurídicas sujetas a formalidades muy estrictas.

¿ADOPTAR A LOS HIJOS DEL SOBRINO?

De Roo, después de una cuidadosa investigación, llega a consecuencias diametralmente opuestas a la opinión general. Según él, un Guillermo Raimundo

Llangol y de Borja, nacido de doña Juana de Borja y de don Pedro Guillén Llangol, siendo primer hijo, heredó las propiedades de Gandía, en aquel entonces no elevadas a posesiones ducales. Este Guillermo Raimundo, que no debe ser confundido con el condotiero papal sobrino suyo que murió en Roma, casó con Violante, comúnmente llamada Vanotia, hija de Seras o Gerard, señor de Castelvert, y de doña Damieta, hija de Giovanni del Milà y de doña Catalina de Borja, que tuvieron también otro hijo: Juan Luis de Milà, cardenal de los Cuatro Santos Coronados. Pues bien, Pedro Luis, Jerónima, César, Juan, Lucrecia y Jofré serían hijos de Guillermo Raimundo y de Violante, llamada Vanotia, es decir, Vannozza. Este Guillermo Raimundo era sobrino de Rodrigo y éste adoptó a sus hijos tras su temprana muerte, abunda Gervaso, citando también como fuente a De Roo.

A estas investigaciones de De Roo se puede añadir que Vannozza, en sus cartas, se firmaba «Borgia», y ninguna mujer toma el apellido del amante.

Con esta hipótesis, tenemos una Vannozza española, porque si Pedro Luis, primer duque de Gandía, es hermano de padre y madre de los otros cuatro: Juan, César, Lucrecia y Jofré, y por tanto, Vannozza es también su madre, no puede ser más que española, pues los documentos de la Corte española hablan del noble linaje de los padres de Pedro Luis y de su nacimiento español.

Un detalle curioso: aunque hay testimonios del amor que sentían los hijos por la madre, ésta no parece haber asistido a sus grandes triunfos en el

Vaticano. Ni pueden alegar razones de pudor o de respeto público para justificar esta ausencia los escritores que consideran a Vannozza concubina del papa Borgia, porque ellos mismos citan la presencia de la segunda amante, Julia Farnesio, en actos celebrados en los palacios apostólicos.

En toda esta cuestión, pues, hay más sombras que luces. La confirmación de las relaciones de Vannozza Cattanei —o Cathaneis, o dei Cattanei— con el cardenal Borgia, desde antes del año 1460 hasta 1483 o 1485, no depende de informaciones directas sobre ella, sino de la posibilidad de que sus hijos, Juan, César, Lucrecia y Jofré, fueran también hijos del papa Borgia.

A pesar de las muchas contradicciones y lagunas de esta relación sentimental —algunos autores incluso la han puesto en duda—, Pastor considera que la relación se inicia en 1460 y no termina hasta veinticinco años después. Cuando Rodrigo conoce a Vannozza, no había cumplido aún los 30 años y ella tenía once menos. «Era una mujer bellísima, de rostro oval, nariz afilada, cejas pobladas y arqueadas, ojos grandes y negros, barbilla corta, labios finos, tez rosácea oscura y pelo moreno», dice Gervaso. Lástima que todas las descripciones procedan del célebre retrato de una joven que se creyó en un tiempo Vannozza, una hipótesis hoy prácticamente descartada.

Lo importante en este punto, establecido que los Borgia son hijos de una Vannozza, es saber si son hijos también de Rodrigo, o sólo «sobrinos» o protegidos suyos. Por autores de la época sabemos que, en Roma, a Juan, a César, a Lucrecia y a Jofré se les considera hijos del Papa. Es cierto que los religiosos utilizan el término «hijo» con frecuencia para dirigirse a los que les rodean. Las cartas del Papa a Lucrecia, por ejemplo, parecen contradecir la tesis de la paternidad, ya que usa a menudo la frase «hija en Cristo»: el Papa llamaba «hijos» a todos o utilizaba la fórmula «hijos en Cristo»; y todos llamaban al Papa «Santo Padre» o «Padre». Resulta extraño que llamara «hija en Cristo» a su propia hija.

En una de las «Actas Consistorialia», en la que figura el nombramiento de César Borgia como cardenal, se dice: «Papa Alejandro por estos tiempos hizo cardenal a César Borgia, su hijo, probando que no era su hijo, sino criado y educado en su casa».

El Papa ordenó, al parecer, una investigación sobre la paternidad de César a cargo de los cardenales Juan Bautista Orsini y Antoniotto Pallavicini. Stefano Infessura, autor de la época, dice que los dos cardenales informaron que César era hijo legítimo de Domenico de Arignano, uno de los maridos de Vannozza Cattanei. El Colegio Cardenalicio aceptó la designación de César sin invocar el impedimento de bastardía. Y el Consistorio no era muy favorable al Papa en aquella hora.

Es inútil hacer referencia a todos los casos en que los llamados «hijos» del Papa eran, simplemente, familiares. El embajador de Ferrara, al escribir desde Roma a un amigo, dice: «Virginio Orsini ha ido a Nápoles y ha llevado consigo a un sobrino hijo de Nuestro Señor». Es decir: sobrino que era tenido como hijo, o hijo que usaba el nombre de sobrino.

Pero todas las crónicas, los cronistas, la leyenda y el «mito Borgia» dicen y repiten que de la unión de Vannozza y el vicecanciller nacerían cuatro hijos: Juan, César, Lucrecia y Jofré Borgia. Poco importa que en realidad no lo fueran o que el tratamiento resultara de una adopción posterior. El caso es que fueron como hijos para él, parte esencial de su vida, objeto de sus desvelos y preocupaciones, y fuente de sus mayores alegrías.

La enorme trascendencia que tuvieron en su pontificado y en su vida, a la que aportaron ingredientes tan sugestivos como para inspirar un verdadero folletín a artistas e historiadores poco rigurosos, anula el interés de la polémica. ¿Qué importa que fueran hijos biológicos o adoptados si fueron hijos «de facto», amados sin límite, considerados por Rodrigo a todos los efectos como sus auténticos descendientes? Es cierto que la paternidad de Alejandro VI es uno de los elementos que le han valido la condena eterna entre los historiadores católicos y ha servido para sentar las bases de su absoluta inmoralidad. Pero, por descomunal que pueda parecer este dato, hay que relativizarlo y enmarcarlo en las costumbres del Renacimiento, una etapa histórica en la que cardenales y papas tuvieron frecuentemente hijos.

Por otro lado, la incógnita histórica, objeto de enfrentamientos entre estudiosos, no puede resolverse hoy por hoy con los datos de que hasta ahora se dispone y quizá no pueda solventarse nunca. Dadas las circunstancias, aquí se propone la posición más común, que considera a los cuatro herederos Borgia «hijos» de Rodrigo a todos los efectos, sea o no cierta su paternidad, queridos y considerados como hijos, ya fueran ahijados, adoptados o hijos biológicos.

Los nacimientos se producen después de que, en 1468, el cardenal Rodrigo fuera ordenado sacerdote y nombrado obispo de Albano. En aquellos agitados tiempos, un niño podía ser cardenal y, desde luego, podía ostentarse el cargo sin necesidad de ser sacerdote. Por tanto, en descargo de aquellos cardenales pecadores, cabe argumentar que aún no habían hecho votos de pobreza, obediencia y castidad. Rodrigo se obliga a ellos a partir de ser ordenado sacerdote. El de pobreza lo incumplirá claramente y el de castidad, también, de forma abundante, casi «con premeditación y alevosía», podíamos decir, si las paternidades y demás relaciones amorosas con diversas mujeres fueran ciertas.

Máxima sintonía con Sixto IV

No ocurre nada trascendente en la vida del vicecanciller durante el pontificado de Pablo II. Rodrigo está dedicado a sus menesteres, a cuidar de los asuntos de la Iglesia y a formar una feliz familia de la que disfruta como pocos. El Papa veneciano, que estuvo tentado de hacerse llamar Formoso II en vez de Pablo II —tan guapo se consideraba—, inicia los carnavales romanos para recordar los de su tierra, colecciona objetos de arte, acumula riquezas y restaura el Panteón y otros monumentos. Su papado durará, como ya se ha señalado, seis años.

En la tarde del 26 de julio de 1471, tan pronto hubo expirado Pablo II, los cardenales se entregaron febrilmente a la tarea de pactar un sucesor. Rodrigo, apenas cumplidos los 40 años, estaba lejos de ser un candidato, pero se disponía, nuevamente, a ser la voz decisiva en la elección del nuevo pontífice. Para ello, se alió con los Orsini contra la candidatura del viejo cardenal Bessarion, emigrado de Bizancio, que había estado a punto de convertirse en papa a la muerte de Nicolás V, cuando Alfonso Borja le ganó la partida por pura suerte. El elegido fue Francisco della Rovere —un apellido que habría de mantenerse durante largos años ligado a la corte vaticana y sería la peor de las desdichas para los Borgia— y tomó el nombre de Sixto IV.

Como era tradicional, el nuevo papa inició su pontificado repartiendo prebendas en pago a las ayudas recibidas en el cónclave. A Rodrigo Borgia le correspondió la abadía de Subiaco. Pero Sixto IV fue sobre todo enormemente pródigo con sus propios sobrinos, Pedro Riario y Julián della Rovere, que reciben de inmediato el capelo cardenalicio. Aun así, con el papa Della Rovere, el vicecanciller siguió ocupándose de misiones delicadísimas, entre las que destaca una visita a España que dio como frutos inmediatos la legitimación del matrimonio entre los primos Isabel de Castilla y Fernando de Aragón, los Reyes Católicos; tal unión aceleraría la Reconquista, daría lugar a la creación de España, y serviría de base para el descubrimiento de América y la formación de un imperio que dominó el mundo durante siglo y medio.

Originalmente, su misión diplomática en España tenía por objeto convencer a los reyes de Castilla y Aragón para que se sumaran a una cruzada contra los turcos. Sixto IV, inflamado por la misma pasión que sus antecesores, se siente capaz de destruir de una vez por todas al enemigo de la Cristiandad. De acuerdo con el consistorio, decide enviar, como paso previo, a cinco cardenales para convencer a los príncipes de Europa de la necesidad de una nueva cruzada y para recaudar dinero a tal fin. Uno de los emisarios es Rodrigo Borgia, al que se encomienda visitar las cortes de España y Portugal. Otro es el cardenal Bessarion, cuyo cometido es visitar a los reyes de Francia e Inglaterra y el ducado de Borgoña. El cardenal Barbo, sobrino del papa precedente, Pablo II, fue enviado a la corte del emperador alemán, a la del rey de Hungría y a otras menores. El muy apreciado cardenal Carafa, de Nápoles, debía visitar al señor de su tierra natal, el rey Ferrante; el cardenal Capránica, por su parte, quedó encargado de persuadir a otros príncipes italianos.

Rodrigo recibió tales poderes para realizar su misión que Jacopo de Volterra escribe: «El vicecanciller es como el propio Papa». Salió de Roma con gran pompa el 15 de mayo de 1472. En Ostia estuvo algunos días. Dos galeras venecianas le llevaron con su séquito, más numeroso y distinguido que el de un rey, hasta la costa de Valencia, donde desembarcó el 18 o el 20 del mes siguiente. Allí fue recibido con honores sólo equiparables a los destinados a los propios soberanos del país. Nobles y altos funcionarios de la corte y de la ciudad salieron a recibirle. Las casas, a lo largo del camino que recorrió, aparecían adornadas con tapices. El cardenal iba a caballo, bajo un elegante dosel que sostenían miembros de la nobleza a pie. El pueblo, en larga procesión, le acompañó en las visitas a las iglesias, donde se cantaron diversos *Te Deum.* Toda la ciudad demostró gran entusiasmo en festejarlo y honrarlo.

Pronto comprendió Rodrigo que la amenaza turca inquietaba poco a los españoles. Quizás por eso dedicó sus desvelos a resolver un conflicto dinástico que tenía a Castilla al borde de la guerra civil, entre los partidarios de Juana «la Beltraneja», hija de Enrique IV, y los de su hermano Alfonso, y tras la muerte de éste, los de su hermana Isabel, esposa de Fernando de Aragón. «Con la paciencia de una araña y la astucia de un zorro, se aplicó a la extenuante misión de la conciliación», dice Gervaso, que reproduce a Walsh: «Rodrigo era aclamado por doquier como el hombre que por su tacto y habilidad había hecho posibles los preliminares de la pacificación».

El rey de Castilla, Enrique IV, conocido como «el Impotente», y su esposa Juana de Portugal habían sido padres de una sola hija, Juana, en 1462. Para muchos, Juana era el fruto de los amores de la reina y su favorito Beltrán de la Cueva, de ahí el apodo de «la Beltraneja». La polémica hubiera sido secundaria de no ser porque estaba en juego la herencia del trono castellano, al que aspiraba Isabel, hermana de Enrique IV, casada casi a escondidas con su primo, Fernando de Aragón. Un matrimonio realizado sin permiso del rey y sin la debida bula que dispensara a ambos de la prohibición de casarse, debido al problema de consanguinidad, ya que eran primos en tercer grado. Al parecer, los príncipes habían recibido una bula falsa, que el Vaticano no reconocía. El conflicto dinástico estaba en un momento álgido cuando Rodrigo Borgia llega a Castilla, donde los nobles y el alto clero dividían sus lealtades entre «la Beltraneja» y la princesa Isabel. Así, mientras el arzobispo de Toledo, Alfonso Carrillo, estaba contra la hija del rey, otro poderoso prelado, Pedro González de Mendoza, se inclinaba a su favor. En realidad, la opinión pública ya había fallado en el contencioso, puesto que, con razón o sin ella, llamaba a la heredera oficial «Beltraneja», dando por hecho su condición de bastarda, lo que arruinaba sus esperanzas dinásticas.

Rodrigo defiende casi desde el principio la posición de Isabel. Convence al marqués de Villena, muy influyente ante el rey, y finalmente se sella la conciliación entre éste y el matrimonio en un banquete, del cual, el rey sale enfermo de muerte por un fuerte ataque de hígado. Algunos autores hablan de envenenamiento y el francés Ivan Cloulas llega incluso a acusar abiertamente a Fernando de Aragón.

ARTÍFICE DE LA UNIDAD ESPAÑOLA

Pero la cuestión más espinosa seguía siendo la situación conyugal de Fernando e Isabel, que la Iglesia consideraba mero concubinato, condenando a la hija nacida de su unión a la categoría de bastarda.

Sólo una bula papal podía legitimar la alianza entre Castilla y Aragón. La pareja la había solicitado en vano a Pablo II. Rodrigo Borgia la consiguió de Sixto IV. «Una obra maestra que aceleró ese proceso de unificación de la península ibérica que estaba ya en el aire, pero cuyo cumplimiento retrasaba el *faux ménage*. De la fusión de las coronas aragonesa y castellana, a la que seguirían la expulsión de los moros, la absorción del reino de Granada y el desmantelamiento de las facciones, nacerá la España moderna», dice Gervaso.

El arzobispo de Toledo, Alfonso Carrillo, a pesar de ser la primera autoridad eclesiástica de España y de haber ayudado con eficacia decisiva a la misión del cardenal Borgia, se quedó sin el ansiado capelo cardenalicio. El premio le fue otorgado al arzobispo González de Mendoza, para compensar a la derrotada facción partidaria de Juana. Pudo ser un borrón en la siempre justa forma de actuar del vicecanciller Borgia. Se desconocen las razones de una decisión tan injusta. Carrillo, profundamente herido por esta marginación, combatió a Isabel la Católica y, al final de su vida, se retiró a sus posesiones de Alcalá de Henares.

MEDIADOR EN LA RENDICIÓN DE BARCELONA

También en el Reino de Aragón el cardenal Borgia hizo sentir su influencia benéfica, colaborando en la pacificación de Barcelona, sitiada por las tropas del rey Juan II y reducida a condiciones casi desesperadas. Rodrigo Borgia apoyó al rey aragonés, pero pidió clemencia para los rebeldes, y la obtuvo. El propio cardenal se convirtió en árbitro de la contienda, ofreciendo una ventajosa rendición a los barceloneses, que éstos acabaron por aceptar. El vicecanciller apostó claramente por la unión de los reinos de Castilla y Aragón, pensando quizás en las ventajas que la nueva potencia podía representar en el mantenimiento del precario equilibrio europeo.

En este periodo, la situación de la Península Ibérica era confusa y desordenada, ensangrentada por luchas fratricidas entre los diversos reinos; los más débiles estaban expuestos a las ansias expansionistas de los vecinos más fuertes. Mientras Castilla, gobernada con escasa energía por el rey Enrique IV, hierve entre los partidarios de Juana y los de Isabel, en Aragón, el rey Juan II mantiene una violenta batalla para someter a los catalanes rebeldes. Portugal vigila la situación de Castilla y en el sur, el reino de Granada, último bastión islámico en la Península, se hunde lentamente, cercado por las tropas cristianas. Al norte, tanto en el frágil Reino de Navarra como en las provincias vascas fronterizas, las amenazas de guerra con Francia son continuas. En los cinco reinos peninsulares independientes, poblados por señores feudales potentísimos aún y mal avenidos, convivían tres religiones: la cristiana, la musulmana y la judía, toda una proeza histórica; el difícil equilibrio no duraría mucho.

En el terreno eclesiástico, Borgia reunió el llamado Concilio de Segovia o reunión de los representantes de todas las diócesis de Castilla y de León, en el cual, entre otras decisiones, condenó los nombramientos de «tantos clérigos ignorantes» y estipuló que se tomaran medidas para evitar que continuara tal situación en el futuro.

Notable fue el discurso que pronunció ante el clero de Valencia, a su llegada: una bella pieza oratoria, en la que Rodrigo se disculpó, de manera más bien retórica, ante sus feligreses por su prolongada ausencia: «Si hasta hoy, pues, nos ha sido vedado estar con vosotros y por ello hemos tenido que delegar en otro el cumplimiento de nuestro deber, ello no ha sido por elección nuestra y decisión de nuestra libre voluntad, sino obligados por las circunstancias. De esta guisa han delegado en otros, que los representen para desempeñar sus propias labores, rectores de muchas iglesias, reyes y príncipes y las más altas autoridades; de esta suerte, también los pontífices romanos, de mayor consideración que todos, nombran sus delegados para una diócesis especial, a fin de que ejerzan el poder en su nombre».

Y les recomienda: «Haced que los actos de vuestra vida se ajusten, en cuanto sea posible, a vuestra profesión, y observad tal modestia, que el corazón u ojos de los que os miran no sean turbados. Nuestra consagración a ser modelo de ejemplaridad hace que el pecado de olvidar tan alto sacerdocio sea aún más reprobable que la culpabilidad misma de la transgresión. Procedamos honradamente y velemos por nuestra buena reputación; esto es primordialmente necesario para el éxito de nuestro ministerio». La persona que dice estas palabras desde el púlpito valenciano es la misma a la que posteriormente se le atribuyen en esos años amoríos y varias paternidades. Pero no hay que alarmarse: la carrera eclesiástica exigía una estudiada dualidad y no pocas dosis de cinismo.

El vicecanciller añadirá: «Si se destruyera la cabeza [Roma], también perecería el resto del cuerpo cristiano. Si es incumbencia de alguien correr en ayuda de Roma, si alguien tiene el deber de prepararse para defender la religión, ciertamente a nadie le incumbe más que a nosotros [...]. Es preciso que los demás imiten nuestro ejemplo». Rodrigo ya no era un Borja, era un auténtico Borgia, fiel al Papado más allá de su cuna.

La nota sentimental en esta misión diplomática se produjo en la visita a su ciudad natal, Xátiva. El cardenal no sólo fue recibido con todos los honores del cargo, sino con un afecto desbordante. Volvió a recorrer los lugares de su infancia y recibió el agasajo de todo el pueblo en la plaza que llevaba el nombre de la familia. Todo son satisfacciones en ese primer y último viaje a su tierra. Rodrigo ha doblado la mitad de su vida. Es un hombre adulto en la plenitud de sus fuerzas y mimado por la fortuna.

A PUNTO DE NAUFRAGAR Y ASALTADO POR LOS PIRATAS

A finales de septiembre de 1473, tras dieciséis meses de misión diplomática en España, el cardenal legado emprendió regreso a Roma. Fue un viaje lleno de incidentes que estuvo a punto de serle fatal. Una advertencia del destino caprichoso que rige las vidas de los hombres: un buen susto, sin duda, tras los éxitos y las satisfacciones del viaje a la Península Ibérica. El 10 de octubre, avistando ya las costas italianas, una fuerte tormenta provocó estragos en la pequeña flota vaticana. Una de las galeras se hundió con doscientas personas a bordo, muchas de las cuales murieron, y la nave en la que viajaba el propio Borgia quedó seriamente maltrecha, aunque pudo alcanzar el puerto de Livorno, en la costa toscana.

Este desastre fue seguido de otro percance no menos tremendo. Los piratas asaltaron brutalmente a la comitiva y robaron a los viajeros 30.000 florines: «En tierra de moros no se habría producido toda la crueldad que se ha producido en este caso», escribió Borgia a Lorenzo de Medici, señor de la Toscana, sin obtener ninguna reparación. La vida, entonces, era incierta y los viajes, una moneda al aire.

La misión del cardenal había sido un éxito en lo que concernía a la política interior de España, pero el encargo principal que le había hecho Sixto IV, es decir, conseguir la participación de los reyes hispanos en una nueva cruzada contra el turco, no había obtenido respuesta. Los reyes cristianos no querían ni oír hablar de cruzadas, empeñados como estaban en resolver sus propias diferencias. No tuvieron más suerte en sus gestiones los restantes legados pontificios, que regresaron a Roma con las manos vacías. El Papa tuvo que tragarse el desaire: la Cristiandad ya no estaba para cruzadas.

El papado de Sixto IV —un franciscano trasmutado como por ensalmo en derrochador monarca, que gastó 100.000 ducados sólo en su tiara— se extendió a lo largo de una década. Presidirá las celebraciones del Año Santo de 1475 y desarrollará un importante mecenazgo. Ordenó construir el puente que aún lleva su nombre, Ponte Sixto, el primero que se tendía sobre el Tíber desde la Antigüedad, para desahogar la presión que sufría el del Santo Ángel, donde el afluir de las masas de peregrinos durante el Jubileo había causado una gran tragedia. Y, sobre todo, hizo levantar la Capilla Sixtina, escenario espléndido para las liturgias de los doscientos eclesiásticos que formaban la Capilla Papal.

Mientras, la vida familiar de Rodrigo transcurre plena de acontecimientos: van naciendo sucesivamente los cuatro hijos de Vannozza Cattanei, se casan las hijas mayores, Jerónima e Isabel, y la primera muere al poco de su matrimonio.

Nacen César y Juan Borgia

César Borgia nació probablemente casi un año después del retorno del vicecanciller Rodrigo a Roma. Así cuenta Robichon el nacimiento: «En una noche de septiembre de 1475, la que transcurrió precisamente entre el 13 y el 14, había venido al mundo el hijo primogénito de Vannozza Cattanei, desarrollándose el acontecimiento en una discreta casa de la "calle Recta" de Subiaco. El astrólogo Lorenzo Behaim, mayordomo al servicio del cardenal

Borgia, confeccionó el horóscopo del niño en estos términos: "A la hora de tu nacimiento, el Sol se encontraba en su fase ascendente, la Luna en la séptima, Marte en la décima, Júpiter en la cuarta...".». La posición de los astros en esa noche auguraba al individuo «una existencia fulgurante», «una vida de conquistas y de gloria», «el ascenso irresistible a una potencia soberana»; pero asimismo «la caída, el exilio», y una «muerte violenta» como epílogo. César Borgia será uno de los más famosos personajes del Renacimiento, cruzará como un relámpago el mundo de su época, dejando tras de sí una huella indeleble de hazañas militares e intrigas políticas, agrandada por una leyenda de crímenes y crueldad tan desorbitada como la que ha ensombrecido la historia de toda la familia.

Al año siguiente nacerá Juan Borgia, aunque algunos investigadores aseguran que éste vino al mundo antes que César. Juan tendrá una vida corta, eclipsada por la de su hermano. Lo relevante del caso es que tales acontecimientos, en la vida de una persona de la alcurnia y de la visibilidad político-religiosa del vicecanciller de la Iglesia, tendrían que haber dejado abundantes testimonios contemporáneos. No los hay.

Coronando a Juana de Nápoles

En 1475, cuando el rey de Nápoles visite Roma, Rodrigo será encargado de hacerle los honores del recibimiento, junto al que será después su más encarnizado enemigo, Julián della Rovere, sobrino de Sixto IV y elevado por su tío a la «púrpura».

En agosto de 1477, el vicecanciller representa al Pontífice en la coronación de Juana de Aragón como reina de Nápoles tras casarse con el rey Ferrante, otra misión diplomática de suma importancia para el Papado. Sixto IV hubiera podido acudir personalmente, pero la situación de Italia le retenía necesariamente en Roma. Al otorgarle la delegación, el Papa señala su pena por quedar privado por un tiempo «de su habitual prudencia, de su integridad y solicitud, y de la gravedad de sus costumbres».

El cardenal Borgia fue investido de todos los poderes eclesiásticos y temporales para llevar a cabo esta nueva misión, y en Nápoles tuvo un recibimiento casi regio. Una vez más, con todo esplendor y dignidad, cumplió su misión. Tenía 45 años, era alto, bien proporcionado, tenía una cabeza leonina, los modales francos y corteses a la vez, la voz sonora y suave, dicen los cronistas. En Nápoles produjo gran impresión.

El gasto de estas misiones corría a cuenta del bolsillo del elegido y, en concreto, para realizar la costosísima visita a España, Rodrigo se vio obligado a hipotecar todos sus bienes. A la vuelta del viaje, liquidó deudas puntualmente.

En uno de sus últimos periodos de bienestar físico, pero ya cerca de la muerte, el papa Sixto fue a Ostia con sus dos sobrinos cardenales, Julián y Jerónimo Basso (el tercero, Pedro Riario, había muerto muy joven), e invitó a Rodrigo Borgia. Jacopo de Volterra relata las escenas que presenció en esta ocasión. Gran comida en casa del cardenal Julián, en Ostia; al día siguiente, banquete lleno de elegancia y esplendor en el palacio episcopal de Porto, ofrecido por Rodrigo, obispo del lugar. El Papa y los tres cardenales se divierten por la tarde, libres de toda ceremonia oficial, paseando por la playa. El Pontífice, de genio terrible, derrocha amabilidad para con sus acompañantes, que se muestran enormemente afectuosos entre sí.

El iracundo papa franciscano no podía sospechar en aquel descanso idílico la feroz querella que estaba a punto de estallar entre los dos cardenales, Julián della Rovere y Rodrigo Borgia, destinada a dejar una huella secular en la Iglesia. «Los grandes hombres son los que tienen la noción más imperfecta de los actos de su vida», sentencia Orestes Ferrara. Julián della Rovere, una vez convertido en el papa Julio II, será decisivo en la destrucción de la reputación histórica de Rodrigo Borgia.

NACEN LUCRECIA Y JOFRÉ BORGIA

En 1480 nació Lucrecia, el 18 de abril, según Gervaso. En 1481 nace Jofré, o Godofredo. No hay datos de la época sobre su lugar de nacimiento. El historiador Ferdinand Gregorovius los considera españoles y añade que llegaron a Italia en tierna edad.

César tiene entonces 6 años y ya recibe los títulos de canónigo de la catedral de Valencia y de archidiácono de Játiva, junto con el de protonotario apostólico. Al año siguiente se le nombra preboste

72

de Alba. A la llegada de Inocencio VIII, dos años después, acumulaba también los cargos de tesorero de la catedral de Mallorca, canónigo de la seo de Lérida, archidiácono de Tarragona; los beneficios correspondientes a todas esas dignidades no eran pocos.

Según Robichon, un documento notarial fechado el 23 de enero de 1482 se ofrece como el primero en el que el futuro Alejandro VI reconoce una paternidad: «Yo, Reverendísimo en Jesucristo, don Rodrigo Borgia, de la Santa Iglesia romana, llevado y movido por el amor y el afecto paternos, queriendo tratar y reconocer como hija suya a la joven Jerónima, que sale de su familia y de su casa [...]». Pero cabe detenerse en un detalle: dice «tratar y reconocer como hija suya» a Jerónima, una fórmula que puede muy bien ser el recurso para hablar de una adopción. Jerónima tiene 13 años, y su esposo es el gentilhombre romano Juan Cesarini.

Al año siguiente (1483) muere Jerónima y su otra presunta hija, Isabel, se casa con Pedro Matuzzi, secretario apostólico.

INOCENCIO VIII

El 12 de agosto de 1484 muere Sixto IV, tras un papado de trece años en el que «colocó» a más de veinticinco sobrinos y parientes en altos cargos de la Curia, ocho de ellos, en el Colegio Cardenalicio. Rodrigo, con 53 años, era el decano del Sacro Colegio, y ya contaba con la total hostilidad del sobrino más destacado de Sixto, Julián della Rovere. Sin embargo, uno y otro, claros aspirantes a ceñir la tiara, optaron por aplazar un combate que parecía infructuoso en aquel momento, y dieron su apoyo a Juan Bautista Cibo, que eligió el nombre de Inocencio VIII. Para lograr la elección de este Pontífice, el cardenal Julián della Rovere sobornó a cuantos purpurados fue necesario. Los efectos de su triunfo se dejaron ver en todo el Pontificado, porque el enemigo de Rodrigo Borgia manipuló por completo a Inocencio, un hombre débil e incapaz de oponérsele.

La influencia de Julián della Rovere había sido enorme en el pontificado de su tío y el cardenal titular de San Pietro in Vincoli no estaba dispuesto a perderla con el nuevo Papa. El único obstáculo era el vicecanciller, cuyo poder se oponía a los designios de Della Rovere. La rivalidad entre ambos es evidente y el odio de Julián por Rodrigo, enfermizo. Cuando Della Rovere consiga al fin ser nombrado Papa, tras la muerte de Rodrigo y el brevísimo interregno de Pío III, perseguirá con saña toda huella de Alejandro VI e intentará por todos los medios emborronar su memoria y tergiversar su papel en la Historia. «Luego que obtuvo el Pontificado Julio II, decidido enemigo de los Borgia, la gente se acostumbró a considerar a Alejandro VI como prototipo de todo lo malo y pernicioso», escribe Pastor en su famosa *Historia de los Papas*, poniendo inadvertidamente el dedo en la llaga de la leyenda negra borgiana. Y añade en otro momento: «En tiempos de Julio II se entregó enteramente la memoria de

Alejandro VI al odio y al desprecio». Ello tuvo gravísimas consecuencias para la reputación del Papa español, porque el repudio venía de un Pontífice, es decir, de la propia Iglesia.

El largo reinado de Sixto IV, el cuarto del que era testigo el vicecanciller, había fortalecido las esperanzas sucesorias de Rodrigo, el segundo hombre más poderoso en el Vaticano. Al término de este pontificado, el «español» ya había entrado en la cincuentena: el momento mejor para ser elegido, ni demasiado joven ni aún viejo. Pero cuando se inició el cónclave de 1484 que debía pronunciarse sobre la sucesión de Sixto IV, el genovés Juan Bautista Cibo no habría de encontrar defensor más ardiente que el vicecanciller Borgia para abrirle el camino.

Y se desarrolló la escena ritual, el esquema que se repetía en todas las elecciones romanas: arrodillado delante de los cardenales que acababan de designarle, Inocencio VIII escuchó las peticiones de sus electores y luego firmó la lista de sus compromisos para con cada uno de ellos.

LA EDUCACIÓN DE LOS VÁSTAGOS

Unos meses más tarde, corriendo ya el año de 1486, ocurre un hecho importante en la familia Borgia. César y Lucrecia son encomendados a la tutela educativa de Adriana Milà, esposa de Ludovico Orsini, y van a vivir con ella al palacio de los Orsini, en Monte Giordano. Juan permanecía en España con su hermanastro Pedro Luis.

Adriana era prima de Rodrigo, hija de Pedro de Milà, establecido en Roma en tiempos de Calixto III. Tenía, ya en esa época, un hijo y era «una criatura notablemente salvaje, impregnada de la soberbia de su raza, despiadada consigo misma como lo era con los demás, y devotamente adicta de su primo», dice Robichon. Otras descripciones menos pintorescas hacen hincapié, sin embargo, en su refinamiento y cultura, y la presentan como una gran señora renacentista.

Rodrigo permanece muy cercano a sus hijos y frecuenta Monte Giordano, que, por otra parte, está situado muy cerca de su propio palacio. Se dice que los niños César, de 11 años, y Lucrecia, de 6, son retirados de casa de su madre Vannozza, pero puede pensarse que, simplemente, en ese momento, César y Lucrecia llegan de España y que no existe tal «casa materna» en Roma.

De la instrucción de César se encargaron maestros escogidos por su padre entre los más destacados, como Spannolio de Mallorca, miembro de la Academia Romana, o el humanista de Valencia, Juan Vera, futuro cardenal. El talento de César y su elevada posición merecieron que un docto italiano, Pablo Pompilio, le dedicara una de sus obras sobre métrica latina.

MUERTE DEL PRIMOGÉNITO

Hacia 1488 muere Pedro Luis Borja, supuesto primogénito del vicecanciller. Unos dicen que falleció camino de Roma, sin explicar cuándo y por qué había abandonado su ducado de Gandía y los preparativos de su boda con la prima del rey de Aragón. Nadie explica su muerte. La noticia es un duro golpe para Rodrigo. Pero, además, le obliga a introducir cambios en el organigrama familiar. El puesto del duque de Gandía será ocupado a su debido tiempo por Juan, que pasará a convertirse en el referente familiar en el campo de la política y la milicia. Tampoco pudo representar ese papel durante mucho tiempo, puesto que también morirá joven. Será entonces cuando César ocupe el lugar que sus dos hermanos dejen sucesivamente vacante. Y lo hará con acierto excepcional.

Son años tranquilos, en los que nada espectacular ocurre en la vida del vicecanciller, que olvida la trágica muerte de Pedro Luis con el consuelo de la presencia de sus cuatro hijos pequeños. Todos los testimonios coinciden en afirmar que Rodrigo es un hombre hogareño, al que sus hijos y su familia dan enorme satisfacción.

En 1489 se data el inicio de las supuestas relaciones amorosas entre el cardenal Rodrigo, de 59 años, y Julia Farnesio, que apenas contaba 15 años. Casi todos los historiadores dan por ciertas tales relaciones y suelen esgrimirse como evidencias algunas cartas intercambiadas entre Borgia, ya como Alejandro VI, y la bella joven; también suelen aportarse como prueba rumores y maledicencias de la época. Todo muy endeble. Julia llega a Roma como prometida de Orso Orsini, hijo de Adriana Milà y Ludovico Orsini. La leyenda atribuye a Adriana un retorcimiento moral tal como para permitir e incluso tejer la compleja relación ilícita, permitiendo a nuera y tío ser amantes durante muchos años, en perjuicio de su propio hijo y ante los ojos de Lucrecia, la hija de Rodrigo encargada a su custodia.

El 21 de mayo de ese año, con el cardenal vicecanciller como primer testigo, se celebra el enlace matrimonial entre Julia y Orso Orsini en el salón de las Estrellas del Palacio Borgia, prestado por el cardenal para la ocasión. El novio era llamado *il Losco*, el Tuerto, porque llevaba siempre un vendaje a causa de una enfermedad ocular.

LA BELLA Y EL PAPA

¿Hubo entre Rodrigo y Julia más que una afectuosa relación familiar producto del exacerbado paternalismo del personaje? Orestes Ferrara no lo cree: «Es obligación nuestra hacer constar que todo esto ha sido dicho ligeramente, pues ello surge de sospechas populares, siempre prontas a formarse contra los poderosos; de madrigales recitados a escondidas; de toda una oscura y pasional tradición, cuando no de la propia cosecha de los escritores de la época posterior. Las llamadas relaciones de Alejandro VI con la bella Farnesio no nos vienen de una información seria y verosímil, sino que salen, como las de la Vannozza, de la confusión y alteración de los hechos conocidos, y nos vemos obligados a afirmar que no solamente no hay pruebas concluyentes que nos induzcan a creer en ellas, sino que las hay negativas, que nos imponen suponer que tanta vileza es una invención más de las muchas que cayeron sobre la cabeza expiatoria del papa Borgia».

Pastor y Gregorovius atribuyen a una carta muy posterior del propio Rodrigo, ya convertido en papa, el valor de una confesión sobre estos amores. La carta, dirigida a su hija Lucrecia en junio de 1494, con ocasión del viaje de ésta a Pesaro, acompañada por Julia Farnesio y Adriana Milà, dice textualmente: «Madonna Adriana y Julia han llegado a Capo di Monte, en donde encontraron a su hermano muerto [referencia al fallecimiento de un hermano de Julia, motivo del viaje de ambas]. Por esta muerte, tanto el cardenal Farnesio como Julia han sufrido mucho y se hallan tan afligidos que los dos han caído con fiebre. Nos, hemos mandado a Pietro Carranca que los visite, y nos hemos ocupado de los médicos y de todo lo que fuera necesario. Confiemos en Dios y en la Madonna Gloriosa que pronto estén bien. Verdaderamente, el señor Joanni y tú [Lucrecia] tenéis poco respeto y consideración por este viaje de Madonna [Adriana] y Julia, dejándolas partir sin expreso permiso nuestro, porque debéis haber pensado, como era vuestro deber, que tal viaje repentino, sin nuestro conocimiento, no podía sino dolernos sumamente. Y dirás que ellas lo quisieron así porque el cardenal Farnesio lo quería y lo ordenaba, pero hubierais debido pensar si esto era del agrado del Papa. Ahora está hecho: otra vez tendremos más cuidado y pensaremos muy bien en qué manos pondremos nuestras cosas».

Éste es el texto enarbolado por historiador tras historiador para deducir la existencia de relaciones sexuales entre Rodrigo y Julia. Un documento que muestra preocupación considerable por Julia Farnesio pero del que resulta bastante difícil deducir la existencia de una relación sexual. Pero hay otros documentos a los que se aferran los historiadores para afirmar que Julia fue amante del Papa.

Se trata de ciertas cartas que se intercambian la propia Julia y Alejandro VI ese mismo verano. Documentos que han reforzado la hipótesis, convertida en realidad a fuerza de repetirse, de una relación sexual entre la joven señora Orsini y el Pontífice. Veamos los presuntamente escandalosos párrafos probatorios.

Julia escribe al Papa: «Aquí se sigue bailando, cantando y haciendo mascaradas [...]. La Señora [Adriana], doña Lucrecia y yo fuimos a bailar a la fiesta, en la que había tanta gente que era una cosa estupenda, y todas íbamos vestidas tan magníficamente que parecía que hubiéramos despojado a Florencia de sus brocados [...]». «Estando sin Vuestra Santidad, y dependiendo de ella todo mi bien y toda mi felicidad, no pude con ningún placer ni satisfacción disfrutar de tales placeres, y aunque hubieran sido mayores, con mayor disgusto los probaría pues donde está mi tesoro está mi corazón [...]. La señora y yo estamos contando los días que nos queda estar aquí porque, al final, todo lo que no sea estar a los pies de Vuestra Santidad es una farsa».

El Papa responde: «Así como Nos conocemos claramente esto [tu perfección], también tú te destinarás por completo y dedicarás a esa persona que te ama más que ninguna otra [se supone que el Pontífice se refiere a sí mismo]».

Y de nuevo escribe Julia: «Tenga Su Santidad la certeza de que yo, tanto por mi honor como por Vuestro amor, en la noche y en el día no pienso en otra cosa que en demostrar que soy una Santa Catalina, si es posible». (Santa Catalina de Siena, que vivió entre 1347 y 1380, nacida Catalina Benincasa, entró en la Orden de Santo Domingo a los 16 años de edad. Fue una mística y llevó una vida ascética, siendo canonizada en 1461 y confirmada como segunda patrona de Roma por Pío IX).

Julia encabezaba sus cartas con la fórmula «A mi único señor».

De este intercambio epistolar, sin duda intrigante, se han deducido turbulentos episodios carnales. Robichon habla de «la confesión encendida de un hombre de 63 años proclamando impúdicamente su apetito amoroso». Y la mayoría de los estudiosos considera que son prueba irrefutable de la relación ilícita entre el Papa y la esposa de Orso Orsini.

Pero la verdad es que ningún contemporáneo se hizo eco del que habría sido el mayor escándalo de la época, aunque es cierto que los rumores de este idilio recorrieron Roma. Julia siguió, aun después de la muerte de Alejandro y de su propio marido, en las mejores relaciones con su suegra Adriana Milà; Lucrecia, igualmente, mantuvo correspondencia con ella hasta sus últimos días; el cardenal Farnesio y todos los parientes le conservaron estima y afecto. Ninguna crítica, ninguna alusión de contemporáneos se oye sobre estas relaciones ilícitas, ni siquiera después de la muerte de Alejandro VI, a pesar del odio que alimentaban contra él las pequeñas cortes italianas. Sólo un embajador veneciano, cerca de cuarenta años después, recuerda la voz que corrió por Roma, según la cual a la Bella Julia se la conocía como la «esposa del Señor». Nada de esto impidió que en Bomarzo, propiedad de los Orsini, continuara erecta después de su muerte la elegante capilla con la que Orso Orsini quiso ensalzar la virtud y la piedad de su mujer.

El mismo año que aparece Julia en Monte Giordano, César marcha a la universidad. «Hacía tres años que Lucrecia y César vivían bajo las lúgubres bóvedas de la fortaleza Orsini, cuando Rodrigo Borgia decidió que el adolescente —14 años tendría— marchara a la región de la Umbría para seguir allí los cursos de la Universidad de Perugia. Ningún soberano dio, sin duda, educación más esmerada a su hijo», escribió Clemente Fusero.

HIJOS PRECOCES

El vicecanciller quiere con locura a sus hijos, pero Lucrecia es la niña de sus ojos. Querrá casarla bien y empezará a pensar en ello desde bien temprano. Ya en 1491, el notario de la familia redacta un contrato de matrimonio entre Lucrecia, que tiene solamente 11 años de edad, «y un joven gentilhombre catalán, don Juan Querubín de Centelles, señor de Val d'Ayora, en el reino de Valencia», dice Robichon. La dote alcanzaba un capital en plata y joyas de 30.000 «timbres». Pero la boda no llegará a celebrarse nunca, porque el vicecanciller cambia de opinión y rompe el contrato español a favor de un pretendiente italiano, Gaspar de Aversa, uno de los retoños de los condes de Procida, de 15 años de edad.

El 12 de septiembre de 1491, César es nombrado obispo de Pamplona y va a estudiar teología a Pisa, tras dos años en la Facultad de Derecho de Perugia. Por entonces ya es impresionante la prestancia física, el fuerte carácter y la inteligencia de César. «Esbelto, ágil, de pelo castaño, piel morena, frente despejada, ojos oscuros y profundos [...], modales exquisitos [...], impecable y distante cordialidad [...], fuerza hercúlea [...], excepcional vigor físico y arrojo de león: doblaba con las manos lanzas [...], tenía multitud de amantes [...], los juegos y los placeres no lo apartaron de los estudios, coronados por una licenciatura en Derecho canónico y civil obtenida entre los 16 y 17 años», dice Gervaso, quizás exagerando un poco.

En Pisa, César «vivía, según todos los indicios, como un joven señor atento a las exigencias de su rango, digno del hijo de un príncipe del Vaticano. Acababa de cumplir 16 años de edad. Además de los dos preceptores, Vera de Ercilla y Romolino de Ilerda, ambos nacidos en España y enviados a su lado por el cardenal Borgia, le acompañaba toda una corte recargada, terriblemente expansiva y bulliciosa, que derramaba oro y lucía joyas y ropas preciosas. En este sentido, el vicecanciller no había regateado esfuerzos para conferir al nuevo titular del obispado navarro y a su casa el resplandor y la dignidad que le correspondían», narra Robichon.

Estaba también en Pisa el retoño de otro poderoso de la península: Juan de Medici. El hijo menor de Lorenzo de Medici había sido destinado, como César, al servicio de la Iglesia; Inocencio VIII acababa de convertirlo en el cardenal más joven del Sacro Colegio, en contrapartida por el matrimonio de Magdalena, hija del florentino, con su propio hijo Franceschetto.

El joven Medici, rollizo y coloradote, de ojos saltones, desprovisto de atractivos físicos pero dotado de una inteligencia aguda y sutil, será años después el papa León X. La similitud de sus respectivas situaciones acercó a los dos jóvenes, al tiempo que rivalizaban en fasto, emulación y refinamiento intelectual.

Por aquel entonces se consideraba al Medici, con toda justicia, «el fiel de la balanza» que mantenía en Italia el difícil equilibrio entre las codicias y los antagonismos de Milán y de Nápoles. Según el embajador veneciano, Rodrigo afirmó que le gustaría hacer de su hijo y del hijo del Magnífico «una sola carne y una sola sangre» (*«una caro et sanguis»*). Al hijo del florentino se le atribuye también haber dicho que «se sentía ya unido a César como si hubieran *nati ex eodem utero»*. Los dos adolescentes simpatizaron, y entablaron en Pisa una amistad sincera.

III

El cónclave de su vida

El 2 de enero 1492, Fernández de Córdoba, capitán de los ejércitos de Fernando e Isabel, futuros Reyes Católicos, entra triunfal en Granada. La Cristiandad entera recibe con desbordante alegría la noticia de la reconquista tras setecientos ochenta años de dominio «infiel». Al domingo siguiente, y para festejar el acontecimiento, en el Palacio Borgia se organizó un espectáculo nuevo para los romanos, al que asistió el Papa. El vicecanciller hizo que unos compatriotas diestros en las justas corrieran y dieran muerte a tres bravos y magníficos toros. «Y la fiesta duró todo el día», dice Robichon.

A la toma de Granada siguió un acontecimiento no menos trascendental para la península itálica: la muerte de Lorenzo el Magnífico. La desaparición del gran patriarca de la familia Medici, señor de Florencia, privaba a este territorio del papel fundamental que había desempeñado hasta entonces, como mediador entre Venecia, el Papado y el Reino de Nápoles. De la importancia de la familia Medici baste decir que, tras la muerte del Magnífico, esta casa dará todavía tres papas, dos soberanos de Francia y siete grandes duques de Florencia, antes de extinguirse en 1745.

1492 será un año de grandes acontecimientos en el mundo cristiano y el más importante en la vida de Rodrigo Borgia, que podía haber seguido siendo un feliz y poderoso cardenal de la Iglesia hasta el final de sus días si el destino y su vehemente deseo no hubieran conspirado para convertirlo en Papa de la Cristiandad. Para el cardenal, era la culminación de una larga y fructífera carrera orientada siempre a la conquista de este alto cargo, que dejó en sus manos enorme poder y le procuró grandes satisfacciones, pero que le obligó también a tomar decisiones perjudiciales para los intereses de muchos otros poderosos. Al ejercer de forma efectiva los poderes absolutos del Papado, se granjeó la envidia y animadversión de los que no resultaron favorecidos con su política, que se las ingeniaron para tejer a su alrededor esta tela de infundios y calumnias que le ha acompañado durante cinco siglos. El asesinato de un hijo y de un yerno, y hasta su propia muerte, pudieron ser venganzas de sus muchos y persistentes enemigos.

El 25 de julio de 1492, Inocencio VIII, después de haber estado algunos meses entre la vida y la muerte, dejaba vacante la sede pontifical. Como era habitual, estalla la anarquía propia de todos los interregnos vaticanos, algunos palacios arden, y los cardenales se atrincheran en sus viviendas fortificadas del Borgo y del Ponte. El vicecanciller Borgia tuvo que hablar, en nombre de los cardenales, a los delegados del pueblo romano, accediendo a las reivindicaciones que presentaban aprovechando el momento de debilidad del poder de la Iglesia. Cada vez que sobrevenía una elección papal, se desataban todas las intrigas.

Al fin, enterrado el Papa con el ritual preceptivo y celebradas las funciones religiosas de costumbre, el cónclave se pudo reunir con relativa tranquilidad. Fue un cónclave trascendental para Rodrigo Borgia; la elección también ha pasado a la Historia como ejemplo de simonía e incluso de escándalo. Sin embargo, un somero repaso a cónclaves anteriores y posteriores —hasta bien entrado el siglo XIX— permite comprobar que se trató una vez más de la elección de un monarca absoluto, representante de poderes sobrenaturales, pero sólidamente anclado en los más elementales intereses humanos. En ella concurrían, por fuerza, todas las pasiones. Los príncipes europeos ponían en juego su poder para lograr imponer su candidato preferido —y eso hasta el mismo siglo XX en que se anuló el *jus exclusivae* o derecho de veto de los monarcas católicos sobre cualquier candidato—, los barones de los Estados Pontificios presionaban a favor de sus vástagos o vasallos, mientras los cardenales con alguna posibilidad luchaban por los votos de los restantes a golpe de promesas de cargos y oro.

El 6 de agosto de 1492 se reunió el cónclave con asistencia de 23 de los 27 miembros del Sacro Colegio. Faltaban los dos españoles Luis Juan de Milà y Borgia —primo de Rodrigo—, cardenal de la basílica de Cuatro Santos Coronados, y Pedro González de Mendoza, cardenal de la de la Santa Cruz, así como los dos franceses, André Spinay, cardenal de San Martín, y Pierre d'Aubusson, titular de San Adriano. Digamos de pasada que al menos ocho de los reunidos eran sobrinos de papas anteriores: tres de Pablo II, tres de Sixto IV, uno de Inocencio VII y dos de Calixto III —Luis Juan de Milà y el propio Rodrigo Borgia—. Es obvio que el nepotismo no era un fenómeno aislado, sino profundamente asentado en la Corte vaticana.

La lista de electores era una clara representación de las más ilustres, poderosas y ricas familias de la Italia de aquel entonces. Y Ferrara comenta el dato con no poco sentido común: «No debía de ser fácil comprar tanta ambición y tanta altanería en pocas horas. El fácil comercio de los votos de este cónclave, que escritores ligeros e irreflexivos han alegado como hecho indiscutible, no parece que pudiera ser la empresa de un individuo solo, por muy rico que fuera, y la fortuna de Borgia no era excesiva. Quizá un gran Estado o dos Estados hubieran podido usar de sus grandes entradas y de su poderío para corromper a estos cardenales, pero un hombre como Rodrigo Borgia, por mucho dinero que se le quiera suponer en aquel momento, no podía, en buena lógica, hacer triunfar su candidatura comprando a un Costa, a un Colonna, a un Orsini, a un Medici, a un Sforza, a los arrogantes cardenales venecianos, que tenían, además derecho y poder para ser compradores ellos mismos».

Las distintas versiones históricas de este cónclave difieren en no pocos detalles, pero coinciden en que, antes de iniciarse, no se habla de Rodrigo

Borgia como candidato; sólo a medida que se desarrollan las votaciones va sumando apoyos, hasta que, siendo ya imparable su triunfo, incluso su enemigo Julián della Rovere le vota, siendo electo finalmente por unanimidad. Por más que Pastor se empeñe en precisar que el cardenal español es elegido sólo con los dos tercios de los votos, estudios posteriores confirman que la elección fue unánime.

Pero volvamos al tortuoso cónclave. Un favorito de partida era el cardenal napolitano Oliviero Carafa. Pero pronto el duelo se estableció entre Julián della Rovere y Ascanio Sforza, este último apoyado decididamente por Rodrigo Borgia. El cardenal Della Rovere tenía detrás al partido francés, a Génova y a los enviados militares del rey de Nápoles, que se hallaban ejerciendo descarada presión a las puertas de Roma. El cardenal Sforza era un personaje liberal, elegante, vigoroso, querido por sus colegas, y quizás hubiera triunfado de no ser por el temor que infundía su familia en la Santa Sede. Sforza era hermano de Ludovico «el Moro», señor de Milán, y nadie dudaba de que su elección al solio pontificio hubiera dejado en manos de la potencia milanesa los asuntos vaticanos. Cuando Sforza se convenció de que no podía triunfar, dio su decisivo apoyo, y por tanto todos sus votos, al compañero que fielmente le había sostenido en sus aspiraciones.

No puede decirse, sin embargo, que las cosas fueran más sencillas para Rodrigo que para su aliado Ascanio. Después de todo, era un extranjero, español por añadidura, y en el cónclave no había en esos momentos más que otro extranjero: el portugués Costa. Los otros cuatro, como hemos dicho, estaban ausentes. Además, Borgia era considerado enemigo no sólo por los franceses sino también por el rey de Nápoles y por otras dos potencias italianas de importancia: Venecia y Florencia. Su concepto de la supremacía de la Iglesia no podía ser del agrado de estos príncipes.

Seguramente por estas razones, Rodrigo Borgia tampoco intentó, al igual que en el cónclave precedente, presentar su nombre a la consideración de sus colegas. Para comprender hasta qué punto Borgia tenía escasa fe en este cónclave, baste señalar que no intentó persuadir a los otros dos cardenales españoles —uno de ellos, su primo— de que regresaran urgentemente a Roma para contar con sus votos, a pesar de la gravedad del estado de Inocencio VIII.

Se ha hablado también de que Borgia encabezaba el partido español y Della Rovere el partido francés. Pero, a la sazón, no había partido español; Isabel y Fernando se esforzaban aún por consolidar un Estado que no tenía ni mucho menos una identidad nacional clara en esos momentos. Había, sin duda, partidarios de los reyes de Nápoles, españoles de origen, aunque en rápido proceso de italianización. Pero Rodrigo no estaba entre ellos: Ferrante consideraba una catástrofe para sus intereses la elección del Borgia. Un papa fuerte y hábil no le convenía.

Al final, todo indica que los méritos o el poder efectivo de Rodrigo se impusieron en el ánimo de los presentes sobre la desventaja de ser español. «Nadie tenía unas credenciales más en regla que él», reconoce Gervaso: «Ciertamente, no era ningún dechado de virtudes, pero ¿qué otro cardenal lo era? Si la Iglesia, potencia terrenal desde hacía ya muchos siglos, necesitaba un jefe que la hiciera más fuerte y temida, ¿quién mejor que el Borgia habría podido servirle de guía?».

DE SI HUBO SIMONÍA

Muchos cronistas y algunos diplomáticos de la época hablan de simonía, como en prácticamente todos los cónclaves anteriores y posteriores durante una larga época. El sistema imperante obligaba al electo a repartir sus bienes entre sus colegas a su propio criterio, porque debía entrar en San Pedro pobre e inmaculado. Ello daba pie a que los candidatos a la elección hicieran grandes promesas a cambio de votos; calcúlese cuánto podría valer el palacio del vicecanciller, que inevitablemente tenía que pasar a otras manos si él era elegido. El curioso lector podrá hacer sus cálculos contemplándolo a orillas del Corso Vittorio Emanuele, en el centro de Roma. Las comidillas sobre ofertas y demandas eran constantes, los infundios, no menos: los informes de los embajadores de la época, basados en rumores, a veces interesados, hay que leerlos con mucho cuidado.

Por otra parte, si en uno de los platos de la balanza se hubiera podido colocar oro, el triunfo hubiera sido de Julián della Rovere, protegido por grandes Estados más ricos que cualquier individuo.

Robichon afirma taxativo: «Salieron poco a poco a la luz del día los secretos del cónclave, y gracias a los enviados a la corte papal se supo que el recién elegido [Rodrigo Borgia] había "prometido o dado" al cardenal Orsini los castillos de Monticelli y de Soriano, así como 20.000 ducados; al cardenal Savelli, la iglesia de Santa María la Mayor y 30.000 ducados; al cardenal de Sant'Angelo, el obispado de Porto; al cardenal de Génova, la iglesia de Santa Maria in via Lata; al propio cardenal Della Rovere, el castillo de Ronciglione y diversos beneficios y cargos, y al cardenal Sforza, el puesto de vicecanciller de la Santa Iglesia. Se supo así que el hermano del duque de Milán se habría instituido en gran elector del futuro papa a cambio de la promesa de la cancillería vaticana y de su palacio, el castillo de Nepi, y la iglesia de Eger en Hungría, "que tiene un rendimiento de 10.000 ducados al año"».

El cronista Stefano Infessura cuenta por su parte que, antes de que los cardenales entraran en la clausura del cónclave, fueron vistas cuatro mulas cargadas de plata saliendo del Palacio Borgia en dirección a la plaza Navona, domicilio de monseñor Ascanio Sforza. Este testimonio contribuyó a dar peso a la tesis de la simonía pero ha sido rechazado de plano por los modernos historiadores.

Otros documentos de la época aseguran, en cambio, que se habían depositado 200.000 ducados de oro en una banca romana, a petición del rey de Francia, para asegurar la elección de Julián della Rovere. Es mucho más que todo lo que Rodrigo poseía; en todo caso y de ser cierto, se reveló ineficaz.

EXTRANJERO PERO COMPETENTE

En esta hora de su elección, a los 61 años de edad, no hay un solo documento transmitido a la posteridad que hable de sus relaciones con Vannozza o con Julia Farnesio. Sus enemigos, que son muchos, sí le califican de altanero, de falso, de astuto; pero nadie le atribuye amantes e hijos. Un enviado florentino, que al hablar del cardenal Ardicino della Porta dice que no podrá ser elegido papa por tener un hijo —digamos, de paso, que el vástago de Della Porta era legítimo—, no hace, en cambio, la menor alusión a los supuestos o verdaderos hijos del cardenal Borgia.

Quizás el vicecanciller había sido lo bastante hábil hasta entonces como para mantener escondida a su considerable prole, o tal vez su enorme influencia silenció los comentarios hostiles. Pero no deja de ser sorprendente que el hombre que se dispone a tomar las riendas de la Iglesia católica no sea objeto de un escrutinio lo bastante minucioso como para dejar al descubierto todos los secretos de su vida. Lo cierto es que en aquel año de 1492 no había en el Sacro Colegio Cardenalicio un personaje con mayores conocimientos de las interioridades de la Iglesia y de la situación política del mundo.

Rodrigo Borgia aparecía, además, como el más independiente de los principales candidatos considerando el peligro que representaban los lazos de Ascanio Sforza con los milaneses, y la posición filofrancesa de Julián della Rovere, ligado además a los intereses napolitanos. La situación de los Estados Pontificios, y de Italia en general, exigía un monarca con carácter, hábil diplomático pero determinado y enérgico a la hora de defender los intereses de la poderosa institución que representaba.

Según Ferrara, nuestro hombre recibía la alta investidura porque poseía todas las cualidades para regir los destinos de la Iglesia. Con los reyes podía tratar, por lo menos, de igual a igual; con los turbulentos príncipes italianos sabía usar la energía necesaria, y sobre los cardenales de las grandes casas, interesados más en el auge de sus familias que en el bien de la Iglesia, tenía los derechos que proporcionan la antigüedad en el cargo y el recuerdo de la protección que les había dispensado en sus respectivas designaciones o en los primeros pasos de sus carreras eclesiásticas. Conocía, por larga experiencia, dónde estaban los males de la organización de que formaba parte. Por triste práctica, había aprendido también que un papa no podía depender de las poderosas familias romanas, dispuestas siempre a venderse a cualquier extranjero a cambio de prebendas para ellos y males para sus rivales.

Al amanecer del sábado 11 de agosto la plaza de San Pedro apareció bañada en lluvia, bajo un cielo lívido surcado por relámpagos. Cayeron los ladrillos que tapiaban la ventana del cónclave, y ésta se abrió; apareció una cruz y detrás de ella un prelado que pronunció la fórmula ritual ante escasas gentes, dado lo temprano de la hora: *«Nuncio vobis quadium magnum: pontificem habemus!»*.

TRAS LA FUMATA BLANCA

El historiador Gregorovius ha reflejado el entusiasmo del elegido al conocer su elección: «¡Soy Papa, soy Papa, el Pontífice, el Vicario de Cristo!», habría exclamado alborozado.

A hombros del robusto cardenal Sanseverino, el nuevo Papa se presentó entonces ante el pueblo, siendo proclamado sucesor del Apóstol, «Rodrigo Borgia de Valencia», con el nombre de Alejandro VI. Hacía el número 214 en la nómina papal.

Las reacciones de los contemporáneos fueron entusiastas. «Por su gallardía física y su viveza mental, sin duda se adecuaba bien a las obligaciones de su nuevo cargo», observaba Segismundo dei Conti. Pico della Mirandola alabó su belleza. Giasone del Maino decía: «Este hombre notable y amante de la vida alegre prometía un espléndido pontificado; además, su presencia bella y majestuosa le aseguraba la reverencia del pueblo».

Dice Gervaso que los gobiernos italianos se mostraron jubilosos o, al menos, lo fingieron. Milán celebró el acontecimiento con fiestas y repique de campanas, al igual que Florencia y Siena, mientras que en España la noticia fue recibida con una explosión de alegría y, en general, no se escucharon más que loas en las cancillerías de la Europa cristiana.

Coronado Alejandro VI «Magno»

El 16 de agosto fue coronado con el nombre de Alejandro VI. No falta quien asegure que se dio tal nombre por comparación con Alejandro Magno. Ferrara, más plausiblemente, lo atribuye a la voluntad de Rodrigo de parecerse a Alejandro III (1159-1181), el papa que obligó al emperador Federico Barbarroja a respetar a la Iglesia de Roma. La ciudad nunca antes había visto unos festejos de coronación papal como los que se organizaron con ocasión de la ascensión de Rodrigo. «La retórica perdió el freno», dice Gervaso. Ciudad engalanada, multitudes de curiosos y forasteros; el cortejo desde San Pedro hasta San Juan de Letrán duró horas bajo la canícula.

Rodrigo, actuando con proverbial prudencia, no quiso que sus hijos asistieran a la ceremonia, y dio órdenes a César, que cabalgaba a su encuentro desde Pisa, para que se desviara a Spoleto.

El día de la coronación, un domingo, a pesar del calor sofocante, toda Roma asistió a la gran procesión. Desde el Vaticano, el elegante cortejo se dirigió a la vecina catedral de San Pedro, donde fueron admitidos los canónigos a besarle el pie y los cardenales le renovaron su adoración, mientras el nuevo pontífice permanecía sentado en su silla de oro. Después de una misa y de su rezo, en que invocó el auxilio divino, fue coronado por el primer cardenal diácono

Francisco Todeschini-Piccolomini, sobrino de Pío II, que sucederá al propio Rodrigo con el nombre de Pío III en uno de los papados más cortos de la historia. Desde San Pedro, la comitiva se dirigió lentamente a la iglesia de San Juan de Letrán, pasando por el castillo de Sant'Angelo, cerca del cual los judíos le rindieron el tradicional homenaje.

Mientras en toda Italia las campanas tocaban a rebato, las calles de la ciudad aparecían adornadas con guirnaldas, flores, cornucopias y magníficos arcos triunfales. Los recitadores alababan al nuevo César: «*Caesare magna fuit, nunc Roma est maxima, Sextus / regnat Alexander: ille vir, iste deus*» («Un César hizo grande a Roma; ahora reina Alejandro VI, que la hace mayor aún: aquél fue un hombre, éste es un dios»).

Según Robichon, muy proclive a la literatura, «un cortejo, que por su magnificencia recordaba los antiguos triunfales de la Roma pagana, desembocó del puente del Santo Ángel, en medio del estruendo de las bombardas y de los vivas del gentío, dando escolta a la figura de un hombre de natural majestuoso, que se protegía del sol con un palio de oro y que cabalgaba en un corcel blanco. Aunque no era un desconocido para el pueblo romano, se comprendía mejor al contemplarlo que el cardenal Borgia hubiera elegido el nombre de Alejandro al convertirse en el vicario de Cristo. Su sola vista, dice un testigo, llena a todos de alegría.

»Como en la Antigüedad, a su paso se levantaban arcos triunfales y su caballo hollaba un camino de rosas y claveles cortados en los jardines de la campiña romana. Bajo un cielo festivo, las pisadas de los soldados, arqueros, piqueros y alabarderos retumbaban en las calles engalanadas con tapices y oriflamas, entre los palacios revestidos de terciopelo y oro, y las torres coronadas por hombres de armas con la espada desenvainada. Y los cañones del castillo de Santo Ángel lanzaban constantes salvas, excitando el entusiasmo de los romanos.

»Rara vez la coronación de un papa se había concebido para engendrar un alborozo tan universal; rara vez se había invitado al pueblo de Roma a manifestar júbilo y adulación, como si el jefe de la Iglesia de hoy se presentara ante él no como pastor de una comunidad religiosa, sino como capitán ceñido con la tiara, como el conquistador de Cristo.

»Santo y seña del triple poder papal, las tres coronas superpuestas de oro y de pedrería, rematadas por el globo terráqueo, instituían por partida triple a Alejandro VI, de cara al universo, como padre de príncipes y de reyes, como guía del mundo y como vicario de Jesucristo. El augusto jinete, cuyo manto recargado sujetaban dos cardenales a pie, no parecía en aquel momento abrumado por la carga, mayor que su propio peso y volumen.

»A medida que se anunciaba el paso del palio papal, subía hacia el heredero del príncipe de los apóstoles una oleada de ovaciones populares y gritos de buen augurio, parte de las cuales recaían sobre la interminable cohorte de dignatarios y de prelados que le daban escolta: obispos, cardenales, camareros, oficiales de la corte papal, embajadores de potencias extranjeras, sacerdotes de las parroquias de Roma, y hasta miembros de las corporaciones gremiales con sus aprendices.

»El conde de Pitigliano precedía a los portadores del Santo Sacramento, y dos cardenales de la Cámara apostólica, junto con el conde de La Mirandola, enarbolaban el estandarte papal, cuyo resplandeciente blasón —el buey bermejo de los Borgia con tres bandas de azur sobre campo de oro— se repetía en las fachadas de las viviendas romanas y de los arcos de triunfo, así como el símbolo de las Llaves. Elementos de caballería abrían y cerraban el cortejo».

Un desmayo en pleno *ferragosto*

Después de tres largas horas de ceremonia de coronación, el desfile papal llegó a San Juan de Letrán, antigua residencia de los papas y sede episcopal de Roma, «madre y cabeza de todas las iglesias del mundo». El sexagenario papa, resplandeciente, triunfador de un cónclave incierto, había sufrido hasta allí, sin dar muestra alguna de incomodidad, el calor tórrido de ese día de agosto, el entusiasmo público y el empuje apasionado de la multitud.

Pero a las puertas de la catedral de Letrán, la presión emocional a que había estado sometido y la monumental polvareda que levantaba la procesión interminable vencieron su resistencia y se desplomó bruscamente. El cardenal Riario, que sujetaba uno de los faldones del manto papal, le cogió entre sus brazos. Hubo que rociar abundantemente con agua al Soberano Pontífice para hacerle volver en sí.

Por la noche, desde el Borgo hasta el Testaccio y las callejuelas de mala fama de los barrios de la Ripa y de Sant'Angelo, Roma entera seguía festejando a su Pontífice, «hombre muy emprendedor y de gran inteligencia, curtido en la práctica de los grandes asuntos», según el cronista Segismundo dei Conti; «alma grande y liberal», decían en Florencia, si bien el enviado de los Medici en Roma ya había anunciado: «Se prepara un duro pontificado». Y en Nápoles, el rey Ferrante predecía sombríamente que Alejandro VI Borgia sería «una peste para toda la Cristiandad», pensando más bien en sus propios intereses.

Cronistas de la época dejaron escrito: «En todas partes, y especialmente en Roma, una gran conmoción se apoderó de las personas, como si Dios hubiese elegido a este Príncipe a fin de que fuese su instrumento para cumplir un especial designio suyo».

Los jinetes del Papa, portadores de teas encendidas, formaron una corona centelleante alrededor de los palacios y de los edificios de la ciudad pontificia. Y se cuenta que Alejandro VI, de vuelta al Vaticano, aunque agotado después de las funciones que duraron todo el día, empezó inmediatamente a despachar los asuntos públicos. Si no fue verdad, podría serlo, dado su talante.

La noticia cruzó veloz los mares. «Llegó a la ciudad de Valencia el correo con las nuevas de la elección del papa Alejandro VI el 20 de agosto, de mañana, a las nueve horas de 1492, e hízose grande fiesta en la Seo; y se hizo procesión cantando el *Te Deum*, y toda la ciudad hizo gran fiesta a doña

Beatriz de Borja, hermana del electo y mujer de don Ximeno Pérez de Areños, besándole las manos [...]. La noticia, de Valencia, pasó a Xátiva, en donde reunióse el pueblo con gran regocijo, por ser el Pontífice natural de la misma. Las campanas repicaron, las procesiones recorrieron las calles cantando el *Te Deum* para dar gracias a Dios por el fausto acontecimiento», cuenta Jaime Villanueva en su *Viaje Literario a las Iglesias de España*.

La elección de un papa provocaba siempre esperanzas en la gente llana y elogios protocolarios en las diversas cortes. En esta ocasión, escritores contemporáneos y posteriores no han podido dejar de consignar que ambas cosas fueron mayores de lo habitual.

Orden público y sobriedad

Alejandro reveló enseguida sus dotes de estadista. Nadie conocía mejor que él la maquinaria del Estado vaticano, los lentos y herrumbrosos mecanismos de la burocracia, los humores y malhumores de la Curia o las intrigas del Sacro Colegio. Ni nadie sabía mejor que él qué había que hacer, y cómo hacerlo, escribe Gervaso. Naturalmente, lo hizo sólo en parte: entre otras razones, porque su poder, por vasto que fuera, debía tener en cuenta a los oponentes. Uno de los primeros problemas a que hizo frente fue el orden público. Azuzados por cofradías controladas por los consabidos Colonna y Orsini, los romanos habían transformado la urbe en un campo de batalla. Hubo 220 homicidios en tan sólo diecisiete días de interregno. Alejandro puso fin a esta anarquía. Trató también de reanimar las anémicas finanzas vaticanas, desangradas por los predecesores. Empezó reduciendo drásticamente los gastos de la propia casa para no superar los 700 ducados al mes: una minucia en comparación con los 8.000 que gastaría su sucesor Julio II. En líneas generales, mejoraron las condiciones de los súbditos.

No hubo reforma de las costumbres: ni él era santo ni los que lo rodeaban lo hubieran permitido. Aún debían pasar muchos años antes de que la Iglesia reaccionara ante la traumática sacudida de Lutero y Calvino. Pero tampoco sus hábitos difirieron de los de sus antecesores. «Enriquecer y engrandecer a sus parientes y amigos era la principal ocupación y preocupación de los papas, sin excepción. Execrable en el plano moral, este fenómeno sin embargo tenía su justificación en el plano estrictamente político. La soberanía del Papa y, por tanto, su libertad de acción, era realmente absoluta sólo sobre el papel. En la realidad, la curia y la nobleza romanas la acechaban y le ponían coto; también en esto puede decirse que la fidelidad que juraban al Papa era sólo de boquilla, pues a la primera ocasión que se les presentaba le daban la espalda. Él sólo podía fiarse de sus parientes [...]. Sólo así podía gobernar [...]. Los sobrinos *(nepoti)*, como se llamaban sus propios hijos, sabían que a la muerte de su patrón serían suplantados por los "sobrinos" del sucesor y despojados de todos los privilegios adquiridos. Y eso, naturalmente, los empujaba al tráfico de influencias, a la rapiña y a la prevaricación», dice Gervaso. Y añade: «Alejandro intensificó este abuso». La acusación es exagerada a la vista de los datos objetivos de su papado, comparado con los anteriores y los siguientes.

Los papas eran hombres de Estado que se atenían a los principios generales de la política italiana, que en esa época había alcanzado cotas de inmoralidad sorprendentes. «En la segunda mitad del siglo XV se ofrece al atento observador una terrible corrupción en las relaciones políticas de Italia», escribe Ludwig von Pastor. «De mano en mano, había degenerado el arte de gobernar en un sistema de perjurios y traiciones, según el cual, se tenía por simpleza y bobería el cumplimiento de los contratos, donde quiera había que temer la astucia y la violencia, y la sospecha y la desconfianza emponzoñaban el trato entre los príncipes y los Estados». En ese ambiente de refinada corrupción reinaría Alejandro VI y a él se adaptaría toda la familia. El mismo historiador católico alemán reconoce que la «terrible inmoralidad de los Borgia no era en manera alguna un fenómeno aislado; casi todos los nobles de Italia vivían a la sazón de un modo semejante».

Alejandro VI actúa sin complejos desde el primer momento. El mismo 31 de agosto nombra a César arzobispo de Valencia y, junto a su sobrino Juan Borgia Lanzol (no confundir con su hijo Juan, hermano de César), le concede el título de cardenal. Es un nombramiento excepcional que se produce en un consistorio dedicado exclusivamente a promover a miembros de la familia Borgia. Parece que Alejandro VI quería, desde el primer momento, tener en el Colegio a un hombre hábil, y este sobrino Juan lo era, en efecto: así se dice en un despacho del embajador de Mantua, que desde Florencia comunica que se trata de un «hombre excelente y que conoce los asuntos».

A primeros de septiembre, César aún en Spoleto, recibe la noticia de su nombramiento. Con sólo 17 años de edad, pasaba a ser primado de España y titular de una asignación de 16.000 ducados anuales.

Fue un verano glorioso para el papa Borgia, incluso desde el punto de vista artístico. El Pinturicchio —el mejor artista de la época— inicia la decoración de sus aposentos en el Vaticano, una obra que le llevará años y que, aunque empequeñecida después por la decoración de la Capilla Sixtina, ha sufrido un injusto olvido. Y fue un año decisivo para la incipiente España. Tras la expulsión de los moros de Granada en enero, el 12 de octubre Cristóbal Colón arriba a la Indias y aparece la fastuosa América ante los ojos del mundo.

EL MOSAICO POLÍTICO ITALIANO

No era tan halagüeña la situación en Italia. Los territorios del Papado están rodeados de poderosos y turbulentos vecinos dispuestos a atacarlos en cualquier momento. Venecia, amenazada por los turcos, se muestra cada vez más interesada en asegurarse salidas por el valle del Po y el control de las rutas de los Alpes. El ducado de Milán, arrebatado a los Visconti por los Sforza, se extiende ampliamente por Lombardía, flanqueado por la República de Génova y el ducado de Módena; en el centro, Florencia, controlada por los Medici, es el primer centro bancario de Europa; al sur, el Reino de Nápoles, que se prolonga en los de Sicilia y Cerdeña, está en manos de un hermano del rey de Aragón, de temperamento difícil. Los enfrentamientos son constantes.

El Estado papal no sólo tiene que protegerse de esos reinos, ducados, ciudades y repúblicas limítrofes. Sufre la infidelidad creciente de sus propios «arrendatarios», los barones, teóricos delegados —vicarios— de la Iglesia, pero cada vez más desobedientes. Y se ve condicionado por las luchas permanentes entre las familias rivales romanas. El Papado se las veía y deseaba para salvaguardar la integridad territorial de sus posesiones y el control de la capital.

Roma tenía 80.000 habitantes y estaba habitada solamente en una tercera parte de su superficie. Las ruinas del Imperio Romano yacían bajo la maleza o se utilizaban como material de construcción. La Roma Eterna había quedado reducida a un villorrio feudal a orillas del río Tíber, con soberbias ruinas y enormes arrabales, pero en la que empiezan a despuntar ya algunos notables palacios. A la derecha del curso del río se alza el Vaticano, escoltado por el castillo de Sant'Angelo. A la izquierda, pasando por la siniestra Torre di Nona, cárcel del Estado que exponía en lo alto los cadáveres de los ajusticiados,

105

se llega al Rione del Ponte, habitado por los funcionarios de la Curia, consejeros apostólicos, oficiales de la Corte papal, y donde tienen su residencia los banqueros y cambistas florentinos, sieneses y genoveses. Es la barriada controlada por la fortaleza de los Orsini, en Monte Giordano, donde César y Lucrecia se habían educado. Más allá, en el antiguo Campo de Marte, hay un mercado ya entonces célebre, Campo dei Fiori, y a su alrededor se agita el barrio comercial, los artesanos, los libreros, los cambistas. Campo dei Fiori servía también de tétrico escenario para ejecutar las condenas oficiales: torturas públicas, hogueras, horcas, descuartizamientos, decapitaciones y demás suplicios y castigos.

Un abrevadero y una fuente ocupaban el centro de la explanada de San Pedro del Vaticano, corazón de la Cristiandad. La basílica tenía imponentes proporciones, pero estaba escoltada por edificios modestos. El conjunto carecía de la más mínima armonía. El Palacio de los Papas, disparatado, aplastaba la Iglesia vaticana, más tarde derribada para hacer lugar al majestuoso templo actual. La gran escalera de acceso tenía en su base las estatuas de los padres fundadores de la Iglesia, los apóstoles Pedro y Pablo.

Un grabado de 1493, insertado por Hartmann Schedel en su *Liber chronicarum*, editado ese año en Núremberg, ofrece una vista lateral del palacio papal y los edificios que se apiñaban alrededor, con el Belvedere elevado sobre todo ello, que recuerda extraordinariamente el perfil de cualquier burgo medieval de la época, dispuesto como un laberinto de torres, almenas, murallas, logias y tejados irregulares entre callejas estrechas.

Relata Robichon: «La basílica propiamente dicha ofrecía su fachada de mosaicos, abierta por cuatro puertas bastante altas y con columnas, y el cuerpo del edificio, rematado por una logia desde la cual el Pontífice daba su bendición, se encontraba en el saledizo de un pequeño atrio por el que se efectuaban las entradas ordinarias. Esta construcción estaba perforada en su única planta por estrechas troneras que batían en enfilada la perspectiva de la plaza. La flecha puntiaguda del campanario granítico de San Pedro se erguía en el centro de una amalgama hirsuta: tejados, galerías, torrecillas y torreones que, una vez más, parecían pertenecer más a una ciudad de comerciantes y burgueses ocupados en sus negocios que de la salvación eterna.

»A la izquierda de la basílica se abría un pasaje abovedado, rematado de estatuas, por el que se accedía a los edificios de la administración vaticana y por donde, desde el amanecer hasta el ocaso, afluía un torrente incesante de prelados a caballo, de visitantes extranjeros, de delegados ante la Santa Sede, de auditores, de funcionarios y de familiares de la corte pontificia».

LA RESIDENCIA FAMILIAR

«En la parte opuesta», prosigue Robichon, «a la derecha de la explanada de San Pedro y obstruyéndola con un alto muro ciego, se elevaba un edificio de reciente construcción, que contrastaba por su elegancia con las viviendas circundantes. Había sido construido en 1484 por el cardenal Zeno, quien lo había cedido para su uso y disfrute a la familia de su amigo Borgia». Por su cercanía al Vaticano, el bonito palacio de Santa Maria in Portico ofrecía múltiples ventajas a este recién elegido Papa, para quien las relaciones familiares y los vínculos sentimentales eran tan importantes: un Papa muy humano, demasiado humano, que ama la vida hogareña tanto o más que las grandes ceremonias vaticanas. «Sería poco decir que este hombre, vicario de Jesucristo en la Tierra, necesitaba a diario, tanto como el oxígeno y la luz, ese mundillo que María Bellonci llama su "corte femenina", hija, amante, seguidoras núbiles, parientes y aliadas, sus risas, sus roces, sus juegos ingenuos, el olor y la calidez de su piel, la seda de sus cabellos, sus cóleras y, a veces también, sus lágrimas.

»Era un poco de todo eso lo que venía a buscar en las habitaciones y en las hermosas salas de frescas baldosas y columnatas umbrías, en las escaleras de mármol donde brincaban a su encuentro sedosos lebreles, el papa Alejandro Borgia, liberado por algunos instantes de los asuntos de la sede apostólica y de sus enredos con las cortes extranjeras, así como de las rivalidades salvajes entre sus vecinos y vasallos. Allí respiraba un aire limpio de toda obligación, si bien la política, dada la presencia de mujeres influyentes, no siempre estaba forzosamente prohibida. Pero esto suponía, en cierto modo, un atractivo suplementario, un aliciente más para el Pontífice padre de seis hijos.

»Se dice que un pasaje permitía comunicarse directamente entre el Vaticano, por una puerta de la Capilla Sixtina, y el palacio de Santa Maria in Portico, por el que transitaban en ambos sentidos, y a cualquier hora, secretarios, sirvientes y confidentes dedicados a alimentar ese vínculo sin el cual el papa Borgia no habría sabido existir».

Fuera su «corte femenina» formada por sobrinas, ahijadas y otras parientes agrupadas castamente bajo su manto o, por el contrario, se tratara de gineceo de amantes y escenario de bacanales como lo insinúa el mito —aun sin atreverse a afirmarlo—, éste era el escenario de la vida del nuevo papa a partir de 1492: desbordante trabajo político, diplomático, administrativo, en el Vaticano; feliz y relajada vida familiar en Santa Maria in Portico. Cuando se concluyan años después los Apartamentos Borgia en el Vaticano, ambos mundos confluirán hermosamente bajo los frescos de El Pinturicchio.

DELEGACIONES, FIESTAS, RECEPCIONES TODO EL AÑO

Las embajadas de salutación al nuevo papa estuvieron llegando a Roma durante todo un año, dando lugar a continuas fiestas y recepciones. Pedro de Medici presidió personalmente la embajada florentina. El marqués de Mantua envió a su hermano Juan Gonzaga. La ciudad de Siena fue representada por Angelo Ambrogini, el famoso «Poliziano». Hermes Sforza, hermano de Gian Galeazzo, duque de Milán, representó a éste, y vino acompañado por Giasone del Maino.

Venecia se apresuró a comunicar al Papa que había recibido con placer la noticia de su elección *«propter divinas virtutes et dotes quibus ipsum litsignitum et ornatum conspiciebamus, videbatur a divina providentia talem pastorem gregi, dominio et sacrosanctae romanae ecclesiae vicarium suum fuisse delectum et preordinatum».* El rey Ferrante de Nápoles envió también los más amistosos mensajes y una embajada presidida por su hijo, el príncipe de Altamura. Génova envió a su duque de Monferrato. Los reyes españoles, Isabel y Fernando, presentaron actos de homenaje. El emperador alemán, por medio de su emisario especial, Ludovico Bruno, se congratula también de tan acertada elección.

Los discursos pronunciados en las diferentes recepciones reflejan admiración personal sin límite hacia la persona del Pontífice y la esperanza de que la Iglesia volviera a la antigua grandeza bajo su guía. Se trata, obviamente, de la habitual práctica diplomática, pero a través de la retórica desbocada se deja entrever el respeto que merecía el nuevo Papa.

Poliziano lo declara superior a todos los hombres. Giasone del Maino, con palabras elocuentísimas, felicita a los cardenales por haber escogido tal Papa, en el que reposan tantas esperanzas de la Iglesia y, en un alarde retórico, le dice: «Tú, durante tu pontificado, no necesitarás aprender nada de los otros; tú no puedes ser acusado de ignorancia. Tú conoces bien las necesidades de la Santa Sede y de la Religión de Cristo, lo que debe hacer un Pontífice Romano, lo que le está permitido y qué cosa le es útil. Tú no necesitas el consejo de otro en tu gran sabiduría; consúltate a ti mismo, obedécete a ti mismo, sigue tus inclinaciones, tómate a ti mismo como modelo [...]. Tú nunca caerás en el error si no te apartas de tu juicio». Los oradores de Nápoles se declaran dispuestos, en nombre de su rey, a tomar las armas para defenderle a él y a la Iglesia.

Mientras se hacían estos solemnes recibimientos, el nuevo papa trabajaba para organizar la ciudad, para dar un sistema a la administración de Justicia, reformar las costumbres, dominar a los barones y mantener intacto el patrimonio temporal de San Pedro. De esta labor surgieron las primeras dificultades, al sentirse amenazados los poderes fácticos de la ciudad y los territorios papales.

FERRANTE DE NÁPOLES

El Papa entró enseguida en conflicto con el rey de Nápoles. Éste fue el primero de los incontables problemas a que tendría que hacer frente durante su papado.

Ferrante, hijo bastardo de Alfonso V de Aragón, había dado ya serios problemas a los antecesores de Alejandro. Una vez coronado éste, se apresuró a reclamar su ayuda para restablecer en el poder de Milán al marido de su nieta, desplazado por Ludovico el Moro. Por si esto fuera poco, pretendía además que el Pontífice obligara al rey Ladislao de Hungría a cumplir su compromiso matrimonial con una hija natural suya.

El Papa excusó su ayuda repetidamente, más preocupado por el avance subrepticio del poder napolitano en su propio territorio. El astuto Ferrante quería penetrar en los Estados de la Iglesia para abrir una vía de comunicación entre su reino y los dominios de los Medici de Florencia, sus amigos y aliados. Alejandro VI, que pensaba reconstruir sobre bases fuertes el Estado pontificio, no podía permitir que tuviera éxito el plan político del rey de Nápoles, porque éste se habría convertido en dueño de los destinos de Italia: por una parte, la estrategia del napolitano lo unía a su aliada Florencia, y, por otra, le permitía dominar Milán y la Lombardía por medio de su nieta, que controlaba al inepto y enfermo Gian Galeazzo; al mismo tiempo, por el parentesco proyectado con el rey de Hungría, podría aspirar a neutralizar toda acción de Venecia en Italia. Esta política de Ferrante rompía el equilibrio que durante largos años había mantenido la paz de Italia, y ponía la suerte del Papado y de la península en sus manos.

Aquel verano y otoño de 1492, mientras el papa Borgia recibía la aclamación general e iniciaba su gobierno, habían sucedido algunos hechos importantes. Franceschetto Cibo, hijo del papa Inocencio VIII, su predecesor, abandonó Roma precipitadamente a su muerte y se retiró a Florencia, en cuya Corte fue bien recibido, por ser su mujer una Medici, hija de Lorenzo el Magnífico. Temeroso de perder los bienes que le había donado el Papa fallecido en el territorio eclesiástico, como acontecía a menudo al renovarse el jefe de la Sede Apostólica, trató con Virginio Orsini la venta de los castillos de Cerveteri, Monterano y Viano, con la villa de Rota, a cambio de veinticinco mil ducados, y la del castillo de Anguillara y sus posesiones por quince mil más.

Este Virginio Orsini, aunque noble romano, estaba a sueldo del rey de Nápoles, de cuyos ejércitos era capitán general, y era uno de los grandes señores del reino. El papa Borgia comprendió que Orsini era un simple testaferro y que estos feudos de la Iglesia iban a ser entregados indirectamente al rey de Nápoles. Se amparó en su derecho y declaró con razones legales que el contrato de venta era nulo; y para que el derecho que le asistía fuese válidamente defendido preparó un buen número de hombres armados.

Mientras negaba que Franceschetto Cibo pudiera traspasar o vender aquellos feudos de la Iglesia, Rodrigo vislumbraba las posibilidades de una alianza con la República de Venecia y el ducado de Milán, los poderes más fuertes de Italia por riqueza y prestigio.

EL PAPA ACOGE A LOS JUDÍOS EXPULSADOS DE ESPAÑA

El embajador de España, Diego López de Haro, intentó un acercamiento entre el Papa y Ferrante. Pero las preocupaciones de los reyes de Castilla y Aragón estaban lejos de la cuestión planteada por la posesión de Cerveteri y Anguillara. Las quejas del rey Ferrante eran para ellos un mero pretexto, porque el verdadero motivo del malestar español era la acogida papal a los judíos expulsados de España.

En efecto, una de las primeras actuaciones de Rodrigo tras su elección a la cátedra de Pedro fue acoger a los judíos conversos españoles en Roma, algo que sus detractores no suelen tener en cuenta. Según diversas fuentes, hasta 300.000 judíos conversos, llamados «marranos», por lo sospechosa que resultaba en España esta conversión, encontraron refugio en Italia, en parte, gracias a la benevolencia del Papa. La cifra resulta disparatada pero, cualquiera que fuera el número, Alejandro les hizo saber que daría libertad a los proscritos para que se instalaran en la Ciudad Eterna.

El embajador español respondió con furia a este acto de humanidad: «¡Su Santidad saca dinero de todo, protege a los marranos a cambio de dinero, y no hay ni un cuarto para la guerra contra el turco!». Pero es improbable que el Papa actuara en este caso por dinero y, desde luego, el hecho habla por sí solo del talante abierto de Alejandro. Robichon asegura que incluso uno de sus médicos, Bonet de Latés, era un judío provenzal. Todo ello sucedía en una época de profundo antijudaísmo en las cortes europeas.

Los romanos, encabezados por sus nobles, tampoco vieron con buenos ojos la acogida que se dispensaba a los «marranos». Hasta el punto de que los enemigos del Papa acabarían por acusar al propio

Alejandro VI de «marrano»; algunos cronistas dicen que el cardenal Della Rovere había pronunciado este insulto contra el cardenal Borgia en aquella época.

De todas maneras, la situación en Roma era radicalmente distinta a la de España y otros reinos cristianos europeos, y aquí los judíos no representaban ninguna amenaza para nadie, ni para las clases dirigentes ni para el pueblo llano. Además, y a pesar de ser el centro del catolicismo, Roma tenía tradiciones de tolerancia bien arraigadas. Los papas no habían perseguido a los judíos, aunque procuraban separarlos del resto de la población, concentrándolos en el gueto. El judío en Italia no era poderoso ni agresivo, y el cristiano, a su vez, por herencia de la antigua Roma, era generalmente tolerante.

Alejandro VI consideraba a los judíos como a semejantes que habían caído en el error de practicar una fe que en parte no se basaba en principios verdaderos. En efecto, el día de la coronación, al recibir de ellos el homenaje ritual, les había contestado: «Hebreos: nosotros admiramos y respetamos vuestra santa ley, pues ella fue dada a vuestros antepasados por el Altísimo por medio de Moisés; pero nosotros somos contrarios a la falsa observancia e interpretación que hacéis de ella, porque la fe apostólica enseña que el Redentor, que vosotros en vano esperáis, ha venido ya».

Lo cierto es que, debido a la acogida a los judíos, Alejandro VI se enfrentó con España apenas accedió al papado.

Isabel y Fernando no querían tolerancia para los judíos tampoco fuera de España, y pidieron por conducto del embajador Haro que cesase este estado de cosas en Roma. Ésa fue la verdadera misión que llevó a Roma al embajador español. Alejandro VI se negó rotundamente a acceder a tales pretensiones, aunque usando las mejores palabras, como era su costumbre. Colmó de honores y cortesías al enviado, le habló de su gran amor a los Reyes y a España, y le demostró que los judíos no eran un peligro para Roma.

Pero el asunto pronto fue olvidado, o aplazado: Rodrigo Borgia volvió a prestar casi inmediatamente un servicio trascendental a España con sus bulas de mayo de 1493, que legalizaban la conquista española de América.

LA AMBICIONADA MANO DE LUCRECIA

Mientras se mantienen las desavenencias con España y Nápoles, el nuevo Papa decide apoyarse en otras fuerzas italianas, en concreto, Milán y Venecia. Para sellar la alianza milanesa, Alejandro optará por entregar en matrimonio a su hija, Lucrecia, al señor de Pesaro, firme aliado de Milán. La jovencísima dama había sido ya prometida a diferentes pretendientes, en una curiosa sucesión de candidatos; Lucrecia era un partido excepcional, por el volumen de su dote y por las implicaciones estratégicas que una unión semejante podía suponer.

Antes de madurar esta alianza matrimonial con los Sforza, ya hemos visto que el Papa había planeado para la jovencísima Lucrecia un matrimonio español. Documentos contradictorios —como tantas veces en la intrincada historia de esta familia— vendrían a señalar que estuvo prometida primero a Juan de Centelles, después a Gaspar de Aversa, hijo del conde de Procida, y más tarde al conde de Prada. Lo cierto, sin embargo, es que tales prometidos no pasaron de ahí, porque la hija de Alejandro VI se convertiría en la esposa de Juan Sforza, señor de Pesaro, pariente de Ludovico el Moro, caudillo de Milán.

Algunos historiadores ven en el cardenal Ascanio Sforza, gran aliado del Papa, al verdadero artífice de esta unión, preparada apenas dos meses después de la elección de Alejandro VI. Juan Sforza, el novio elegido, tenía 26 años, el doble que Lucrecia, y era viudo de Magdalena de Gonzaga, hermana del marqués de Mantua, que había muerto de parto.

Al parecer, el último de los pretendientes españoles rechazados no se resignaba a su derrota, alborotaba la calle y exigía en vano una audiencia con el Papa: una «indemnización», calculada por algunos en 3.000 ducados, ahogaría definitivamente los clamores del despechado aspirante. Quedaba despejado el camino para el primer matrimonio de Lucrecia, una alianza sumamente importante para el Papado. Sólo había que discutir los detalles, un asunto que entre familias tan poderosas consumía tiempo y energías, y podía incluso cambiar el rumbo de la Historia.

Además, el papa Alejandro no pierde el tiempo, y mientras ultima el matrimonio de Lucrecia, ya está pensando en sendos matrimonios de Juan y Jofré, que serán políticamente tan importantes como el de Lucrecia.

IV

Triple alianza matrimonial

No era hombre de perder el tiempo el papa Borgia y, no cumplido aún su primer año de pontificado, conseguirá establecer una triple alianza matrimonial para sus hijos verdaderamente magistral. La primera, a partir del compromiso de Lucrecia Borgia con Juan Sforza, le une con esta potente familia y sus dos prohombres, el cardenal Ascanio Sforza —con quien se mantenía aliado desde el cónclave— y con Ludovico el Moro, el hombre que se había apoderado del poder en el más potente vecino del norte, el ducado de Milán.

Será un verano memorable, porque se casarán también Juan y Jofré, uniendo a los Borgia con las coronas de España y Nápoles respectivamente. En cuanto al otro hijo, el más célebre, César Borgia, destinado a la carrera eclesiástica, recibirá el capelo cardenalicio, como ya se dejó dicho.

«A principios de 1493, de regreso a Pesaro para ocuparse allí de sus preparativos nupciales, Juan Sforza envió al Vaticano a su procurador, mícer Nicolás de Saiano, doctor en la Universidad de Ferrara. El 2 de febrero quedaban concluidos los compromisos recíprocos que prometían muy oficialmente a doña Lucrecia con Juan Sforza, conde de Cotignola, señor de Pesaro», cuenta Robichon.

Hasta marzo de 1493, César no llega a Roma. Se instala en el palacio de San Clemente, uno de los mejores de la ciudad, a mitad de camino entre el Vaticano y el castillo de Sant'Angelo, «convirtiéndose en el oráculo de la mundanidad capitolina», en opinión de Gervaso, que reproduce con amplitud las opiniones, extremadamente favorables, del embajador de la corte de Ferrara, deslumbrado por su porte.

En el consistorio celebrado en la primavera de ese año, el Papa encarga a una comisión que establezca oficialmente los orígenes de César antes de hacerle cardenal. La comisión concluye que César Borgia ha nacido de «un lecho legítimo y de un matrimonio en regla entre el difunto Domingo Giannozzi de Rignano y Vannozza, hija querida en Jesucristo de Jacobo de Cattanei, mujer romana, esposa legítima, la cual, habiendo fallecido luego Domingo, quedó viuda». Esta declaración de legitimidad anula una bula precedente del papa Sixto IV, que establecía: «En el futuro no se mencionará a propósito del señor César de Borgia la oscuridad de sus orígenes».

Pero, al mismo tiempo, el papa Borgia redacta una bula secreta en la que declara que César es «nacido de nos, obispo a la sazón de Albano» y «de una mujer casada». Documentos contradictorios el mismo día, uno público y otro secreto. No era tan raro entonces, y más adelante se examinarán las posibles razones de Alejandro para actuar así. Con la conclusión favorable de la comisión en la mano, César recibió el capelo en el consistorio del otoño siguiente.

El 25 de abril de 1493, el Papa acepta formar una Liga con milaneses y venecianos, promovida por el cardenal Ascanio y su hermano Ludovico, señor de Milán, a la que se unen Siena, Ferrara y Mantua. Se trata de un gesto defensivo del Pontífice en respuesta a la conducta del rey de Nápoles, que ha logrado el control de varios castillos demasiado próximos a Roma, utilizando los servicios de uno de los barones romanos, Virginio Orsini, mero testaferro en la operación de compra de las fortalezas a Franceschetto Cibo.

La maniobra de Alejandro irrita profundamente a Ferrante, que moviliza a sus partidarios en la Curia y escribirá al rey de España acusando al Papa de atroces pecados, dando forma a lo que será el primer libelo «antiborgiano».

Pero Isabel y Fernando no prestarán oídos a la carta de su pariente, porque, en esos precisos momentos, el papa Alejandro se ocupaba de resolver uno de los asuntos estratégicos y diplomáticos más complejos que estadista alguno haya tenido que abordar: un verdadero reparto del mundo que afectaba directamente a los soberanos españoles.

Reparto del Nuevo Mundo entre España y Portugal

En esos momentos, la llegada de las tres carabelas españolas a tierras americanas ha convulsionado el mundo. El Descubrimiento provocó las inmediatas reclamaciones de Portugal, embarcado también en una política de expansión ultramarina desde años atrás; los portugueses esgrimían un tratado firmado anteriormente con España que supuestamente les concedía derechos sobre todo el Nuevo Mundo. El Papa interviene para fijar una imaginaria línea divisoria entre las posesiones presentes y futuras de los dos países. Esta temprana y oportuna acción evitó graves conflictos entonces y otros más graves que se hubieran presentado en el futuro.

Se ha dicho que Alejandro VI, llamado a ofrecer una solución a las opuestas pretensiones de Portugal y de España, trazó caprichosamente una línea de norte a sur sobre un mapa y sentenció que los descubrimientos del Oriente pertenecían a la primera y los de Occidente a la segunda.

La verdad es muy diferente. El Papa puso enorme cuidado en esta grave cuestión, a cuya resolución aportó toda habilidad y mesura. Cuando Cristóbal Colón regresó de primer viaje con las noticias maravillosas sobre lo que había encontrado más allá de los mares, el rey Juan II de Portugal alegó que por el tratado de 1479 concertado con España, las nuevas tierras descubiertas o por descubrir le pertenecían. En efecto, por el Tratado de Alcaçoba se había convenido que, excepto las islas Canarias, todas las islas de Occidente pertenecían a Portugal. Las Canarias habían sido consideradas como dominios españoles. El rey portugués, para apoyar su gestión diplomática ante la Corte vecina, preparó una flota que debía seguir a Colón en sus nuevos y ya anunciados viajes y ocupar por la fuerza las tierras donde éste desembarcara.

España no aceptó el planteamiento portugués, pues los descubrimientos de Colón habían impuesto una situación nueva, no contemplada en el Tratado de Alcaçoba. Y, para evitar la guerra, se pidió la intervención de Alejandro VI.

El Papa, solicitado así por el embajador español, estudió la cuestión y, sin entrar en un largo debate con Portugal, aplicó a favor de España una fórmula de «donación de tierras descubiertas» usada precedentemente por la Santa Sede a favor de Portugal, cuando este reino pidió la legalización de sus conquistas oceánicas. En efecto, desde Martín V hasta Sixto IV, pasando por los papas Eugenio IV, Nicolás V y Calixto III, la Roma papal había concedido a Portugal todas las tierras que sus navegantes habían ido ocupando en sus largos viajes. Con este criterio, el Papa dictó a favor de España tres bulas consecutivas que llevan la fecha de 3 de mayo de 1493.

En la primera concede a los reyes españoles las nuevas islas y tierras y las que se encontrasen en sucesivas exploraciones, siempre que no perteneciesen a otro soberano de la Cristiandad. Tal concesión la motivó afirmando que el nuevo descubrimiento extendía la esfera civilizadora de Europa y ensanchaba los dominios cristianos con el triunfo de la fe católica en aquellos lejanos países. En la segunda bula concedió a España los mismos derechos territoriales otorgados a Portugal por los precedentes papas sobre las tierras que sus súbditos o agentes habían descubierto. Y en la tercera fijó las obligaciones de

España de educar en la fe católica y en el modo de vida europeo a los habitantes de los nuevos territorios.

El hecho de que Alejandro VI dictara en un mismo día tres bulas sucesivamente sobre la misma materia, y no una que englobara todos los puntos tratados, se explica por la tradición vaticana de tratar cada asunto específico por separado.

Ninguna de estas tres bulas es la famosa *Inter Coetera Divina*. Ésta aparece con fecha 4 de mayo del mismo año, pero probablemente es posterior, y en ella se encuentra la línea divisoria de norte a sur que pasa a cien leguas a oriente de Cabo Verde. *Inter coetera divina* es la bula que sirve de constante referencia en la materia. ¿Por qué fue dictada esta nueva bula, y por qué se estableció una demarcación de dos zonas de influencia para futuros descubrimientos? A falta de informaciones precisas, podemos colegir que el Papa quiso evitar que España pudiese alegar más tarde una cierta exclusividad o monopolio sobre todos los descubrimientos que pudiesen hacerse en cualquier parte del mundo. La bula *Inter coetera divina* no es más que un documento de mayor precisión que el precedente. En ella hay un apartado que se refiere a la «donación», que reproduce la última de las tres bulas anteriores.

La bula *Inter coetera divina* tiene unas mil seiscientas palabras, y cuatro quintas partes de ella se refieren a la obligación de convertir a las poblaciones indias a la fe católica y mantener para ello en las islas y tierras firmes lejanas una organización eclesiástica adecuada. El Papa parece entender que no puede imponer deberes de naturaleza eclesiástica a un Estado sobre un determinado territorio sin que aquél pueda ejercer una soberanía continua y pacífica en el mismo.

«Espontáneamente [...], por nuestra pura liberalidad de ciencia cierta, y en la plenitud de nuestra autoridad apostólica [...], concedemos a perpetuidad y donamos a vos y a vuestros herederos, los Reyes de Castilla y León, todas las islas y tierras firmes descubiertas y por descubrir hacia Occidente y Sur. En consecuencia, trazando una línea del polo Norte al polo Sur, que pase a cien leguas de Cabo Verde y de las Azores, todas las islas y tierras firmes descubiertas y por descubrir que se hallen o se hallaran al Oeste o al Sur, siempre que no perteneciesen ya a otro Príncipe cristiano, desde la pasada Navidad, serán vuestras [...]. De estas tierras y estas islas os declaramos señores con plena y completa potencia, autoridad y jurisdicción [...]. A todas las personas, cualquiera que sea la dignidad que ostentaren, aunque fuese imperial o real, prohibimos, bajo excomunión *latae sententiae*, entrar en esas islas y tierras firmes descubiertas o por descubrir, sea para fines de comercio, sea por otras causas, sin vuestro permiso o el de vuestros herederos y sucesores». Éstas son las palabras de la bula.

Esta solución no satisfizo en modo alguno a Portugal, porque limitaba su campo de acción, cuando era la potencia naval más preparada para tales empresas, y siguió invocando el tratado de 1479, aun cuando tal convenio era de dudosa aplicación a las nuevas tierras halladas por Colón y podía considerarse revisable a la vista de la aparición de todo un nuevo continente.

Alejandro VI dictó el 25 de septiembre una nueva bula, llamada «Bula de extensión de la concesión apostólica y donación de las Indias», en la cual amplía los derechos soberanos concedidos a toda tierra que se encontrare por los vasallos de los reyes españoles al este, oeste o sur de las Indias.

El rey de Portugal comprendió entonces la necesidad de alcanzar un arreglo amistoso y, al año siguiente, tras negociaciones directas entre las dos cortes vecinas, Portugal aceptó la bula del papa Alejandro VI como generadora del derecho de España, y España, a su vez, extendió el derecho de Portugal a ocupar todo nuevo territorio, a occidente de Cabo Verde, ampliando las cien leguas que habían sido fijadas por la bula papal hasta las doscientas setenta leguas. El nuevo tratado fue firmado a instancias de la reina Isabel, cuya hija se había casado con el infante de Portugal, y puede entenderse como un inmenso favor que se llama en la actualidad Brasil; fue convenido en Tordesillas el 7 de junio de 1494, y el tratado lleva el nombre de esta localidad. Las dos altas partes contratantes acordaron también solicitar conjuntamente la aprobación del Papa a la modificación introducida en la fijación de la línea divisoria, y éste la concedió inmediatamente, quedando así definitivamente resuelta la grave cuestión.

Así pues, como se ha dicho, ambos reinos establecieron una línea de demarcación, de norte a sur, distante 270 leguas al oeste de las islas de Cabo Verde (meridiano 46° 35'), de manera que en adelante todo lo que se descubriera al este de dicha línea pertenecería al rey de Portugal Juan II y a sus sucesores, y lo que se hallara al oeste sería «para los dichos señores rey y reina de Castilla y de León y sus sucesores para siempre jamás».

Alejandro VI salió reforzado en su autoridad de estas primeras dificultades europeas provocadas por las tierras del Nuevo Mundo. Las bulas de reconocimiento y partición de América son algunos de los documentos más interesantes que se conservan de todo el papado a lo largo del Renacimiento.

No hubo especiales favores para España en la línea divisoria trazada, porque, en aquel entonces, después del primer viaje de Colón, todavía no se sabía qué podía haber al occidente de Cabo Verde y, por tanto, no podía evaluarse su importancia real, que sólo el curso del tiempo vino a revelar. Portugal salió ampliamente beneficiado por el Tratado de Tordesillas y por posteriores acuerdos que le permitieron aumentar enormemente el territorio de su «propiedad» en América.

LA BODA DE LUCRECIA

El 12 de junio fueron los esponsales de Lucrecia Borgia con Juan Sforza «Sforzino», señor de Pesaro, que había entrado tres días antes en la ciudad de Roma por la Puerta del «Popolo» con gran boato y expectación. Significaba una alianza entre el Papado y la familia que reinaba en Milán. Lucrecia tenía 14 años. La boda es un éxito del cardenal Ascanio y una mala noticia para Ferrante de Nápoles.

Los festejos duraron toda la jornada. Cuenta Robichon: «Al lado del Papa Borgia se veía a Teodorina Cibo y a Bautistina, marquesa de Gerace, hija y nieta respectivamente de su antecesor Inocencio VIII, así como a Julia la Bella de Farnesio. Además de los hermanos de la novia, alrededor del Papa se sentaban el nuevo cardenal Juan Borgia, sobrino del soberano Pontífice, Ascanio Sforza y su fiel Sanseverino, los Este, los Orsini y los Colonna, invitados todos ellos por Alejandro al banquete de bodas de su hija en sus apartamentos privados».

EL PRIMER LIBELO ANTIBORGIANO

La respuesta de Ferrante de Nápoles no se hizo esperar. El rey se dedicó a escribir cartas desacreditando al Pontífice en términos durísimos, y las envió a diferentes príncipes y soberanos europeos. Una muestra del tono utilizado puede observarse en la misiva que envió a sus parientes, los reyes españoles, el 7 de junio de 1493.

La carta dice: «Alejandro VI lleva una vida tal que es aborrecido por todos, y esto sin ninguna consideración a la sede que ocupa; lo único que le importa es encumbrar por cualquier medio a sus propios hijos, en esto se cifran todos sus pensamientos. Quiere la guerra. Desde el inicio de su pontificado no me ha hecho más que daño. Roma está más poblada de soldados que de sacerdotes; todos los pensamientos del Papa están puestos exclusivamente en la guerra y en nuestra ruina». Afirma también que los Sforza manipulan a Alejandro para abrir las puertas de Roma a los milaneses.

El rey Ferrante dice a sus ilustres parientes de la Península Ibérica que el Papa quiere quitarle a sus condotieros, y que para ello ofrece grandes sumas y tierras a los Orsini y a los Colonna; que, bajo cuerda, pide a Virginio Orsini que no ceda en el asunto de Cerveteri, Anguillara y otras posesiones, mientras abiertamente hace de esta cuestión un *casus belli*; que el Papa quiere nombrar trece cardenales con el único fin de hacer dinero, cotizando el cargo a un mínimo de veinte mil ducados. Que la inmoralidad reina en Roma y el desorden, en toda Italia.

El Papa, sigue diciendo Ferrante, tiene un solo interés: encumbrar a sus hijos a toda costa. Y quiere dar al mundo una guerra más, ofreciendo la investidura del Reino de Nápoles al francés duque de Lorena. El Papa es capaz, incluso, de llamar al turco para que ataque a su reino por el sur.

Es un desesperado intento de denigrar a Alejandro VI con todo tipo de argumentos y ningún dato objetivo. Semejantes acusaciones se podían haber escrito contra cualquier personaje de la época. Y, de hecho, se hacía continuamente.

Como ya se ha dicho, la carta no tuvo el menor efecto en los soberanos españoles, que mantenían, comprensiblemente, óptimas relaciones con el Papa en esos momentos, tras haber legalizado su conquista del Nuevo Mundo.

Viendo fracasadas sus intrigas, Ferrante optó entonces por seguir la línea trazada por el propio Pontífice, haciéndose valedor de una alianza familiar, un nuevo lazo de parentela que le fuera más útil que los establecidos previamente con Hungría y Milán. Ofreció a Jofré, el hijo menor de Alejandro, la mano de Sancha, su nieta, hija natural del entonces duque de Calabria y heredero del trono de Nápoles y, al mismo tiempo, le propuso una liga política con el Reino de Nápoles, sin que por ello tuviese que renunciar a la ya alianza con Milán y Venecia. Alejandro VI rehusó en un principio lo uno y lo otro, comprendiendo que Ferrante sólo pretendía separarle de Venecia y Milán —pues la segunda alianza neutralizaría los efectos de la primera—, para reducirlo a una condición de vasallaje.

Los historiadores coinciden en afirmar que Ferrante ofrecía la mano de su nieta al hijo del Papa para contrarrestar el acercamiento de éste a Milán, que podía facilitar, a su juicio, la entrada en Italia de los franceses para atacar Nápoles. Y ciertamente, en el norte se fraguaba la tormenta. El nuevo rey de Francia, Carlos VIII, preparaba un ejército para conquistar el reino napolitano, alegando derechos procedentes de la herencia de los Anjou. El Papa veía preferible tener en el sur un poder turbulento pero débil, antes que una gran potencia mundial. Así, cuando las dos partes, Roma y Nápoles, tuvieron informaciones precisas de la actitud francesa, abandonaron su recíproca intransigencia y accedieron a pactar.

El Papa obtuvo de Ferrante que Cerveteri, Anguillara y los otros castillos y tierras no fuesen enajenados por el contrato de venta efectuado en Florencia, violando la ley feudal, sino que, por nueva compra, Virginio Orsini los recibiera de la Santa Sede, y a ella pagara el precio total de cuarenta mil ducados, que ingresaron en el tesoro de San Pedro. Además, parece que en las conversaciones preliminares el Papa obtuvo también que Virginio Orsini se obligara a ceder posteriormente estos bienes, lo que efectivamente hizo pocos meses después. El Papa transigía formalmente, pero mantenía su tesis jurídica y evitaba que en la práctica estos bienes fuesen a parar a la rama napolitana de los aragoneses.

Y como todos los acuerdos se afianzaban posteriormente con la celebración de un matrimonio, se abrieron las negociaciones para un pacto familiar entre el Papa y el rey de Nápoles en forma de matrimonio entre Jofré y Sancha. Ferrante ponía sobre la mesa como tentadora dote el principado de Esquilache y el condado de Cariati. El mismo embajador español inició las conversaciones. E, incluso, el rey de Nápoles acarició la posibilidad de casar a su hija con César. Pero el Papa se opuso decididamente a que César abandonase la carrera eclesiástica.

Siguiendo una vieja tradición, el Papa proveyó a Jofré con los bienes adecuados para el matrimonio, pero rehusó darle el ducado de Benevento que el rey napolitano solicitaba con gran interés.

Jofré se convirtió en príncipe de Esquilache y conde de Cariati. Para unificar los intereses de la Iglesia y de Nápoles, se le hizo igualmente condotiero de ambos Estados, pagándosele a medias el correspondiente salario. El 16 de agosto de 1493 se celebró en Roma, por poderes, el compromiso oficial entre Jofré y Sancha. Pero el Papa retrasó el traslado de Jofré a Nápoles y el matrimonio formal acabó celebrándose cuando ya había muerto el rey Ferrante.

Aquel año de 1493 iba a ser el de los esponsales de los hijos del Papa. Después de Lucrecia y Jofré, le tocó el turno a Juan, segundo duque de Gandía, que recibió del embajador español la mano de María Enríquez, la prometida de su hermano fallecido Pedro Luis. Así que, durante aquel verano, antes de cumplir el primer año de pontificado, Alejandro VI había tejido una red de contactos familiares que le permitía mantener buenas relaciones con el rey de Nápoles, con los reyes españoles y con Milán, además de haber afianzado la liga político-militar que le unía también a Venecia.

BODA DE JOFRÉ BORGIA CON SANCHA DE ARAGÓN

En agosto de 1493, como se ha dicho, se celebró la boda de Jofré con Sancha, hija bastarda de Alfonso de Calabria, heredero del trono de Nápoles. Ella tiene 15 años de edad y, aunque educada en el palacio real, parece haber sido muy precoz y una eficaz provocadora del interés del sexo opuesto. El pequeño Jofré acaba de cumplir los 12 años.

Su mujer es incomparablemente más experimentada y conocedora de la vida. Ello, al principio, les traerá problemas. Pero no impedirá que el matrimonio se mantenga dentro de unos límites que podrían calificarse de felices.

Los esponsales se celebraron en el Vaticano con pompa principesca, apenas dos meses después de los de Lucrecia. Fue un matrimonio por poderes que tardó tiempo en consumarse, en el que Federico de Aragón, tío de la novia, representó a la futura desposada. En mitad de la ceremonia de lectura de las actas notariales y del intercambio de anillos, cuentan las crónicas que el cuarentón Federico improvisó una imitación tan cómica de las emociones de la novia ausente que el Papa y los cardenales no pudieron contener la risa. En cuanto al pequeño novio, más inocente aún de lo que fuera su hermana en esa misma circunstancia, arrastrará esta fragilidad infantil durante años, lo que le alejará del poder y de las intrigas, y, con ello, de la suerte aciaga de su hermano César.

A la boda de Jofré no asiste Juan, que en esos momentos se dispone a contraer matrimonio en España. No acude tampoco el cuñado Sforzino, porque el 2 de agosto regresa a Pesaro, al parecer, asustado por la epidemia de cólera que como todos los veranos diezma Roma.

JUAN SE CASA EN BARCELONA

Juan Borgia había salido de Roma unas semanas antes por la antigua vía Aurelia con dirección a

Civitavecchia para hacerse a la mar. La flota de las galeras papales atracó sin novedades en las costas españolas y, el 24 de agosto, Juan Borgia, duque de Gandía, contrae matrimonio con María Enríquez y Luna, prima de Fernando el Católico, en Barcelona.

El inventario de su equipaje, tal y como nos ha llegado a través de las crónicas, da una idea del lujo en el que vivían estos personajes de alta alcurnia. Los cofres de madera de ciprés estaban decorados con pinturas de la historia de Adán y Eva, y rebosaban de tapicerías, colgaduras, pieles y telas preciosas. Un embajador cuenta que estuvo meses observando cómo, en una tienda situada en los bajos de su casa, un orfebre «no hacía otra cosa de la mañana a la noche que engastar piedras preciosas». El embajador, obispo de Módena y apellidado Boccaccio, pidió que le mostraran las piezas, perlas, zafiros, rubíes, diamantes y esmeraldas: «Todo estaba destinado al duque de Gandía».

Cuando Juan y su séquito estaban a punto de embarcarse, llegó un correo papal portador de un mensaje para el duque: hasta su arribo a Barcelona, debía conservar puestos los guantes, aun para comer, «ya que el aire salino corrompe la piel y entre nosotros [es decir, en España] nada se valora tanto como las manos hermosas», decía la carta del preocupado padre. El caballero Jaime Pertusa y el canónigo Ginés Fira escoltaban a Juan por encargo del Papa, y el joven, de 17 años, había recibido instrucciones por escrito que ponen de manifiesto hasta qué punto Alejandro VI velaba por él en este difícil e importante trance de marchar lejos para contraer un matrimonio de rango real.

Anticipándose a la llegada de su hijo, el propio Papa había encargado a un datario del Vaticano, Juan López, que enviara al futuro suegro de Juan, don Enrique Enríquez, un certificado de buena conducta y costumbres, «rechazando las calumnias de las que era objeto el Santo Padre», dice Robichon.

Se conservan nueve cartas enviadas por el papa Alejandro VI —«de mi propia mano», como dice el encabezamiento de cada una— al duque de Gandía, preparándole para su casamiento, con reprimendas por sus excesos, con vigilante atención sobre su formación, junto a consejos orientados a lograr la benevolencia del rey para anexionar el ducado vecino de Denia al de Gandía.

Lucrecia, Juan y Jofré se han casado uno tras otro. Una carta del marido de la primera a su suegro el Papa, fechada a principios del mes de septiembre, reclama la dote de su boda. La respuesta de Alejandro salió el día 15: cuando el esposo regresara a Roma, se le entregaría la suma que se le adeuda del pago íntegro de la dote. Pero Sforza se hizo esperar. El Papa había fijado su regreso para el 15 de octubre; el señor de Pesaro no llegó a Roma hasta el 15 de noviembre. Pasó con su mujer y con su familia política las fiestas de la Navidad de 1493; luego, so pretexto de unos asuntos que arreglar en su Estado, regresó de nuevo a Pesaro. No obstante, a finales de enero de 1494, estará de vuelta en Roma, para establecerse definitivamente en el palacio de Santa Maria in Pórtico, al lado de su mujer.

Una vez resuelto el protocolario asunto de los orígenes de César, el Papa le hace cardenal, junto a otros once aspirantes, en el consistorio del 20 de septiembre. César tiene 18 años y es nombrado también obispo de Valencia, heredando así a su padre y, antes que él, a su tío abuelo Alfonso Borja. Quizás el Papa acariciaba la idea de establecer una dinastía pontificia Borgia, como han hecho antes y harán después grandes familias italianas. César Borgia no es el único joven que recibe la púrpura en ese consistorio. Hipólito de Este, hijo de Hércules de Ferrara, tiene solamente 15 años, y Alejandro Farnesio, hermano de la bella Julia y tesorero de la Santa Sede —futuro papa Pablo III— tiene la misma edad que César.

Si estos tres nombramientos, además del cargo concedido a Julio Cesarini, pueden considerarse fruto de los intereses personales del Pontífice, los otros ocho son producto de un maduro cálculo político. En la lista encontramos al gran canciller del rey Enrique VII de Inglaterra, Juan Morton; al elocuente Bernardino López Carvajal; a Raimundo Peraud, abad de Saint-Denis; a Domingo Grimani, hijo del Dogo de Venecia; y al hijo del rey de Polonia, entre otros.

Se ha dicho que, de los doce nuevos cardenales, siete aceptaron la púrpura de buen grado, mientras que los otros cinco, inducidos por Julián della Rovere, la rechazaron con altivez. Pero esta hipótesis parece a todas luces infundada.

El título de cardenal tenía un componente casi estrictamente político —aún hoy lo tiene—, sin mucha conexión con el trabajo espiritual que da sentido a la Iglesia. Estos príncipes eclesiásticos no tenían a su cargo el cuidado de las almas. En el organigrama jerárquico de la Iglesia Católica, esta tarea pastoral corresponde a los obispos, verdaderos herederos de los apóstoles. En la Edad Media y el Renacimiento era frecuente encontrar cardenales que no habían sido siquiera ordenados sacerdotes. Era el caso de César Borgia, convertido en obispo primado de España pese a su escasa inclinación religiosa. Podría decirse que, de eclesiástico, sólo tenía el hábito. Su ascenso jerárquico le va a obligar a comprometerse, de forma aparentemente irreversible, con la carrera religiosa. Ya todos le llaman *il Valentino* o *Valensa*, es decir *el Valenciano*.

SU PEOR ENEMIGO

Todo sucedía a gusto del Pontífice. Sin embargo, en este primer año al frente de la Iglesia, queda también claro que no son los príncipes vecinos los únicos enemigos del Papa. Alejandro VI encontrará su adversario más encarnizado en la misma Santa Sede, el cardenal Julián della Rovere. Dice Ferrara: «Un juicio imparcial entre los dos papas de más fama del Renacimiento solamente puede hacerse después de haber examinado los hechos».

Y los hechos ponen de relieve una rivalidad antigua y feroz entre los dos poderosos personajes. El cardenal Della Rovere era quizá la figura preponderante del Sacro Colegio. Purpurado por decisión de su tío Sixto IV, se mantuvo relativamente tranquilo en aquel periodo por un doble motivo: el respeto que le debía y el fortísimo carácter de aquel papa, aún más iracundo que el suyo. En tiempos de Inocencio VIII había gobernado sin mayores problemas en el Vaticano, siendo el papa «de facto», y colisionando probablemente a menudo con el vicecanciller Borgia. La posterior elección de éste fue un golpe duro a sus ambiciones. Encajada la derrota y el disgusto de ver elevado al trono papal a su más odiado enemigo, comenzó enseguida a intrigar en su contra.

Durante la disputa de Alejandro VI con el rey de Nápoles y Virginio Orsini, Della Rovere se colocó del lado de éstos. Por más que el Papa decidiera apaciguarlo con una política obsequiosa, colmándolo de beneficios y tratándolo con deferencia, el futuro Julio II no desaprovechó ocasión de afrentarle y de tramar contra él durante los once años de gobierno borgiano. El Papa lo perdonó continua y generosamente. De no haberlo hecho, otra cosa hubiera sido de la estirpe de los Borgia.

Sin entrar a examinar la psicología de ambos personajes, todo parece indicar que eran dos caracteres antagónicos a los que la historia ha tratado de forma muy desigual. Tanto la condena que ha recibido el Papa Borgia, como los acríticos aplausos que ha merecido Julio II resultan injustos e inmerecidos a la luz de los hechos. Los enfrentamientos del cardenal Della Rovere con el Pontífice afloraron muy pronto, en un consistorio en el que Alejandro VI le acusó de traición. El cardenal pasó entonces de la intriga a la acción conspiradora.

Della Rovere había aprobado el acuerdo entre Virginio Orsini y Franceschetto Cibo, cuando era aún desconocido por el Papa. Y había sido el consejero principal del rey de Nápoles en este episodio. Así, cuando Alejandro VI pareció determinado a no permitir la transacción, a pesar de hallarse rodeado de enemigos, y a entrar en guerra, el cardenal corrió a Ostia, de donde era obispo, se encerró en la fortaleza que dominaba el acceso al Tíber, y amenazó desde allí las comunicaciones marítimas con Roma. Toda una ofensiva contra el Pontífice y contra la Ciudad Eterna que los capitanes del rey napolitano querían invadir.

Pero Ferrante no se atrevió a tanto, después de sopesar las consecuencias de un acto tan grave, y Della Rovere, su aliado, volvió a Roma reconciliado con el Papa, que le perdonó, al menos formalmente. El 24 de julio de 1493, Virginio Orsini y Julián della Rovere cenaron en el Vaticano. Della Rovere fue uno de los fiduciarios del arreglo pactado, representando los intereses de Orsini, mientras el cardenal Juan Borgia representó los de la Iglesia. Alejandro VI quedó muy apenado por la actitud de su antiguo colega, y atribuyó su conducta a los celos causados por la protección otorgada a Ascanio Sforza.

Lo cierto es que Julián della Rovere siente un antagonismo cada vez mayor hacia el papa Borgia. Critica los nombramientos de cardenales, las decisiones de los consistorios, y vive casi segregado en la forta-leza de Ostia. Muchos historiadores han explicado esta reacción antiborgiana del futuro Julio II en tér-minos morales, atribuyendo al cardenal Della Rovere un espesor moral muy superior al de su antagonista. Sin entrar en esta discutible valoración ética, es ne-cesario señalar que la batalla entre ambos se plantea-ba estrictamente en términos de poder.

Julián della Rovere se revelará después como un papa guerrero, violento e inflexible, y se enfrentará por ello incluso a una revuelta del Colegio Carde-nalicio, una parte del cual, instigado por el rey de Francia, reclamará con urgencia la convocatoria de un concilio. «Los cardenales se arrogaban la ca-pacidad jurídica de convocar un concilio sin recu-rrir a la autoridad del Pontífice, por la evidentísima necesidad que tenía la Iglesia de ser reformada (de-cían) no sólo en sus miembros sino en su cabeza, es decir, en la persona del Pontífice; el cual, (afirmaban) inveterado en la simonía y en los hábitos infames y perdidos, no siendo idóneo para regir el Pontifica-do, y siendo autor de tantas guerras, era notoriamente incorregible, con escándalo universal de la Cristian-dad, a cuya salud no bastaba ninguna medicina más que la convocatoria de un concilio: a lo cual, siendo el Pontífice negligente, (pedían) fuese devuelta a ellos legítimamente la potestad de convocarlo». Con tan encomiable objetividad relata Francesco Guicciardi-ni, en el Libro IX de su *Historia de Italia*, los conflic-tos del pontificado de Julio II. En cambio, cargará las tintas y dictará juicios sumarísimos al abordar las «cul-pas» de los Borgia.

En todo caso, parece evidente que este temperamental Julián della Rovere no acepta la autoridad de Alejandro Borgia y, en su afán de deponerlo, cambiará de bando y pasará al servicio de los franceses muy pronto, persiguiendo una ansiada y frustrada destitución de Alejandro, al que sueña con suplantar.

REORGANIZACIÓN POLÍTICA DE ROMA

Alejandro VI, atento a la política exterior y ocupado con asuntos familiares de la envergadura de las tres bodas de sus hijos adolescentes y el cardenalato de César, no dejó por eso de tomar medidas para mejorar la gestión de los asuntos internos del Estado. Inmediatamente después de su elevación, había nombrado una especie de Tribunal Supremo integrado por cuatro reputados doctores en jurisprudencia, y había dictado leyes para evitar los abusos judiciales en las Cortes menores. Reformó las prisiones. Fijó un día a la semana para oír personalmente las quejas de los que se creían objeto de injusticia. Más tarde, reformó la Constitución de Roma o, más propiamente, puede decirse que dio a los romanos el derecho de reformarla. En un importante documento del segundo año de su pontificado se encuentra toda la teoría borgiana en materia de gobernación, que es la misma que practicó luego César en Romaña, bajo la dirección de Alejandro VI, y que le hizo tan popular, hasta el punto de que aquella región se mantuvo fiel al «Valentino» cuando todos le volvieron la espalda, tras la muerte del Papa.

En efecto, Alejandro VI, «considerando que la ciudad que dio al mundo el Derecho debe de querer darse leyes a sí misma», invita a los jefes populares a dictarse la Constitución que ellos quieran y deroga las precedentes otorgadas por los papas. Y reconoce al pueblo el derecho de dictar nuevas medidas y de reformar las precedentes en todo tiempo.

El lenguaje del Papa no parece de aquel siglo, sino de la bella alborada del siglo XIX, considera Ferrara. La reforma fue aprobada bajo el nombre de «Reformationes Alexandri VI», y es el documento de Derecho público más previsor y completo de la Roma papal, abarcando la administración del Estado, las relaciones civiles y la justicia criminal. El Papa, no satisfecho con todo esto, constituye una asamblea popular que debe reunirse, por lo menos, una vez al mes, «para escoger los medios necesarios al buen gobierno y prosperidad de la Santa Romana Iglesia y para la protección de la ciudad y de sus habitantes».

En los últimos meses del 1493, el Papa quiere recorrer el territorio patrimonial de la Iglesia, y el 26 de octubre sale de Roma, visitando a Ascanio Sforza en Nepi. Recorrió, en largas jornadas a caballo, Ronciglione, Viterbo y Toscanella. En Corneto, a pesar del cansancio por el camino hecho, fue a pescar con un pequeño grupo de cortesanos. Visitó también Civitavecchia. De retorno a Corneto, y alternando el despacho de los asuntos públicos con las funciones religiosas, hallaba tiempo para otras jornadas de pesca y para largas y fatigosas partidas de caza. A los 61 años era un hombre fuerte y vigoroso, condición que mantuvo hasta la fecha de su muerte. Tras inspeccionar todo el territorio volvió a Roma el 19 de diciembre.

Correrías españolas de Juanito

En noviembre, el Papa recibe noticias bastante negativas sobre las correrías de su hijo Juan en España. El joven duque de Gandía pasa las noches fuera de casa, entregado al juego y a las aventuras amorosas. Se dice que recorre las calles con sus servidores, disfrazado y comportándose de forma indigna. Pero lo peor es que abandona el tálamo hasta el punto de que se sospecha que su matrimonio ni siquiera se ha consumado. Esta vida irregular y dispendiosa exige enormes sumas —en dos meses ha dilapidado cerca de tres mil ducados de oro—, y el joven ha terminado pidiendo un préstamo sobre las rentas de sus tierras y la dote de su mujer, la pobre María Enríquez y Luna, que había esperado ocho años para convertirse en la esposa de un Borgia.

Siempre según Robichon, al leer estas noticias, Alejandro tuvo un estallido de cólera y de indignación. Lo que más atormentaba al Pontífice era la afrenta a una esposa de sangre real, que sin duda indignaría a los soberanos de España.

Juan respondió negando las acusaciones y se apresuró a restablecer la verdad: no, no había creído tener que privarse de hacer salidas nocturnas, pero dichos paseos se habían producido en compañía de gentilhombres, tales como el propio don Enrique

—su «suegro y pariente del rey»— y algunos otros de su séquito, a orillas del mar, como se hace habitualmente en Barcelona después de la caída del sol... Si se había sentado a la mesa de juego, lo había hecho en privado y con sus amigos. En cuanto a su esposa y a su matrimonio, Juan explicaba como eximente que María sufría diarreas frecuentes, pero que tenía esperanzas fundadas de poder anunciar a su padre la inminencia de un feliz acontecimiento.

En esta disculpa no se decía una palabra ni de las sumas de dinero dilapidadas por el duque desde su llegada ni de su intento de apropiarse de las rentas de su ducado. Pero el Papa no intentó llevar más lejos sus investigaciones; ante la gozosa perspectiva de convertirse pronto en abuelo, pareció olvidarse del dinero.

LA AMENAZA FRANCESA SE CIERNE SOBRE EL VATICANO

En fin, durante el primer año de su papado, Alejandro había establecido alianzas matrimoniales con Milán (Lucrecia-Sforzino), Nápoles (Jofré-Sancha) y España (Juan-María), y había convertido a César en cardenal. Una maravilla. Sólo persiste un inconveniente, aunque ciertamente grave: a la mesa papal le falta la pata francesa y eso hará que su gobierno se escore a punto de caer por tierra.

Los matrimonios de los hijos del Papa no provocaron especial escándalo en una Europa repleta de príncipes, infantas y princesas bastardas. El mismo rey Ferrante dice, en una carta al príncipe Altamira, que el Papa tiene la manera de beneficiar a los suyos como es su deber: «*Et quello sia per darli del canto suo havendo S. Santitá lo bono modo che ha ad beneficarlo et bene collocarlo, como ad Sua Santitá specta*».

Pero, según Gervaso, la reconciliación con Ferrante no es tan firme como debiera ni discurre en los términos deseables. El 18 de diciembre, en una de sus cartas a su embajador en Roma, el rey napolitano afirma: «Nos y nuestro padre hemos obedecido siempre a los Papas, pero todos y cada uno de ellos se han esforzado siempre en hacernos todo el mal posible. Con el actual, que precisamente es nuestro compatriota, no se puede vivir en paz ni un solo día». Ignoramos a qué hechos se refiere exactamente Ferrante, pero no importa demasiado, porque, apenas un mes después, fallece.

En enero de 1494, y mientras «Sforzino» viene a Roma y se establece ya definitivamente junto a su esposa Lucrecia en el Palacio de Santa Maria in Portico, llegan al Vaticano las noticias de la muerte de Ferrante de Nápoles. Alejandro se encuentra aprisionado entre las presiones francesas y las napolitanas: los primeros amenazan con deponerlo si apoya a Nápoles, cuyo nuevo rey Alfonso se apresura a pagar al Papa el tributo que Ferrante siempre le había negado y obliga a los Orsini a acatar la autoridad papal.

El 20 de marzo, el Papa anuncia en un consistorio su respaldo a Alfonso y envía al cardenal Borgia Lanzol a coronarle. «La reacción francesa fue violentísima», dice Gervaso. Carlos VIII acelera los preparativos de invasión de la península itálica. Entonces, Della Rovere cambia de bando y huye a Francia: es su segunda traición al Papa. No pocos cardenales se arrodillan ante el rey francés. Pero Alejandro no da signos de temor y se prepara para hacer frente a la invasión y para defender la independencia del Papado. También esta decisión ha querido ocultarse con la leyenda negra.

El 7 de mayo, Jofré Borja finalmente celebra sus esponsales reales con Sancha de Aragón, cuatro días después de la coronación de Alfonso II de Nápoles. La noche de la boda, el cardenal legado del Papa bendijo el lecho conyugal y, junto al rey Alfonso, recibió a los recién casados desnudos hasta la cintura, como exigía la costumbre, antes de verles ocupar su sitio en el lecho conyugal.

Alfonso, «un hombre pérfido, cruel, astuto, despótico» según Robichon, reinaría brevemente hasta el año siguiente.

Lucrecia y Julia en Pesaro

El 31 de mayo, mientras la tensión con Francia se agudiza, Lucrecia parte hacia Pesaro, adonde llega el 8 de junio, acompañada de Adriana Milà y Julia Farnesio. Poco después de su llegada, Lucrecia cayó enferma, y en Roma se temió que pudiera morir: el Papa estuvo muy preocupado y pendiente del correo, en medio de su batalla diplomática por disuadir a Carlos VIII de invadir Italia.

Parte de la correspondencia entre Roma y Pesaro ha llegado hasta nosotros, y ha dado pie —como pudo verse en el capítulo segundo— a la leyenda de unas relaciones íntimas entre el papa Borgia y la Bella Julia, y a dar por confirmada la paternidad biológica del pontífice sobre Lucrecia. Pero, de nuevo, cabe señalar que en las cartas no hay nada que permita afirmar ambas hipótesis. En el segundo caso, puede tratarse tanto de una correspondencia entre padre e hija como entre padrino y ahijada, o entre tío y sobrina: en todo caso, sí, se trata de dos personas emparentadas que se quieren. En cuanto a Julia, su escandalosa afirmación de que «estando sin Vuestra Santidad, y dependiendo de ella todo mi bien y toda mi felicidad, no pude disfrutar, pues donde está mi tesoro está mi corazón. [...] Todo lo que no sea estar a los pies de Vuestra Santidad es una farsa», y la sorprendente respuesta del Pontífice —«te destinarás por completo y dedicarás a esta persona que te ama más que ninguna otra»— pueden parecer efusiones de amantes si se quiere, pero no resultan lo bastante convincentes como para dar por segura la ilícita relación.

Alejandro había previsto que las mujeres estuvieran de regreso en Roma el mes de julio. Pero el día 12 de ese mes, Julia abandona Pesaro hacia Capodimonte, donde su hermano agonizante la reclama. Sabiendo el Papa que de allí seguirá camino a Bassanello para reunirse con su marido Orso, le escribe: «Julia ingrata y pérfida [...], por la presente *sub pena excomunicationes late sententie et maledictiones eterne*, te ordenamos que no partas de

147

Capodimonte y mucho menos vayas a Bassanello para cosas que conciernen a nuestro estado». Julia retornará entonces a Roma, pero, antes de llegar a la urbe, caerá presa de una avanzadilla francesa. El ejército de Carlos VIII acaba de invadir Italia.

V

La invasión francesa

La coronación de Alfonso II como rey de Nápoles y su alianza matrimonial con los Borgia fue interpretada como un desafío por los consejeros de Carlos VIII. A instancias del gran mariscal del reino, Esteban de Vex, y del obispo de Saint-Malo, Guillermo Briçonnet, Carlos ordenó los preparativos para la guerra. Era la primavera de 1494. Alejandro VI intentó desviar la tormenta sugiriendo la reunión de un tribunal que examinaría el fundamento de las reivindicaciones francesas sobre el reino napolitano. En respuesta a la propuesta del Papa, recibida por el embajador galo Peron de Basche, los franceses amenazaron con convocar un Concilio para negar validez a la elección de Alejandro de dos años atrás.

Alejandro VI escribe a mediados de año al rey de Francia, sorprendiéndose —retóricamente, porque todo era posible en aquellos convulsos años— de que un príncipe cristiano se armase contra otra potencia cristiana cuando los infieles desafiaban los estandartes de Occidente a escasa distancia de la tumba de San Pedro. Y era bueno advertir también a su

«Muy Querido Hijo» que la peste arrasaba en aquel momento Roma... ¡Y si sólo fuera la peste...! «Además, aquí [reina] el hambre, y [nos tememos] una escasez aún mayor», le dice al rey francés para infundir en él algún temor.

Pero Carlos VIII respondió con dureza: la peste le era indiferente, porque si tenía que morir por su causa, así pondría fin a sus fatigas, y, en cuanto al hambre, «llegaría tan bien pertrechado de provisiones que antes tendría que ocuparse de la abundancia que de la escasez...». En lo tocante al turco, desde su nacimiento no tenía «deseo más ardiente que el de enfrentarse al infiel para la salvación de la fe cristiana».

Rodrigo Borgia probó suerte por la vía del halago, enviando a Carlos VIII la Rosa de Oro, máxima condecoración pontificia, que el rey francés recibió sin modificar en absoluto sus preparativos de guerra. La suerte estaba echada.

«Pues, bien, que venga y haga lo que guste», dijo el Papa, al parecer, cuando entendió que la invasión era inevitable. «Dios sabrá defender a su Iglesia».

Desde Francia se amenazaba también con un cisma y con declarar la independencia de una llamada Iglesia Galicana. En un momento tan delicado para la Iglesia, el papa Borgia demuestra su firmeza de carácter y su indiscutible valor. Pese a estar rodeado de traidores, se opuso no sólo a los franceses, sino a todos los que saludaban la entrada de sus tropas en las grandes y pequeñas cortes italianas, a los cardenales e incluso a la opinión pública, representada en la época por el monje Jerónimo Savonarola.

Carlos VIII había enviado a Italia a su embajador Peron de Basche con la misión de informar a los Estados del norte, a Florencia y al Papa de sus intenciones: apoderarse de Nápoles. Venecia conocía ya los planes franceses por Beatriz de Este, esposa de Ludovico el Moro, señor de Milán. El Dogo veneciano había contestado a la dama que no podía formar opinión ni expresarla sin oír al Papa y al Senado de la República, y comunicó todo a Alejandro VI.

Así, cuando el embajador francés llegó a Roma, el Pontífice conocía ya las verdaderas intenciones de su señor, y a la demanda de investidura de Carlos VIII como rey de Nápoles, planteada por De Basche desde la primera entrevista en forma de ultimátum, Alejandro contestó con tranquila serenidad, usando una táctica que empleará con maestría en los momentos difíciles de su papado, es decir, llevando la cuestión del campo político al jurídico. El Papa no se oponía a las pretensiones legales del rey francés, confió Borgia al embajador, pero sólo un Tribunal de la Santa Sede, que ejercía la alta soberanía sobre el Reino, podía examinar con autoridad la cuestión. Sólo ponía una condición, y era que no se acudiese a las armas, pues la Justicia cesa cuando actúa la fuerza. Además, el Papa dio a entender al emisario que, ante una invasión, en ningún caso concedería la investidura a Carlos VIII. De Basche volvió a Francia con las manos vacías, porque la promesa de un examen jurídico del caso era bien poco para las pretensiones del ambicioso rey francés.

Carlos VIII aduce sedicentes derechos dinásticos para lanzarse a la conquista de Nápoles y, de paso, de toda la Península Itálica, pues sus ejércitos debían cruzar todo el territorio para alcanzar el objetivo. «De un embrollo dinástico torpemente desenmarañado por los juristas —los últimos príncipes de Anjou eran parientes en vigésimo grado del rey de Francia—, éste hace un *casus belli*», dice Robichon.

La entrada de Carlos VIII en Italia tendrá consecuencias nefastas en los intentos de unificación nacional del país y sentará un grave precedente de invasiones y conquistas que habrán de mantener en perpetuo estado de guerra a la península en los siglos venideros. Italia era escenario desde el siglo XIII de continuos enfrentamientos armados entre señores feudales cuyas intrigas y conciliábulos hacían de la política italiana un auténtico avispero. La situación se agravó con la colaboración de las potencias extranjeras, de modo que las pretensiones francesas sobre Nápoles determinarán la intervención española, que habrá de culminar en una prolongada ocupación. De no haber intervenido el rey francés, la rama bastarda de los aragoneses, ya italianizada, se habría consolidado en el trono napolitano, privando a España de pretexto alguno para invadir Italia. De la dominación española se pasó a la austriaca, en total cuatro siglos, si se excluye el paréntesis napoleónico.

La Liga forjada con tanto esfuerzo entre Milán, Venecia y el Papado se convierte ahora en papel mojado. El Papa cuenta sólo con el lejano apoyo de España. Carlos VIII, legitimado en sus pretensiones por los cardenales francófilos, a cuyo frente se sitúa Julián della Rovere, y con la colaboración de los Colonna y la tácita complicidad de la Liga, se ve imbatible frente a la coalición vaticano-napolitana.

A pesar de que su sobrino, el pobre Sforzino, está casado con Lucrecia Borgia, Ludovico el Moro, su esposa Beatriz y su suegro Hércules de Este se postran ante el soberano francés. Desde su palacio de Milán, Ludovico escribe al rey de Francia: «Cuando queráis creerme, os ayudará a llegar a ser más grande de lo que jamás fue Carlomagno».

El Papa se encontraba entre dos fuegos: Carlos VIII, que le amenazaba con deponerlo si no cedía, y Alfonso II, que le exigía que excomulgara al invasor, cosa que no podía ni siquiera plantearse con un Sacro Colegio que no le apoyaba.

«A pesar de lo cual, el Borgia resistió, y cuando Ascanio Sforza le pidió que al menos se declarara neutral, reafirmó su fidelidad hacia Alfonso: antes renunciaría a la tiara que traicionar a su aliado [...]. Pandolfo Collenuccio [observador del ducado de Ferrara] hizo un segundo intento de mediación, pero también en esta ocasión el Papa se negó en redondo. Se necesitaba mucho valor para rechazar con tanta firmeza el amenazador *diktat* del monarca francés. Pero no era precisamente valor lo que le faltaba al Papa», escribe Gervaso.

153

Según Ferrara, el soberano galo envió una nueva embajada presidida por Guillermo Briçonnet, a quien el Papa acababa de hacer obispo de San Maló. El prelado fue más sensible a las razones del Papa de lo que lo había sido el torpe y venal De Basche. Alejandro se tomó algún tiempo antes de dar una respuesta definitiva, afirmando que deseaba conocer la opinión de los venecianos, a los cuales había escrito. Contemporizó largamente. Y, durante los días de la espera, fue creando en el ánimo del embajador, que por otra parte tenía gran influencia sobre el rey, la convicción de que la empresa no dejaba de tener peligros para el mismo rey y para la Cristiandad. Es muy probable que Alejandro VI hiciera brillar ante los ojos de Briçonnet el capelo cardenalicio. La palabra cálida de Alejandro VI y la promesa de una brillante carrera eclesiástica convencieron a Briçonnet, quien al volver a Francia sometió a la Corte todas las dudas que se habían sembrado en su ánimo.

Pero el débil rey estaba presionado por un consejero tempestuoso y agresivo; un hombre que en la violencia no respetaba barreras: el cardenal Julián della Rovere, futuro Julio II, que debe toda su gloria histórica a este temperamento sin frenos. El cardenal, al ver que el Papa había decidido oponerse a los propósitos de Carlos VIII, creyó llegado su momento; había huido de Roma y por mar había llegado a Francia, siendo recibido con grandes honores.

Un concilio que depusiera a Alejandro VI podría ser el paso previo a su propia elevación al pontificado. Della Rovere había intentado obtener del rey de Nápoles una iniciativa similar. Como éste se negó a seguir sus consejos, el cardenal le abandonó, cambió de bando y pasó a Francia para promover la caída de los aragoneses de Nápoles y la del propio Papa. A su influencia en la corte francesa se debe el fracaso de la intervención pacificadora de Briçonnet. Al final, los dos bandos que se disputaban el dominio de la voluntad real se pusieron de acuerdo y se tomó la decisión de invadir la península. El destino de Italia estaba en sus manos.

El Papa, bien informado, intensificó su política de defensa, ya que la de prevención había fracasado. Por el matrimonio de Jofré Borgia con Sancha de Aragón estaba ligado familiarmente a Alfonso II, sucesor de Ferrante en Nápoles, y la amenaza francesa le obligaba ahora a firmar con Nápoles acuerdos militares. Es más, para romper el nudo gordiano y dar a entender al rey francés su decisión completamente adversa a sus pretensiones, reunió el consistorio y, después de una discusión larga y agitada, logró que se decidiera la coronación solemne de Alfonso. El partido francés en el Colegio Cardenalicio, dirigido por Ascanio Sforza, se opuso tenazmente, pero el Papa pasó por encima de sus protestas. Los embajadores franceses residentes en Roma volvieron a amenazar a Alejandro con un concilio y la destitución. Pero Rodrigo Borgia se mantuvo firme en sus fórmulas jurídicas.

¿Por qué decide el papa Borgia jugarse el todo por el todo frente a la invencible invasión francesa? Divide y vencerás era la única manera de sobrevivir para el papado. Si Francia se apoderaba de toda Italia, los Estados Pontificios caerían en sus manos como fruta madura.

En su decisión no le detiene tampoco una nueva embajada del rey de Francia, más solemne y más amenazadora, presidida por D'Aubigny, que aprovecha su estancia en Roma para «comprar» a los Colonna y a diversos señores romanos. En la fortaleza de Ostia ondea ya la bandera de Francia junto con la de Julián della Rovere. Algunos jefes de las tropas papales comienzan a recibir dinero de Francia: en realidad, es dinero entregado al país invasor por los príncipes italianos.

La obra de erosión y de traición va produciendo sus efectos alrededor del Papa, que pierde continuos apoyos. Alejandro intenta a veces restablecer la disciplina moral, otras, convencer a los filofranceses, pero todo es inútil ya.

El 14 de julio de 1494, el Papa se encuentra con Alfonso II de Nápoles, con quien estrecha su alianza ante la inminencia de la invasión francesa. Trazan un buen plan, pero lo aplican tan lentamente que resulta inoperante. Los cardenales francófilos se han insubordinado abiertamente. El encuentro se celebra en el sombrío castillo de Tívoli, en las afueras de Roma, adonde acuden rodeados por dos mil jinetes y soldados. Monseñor César Borgia, con ropas de cardenal, asiste de cerca al Pontífice.

El Papa y el rey se pusieron de acuerdo respecto a los medios necesarios para oponerse a la entrada de los franceses. Eran de dos clases, marítimos y terrestres: la flota de Aragón, dirigida por el hermano del rey de Nápoles, Federico, se lanzaría a una operación arriesgada, intentando apoderarse de Génova, mientras que su sobrino, Ferrandino, marcharía sobre la Romaña. Y, «para la seguridad del Estado romano», el rey y el Papa «vigilarían desde el castillo de Sant'Angelo el desarrollo de la situación».

LA MAYOR MAQUINARIA BÉLICA DE LA ÉPOCA CRUZA LOS ALPES

En Francia eran conscientes del aislamiento en que se encontraba Alejandro VI y, en agosto de 1494, después de un Consejo Real en el que estuvieron presentes también Julián della Rovere y los embajadores de Milán, el ejército francés partió hacia Italia; cruzó los Alpes el 2 de septiembre; el día 5 estaba en Turín, y el 9 en Asti, donde Ludovico el Moro lo recibía —conociendo la debilidad del monarca galo por el otro sexo— con un deslumbrante cortejo de las más bellas damas de la aristocracia milanesa. El rey francés siguió camino hacia Pavía, en cuyo castillo visitó al joven Gian Galeazzo, aún señor de Milán y mortalmente enfermo; y luego puso rumbo a Piacenza; allí supo del fallecimiento de Galeazzo, atribuido sin pruebas a los efectos letales del veneno que le habría sido suministrado lentamente, por orden de Ludovico, ansioso de quedarse con el ducado milanés.

A Piacenza llegó el legado del Papa, el cardenal Juan Borgia, a quien el rey no quiso siquiera recibir cuando supo que era el mismo que había coronado a su odiado rival Alfonso II. Por una vez, el papa Alejandro VI no estuvo muy diplomático enviando semejante representación, pero hay que tener en cuenta que no sobraban voluntarios en la Curia, entregada en gran parte a la causa francesa.

Carlos VIII afronta la invasión de Italia con la calma que le proporciona un ejército formidable de 50.000 hombres y una modernísima artillería: «Nunca se había visto un ejército tan compacto, tan aguerrido, tan gallardo. Nadie ponía en duda su invencibilidad», dice Gervaso.

Era un ejército, como señala Robichon, en el que sólo la artillería ya era una fuerza disuasoria de primera magnitud. El suelo italiano es hollado por no menos de ciento cuarenta grandes piezas de bronce, de las cuales, treinta y seis eran de asedio y ciento cuatro de campaña. Doscientas bombardas, capaces de lanzar balas de hierro de quince a veinte centímetros de diámetro, completaban el mortífero arsenal.

Con sus pesadas alabardas al hombro, los lansquenetes, mercenarios suizos y alemanes, constituían la vanguardia del ejército, asistidos por un pequeño cuerpo de cuchilleros entrenados en los combates cuerpo a cuerpo, expertos en rematar al enemigo caído. Se les había añadido un sólido contingente de arcabuceros, en una cifra que rondaba el millar, pertrechados con sus pesadas armas de fuego y las horquillas que apoyaban en el suelo para apuntar con precisión: una absoluta innovación militar en ese momento.

A continuación, el grueso de los combatientes a pie, infantes a cuerpo descubierto, sin coraza ni armadura, excepto los oficiales, que se protegían con cascos y corseletes de acero. A pesar de la incuestionable rehabilitación que dicho cuerpo de combate debía a los éxitos obtenidos por la infantería suiza y alemana, los «infantes» franceses eran vistos todavía con generosa condescendencia por quienes, procedentes de una extracción social superior, detentaban el privilegio de combatir a caballo.

De esta masa guerrera, embriagada por tantos sueños de conquistas, de aventuras y de saqueos, otros cronistas de la irrupción francesa de 1494 dejarán muy distinto cuadro: «Una soldadesca de aspecto espantoso, gente maleante, granujas escapados de la justicia de su país, gente de compañía alegre pero de escasa obediencia».

Cinco mil ballesteros gascones completaban las tropas de a pie. Y, a continuación, a modo de introductores de Su Real Majestad, llegaban los pesados escuadrones de la noble caballería de Carlos VIII.

«Esta caballería respondía a su fama tanto como al terror que causaba por doquier la vista de esta masa acorazada en movimiento, tropa compacta de animales y hombres con pesados arneses, penachos y gualdrapas, armaduras refulgentes, cascos y túnicas rutilantes, temibles armas de mano, estribos de plata y oro», describe Robichon. Los cinco mil jinetes de la caballería ligera iban armados a la inglesa: unos, con el gran arco de madera, y otros, con picas de freno en las que se estrellarían las cargas de la caballería enemiga. Doscientos de los mejores jinetes de Francia, con pesadas mazas al hombro y largas capas púrpura cubriendo una armadura resplandeciente, precedían a la compañía de arqueros escoceses de la casa del rey. Por último, desplegado con profusión bajo el vibrante cielo de verano, aparecía el mar de oriflamas, banderas y estandartes de seda blanca con las armas de Francia bordadas con hilos de oro, rodeando al jefe y señor de esta fuerza armada en marcha que, al parecer, iba a la guerra como si fuera una representación».

Un rey muy feo

Al frente de este espectacular ejército está Carlos VIII, que acaba de ceñir la Corona de Francia, y del que no nos han llegado retratos demasiado halagadores. Se trata de un joven presumido y poco agraciado, con escaso cerebro —«y este poco lo utilizaba bastante mal», dice Gervaso—. De corta estatura y rasgos aguileños dominados por una nariz de desproporcionada longitud, sólo pensaba en las mujeres y en la gloria. Quería dominar Nápoles y someter toda Italia al yugo francés, dejando el Papado bajo la tutela de la gran potencia del norte, como en los tiempos de Aviñón (la etapa del exilio vaticano que duró setenta años y concluyó en 1377). Demasiada ambición. Pero no es menos cierto que, en esta empresa desmedida   después de todo, hacía varios siglos que ninguna potencia invadía la península—, el rey francés recibió el espaldarazo de muchos príncipes italianos, que se postraron a sus pies como rendidos vasallos, indiferentes a la suerte del país, con tal de apuntalar sus ducados, sus repúblicas, sus reinos. Príncipes, dirá Gervaso, «incapaces de resolver por cuenta propia sus problemas e ignorantes del precio que deberían pagar y de la vergüenza de que quedarían cubiertos».

Éste es el retrato que del rey conquistador nos ha trasmitido Zaccaria Contarini, embajador veneciano en aquellos años, en su *Relación* sobre Francia: «La majestad del rey de Francia es pequeño y mal hecho en su persona; feo de cara, con los ojos grandes y blancos, y es miope; la nariz aguileña es igualmente más grande y más gruesa de lo natural; los labios gruesos los tiene continuamente abiertos; sufre en las manos de unos movimientos espasmódicos muy feos de verse, y es lento al pronunciar las palabras [*est tardus in locutione*]. Mi opinión, que podría ser errónea, me hace tener por seguro que de cuerpo y de ingenio vale parecido [*de corpore et de ingenio parum valeat*]».

Frente a Della Rovere y los cardenales francófilos, traidores a la Iglesia y al Papado, frente al resto de príncipes y duques del norte y centro de Italia, Alejandro VI, el Papa «extranjero», quedó solo para defender el trono de San Pedro. Fue capaz de hacerlo sin la ayuda de un ejército, con la inteligencia y sangre fría del gran estadista que sin duda era.

Ludovico el Moro pretendía únicamente solucionar su problema personal, o sea, obtener la investidura del ducado de Milán. Julián della Rovere, al que la Historia de Italia honra junto a Dante y a Maquiavelo, fue el segundo gran impulsor de la invasión. Luego reescribiría la Historia cuando fue elegido papa, y se presentaría como adalid de la resistencia ante los «bárbaros» extranjeros. Los príncipes e incluso los pueblos de la península colaboraron, por su pasividad, en la desgracia común. Venecia, creyendo actuar con sensatez, quedó en una posición imprudentemente neutral.

ACLAMADOS COMO LIBERTADORES

El avance francés «no encontró ninguna resistencia y fue aclamado por doquier como libertador», dice Gervaso. A nadie se le pasó por la cabeza que fuera un invasor; o, si se le pasó, no fue hasta el punto de oponer resistencia. Ciertamente, no era fácil plantar cara a semejante ejército; pero parecía vergonzoso dejarlo avanzar de manera tan pasiva. El único que no se plegó fue el Pontífice, pese a los repetidos intentos del soberano francés de ganarlo para su causa. Se opuso mientras pudo, pero la resistencia no era fácil, entre otras razones, por los muchos cardenales que eran partidarios de Carlos.

Relata Robichon que, en Asti, Carlos VIII recibe el homenaje de Ludovico Sforza, quien poco después tomará el título de duque de Milán, tras la muerte de su sobrino Galeazzo, y de su corte al completo. En este lugar, el rey es informado de la primera victoria de las armas de Francia. En Rapallo, en aguas toscanas, la flota francesa al mando de Luis de Orleans, cuñado del rey, había derrotado a la flota napolitana. Y los marinos franceses, al poner pie en tierra, habían saqueado la ciudad y ahora ocupaban Génova.

El ejército papal, a su vez, se había visto obligado a retroceder a Roma para defender al Pontífice, amenazado por sus antiguos condotieros y los vicarios de la propia Iglesia, que en nombre del rey de Francia ocupaban la campiña romana y dominaban el litoral. Consiguientemente, la línea de defensa que presenta la entrada de Toscana quedó desguarnecida.

Por si esto fuera poco, en estas desesperadas circunstancias, Florencia se pasa al bando francés tras una revuelta que expulsa al odiado Pedro de Medici y a su familia de la ciudad; la rebelión fue impulsada por el fraile dominico Jerónimo Savonarola, un agitador «atormentado, visionario y epiléptico», a decir de algunos, que unía política y religión, y calificaba a Carlos VIII de enviado de Dios, «nuevo Ciro» y reformador de la Iglesia.

Savonarola entrega Florencia

El vuelco político se produjo el 8 de noviembre de 1494, cuando los florentinos se sublevaron y expulsaron a los Medici. Al día siguiente, una delegación encabezada por el propio Savonarola se presentó ante Carlos VIII para pedirle que depusiera al papa Borgia y fuera el salvador de Italia: una tarea reclamada por el Cielo que desataría la cólera divina si no se llevaba a cabo.

Ni Carlos VIII ni sus consejeros parecieron impresionarse por el verbo inflamado de Savonarola. Tranquilizado por el «acta de sumisión» de Pedro de Medici, el rey pensaba sin duda alguna restablecerle en Florencia en cuanto fuera posible. Un tanto molesto por las declaraciones proféticas del fraile dominico, le había escuchado sin prometerle nada.

El ejército francés se puso en marcha, sin dilación, camino de Florencia. El 17 de noviembre por la noche, Carlos VIII hizo su entrada en la ciudad ataviado con un manto bordado en oro, a la luz de las antorchas y en medio de las aclamaciones de los florentinos.

Una semana después, Carlos VIII lanza desde la ciudad de los Medici un manifiesto a la Cristiandad en el que afirma que su objetivo final es la derrota de los turcos y la reconquista de los Santos Lugares: pura retórica propagandística. El rey admite, no obstante, que su intención inmediata era conquistar Nápoles, y solicita del «Muy Santo Padre en Cristo, Alejandro VI, Papa por la Providencia de Dios, concedernos la misma cortesía que ha otorgado a nuestros enemigos: el libre paso por sus territorios y las vituallas necesarias a nuestras expensas».

Este manifiesto fue el único acto público hábil de este rey en Italia; pero su falsedad era tan evidente que nadie le creyó. Por otra parte, en privado, se negaba a recibir a los embajadores que el Papa le había enviado, portadores de una nueva propuesta por la cual los reyes de Francia recibirían un tributo anual de los reyes aragoneses de Nápoles, como acto de vasallaje.

El 28 de noviembre, Carlos VIII abandonó Florencia camino de Roma, dejando tras de sí una ciudad desgarrada y en poder del exaltado prior del convento de San Marcos.

El rey francés anunció al Papa su llegada para el día de Navidad. La Toscana capituló sin el menor derramamiento de sangre. «Fue el propio Medici, el inepto y blandengue Pedro, quien hizo entrega a Carlos de las plazas fuertes, creyendo que así afianzaría su propio poder contestado por Savonarola. Pero le salió el tiro por la culata. El invasor se apoderó de las fortalezas y dejó que los florentinos, al grito de "pueblo y libertad" lo expulsaran», relata Gervaso.

¿CARTA DEL PAPA AL SULTÁN?

En estas circunstancias convulsas se produce un polémico suceso, cuando menos, de dudosa credibilidad. Los franceses, al parecer, habían interceptado a dos emisarios papales con una carta del Pontífice en la que pedía ayuda al Sultán turco. El hecho causó conmoción, porque los turcos eran desde hacía siglos la gran amenaza de la Cristiandad. Las noticias de la aprehensión de los emisarios son confusas, sin que sea posible entender cómo es que llevaban encima la polémica carta y, al mismo tiempo, una importante suma de dinero con destino a Roma. Si la carta estaba aún en su poder, es evidente que fueron detenidos al abandonar el Vaticano, pero entonces ¿cómo se explica la suma de dinero que llevaban a Roma? Misterios de las leyendas borgianas. La verdad es que la suma que se apropia Juan della Rovere, hermano del futuro Julio II, cuarenta mil ducados, corresponde al pago anual del Sultán por la permanencia de su hermano traidor, el príncipe Djem, en el Vaticano. Un acuerdo anterior a Alejandro VI que éste seguía cumpliendo.

Robichon cuenta que la detención de los supuestos emisarios no se debe a los franceses sino a una emboscada preparada por... el cardenal Della Rovere. En su versión, no hay dinero de por medio, sino instrucciones detalladas por escrito al portador para que solicitara al Sultán, en nombre del Papa, una fuerte ayuda económica. El acompañante del mensajero papal resultaría ser un enviado del Sultán. Es todo tan obvio que parece escenografía cinematográfica. Por eso es dudoso.

«En el curso de este crucial y tumultuoso mes de noviembre de 1494 se tendió una emboscada en Sinigaglia, a orillas del Adriático, en la que cayeron un mensajero secreto de la Santa Sede y su acompañante. El agente del Vaticano era un intermediario genovés, llamado Jorge Buzardo, familiar en la corte de Roma y habilitado por Alejandro VI, en calidad de nuncio, para misiones tan delicadas como poco confesables. La organización del acecho había sido confiada a Juan de la Rovere, a instancias de su hermano Julián, adicto al partido francés», dice Robichon. Y prosigue: «Los dos agentes pontificios fueron denunciados ante el prefecto de Ancona, se les confiscaron sus papeles, así como una importante suma de dinero que llevaban consigo a

Roma. El acompañante del genovés no pudo disimular su identidad por mucho tiempo: era Khassin Bey, el representante en persona de Bayaceto II, Sultán de Constantinopla».

La carta presuntamente decía: «[...] Instrucciones para ti, Jorge Buzardo, nuestro mensajero y nuestro familiar, que irás directamente y lo más rápidamente posible a encontrarte, donde quiera que esté, al muy poderoso Gran Turco, el sultán Bayaceto [...]. Le informarás de nuestra parte de que el rey de Francia viene hacia Roma con un poderoso ejército de tierra y de mar, ayudado por los bretones, los portugueses, los normandos, el Estado de Milán y otras naciones más [...]. Quiere apoderarse del Reino de Nápoles y expulsar a su rey Alfonso, a quien estamos unidos por un estrecho vínculo de sangre y de amistad, y al que debemos defender. El rey de Francia se ha convertido en nuestro enemigo. Puede cruzar el mar, pasar a Grecia y poner bajo su yugo el país de Su Alteza. Como estamos obligados a resistir y a defendernos, y para ello tenemos necesidad de incurrir en grandes gastos, nos vemos obligados a solicitar auxilio al sultán Bayaceto. Tú le rogarás y le conjurarás en nombre nuestro, y le persuadirás con tu propia súplica que tenga a bien enviarnos 45.000 ducados de oro de Venecia [...]».

«Naturalmente», añade el historiador francés, «los términos de esta asombrosa carta fueron divulgados a través de los Estados italianos por la propaganda francesa. No podían sino apoyar las tesis que sostenían los consejeros de Carlos VIII para justificar la intervención armada de Francia, con vistas a obtener la deposición del papa Alejandro, y la elección de un nuevo Pontífice (Julián della Rovere figuraba ya en las listas de candidatos)».

De la supuesta carta papal al Sultán turco, a la que el historiador Pastor da poco crédito, no volverá a hablarse. El original no existe. La carta pudo no existir o ser falsificada.

JULIA Y ADRIANA EN MANOS FRANCESAS

No hay fábula alguna, en cambio, en el episodio que vivieron Julia Farnesio y Adriana de Milà, apresadas por las tropas francesas el 29 de noviembre, cuando regresaban a Roma después de haber pasado unos meses lejos de la protección papal. Las dos mujeres, acompañadas por Jerónima Farnesio, hermana de Julia, ocupaban un carruaje escoltado por una treintena de jinetes. Los caminos eran peligrosos, pero todos confiaban en que los franceses respetarían a los familiares del Pontífice. No fue así. Cuando la comitiva se hallaba a la altura de Viterbo, al norte de Roma, se dio de bruces con una columna francesa a caballo, al mando del capitán Yves d'Allegre. No hubo combate, pero las tres damas fueron hechas prisioneras. Tan pronto tuvo conocimiento de la identidad de sus cautivas, el capitán ordenó que fueran conducidas al castillo de Montefiascone, situado en un lugar elevado que dominaba el lago de Bolsena y, sin mayor tardanza, envió noticia de su captura a su señor, el rey Carlos. Por su parte, Julia la Bella consiguió que se informase al Papa sobre su condición de prisionera.

El rey dio orden de que permanecieran retenidas hasta la entrega del «rescate» fijado para la liberación. Alejandro pagó. Tres mil ducados salieron de Roma, confiados al cuidado de su camarero de confianza, Juan Marrades, encargado de pagar la suma y de rescatar a las mujeres de la casa papal.

El 1 de diciembre por la tarde, la carroza de la bella Farnesio, esposa de Orso el Tuerto, entró en Roma.

El 3 de diciembre, Ludovico se presenta ante los embajadores venecianos y se muestra arrepentido de haberse entregado a Carlos VIII, y les dice que el rey de Francia es joven y de poco juicio, muy soberbio y muy ambicioso: «¿Cómo podemos confiar en él? Ha cometido tantas crueldades y ha sido tan insolente en todos los territorios nuestros por donde ha pasado, que no hemos visto la hora en que saliera de nuestros confines. Son mala gente y hay que hacer de todo para no tenerlos de vecinos», diría ahora en un vertiginoso cambio de opinión.

EL PAPA SE ATRINCHERA

El emperador de Alemania y los venecianos le niegan toda ayuda al papa Borgia. Entonces, completamente solo, se atrinchera en el castillo de Sant'Angelo, desoyendo sugerencias de que se refugie en la fortaleza de Gaeta, territorio napolitano. Pero Alejandro VI decide quedarse en Roma y defender San Pedro, al menos con su presencia. Dio orden de que ningún romano pudiera cruzar las puertas de la ciudad sin un salvoconducto firmado de su puño y letra, mandó establecer una importante guardia de españoles en los lugares estratégicos y, después de mandar trasladar los objetos preciosos, las armas y avituallamiento al castillo, se encerró en él.

Los representantes populares aseguraron con poca convicción que «defenderían valientemente su ciudad contra los franceses».

Los astrólogos del rey francés le aconsejan no oír la misa del Gallo en San Pedro y esperar a entrar en Roma en una fecha más propicia, de acuerdo con el zodiaco. Pero ya estaba a las puertas. Desde la ciudad se veían las fogatas de las tropas francesas acampadas a la espera de la orden de cruzar el Tíber. Desde lo alto de la fortaleza de Sant'Angelo, Alejandro VI había podido ver la caballería de Carlos VIII avanzando por las laderas del Monte Mario. En esos momentos, el Pontífice sabía ya que el pueblo romano no ofrecería resistencia a los invasores. Los magistrados urbanos estaban dispuestos a abrir ellos mismos las puertas de la ciudad. Los romanos, una vez más, se «autoliberaban» de la obligación de resistir al invasor.

COLAPSO GENERAL

Así las cosas, la entrada de Carlos VIII en la capital de los Estados Pontificios fue poco más que

170

un paseo. Sólo tuvo en contra la voluntad del Papa. En los territorios de la Iglesia, el monarca galo no halló tampoco resistencia alguna, pues todos los vasallos papales se habían colocado de su lado. La familia Orsini fue la última en pactar, pero finalmente lo hizo también, y de una forma que indica la catadura moral de su principal representante, Virginio, otrora jefe del Ejército napolitano, y que en estas circunstancias estaba a la cabeza de una de sus más importantes unidades en campaña.

El intermediario del pacto celebrado entre Carlos VIII y Orsini fue un cardenal; para mayor escarnio, se trataba del nuevo embajador del Papa ante Carlos VIII. Cuando la traición contagia todas las conductas, rompiendo los instrumentos de la acción política y militar, un jefe de Estado está vencido antes de luchar. Los que parecen continuar sirviéndole son aún peores que los rebeldes declarados. Años después, el florentino Maquiavelo recordará una frase del papa Alejandro, a propósito de la invasión francesa, que traduce la amarga visión del Papa en aquellos días. El rey de Francia había ido a Italia, dijo el Pontífice, con espuelas de madera y, para adueñarse del país, no se había tomado más molestia que la de marcar las casas con tiza.

El Papa, frente a este colapso general, había dudado si abandonar Roma o no. Los reyes de España le urgían a que se quedara en Roma, mientras Venecia le indicaba que se retirara a la plaza más fuerte de los Estados Pontificios y, en caso extremo, le ofrecía la propia república como refugio. Pero la arriesgada decisión de permanecer en su puesto

171

estaba tomada. Carlos VIII podía hacerle prisionero, decretar su cese con todo tipo de justificaciones
teológicas o políticas, y el Colegio Cardenalicio estaría dispuesto a dar apariencia legal al golpe de
Estado.

A finales de diciembre, con la vanguardia de los
ejércitos reales acampados frente a la ciudad, el Papa acepta recibir una embajada francesa. Después de
abandonar su retiro armado, a partir de entonces
más simbólico que efectivo, el Pontífice recibe a los
tres delegados franceses y a su séquito, en el umbral
de la Capilla Sixtina, hermosamente iluminada.

El maestro de ceremonias papal, el impenitente burócrata Jean Burchard —cuyos diarios mil veces «cocinados» son una de las «fuentes» de la leyenda negra borgiana—, juzga que los embajadores
se comportan con altanería e insolencia al ocupar
los primeros asientos, y no los que les reserva el protocolo eclesiástico. Intenta reconvenirles. Se crea
una situación embarazosa que sólo puede empeo-
rar las cosas. Una señal irritada de Alejandro VI le
llama al orden. No es momento para preocuparse
de protocolos y etiquetas.

«¡Vais a hacer que pierda la cabeza!», susurró
con impaciencia el Papa al meticuloso funcionario:
«¡Dejad, pues, a los franceses que se sienten donde
quieran!».

El papa Borgia se dispone a escuchar exigencias
que pueden resultar intolerables. Pero los franceses adoptan una actitud diplomática, pensando tal
vez que es mejor entenderse con este sagaz papa que
atacarlo de frente, como piden los colaboracionistas.

Alejandro VI escucha sorprendido las peticiones del rey, pero reacciona con su habitual dominio. Acepta las buenas palabras del monarca francés, que le asegura inmunidad, y concede lo que se le pide: libre paso por los territorios de la Iglesia y la retirada de Roma del napolitano duque de Calabria. La concesión no es tal: simplemente, legaliza una situación de hecho, pues el ejército francés ya circula por los territorios de la Iglesia y nadie puede evitarlo. De la misma manera, el duque de Calabria no podía quedarse en Roma y de todos modos debía retirarse si no quería caer prisionero con todos sus hombres. Toda resistencia era imposible.

No obstante, con ese dominio de la puesta en escena que impresionaba a sus contemporáneos, Alejandro VI llevó a efecto esta formal sumisión con el ritual que reservaba a sus actos públicos. Celebró una misa solemne, convocó al Colegio Cardenalicio, invitando al duque de Calabria a presenciar su reunión y, delante de todos, hizo pública su determinación de dejar que el duque abandonara Roma; le condecoró con la insignia de Caballero de Jerusalén y le dio la investidura de su ducado de Calabria con la santa bendición. Antes de dejar Roma, el duque reiteró al Papa una invitación del rey Alfonso II para que se refugiara en el Reino de Nápoles, abandonando la Ciudad Eterna.

«Esa tarde, tres enviados franceses entraron en la gran capilla del palacio papal para asistir a los oficios en representación de su soberano», señala Pandolfo Collenuccio, citado por Orestes Ferrara. «Se espera con gran devoción, excepción hecha de poquísimas personas, a su Majestad el Rey Cristianísimo [...]. Se habla de él con ardor, y se toma partido contra el Papa sin ningún disimulo». Alejandro está aislado por partida triple: financiera, diplomática y políticamente.

Satisfacciones formales aparte, Roma y Nápoles estaban vencidas. En el mismo consistorio en que se despidió al duque de Calabria se acordó aceptar las demandas de Carlos VIII incluida la de entrar en Roma. El Papa, sin embargo, limitó la ocupación de la ciudad a la ribera izquierda del Tíber. Entre las últimas peticiones del rey estaban también el perdón a todos los cardenales rebeldes y el reconocimiento a favor del cardenal Julián della Rovere de su dominio de la fortaleza de Ostia, que había sido la primera en enarbolar la bandera francesa. El Papa accedió a estas demandas. Se supone que muy a su pesar. Es el segundo gran acto de perdón (obligado) al traidor cardenal Della Rovere.

Carlos VIII había notificado a las sucesivas embajadas papales, cuando se negaba a recibirlas durante su avance, que quería tratar con el Papa directamente; y ahora iba a producirse tal encuentro. Podía habérselo ahorrado, porque de aquellas negociaciones salió derrotado, como era de esperar, dada la superioridad intelectual del Pontífice.

Alejandro VI permaneció en el Vaticano; los franceses, de acuerdo con el pacto, no superaron la ribera izquierda del Tíber, sin aproximarse al Vaticano ni al castillo de Sant'Angelo. La situación era, por tanto, mejor de lo que el Papa hubiera imaginado.

La entrada del rey francés en Roma, el 31 de diciembre de 1494, se vio acompañada del entusiasmo popular. El pueblo de Roma simulaba estar encantado con el acontecimiento. «Desde el palacio del cardenal Costa hasta San Mateo había una iluminación de antorchas y fuegos a las once de la noche y todos gritaban ¡Francia! ¡Francia!, ¡Colonna! ¡Colonna! ¡Vincula! ¡Vincula! (en referencia a la basílica de la que era titular Della Rovere)», cuenta el maestro de ceremonias papal Jean Burchard. Era el triunfo de la traición, sancionado, como acontece a menudo, por el favor popular. Los Colonna y Julián della Rovere, cardenal de San Pedro en Vincula, recibieron una parte bien ganada de aquella gloria que resultó efímera. A los pocos días, el fervor popular se trocó en indignación y los romanos estuvieron a punto de rebelarse contra el ejército invasor: el mismo Della Rovere se sintió en peligro.

Las crónicas que describen la entrada francesa dicen que los regimientos cruzaron el Tíber por el puente Milvio y, después de recorrer un par de kilómetros de la imperial vía Flaminia, entraron en la ciudad por la Porta del Popolo. Muchos habitantes iluminaban sus ventanas, la ciudad brillaba bajo la lluvia. Era el alba del nuevo año, una fecha propicia para alcanzar un acuerdo, según el dictamen de los astrólogos.

En la Porta del Popolo, el gran mariscal del rey había recibido las llaves de la ciudad. Alejandro VI entiende que es necesario establecer cuanto antes un contacto diplomático con Carlos VIII y envía a un grupo de distinguidos ciudadanos que se ocuparán de dispensarle el obligado recibimiento en nombre de la ciudad. El rey francés no muestra mucho aprecio ante el gesto.

Por la vía del Corso avanza la comitiva, hasta el palacio de San Marcos, donde el francés instala su cuartel general. Carlos VIII va montado a caballo, seguido ni más ni menos que por ocho cardenales: Della Rovere, Sforza, Savelli, Colonna, San Dionisio, Curzense, Lona y Sanseverino, todos contrarios al Papa. El rey francés los trata con gran altivez. No le otorgan pleitesía los cardenales Carafa y Orsini. Mientras, el Papa, en la capilla vaticana, cantaba las vísperas, como de costumbre, sin inmutarse aparentemente, y con gran entereza de ánimo, según cuentan los diarios de Burchard.

Cerca de Campo dei Fiori se acondicionan caballerizas para dos mil monturas de terrible aspecto, «ya que los franceses les han cortado todas las crines y las orejas también». La soldadesca se instala. Se forzaron puertas y se invadieron casas, expulsando a sus habitantes. Hay saqueos, violaciones y actos de rapiña: se producen las primeras muertes violentas. Al regresar a su casa, en lo que hoy es Largo Argentina, Jean Burchard encontró su hermoso alojamiento, construido en el estilo gótico alemán, así como sus caballerizas, «con capacidad para albergar ocho monturas», ocupadas por el vizconde de Ruán, y por los caballos franceses que habían reemplazado a los suyos y se estaban comiendo su forraje. «El palacio de Paolo de Branca, destacado ciudadano romano, fue devastado desde la bodega hasta el granero, y cuando sus hijos intentaron evitar el pillaje de los franceses, éstos les asesinaron».

DE VENCIDO A ALIADO: UN COMBATE DIPLOMÁTICO

Durante los primeros días de 1495, Roma está en manos de un ejército invasor. Para defenderse, el papa Borgia sólo cuenta con su pericia diplomática y su experiencia de décadas en el gobierno de la Iglesia. Parecen armas débiles, pero hará de ellas un uso extraordinario: pronto el vencido será vencedor, y salvará a Roma como cuna de la Cristiandad. Cinco siglos después, los romanos —y los italianos en general— siguen sin reconocer este hecho.

El 4 de enero, Alejandro VI ordenó que una diputación de cuatro cardenales —Pallavicini, San Giorgio, Carvajal y Riario— se acercara al rey. Estos cardenales, sabiendo de las intrigas de sus colegas rebeldes, empezaron su misión diciendo al francés: «Dejad que las malas lenguas digan cuanto a ellas guste; pero, ciertamente, Alejandro VI es más santo ahora, o es por lo menos tal cual era cuando fue elevado al Supremo Pontificado: no un hipócrita, no un desconocido, sino uno que había ocupado durante treinta y siete años una alta dignidad que le obligó a hacer públicos no sólo sus actos, sino todas sus palabras; y estos que ahora son sus detractores fueron entonces sus principales sostenedores, al punto que no perdió en el cónclave el voto de un solo cardenal».

El rey recibió esta segunda misión cortésmente y nombró a su vez a sus delegados, —el conde de Brasse, Montpensier y Ganay—, para tratar las primeras cuestiones. Las demandas de Carlos VIII, ahora que su ejército estaba en Roma, eran más exigentes que aquellas que había enviado desde Bracciano, a unos kilómetros de la ciudad. La lista de peticiones era larga. El rey exigía la entrega del castillo de Sant'Angelo y otras plazas fuertes pontificias, la restauración de todos los derechos y privilegios de los cardenales y barones traidores, y la entrega de Djem, hermano del Sultán de Turquía, prisionero en Roma, que quedaría así bajo su custodia, con lo que se aseguraba la suma que Bayaceto pagaba religiosamente a cambio de este «servicio». Por si eso fuera poco, el monarca pedía al Papa que destacara como legado permanente ante el ejército francés al cardenal César Borgia: así convertía al hijo del Papa, de hecho, en un rehén.

Cuando la embajada volvió del palacio de San Marcos, cuentan que fue tal la emoción y el alivio de Alejandro al saber que los invasores no hablaban de deponerle y convocar un concilio, que sufrió un desmayo. Desfallecimientos así le sobrevenían, al parecer, en algunos de los momentos más importantes de su vida, como si su carácter apasionado fuera demasiado impresionable.

Alejandro se propuso negociar para convertir una grave derrota en algo parecido a una victoria. Convocó un consistorio, rechazó las condiciones del rey y pasó por alto el tono de ultimátum con que las había formulado. Borgia recurrió de nuevo a los principios jurídicos para hacer frente a la fuerza militar y respondió negativamente y punto por punto a las exigencias del monarca francés.

En primer lugar, denegó la petición de enviar al cardenal César Borgia como legado, porque el nombramiento de legados no era competencia de los reyes sino de los papas, arguyó, después del oportuno examen del Sacro Colegio. En cuanto al príncipe Djem, propuso que estaba más seguro en Roma, aunque el Pontífice se mostraba dispuesto a entregarlo a Carlos VIII apenas iniciase la prometida cruzada contra el sultán Bayaceto. Por último, se negó a entregar el castillo de Sant'Angelo, una propiedad que había recibido en nombre de los príncipes cristianos: prefería morir antes que perderlo.

Cabe señalar, en esta ocasión, la valentía del Papa, sobre todo si se tiene en cuenta la reacción de inmediata sumisión que otros pontífices habían tenido en semejantes circunstancias, e incluso en otras considerablemente menos graves. León X, pocos años después, se postraría ante otro rey amenazador, que ni siquiera se había aproximado a Roma, anunciando temeroso al embajador veneciano: «Domine Orator, veremos lo que hará el rey cristianísimo, nos pondremos en sus manos y pediremos misericordia».

Alejandro VI rechaza el ultimátum de Carlos VIII y se encierra otra vez con tres mil soldados en el castillo de Sant'Angelo, preparándose para la defensa y advirtiendo que, al primer disparo de los cañones enemigos, saldrá al patio del castillo al encuentro de los proyectiles vestido con los hábitos pontificales y con la custodia en las manos.

«El 8 de enero, Alejandro VI recibió otra noticia que le golpeó más de cerca, cuando su hijo César acudió a comunicarle que habían saqueado, en la plaza Branca, la mismísima casa de Madonna Vannozza. Los soldados de Carlos VIII irrumpieron en el gueto de Roma, donde cometieron toda suerte de pillajes y violaciones, abandonando luego el barrio después de haber asesinado a algunos judíos. Dado que cada nuevo amanecer arrojaba su correspondiente hornada de asesinatos, el rey decidió actuar con rigor y ordenó al preboste Turquier que mandase levantar patíbulos en las plazas de Roma, y el 9 de enero, nueve de las horcas levantadas en el Campo de Fiori recibieron, bajo la mirada de una multitud silenciosa, los primeros puñados de condenados», cuenta Robichon.

«Se reanudaron los contactos entre Alejandro y Carlos en busca de un acuerdo. Los cardenales rebeldes insistían en que se convocara un concilio y se destituyera al Papa; pero al rey le bastaba un Pontífice que bendijera su investidura como rey de Nápoles y no quería un interregno largo y lleno de sorpresas que haría más remota esta aspiración. Por lo tanto, Carlos VIII no prestó oídos a los cardenales traidores que le pedían un concilio. ¿Qué habría ganado Carlos sustituyendo a Alejandro por un Della Rovere o un Sforza?», concluye el historiador francés anteriormente citado.

Por otra parte, si Alejandro VI concibió en algún momento esperanzas de resistir, en la noche del

9 al 10 de enero tuvo que perderlas. Un muro exterior de la fortaleza se desplomó, demostrando cuán frágil era esta defensa contra la impresionante artillería pesada de Carlos VIII.

Pero el rey de Francia había descartado para entonces cualquier intento de ataque armado contra el Papa. Al contrario, la vía negociadora se había impuesto, porque todos necesitaban de todos para lograr los respectivos objetivos. Incluso los abanderados de la causa del concilio cayeron pronto en la cuenta de la imposibilidad de celebrarlo en un contexto tan hostil. Roma estaba invadida por una soldadesca brutal, entregada a la rapiña, la violencia y los asesinatos. Escaseaban los víveres y el pueblo no disimulaba su enojo. ¿Qué seguridad hubieran tenido los obispos y cardenales para celebrar tan solemne reunión? El propio cardenal Della Rovere advirtió al rey de la posibilidad de una insurrección popular contra su ejército. Los mismos que les habían aclamado podían hundirles ahora y vitorear al papa Borgia.

Tampoco la familia Colonna quería que continuara aquella confusión que destruía su propia ciudad y apagaba su aureola secular de jefes del partido popular, adquirida con tanto esfuerzo.

Además, el Papa contaba con admiradores y amigos en el campo francés. Las continuas embajadas de los años precedentes le habían puesto en contacto con los más altos personajes de la Corte francesa, algunos de los cuales habían acabado por simpatizar con su causa.

Finalmente, se llega a un acuerdo. Los pactos de transacción son un modelo de equilibrio entre las partes, lo cual resulta milagroso si se tiene en cuenta la potencia militar del ejército invasor. El rey de Francia obtiene libre paso de sus ejércitos por el territorio de la Iglesia, pagando las provisiones, además de la custodia temporal del príncipe Djem, que deberá ser devuelto después de la campaña de Nápoles, aunque el Papa seguirá cobrando los cuarenta mil ducados que el Sultán paga por la prisión de su hermano; al mismo tiempo, el Pontífice cede a la presión francesa para que el cardenal César Borgia acompañe al rey por un periodo limitado de cuatro meses. A esto hay que añadir aspectos menores, como el control de algunas fortalezas, que quedarán como garantía en manos del soberano, el cual podrá nombrar a algunos gobernadores pontificios. En cuanto a los cardenales, a las ciudades y a los vicarios rebeldes, quedan todos amnistiados.

Por humillantes que parezcan estas concesiones, en la balanza del acuerdo hay que colocar lo que obtuvo el Papa a cambio. En primer lugar, el rey en persona hará acto de obediencia y prometerá respetar en todo momento los derechos temporales y espirituales del Pontífice, obligándose además a defenderlos contra quien intente invadir su territorio; si el Sultán declara guerra al Papa, el rey deberá defenderle. Carlos VIII se obliga también a no insistir sobre la posesión del castillo de Sant'Angelo; a su salida de Roma se le devolverán al Papa las llaves de las puertas y se entregarán los puentes de la ciudad; antes de cuatro meses, el rey resolverá el asunto de los cuarenta mil ducados que Juan della Rovere, hermano de

Julián, se había apropiado, correspondientes al pago anual del Sultán.

Es un acuerdo notablemente equilibrado, lo que no es poco para Alejandro VI, teniendo en cuenta que el rey francés tiene detrás un poderoso ejército. De la investidura como rey de Nápoles no se discute en aquel momento, y Carlos le rinde homenaje, de modo que el dominador se convierte en dominado. El Papa, por su parte, se ve obligado a ceder en cuanto a César Borgia y al príncipe Djem, aunque sólo de forma temporal.

Las tropas francesas dispondrán de libre acceso a los Estados de la Iglesia y Della Rovere conservará Ostia. Pero lo más importante es que el acuerdo no dice una palabra de Nápoles: Alejandro consigue mantener su posición. Sin embargo, el precio de este arreglo lo pagaría precisamente Nápoles, porque con o sin el reconocimiento papal, Carlos VIII continúa su marcha hacia el sur, al frente de su poderoso ejército.

ABRAZO FINAL

El acuerdo se sella con un teatral encuentro entre el Papa y el rey de Francia. Algunas fuentes señalan que Alejandro VI preparó cuidadosamente la escenografía, de modo que el rey lo encontrara rezando al llegar a la cita. Egidio de Viterbo dramatiza el suceso diciendo que, a la vista del Papa, rodillas en tierra, devotamente orando, el rey y sus acompañantes quedaron tan impresionados que un gran amor por él surgió en sus pechos, y veneraron a aquel hombre que habían odiado hasta entonces. No es improbable, dada la particular naturaleza del papado, a caballo entre los intereses terrenos y los divinos, y, por tanto, dotado de especial autoridad y singular atractivo.

El encuentro pudo desarrollarse tal y como los historiadores lo narran. En la mañana del 16 de enero de 1495, el Pontífice sexagenario y el monarca de apenas 25 años de edad salieron al encuentro el uno del otro... Alejandro partió del castillo de Sant'Angelo y llegó hasta el palacio apostólico por el pasaje subterráneo que unía la fortaleza con los jardines del Vaticano. Al llegar al borde del «segundo jardín secreto», el Santo Padre advirtió de repente la presencia de su vencedor y se detuvo. El rey de Francia hincó por dos veces seguidas la rodilla en tierra y el Papa continuó avanzando, haciendo como que ignoraba esa muestra de sumisión. Desconcertado, el joven soberano se disponía a realizar una tercera genuflexión; entonces, Alejandro VI, con el rostro iluminado, se lo impidió y se acercó a él para abrazarle. «Los dos permanecieron con la cabeza descubierta», escribe Burchard. «Así, el rey no besó ni el pie ni la mano de Su Santidad, y el Papa rehusó cubrirse delante del rey. Finalmente, ambos se cubrieron a la vez».

En la sala del Loro, ambos soberanos se dieron mutuamente abundantes muestras de efusión y de amistad recíproca, «empleando toda suerte de artificios y de fingido buen humor». Alejandro fue de nuevo víctima de «un desmayo de emoción» y se desplomó en los brazos de sus cardenales. Una «alegre comida» y la entrega del capelo cardenalicio a Guillermo Briçonnet, obispo de San Maló, fueron el epílogo de la jornada de reconciliación. Alejandro VI conservaba su fortaleza del Tíber; nadie hablaba ya de deponerle; es más, el «cristianísimo» monarca proclamaba su obediencia al Borgia.

Tres días después, como hijo sumiso, Carlos VIII asistía a la misa del Papa en el Vaticano. El rey de Francia hablaba incluso de añadir una iglesia más a cuantas existían ya en la Ciudad Eterna. Cumplió su palabra, edificando el hermosísimo templo y convento de la Trinidad de los Montes.

Contra la opinión de los cardenales que habían facilitado su entrada en Italia, Carlos VIII jura obediencia a Alejandro VI el 19 de enero, arrodillándose tres veces y besando pie y mano de Alejandro, quien, a su vez, le abrazó. «La autoridad del Papa salió de este encuentro bastante reforzada», afirma Gervaso, coincidiendo en este punto con otros historiadores.

El ejército francés se dispuso entonces a seguir camino hacia Nápoles. «Se encendieron fogatas en las plazas para festejarlo, y se echaron al vuelo las campanas. Pero los romanos no se olvidaron de aquellos veintisiete días del año de 1495, cuando su ciudad fue testigo de la ocupación extranjera», dice Robichon. La verdad es que sí lo olvidaron, y para siempre. Sólo se hablará en la historia del saqueo de Roma a cargo de los lansquenetes del emperador Carlos V, medio siglo después.

El mismo día que abandonaba Roma el rey francés, había llegado una embajada española para entrevistarse con él. No habiendo podido celebrar la entrevista en Roma, la embajada, apresuradamente, siguió al cortejo real, y en Velletri presentó a Carlos VIII sus credenciales y los propósitos de sus soberanos.

Antonio de Fonseca, uno de los enviados, en presencia de la nobleza francesa, reprochó al rey su actitud para con el Papa, al que España estaba obligada a defender; calificó de abusivo el haber exigido la entrega del cardenal César Borgia, virtualmente un prisionero; y sobre todo aseguró que había sido usurpación el intento de apropiarse del Reino de Nápoles contra la voluntad del Papa, que era el alto poder feudal de aquellas tierras. El rey contestó suavemente, tratando de justificarse. Alegó que el Papa se había puesto de acuerdo con él sin ninguna coacción y que, en cuanto a los derechos que le asistían sobre el Reino de Nápoles, pondría la cuestión legal en manos del Pontífice, después de la conquista. En todo caso, las cosas habían llegado tan lejos que ya no tenía sentido discutir el asunto, añadió el monarca.

Este último argumento enfureció a Fonseca, que tomó en sus manos el Tratado de Barcelona en 1493, por el que España obtiene el control del Rosellón y la Cerdaña, firmado por los reyes de España y de Francia, y lo hizo pedazos; después, arrojó a los pies de Carlos VIII los restos del acuerdo. Ante Dios, dijo el embajador, sus señores, los reyes de España, quedarían exentos de respetar dicho documento en el futuro. La argumentación de Fonseca se parece tanto a la del propio Papa que podría haber estado inspirada en las razones que Alejandro VI venía dando desde que empezó a hablarse de la empresa de Nápoles. El caso es que, a partir de ese momento, España intentará organizar la resistencia internacional contra Francia y el primer poder con el que tendrá que contar será, de nuevo, el Vaticano.

LA FUGA DEL REHÉN

La ciudad de Velletri debió de vivir unos días de intensa agitación, pues, poco después de este accidentado encuentro, César Borgia desaparecía del campamento del rey a pesar de la fuerte vigilancia a que estaba sometido. Puede que, como han apuntado muchos historiadores, la fuga hubiera sido planeada con antelación. En todo caso, es falso que en los baúles del equipaje del cardenal Borgia, abandonados en Velletri, hubiera sólo piedras. Más tarde fueron enviados de vuelta a Roma con todo lo que contenían.

«Con razón o sin ella, algunos consideraron que fue sin ella, Carlos VIII creyó ver en la huida de su rehén la primera traición del Papa al pacto del Vaticano. No hay ningún texto ni testimonio que haya sostenido la tesis de la duplicidad de Alejandro VI. Por el contrario, se ha podido dar por seguro que, en ese caso, César jugó una partida arriesgada por su propia cuenta, y que puso a su padre ante el hecho consumado», opina Robichon. Pero estos detalles no mitigaron la furibunda reacción del rey.

«La cólera del rey de Francia cayó sobre la risueña ciudad que le había brindado su hospitalidad. Carlos VIII ordenó de inmediato que fuera saqueada y se ahorcara al gobernador. Con gran esfuerzo por su parte, Julián della Rovere, que era obispo de Velletri, consiguió aplacar la ira regia o, por lo menos, que las represalias se desviaran hacia otra fortaleza papal», añade.

Por otra parte, temerosas por las consecuencias del incidente, las autoridades romanas enviaron representantes al rey francés, y el propio Alejandro despachó a su secretario particular al campo de Carlos VIII; los primeros, para «disculpar al pueblo romano»; el segundo, para presentar sus propios pesares por lo ocurrido. Pero el fugitivo seguía sin aparecer por ninguna parte. De hecho, nadie volvió a oír hablar de César Borgia hasta los últimos días del mes de marzo. Cuando reaparezca, protagonizará una matanza de franceses. Cuál fuera la experiencia de César como rehén de lujo de Carlos VIII no lo sabemos, pero debió de ser bien mala para atreverse a desafiar a su padre.

Los franceses en Nápoles

El ejército invasor se había dividido en dos columnas. Una marchaba dirigida por el rey personalmente, por la vía cómoda y fortificada de Ceprano,

San Germano, Capua y Aversa hasta Nápoles, y la otra, dirigida por Fabricio Colonna, Antonello Savelli y Robert Lenoncourt, tomaba la senda de las montañas de los Abruzos hacia el sur. Durante el camino, toda resistencia en las ciudades era severamente castigada, mientras la sumisión traía consigo inevitablemente actos de pillaje de la soldadesca.

Al enterarse del acuerdo del Papa con los franceses, Alfonso II de Nápoles entrega el poder a su hijo Ferrandino y se refugia en Sicilia. El 22 de febrero de 1495 los franceses entran en la ciudad después de siete meses de marcha triunfal por la península.

El rey Alfonso II abdicaba sin combatir y huía con todas sus riquezas a Sicilia, en donde murió meses después.

Ferrandino, nuevo rey con el nombre de Fernando II, abdicó también casi inmediatamente, y se retiró a Ischia, una de las islas de la bahía de Nápoles, situada a unas tres o cuatro millas de la costa. El ejército napolitano se disolvió por el miedo de los ciudadanos y la traición de sus propios jefes.

En Nápoles, también los franceses son aclamados y agasajados por «el pueblo más inconstante de Italia», como se ha dicho alguna vez con poca justicia, porque, en este episodio de la conquista francesa, casi todos los Estados italianos rivalizaron en sumisión al conquistador extranjero. Hubo un sinfín de tropelías sexuales y se desató una tremenda epidemia de una enfermedad hasta entonces poco conocida, la sífilis, que, a partir de esa fecha, los napolitanos llamarán el «mal francés», y los franceses el «mal napolitano».

El 25 de febrero fallece el príncipe Djem, el hermano de Bayaceto II. La muerte repentina del rehén turco provocará toda clase de hipótesis truculentas. Djem fue víctima, al parecer, de una grave bronquitis que derivó en pulmonía. Pero hay historiadores que hablan de intoxicación y otros sostienen, incluso, la infundada teoría de que fue envenenado por orden del Papa. Los primeros en lanzar la calumnia fueron los enemigos de Alejandro VI, y en pleno siglo XVI, un clásico como Francesco Guicciardini, uno de los más críticos historiadores con los Borgia, no duda en hablar de envenenamiento, haciendo caso omiso de los datos históricos. De este episodio surge la leyenda de la «cantárida», el veneno de acción lenta supuestamente usado por los Borgia y que ha inspirado tantos relatos. Sin embargo, históricamente, no existe espacio para esta leyenda.

Los conquistadores franceses han comprobado que ni nobles ni pueblo han sabido defender sus bienes ni su libertad, y los tratan con profundo desprecio. Carlos VIII opta por coronarse él mismo, ante el silencio del Papa, que desoye sus continuos llamamientos. En la catedral de Nápoles, el pueblo aplaude y vitorea al nuevo rey. Giovanni Pontano, el erudito y literato que había servido al astuto y cruel Ferrante con tanta devoción y amor, canta con igual entusiasmo las glorias de Carlos y condena los crímenes de los reyes aragoneses sin el menor bochorno. Cualquiera que fuera el señor, los vasallos estaban dispuestos a entenderse con él.

Pero cuando la posición de Carlos VIII en Italia parecía más segura, comenzaron a abrirse profundas grietas en la coalición que lo había sostenido. El 31 de marzo, los Sforza (Ludovico el Moro de Milán) se unen con España, Maximiliano I de Alemania y la República de Venecia contra la potencia invasora. Alejandro VI está con ellos.

«En esta primavera de 1495, la habilidad suprema de Alejandro Borgia fue precisamente la de unir esas fuerzas dispersas ante el "peligro" francés. Para llevar a cabo su paciente revancha sobre el Cristianísimo rey, el Papa llegó al extremo de aparentar quedarse en un segundo plano ante la Serenísima, dejando que la República de San Marcos figurase como campeona del derecho y de la salvaguardia de los Estados italianos», opina Robichon.

La Liga que se fue aglutinando en torno a Venecia era una llamada de alerta que Francia no podía ignorar. Significaba, para Carlos VIII, la urgente necesidad de abandonar Nápoles, aislada en el sur de la península, y de emprender la retirada hacia el norte a través de una Italia que se alzaba en armas para cerrar el paso a los conquistadores de ayer. La Liga, calificada de Santa, fue promulgada por voluntad del Pontífice el 12 de abril de 1495, festividad del Domingo de Ramos.

La noticia fue recibida con enorme júbilo en toda la península. Júbilo ayer pro francés, júbilo hoy antifrancés. Los poetas compusieron rimas cargadas de elogios al Papa y a la República veneciana, al tiempo que se dedicaban canciones con furibundos insultos a los franceses y a su rey. En Venecia se cantaba: «*Questo é papa Alessandro che correggie l'error del mondo con divine leggie*» («Éste es el papa Alejandro, que corrige los errores en que cae el mundo con leyes divinas»). En todas partes se organizaban fiestas para celebrar el nuevo espíritu de liberación que se extendía por el país, tan general como había sido pocos meses antes el sentimiento de entusiasta sumisión a la entrada de Carlos VIII al frente de su rutilante ejército.

Las afrentas sufridas por el Papa eran el motivo esgrimido por España para formar parte de la Liga contra Francia, aunque lo que en realidad importaba era el control de Nápoles. Alejandro VI consiguió involucrar incluso al rey de Inglaterra, enviándole una capa y una espada de honor: un regalo que tuvo enorme efecto en el ánimo de Enrique VII.

César Borgia había jurado lavar la afrenta del saqueo de la casa de su madre, según Robichon, que narra el siguiente episodio: «El miércoles 1 de abril, una nutrida tropa de hombres de armas y de gentilhombres pertenecientes al cuerpo expedicionario francés, así como mercenarios suizos que llevaban consigo el dinero de su paga, pasan por Roma de camino al norte. Una vez más, estos hombres se lanzan a las iglesias para hacer acopio de objetos valiosos y de reliquias. Alrededor de unos cuarenta están dentro de San Pedro y el resto, en el atrio del palacio apostólico, cuando cae sobre ellos la guardia española del Vaticano que los descuartiza y los degüella, sin respetar siquiera la vida de las mujeres que les acompañaban; los que intentan refugiarse en las salas del palacio son perseguidos, arrastrados por el pavimento, y los soldados de César les despojan de su dinero "e incluso de sus ropas". Se les da caza hasta en las calles y en las tiendas, y no se salva ninguno. Es la primera vez que los Borgia, amos de Roma desde agosto de 1492, organizan una carnicería tan sangrienta e implacable». El saqueo de San Pedro no era asunto baladí, en todo caso.

CARLOS INICIA LA RETIRADA

Carlos VIII abandona Nápoles el 20 de mayo, dejando en el reino al duque de Montpensier. De regreso a Francia, el rey se propone pasar por Roma y solicita una entrevista al Papa. La perspectiva de verse nuevamente en manos del ejército francés no seduce a Rodrigo Borgia que, mientras aplaza la respuesta a Carlos VIII, sopesa la posibilidad de esconderse.

Finalmente, recordando los sufrimientos de la ciudad pocos meses antes y los peligros que él mismo había corrido, Alejandro VI abandona su residencia romana el 27 de mayo, con toda solemnidad, acompañado por veinte cardenales y siete mil hombres armados. Junto a él marcha César. Se refugian en Orvieto, localidad de la que César es ya gobernador, según unos, o lo será el 16 de julio próximo, según otros.

El rey francés entró en Roma el 1 de junio. Fue recibido por el cardenal Pallavicini, en representación del Pontífice. Pallavicini le ofreció alojamiento en el Vaticano. Carlos prefirió instalarse en el palacio del cardenal Domenico della Rovere, no lejos de la basílica de San Pedro.

Esta vez, los soldados invasores se mantuvieron disciplinados. Este ejército de retorno ya no era el prepotente y arrogante que había invadido la península. El día 3, Carlos VIII sale de Roma para entrevistarse con el Papa. Alejandro VI, después de recibir a numerosos emisarios, aceptó la entrevista, proponiendo Orvieto como lugar del encuentro. Pero habiendo observado el embajador francés que el rey no podía desviarse del camino de Francia, sugirió que la entrevista se celebrara en Viterbo. El Papa aprovechó esta sugerencia para poner aún más tierra de por medio, partiendo rápidamente hacia Perugia, con la intención de seguir hasta Ancona, en la costa adriática. Los franceses lo interpretaron como un evidente intento de huida, pero el rey tenía buenas razones para no entretenerse en vanas persecuciones y dejó tranquilo al Pontífice.

Los caminos del Papa y del rey se separan, pues, definitivamente; no volverán a cruzarse nunca más. Carlos VIII y sus franceses se encuentran ahora a las puertas de Siena, donde entrarán el 15 de junio.

Una semana después, convencido ya de que el rey francés no volverá sobre sus pasos, Alejandro VI abandona su refugio de Umbría y regresa a Roma el 27 de junio, con sus cardenales y su familia. Fue recibido por una inmensa muchedumbre, con eso que habitualmente se denomina indescriptible entusiasmo.

En la marcha hacia el norte, Savonarola insta de nuevo al monarca francés para que reforme la Iglesia, pero su «nuevo Ciro», como le había bautizado, estaba bastante escaldado de su aventura italiana. «Los efectos de su invasión resultarían desastrosos. Y no sólo en el plano político y militar, sino también en el moral. En efecto, a partir de aquel momento, la península se convertiría en campo de batalla y de rapiña de ejércitos extranjeros, ora de Francia, ora de España, ora del Imperio, ora de todas estas potencias juntas. Los italianos perderán su ya débil noción de patria, entregándose a luchas fraticidas en nombre y al servicio del extranjero, invocado no para defender su propia libertad, sino para conculcar la del vecino, el cual hará por su parte lo propio. Ludovico el Moro, erigido en símbolo de doblez diplomática y oportunismo político, no fue una excepción. Fue sólo el ejemplo de la disponibilidad de muchos, de demasiados italianos, al transformismo, a la traición, al engaño», sentencia Gervaso acerca de sus compatriotas.

Las tropas de la Liga Santa salen al encuentro de los franceses, que se retiran ordenadamente. Los datos históricos son contradictorios al respecto. El 6 de julio tiene lugar la batalla de Fornovo: apenas dura una hora y termina sin vencedores ni vencidos, dicen unos. El combate fue rudo y largo, dicen otros. El ejército aliado, conducido por el marqués Francisco Gonzaga, tuvo más bajas, pero se apoderó de un botín enorme. Antes de franquear los Alpes, Carlos VIII firmó una paz separada con Ludovico el Moro.

El Ejército de la Liga Santa, mal dirigido, cometió el error estratégico de esperar al enemigo a la salida de la cordillera. Si Carlos VIII hubiera sido sorprendido en los desfiladeros, habría perecido o habría sido apresado con todas sus tropas, opinan los que creen entender de estrategia militar renacentista. Fue atacado, sin embargo, cerca de la llanura, lo cual permitía una retirada fácil o una huida.

En Nápoles las cosas no pintaban bien para los franceses que aún permanecían allí. Gonzalo Fernández de Córdoba conquistaba finalmente la capital y la escuadra española fondeaba en la bahía. Montpensier, virrey francés, se vio obligado a pactar una tregua. Los venecianos ocupaban muchas ciudades de la Apulia. Y Alfonso de Nápoles era nuevamente dueño de la mayor parte del reino.

SE CIERRA EL CERCO

El Papa cree llegado el momento de usar sus grandes prerrogativas espirituales para atacar al enemigo francés dentro de su propio país, sublevando a través de la obediencia religiosa a sus súbditos. En una larga bula de 9 de agosto de 1495, Alejandro se dirige «a nuestro queridísimo en Cristo, hijo nuestro Carlos cristianísimo Rey de los franceses» y, después de un severo examen de todas las violencias de la invasión, de los ataques a su dignidad eclesiástica y de los abusos sufridos, conmina bajo pena de excomunión al rey, y «a tus Duques, Barones, Condes e ínclitos capitanes, a todos y cada uno de los que en Italia estén a sueldo tuyo militando contigo y a los otros que son tus secuaces o aliados, o que te dan auxilio y consejos o favores, a desistir de sus propósitos de guerra en Italia».

El efecto de esta bula papal en Francia no fue tan contundente como lo hubiera sido en otros tiempos, pero provocó gran zozobra en la reina, muy religiosa; tuvo gran impacto en Briçonnet, deseoso de gozar del cardenalato recién obtenido, y en el Parlamento de París, que era, con gran sentido común, contrario a la inútil y peligrosa aventura. Muchos nobles galos compartieron las quejas del Pontífice contra una guerra que nunca había sido muy popular. Todo esto terminó por pesar en el ánimo del rey Carlos, haciéndole desistir para siempre de sus deseos de apoderarse de Italia, adonde no volvería jamás. La muerte lo sorprendió en abril de 1498.

Mientras amenazaba al rey francés haciendo uso de sus prerrogativas religiosas, el Papa utilizaba la misma vía para ensalzar las virtudes de Venecia, aliada clave en la última etapa de la invasión francesa. Como premio por su actitud y estímulo para el futuro, remitió a la República Serenísima la Rosa de Oro, que el año anterior, en la esperanza de detenerle en su proyecto de conquista, había enviado al rey Carlos.

Alejandro escribió también a los reyes de España, invitándoles a mantener la presión armada contra Francia en la frontera, y al emperador Maximiliano, reclamando una acción igualmente contundente contra el antiguo invasor. Al mismo tiempo, intimidaba también a los suizos, amenazándolos con todos los rigores del infierno en caso de seguir proporcionando mercenarios a su enemigo.

La prodigiosa actividad estival del Pontífice está dominada por dos ideas: la independencia de Italia y la libertad de la Sede Apostólica, dice Ferrara. La vida vuelve, entretanto, a la normalidad. Tras la batalla de Fornovo, Lucrecia regresa a la Roma liberada y abre de nuevo su bonita casa de Santa María del Pórtico para entregarse a la *dolce vita* capitolina, según Gervaso.

Pero en Italia todavía estaba activo el partido francés. El cardenal Julián della Rovere continuaba su labor a favor de Carlos VIII. Se ha conservado el mensaje de la Señoría de Venecia a Baldassarre di Posterla, enviado de Ludovico el Moro, explicándole que sería útil impedir que el susodicho siguiera prestando sus consejos al francés.

Comienza un periodo de tranquilidad bien merecida en la vida de Alejandro, pero es una tranquilidad engañosa, porque se está incubando ya un nuevo peligro que pronto estallará en toda su crudeza y centrará su atención hasta el año siguiente.

SAVONAROLA

En el otoño de 1495, por vez primera, Alejandro prohíbe predicar a Jerónimo Savonarola, el fraile dominico que había sublevado Florencia contra los Medici, que había instado a Carlos VIII, con sus prédicas fogosas, a destituir al Papa, y que seguía manteniendo una incendiaria campaña contra el

198

Pontífice y la curia desde los púlpitos de Florencia. Savonarola obedece la orden papal y, durante unos meses, guarda silencio.

La calma regresa a la ciudad y Alejandro decide levantarle el castigo en la cuaresma de 1496, llevado por su naturaleza liberal o en un hábil intento de desactivar su virulencia, pero el efecto es el contrario. Quince mil personas acuden a escuchar su sermón del 17 de febrero, en el que el fraile ataca frontalmente la autoridad papal afirmando que todo cristiano tiene derecho a hablar según el dictado de su conciencia.

Savonarola era un personaje complejo, difícilmente manejable. Nacido en Ferrara en 1452, tercero de siete hijos de una familia acomodada, este dominico vivía atormentado por la idea de la condenación eterna, víctima de terribles crisis que combatía con «largos ayunos, lacerantes mortificaciones y extenuantes rezos». Extremista impenitente, terminó viendo visiones, persuadido de ser el enviado de Dios para combatir el pecado. Comenzó a anunciar la llegada del Anticristo en sermones apocalípticos que hipnotizaban al pueblo. Su fealdad aumentaba el efecto terrorífico de sus prédicas. Empezó a atacar violentamente al antecesor de Alejandro VI, el papa Inocencio VIII, para él símbolo de todos los males que aquejaban a la Iglesia, y a Lorenzo de Medici, símbolo de los males que aquejaban al mundo y a Florencia. Nombrado prior de la iglesia de San Marcos en 1491, fue aumentando su influencia ante la debilidad manifiesta del heredero de Lorenzo, el incapaz Pedro de Medici.

Savonarola, como quedó dicho, se hizo profeta de Carlos VIII de Francia, el enviado divino que venía a salvar a Italia, a Florencia y al Papado de todos sus males. Con la huida de los Medici y la llegada de los franceses, el 10 de junio de 1495 había proclamado una república que podría denominarse «savonarolense». Florencia conoció así «uno de los periodos más negros de su historia», opina el italiano Gervaso. Por el fanatismo de este curioso personaje, se prohibieron el baile o las representaciones de las obras de Boccaccio; a los blasfemos se les agujereaba la lengua. Creó una especie de policía moral que obligaba a las mujeres a taparse el rostro, y se quemaron en la hoguera libros, espejos y cosméticos.

La voz de Savonarola se convierte en elemento desestabilizador de enorme peso en una situación general que ya se había normalizado. Estaba dispuesto a instaurar una teocracia a sangre y fuego. Sus excesos fueron generando un movimiento hostil impulsado por los franciscanos, enemigos de los dominicos, con los *arrabbiati* haciendo frente a los *piagnoni*, es decir, los «airados» contra los «plañideros», como se denominaba a los seguidores del fraile iluminado. Por un solo voto perdieron los partidarios de expulsarlo de Florencia.

Fortalecido por esta votación, Savonarola elevó aún más el tono de sus críticas, a pesar o precisamente por la moderación y paciencia del Papa, que, finalmente, en el verano de 1496, envió a Florencia a Luis de Ferrara, procurador de la Orden de los Predicadores, para ofrecerle el cargo de cardenal; en vez de aceptar el soborno, el fraile se enardeció.

El 21 de julio, Alejandro había invitado a Savonarola a presentarse en el Vaticano para analizar sus visiones, pero éste, alegando problemas de salud, declinó la sugerencia y evitó el viaje. El 8 de septiembre, el Papa decide actuar con una reestructuración conventual en Florencia que equivale, de hecho, a impedir predicar de nuevo a Savonarola. Éste tensó un poco más la cuerda, atacando al Papa e invocando a los franceses. «El fraile», escribe Pastor, «se había sustraído a la obligación, que se le había impuesto de manera estricta, de someter a examen la verdad de sus dones proféticos, examen de competencia exclusiva de la Santa Sede». «Había seguido predicando a pesar de la prohibición pontificia [...]. ¿Qué habría sido de la autoridad papal si otros hubieran seguido su ejemplo?», se pregunta Gervaso.

Alejandro necesitaba a toda costa apartar a Florencia de Francia, porque la Toscana, con sus colinas y fortalezas, era una defensa natural para los Estados Pontificios ante cualquier invasión procedente del norte. Y como la República «savonarolense» se resistía a sus planes, pensó en una restauración de la familia Medici. Alejandro hubiera querido evitar el enfrentamiento, pero le fue imposible. Savonarola, a pesar de sus dudas internas, no podía desdecirse de sus absurdas predicciones sobre Carlos VIII, so pena de quedar muy malparado como profeta. El Papa —y ello parece aceptado por los historiadores— actuó contra él sin rencores, por razones políticas muy justificadas en la necesidad de acabar con el desafío tanto religioso como político que el dominico representaba.

Savonarola fue, entre todos los agitadores eclesiásticos, el más brillante y el más fanático, y por serlo, levantó más la voz y provocó más polémica a su alrededor. Lo más grave del caso es que las prédicas enloquecidas del fraile arrastraron a una ciudad culta y refinada como Florencia, cuna del Renacimiento, a una histeria colectiva de tintes medievales: ello ocurría, precisamente, en una ciudad que había abandonado la Edad Media mucho antes que el resto de Europa. La fascinación colectiva fue tal, que no pocos príncipes italianos, de dudosa rectitud moral, creían al menos aparentemente en la divinidad del fraile, y cardenales como Carafa y hombres de Iglesia, como Joaquín Turriano, prior de los dominicos, lo apoyaron en su época más herética, cuando repetía que era Dios mismo el que le revelaba el futuro.

En una carta fechada el 15 de octubre de 1495, después de advertir a Savonarola de que no provocara más discordias en Florencia, Alejandro VI le dice: «En tus prédicas públicas, predices el futuro y afirmas que lo que dices te llega de la eterna luz y como inspiración del Espíritu Santo, con lo cual desvías a estos hombres sencillos del camino de salvación y de la obediencia a la Santa Romana Iglesia. Hubieras debido predicar la unión y la paz y no estas que el vulgo llama profecías y adivinaciones. Debieras, aun más, considerar que las condiciones de los tiempos no son para que tales doctrinas sean pregonadas, pues si ellas de por sí pudieran causar discordias aun allí donde hubiera paz completa, cuánto más no lo harán en momentos en que hay tantos rencores y facciones».

El Papa le excusa, sin embargo, diciéndose convencido de que predica tales cosas, no con mala intención, sino inocentemente (*«simplicitate»*), buscando el bien de la religión, aunque Alejandro no duda en añadir que está demostrado que prácticas de este género no la favorecen.

Termina ordenándole abstenerse por el momento de predicar, y le hace una invitación indirecta —una vez más— para que se presente en Roma, «en donde te recibiremos con ánimo paterno». Pero fray Jerónimo, a ésta y otras cartas sucesivas, contestará con evasivas o con una arrogancia desafiante, dejando al Papa pocas alternativas para imponer su autoridad.

La detención, posterior juicio y ejecución de Savonarola no tardarán en producirse.

La disoluta Sancha

Mientras el caso Savonarola absorbe la atención del Papa, poco más hay que reseñar en su vida pública y familiar. En marzo de 1496, el Pontífice había enviado al marido de Lucrecia a colaborar en el compromiso de la Liga Santa para liberar el Reino de Nápoles de los franceses. El Sforza no regresará hasta 1497.

Quizá la mayor novedad en aquella primera mitad de año fue la llegada de Jofré y Sancha a Roma, el 20 de mayo; tienen 15 y 18 años de edad, respectivamente. «Pronto se comprendió que una bocanada de juventud acababa de entrar en el Vaticano», dice Robichon. La pareja napolitana se instala en un palacio próximo al castillo de Sant'Angelo. Desde el principio Sancha y Lucrecia se entienden y se tienen afecto.

Algunos historiadores han insistido en que Sancha era indiscreta y casquivana, y que «aportaba indiscutiblemente un elemento de turbulencia; carecía por completo de esa reserva y de esa moderación tan propia de las damas de la sociedad romana». En San Pedro, y durante el oficio de Pentecostés celebrado por el cardenal Cibo, los fieles pudieron ver que Lucrecia abandonaba de repente su asiento para tomar al asalto, arrastrada por su impetuosa cuñada, las sillas del coro donde los canónigos leían la Epístola y el Evangelio. Al parecer, las dos damas se aburrían mortalmente por un sermón interminable y en su fuga fueron seguidas por sus damas de honor, provocando el inevitable revuelo. Horrorosa violación del protocolo, para algunos, como el seco Burchard. Travesura juvenil sin importancia, tal vez para el Papa, no precisamente severo con las jóvenes.

Pero un considerable número de historiadores ha utilizado calificativos más duros que el de «joven revoltosa» para referirse a Sancha. De ella se ha dicho que era libertina y adúltera, afirmando con pruebas no demasiado consistentes que llegó a tener relaciones ilícitas con sus cuñados, primero con César y después con Juan, cuando éste retornó a Roma. Y, luego, con ambos al mismo tiempo. «Pronto la intimidad de Sancha y del cardenal de Valencia dejó de ser motivo de duda en el Vaticano: Ella [le] reprende a veces de tal forma que no es posible equivocarse en cuanto a la naturaleza de sus relaciones. Burchard y el veneciano Marino Sanudo parecen situar el comienzo de estos amores a principios del otoño de 1496. Más tarde se atribuirán a Sancha de Aragón otras muchas relaciones pasajeras, así como numerosas aventuras con cardenales jóvenes, como Hipólito de Este, familiares de la corte vaticana, guapos y galantes caballeros de la sociedad romana», escribe Robichon.

Que la esposa de Jofré tuviera relaciones con los hermanos de éste es pieza importante de la leyenda borgiana, porque así puede enarbolarse como móvil para culpar indistintamente a César o al propio Jofré del asesinato posterior de Juan Borgia. Fuera o no cierto el comportamiento atrevido de Sancha, la verdad es que mantuvo con Jofré un matrimonio con todo el aspecto de ser feliz hasta su muerte, muchos años después. Una vez más, todo parece deberse a exageraciones de la chismografía romana.

LOS VELEIDOSOS VASALLOS DE LA IGLESIA

Además de lidiar con el fraile rebelde, el Papa dedica ese año de 1495 a meditar sobre la situación de fragilidad de los Estados Pontificios, a la luz de la reciente invasión francesa. Alejandro VI llega a la conclusión de que mientras no establezca la debida disciplina interna en los territorios papales estará a merced de cualquier enemigo exterior. Debe someter definitivamente a su autoridad a los vasallos de la

Iglesia, a los vicarios, a todos los que controlan, por delegación del Pontífice, el poder territorial de la Santa Sede. No era una novedad para el papa Borgia la escasa fidelidad que profesaban al poder eclesiástico esos barones y duques, pero, con la invasión de Carlos VIII, había comprendido la urgencia de mantenerse firme en esta cuestión. El territorio de la Iglesia resultaba indefendible, porque los encargados de ello lo entregaban al enemigo a la menor oportunidad, a cambio de dinero y de favores.

A la hora de la verdad, los Colonna, los Orsini, los Savelli, los Conti y todos los demás se habían puesto en contra de la Santa Sede. Los señores feudales que controlaban los territorios más alejados habían abierto las puertas al enemigo.

Era imprescindible corregir esta situación, se decía el papa Borgia en largas meditaciones. Derrotados los franceses, medio disuelto y en plena fase de retorno a las filas papales el masivo contingente que había secundado a Carlos VIII, había llegado el momento de castigar a los traidores internos y, sobre todo, de tomar las medidas necesarias para que algo semejante no volviera a ocurrir.

Esta tarea ocupó el resto de su pontificado, durante el cual castigó y venció a los vicarios que le habían traicionado; expulsó de sus territorios a los tiranos de otros Estados vecinos y redujo a total sumisión a los príncipes dependientes de la Iglesia Sin embargo, el castigo no se extendió al Colegio Cardenalicio, contra el que había suficientes pruebas de traición como para ser purgado. Y Della Rovere no sufrió represalia alguna. Una década después, cuando Julio II alcance por fin el ansiado poder vaticano, y después de algunos desvaríos iniciales, seguirá las huellas del papa Borgia y evitará que se pierda la gran labor de fortalecimiento de los Estados Pontificios realizada por Alejandro VI. Una tarea de importancia histórica —incluso puede decirse que capital— para la supervivencia del Vaticano; tarea que le costó al papa español la animadversión de los vasallos italianos para siempre.

No es casual que sea en este preciso momento en que el Papa levanta la espada —no personalmente, como hará su sucesor, sino a través de sus hijos, Juan primero y César después— cuando comienza a forjarse la fama terrible de los Borgia. En las pequeñas cortes de los territorios Pontificios y en las fronterizas, las grandes familias utilizan todos los medios a su alcance para desacreditar el nombre del Papa y de su poderosa familia. Cierto que emplearon más las rimas de los poetas a sueldo que las espadas de sus condotieros, rápidamente derrotados. En aquellos tiempos empieza a desarrollarse el arma de la propaganda escrita, la imprenta inicia ese trabajo contrapuesto de difusión de la información y la cultura, por un lado, y de difamación y mentira, por otro, que ha conservado hasta nuestros días. Cuanto más eficaz se revele la labor de Alejandro VI y de su hijo César Borgia, empeñados en someter a los rebeldes y recuperar los bienes abusivamente retenidos, más ponzoñosa será la tarea de destrucción del apellido Borgia, hasta enterrarlo en un profundo lodazal del que la Historia aún no ha sido capaz de rescatarlo.

Los Orsini son los primeros a quienes el Papa pone en su punto de mira. ¿Qué han hecho? Lo que por hábito inveterado hacían todos: pasarse al enemigo. No tener idea ni sentimiento alguno del deber o del honor. Los Orsini habían estado a las órdenes de los aragoneses. Virginio Orsini, el jefe de la familia romana, había sido uno de los grandes personajes del Reino de Nápoles, lo que no le impidió congeniar después con el bando invasor y ponerse al servicio del rey Carlos en Bracciano. Ahora que Carlos VIII había abandonado Italia, y que Montpensier, su representante, luchaba para conservar parte de la frágil conquista napolitana, Virginio y los suyos, con otros vicarios de la Iglesia, como los Vitelli y Bartolomé de Alviano, luego famoso condotiero, permanecen al servicio de Montpensier y a sueldo del rey francés combaten contra el rey de Nápoles y contra el propio Papa.

Estos ejércitos mercenarios, que ocupaban territorios eclesiásticos en nombre de Carlos VIII, empañaban los éxitos de la Liga Santa. Por más que el Papa contara con el apoyo del emperador Maximiliano y de los señores de Venecia, no podía sentirse seguro mientras el Reino de Nápoles, el puerto de Roma, Ostia, y gran parte de los territorios papales continuasen ocupados por tropas a las órdenes de estos traidores. Las victorias en el exterior no compensaban la debilidad interna.

El 1 de junio de 1496, el Papa promulga una bula proclamando la derrota de los enemigos de la sede apostólica y despojando de sus feudos a los barones romanos más temibles. El Papa ya ha decidido, o está a punto de hacerlo, llamar a su hijo Juan a Roma para que haga efectiva esa bula con las armas en la mano.

EL RETORNO DE JUAN A ROMA

Desde su «exilio» español, Juan de Gandía llevaba tiempo pidiendo a su padre que le permitiera regresar a Roma. El duque parecía haberse reformado; la duquesa María Enríquez había dado a luz un niño, el primogénito, que llevaba el nombre de su padre, y de nuevo se encontraba en estado de buena esperanza. El duque de Gandía había cumplido sus compromisos y suplicaba al Papa que le llamara a su lado. «Me da la impresión», escribe a su hermana Lucrecia, «[de] que han transcurrido diez años desde mi partida. Regresar a Roma y postrarme a los pies de Su Santidad es mi deseo más querido».

El Papa meditaba su decisión a la luz de las nuevas necesidades militares y de sus deseos personales, pues Juan de Gandía ocupaba un lugar especial en su corazón. Lucrecia, sin duda por su condición de mujer, sigue siendo la predilecta, la más mimada. Pero los historiadores coinciden en subrayar la debilidad de Alejandro por Juan de Gandía.

Es posible incluso que, en el momento de mayor incertidumbre ante la invasión francesa, el Papa hubiera pensado en llamar a su lado a su querido hijo. Las traiciones de los cardenales y de los barones habían puesto de manifiesto la carencia de una verdadera fuerza militar al servicio de la Santa

Sede, así como la deplorable falta de un jefe, de un capitán fiable al frente del ejército pontificio. Ahora que los franceses se habían marchado y se había alejado el peligro, esta exigencia seguía siendo igualmente imperiosa. Así que Alejandro autoriza el regreso de Juan Borgia, tras convencerse de que ello no enfadará al rey español Fernando.

Ese verano de 1496, el duque de Gandía recibe por fin de Roma el mensaje que aguarda desde hace al menos un año. ¿Consultó Alejandro con Fernando de Aragón? No se sabe. Orestes Ferrara asegura que el Papa había llamado a Juan hacía ya algún tiempo, pero que los reyes españoles lo retenían. El caso es que, el 10 de agosto, Juan de Gandía pisa tierra italiana; su hermano César le aguardaba en Corneto para hacer una entrada conjunta en la Ciudad Eterna.

La ciudad se engalanó para recibirlo y, desde Porta Portense, el cortejo se vio acompañado por una multitud entusiasta. El Papa esperaba ansioso, oteando desde los balcones del Vaticano la llegada de la comitiva, y lloró de emoción cuando al fin divisó al joven ausente, con sombrero de terciopelo rojo y traje decorado con abundante pedrería: avanzaba en medio del suntuoso séquito, montado a caballo. Juan se instaló en el mismo palacio apostólico, en los apartamentos de su hermano César; éste se los cedió para que estuviera lo más cerca posible del Papa.

Tal y como se señaló, Alejandro había promulgado en junio una bula proclamando la derrota de los enemigos de la sede apostólica y despojando de sus feudos a los barones romanos más temibles. Era una declaración de guerra. Sin embargo, no bastaba con declararla; había que hacerla. Y Juan debía ponerse al frente de las fuerzas armadas que el Papado pensaba lanzar contra los Orsini y sus aliados, para reducirlos a una sumisión definitiva. El jefe de esta expedición era guapo, joven y viril, pero también un tanto presumido, «muy enlodado de grandiza», decía de él un cronista español. Juan tenía sólo 20 años y carecía por completo de experiencia militar.

Pero César es cardenal y Jofré está descartado, por edad y condición. Le toca a Juan defender al Papa. Dos meses después del regreso del duque, ante la corte papal allí reunida y los embajadores y enviados de los príncipes aliados y vasallos de la Iglesia, el hijo del Papa recibió de manos del Pontífice el bastón blanco de mando del ejército pontificio y, como antaño su hermanastro Pedro Luis, el título de gonfalonero, «capitán general» de la Iglesia, con la espada cuajada de piedras preciosas. A continuación se presentaron alrededor de su jefe tres oficiales, llevando cada uno de ellos un estandarte: el de la Iglesia, con las llaves de San Pedro, el de los Borgia y, por último, el del ducado de Gandía, representado por un rayo partiendo una montaña; los tres capitanes se arrodillaron delante del Papa, y Alejandro VI los bendijo, junto con sus enseñas de guerra. El padre ciñó entonces a su hijo la espada y prendió del elegante gorro de plumas blancas que lucía el joven gonfalonero una joya deslumbrante, al decir de las crónicas. A finales de este mes de octubre de 1496, el ejército del Papa entró en campaña.

Alejandro era consciente de la impericia de Juan y, para superarla, tomó algunas medidas. Por mucho que le cegara su ternura de padre, no por ello había dejado de colocar al lado de su hijo, como lugarteniente del ejército papal, a un condotiero con experiencia, que había demostrado su valor contra los franceses: Guidobaldo de Montefeltro, duque de Urbino, quien había recibido ese título de Sixto IV a cambio del matrimonio de su hermana con el sobrino-hijo de este papa. «Juan no era solamente un calavera impenitente, un mujeriego empedernido y un holgazán incorregible; era también un incapaz, aunque lleno de ambiciones, estultamente alentadas por su padre, que soñaba para él el trono napolitano que se había quedado vacante al morir sin herederos Ferrandino. La guerra contra los barones reveló enseguida sus carencias», dice Gervaso.

Efectivamente, en octubre, después de un reinado tan breve como accidentado, había muerto el infortunado Ferrandino de Nápoles, dejando el trono a su tío, uno de los hijos del viejo Ferrante.

La fallida campaña del capitán vaticano

Al principio, las armas pontificias arrasaron con todo. Alejandro VI había aprendido la lección de la campaña de Carlos VIII y proveyó a su ejército con abundante artillería, que pronto dio buena cuenta de la defensa de las plazas rebeldes. En poco tiempo, diez castillos de los Orsini cayeron en manos de las tropas del Papa.

Mientras el ejército pontificio triunfaba en los campos romanos, Gonzalo Fernández de Córdoba, el célebre «Gran Capitán», que había conquistado gloria internacional gracias a su victoria contra los moros en Granada, derrotaba a los franceses de Montpensier en Atella, a las puertas de Nápoles, obligándoles a abandonar definitivamente el reino recién conquistado. Los condotieros vaticanos colaboracionistas de los franceses quedaron en manos de los napolitanos. Prisionero en el Castillo del Huevo, el jefe del clan Orsini, Virginio, conocía las primeras derrotas de su facción en Roma y la revancha del papa Borgia; morirá pronto, en su prisión, frente a la bahía napolitana.

Las fuerzas papales fueron conquistando todos los castillos y fortalezas de la poderosa familia Orsini, excepto el de Bracciano, una fortaleza casi inexpugnable que era su principal feudo.

En Roma, el invierno se había presentado precozmente, trayendo consigo el frío y la nieve; lluvias torrenciales habían arrasado el Lacio, y el Tíber se había desbordado. No es que se anunciara la mala estación, es que ya estaba allí, con sus borrascas, sus descensos brutales de temperatura y sus caminos enlodados, que agobiaban a las tropas sitiadoras, acampadas en campo abierto, y provocaban las iras del capitán papal, beneficiando así a los sitiados, a buen recaudo tras las murallas de sus castillos. Comenzaron a escasear los partes de batalla del duque de Gandía. Las operaciones militares se empantanaban y Alejandro, en sus apartamentos de Roma, comenzó a alarmarse.

Símbolo del desafío al Papa, la bandera francesa ondeaba aún en el torreón de la fortaleza de Bracciano, a orillas del lago del mismo nombre. El duque de Gandía pensó en reducir la resistencia de Bracciano atacando antes Trevignano, otra de las plazas rebeldes que protegía la ciudadela de los Orsini, al norte del lago. Esta operación de distracción fue un éxito, y el castillo de Trevignano se sumó a las demás capturas del ejército pontificio, dando nuevo impulso a la campaña. Parece que cuando llegó el momento de que los mercenarios del duque de Urbino y los soldados de Gandía se repartieran el botín de la plaza conquistada, «hubo que pelear para separarles», y fue necesaria la mediación de un legado para restablecer la disciplina de las tropas.

Pero Bracciano se mantenía firme. Bartolomea Orsini —hermana del jefe del clan, Virginio, preso en Nápoles— y su joven marido, Bartolomé de Alviano, habían hecho fracasar un primer intento de asalto a su fortaleza desde el lago. El saldo fue trágico, porque en la ofensiva resultó herido Guidobaldo, duque de Urbino, el hombre que debía compensar con su experiencia la impericia del joven Borgia. A partir de ese momento, Juan aguanta como puede, hasta la derrota a comienzos del año siguiente, cuando los Orsini baten a las tropas pontificias en Soriano.

Juan es derrotado por Carlos Orsini, y el duque de Urbino cae prisionero. La tarde del 23 de enero de 1497, dos jinetes extenuados y jadeantes, cubiertos de barro y de sangre, se presentan en el palacio apostólico, ante un papa Borgia pesaroso. Juan se arroja en brazos del Santo Padre y ambos se reconfortan mutuamente en su aflicción. Han sido derrotados.

Armisticio con los Orsini

La Santa Sede se ve obligada a firmar el 5 de febrero de 1497 un tratado de no agresión con los Orsini; se restituía a los barones rebeldes las plazas tomadas durante la campaña, mientras que éstos se comprometían a su vez a no empuñar de nuevo las armas contra el Papa. Éste recibía una indemnización de guerra de 50.000 ducados de oro y recuperaba los castillos de Anguillara y de Cerveteri. Sorprendentemente, el pacto olvida a Guidobaldo, retenido como rehén en Soriano hasta que su familia entregase el precio de su rescate: setenta mil ducados. El duque de Urbino no perdonará jamás este abandono que, por otra parte, parece inexplicable o sólo comprensible atendiendo a circunstancias desconocidas hasta hoy.

Pero si el Papa no ganó la guerra contra los Orsini, supo ganar la paz: así lo entiende Orestes Ferrara, a la vista del acuerdo conseguido con la familia traidora. Según sus datos, los Orsini pueden continuar siendo condotiero del rey de Francia aunque no podrán volver a alzar sus armas contra el Papa; pagarán setenta y cinco mil ducados, como pena de su rebelión, al tesoro de la Iglesia; el Papa obtendrá la libertad de los Orsini que se hallan todavía en las prisiones del rey de Nápoles, y los Orsini, a su vez, dejarán libres a todos los prisioneros hechos en la guerra, excepto al duque de Urbino, que pagará personalmente su rescate. Por último, el Papa devolverá las fortalezas y feudos conquistados, salvo el castillo de Isola. No habían sido vencidos definitivamente estos vasallos eternamente rebeldes, pero salían de la refriega castigados y, en parte, humillados. Alejandro VI, simplemente, aplazó sus propósitos; César Borgia completará la tarea más adelante.

Al tiempo, las milicias españolas de Fernández de Córdoba conquistaban Ostia a los franceses aliados del cardenal Della Rovere, a quien se le confiscan sus bienes, según apunta Gervaso. Confiscación que, en caso de ser cierta, no será duradera.

La guerra, por fortuna terminada, daba ahora paso a las fiestas de carnaval, y Juan de Gandía podía tomarse la revancha de los sinsabores de la vida miliciana. Corre la primavera de 1497.

VI

Desigual fortuna de dos hermanos

El 5 de enero de 1497, Alejandro VI transmite a su yerno «Sforzino» sus deseos de verlo en Roma. El marido de Lucrecia había participado, por orden del Papa, en la contraofensiva de Nápoles que concluyó con la derrota total de las guarniciones de Carlos VIII de Francia. La guerra estaba prácticamente terminada y el señor de Pesaro accedió a la demanda del Pontífice: pero volverá a marcharse de la ciudad pronto, el 27 de marzo.

Estos continuos llamamientos del Pontífice a su yerno —que siempre encuentra excusas para no estar con su esposa— ya hablan claramente de que algo no funciona en el matrimonio de Lucrecia. Las relaciones de «Sforzino» con el Papa parecen buenas, pero el matrimonio, tras cuatro años de convivencia, se revela un fracaso. La diferencia de edad entre los cónyuges —ella tiene 17 años, y él 29— estaba dentro de lo normal en la época, y la unión basada en intereses políticos y estratégicos era habitual también, sobre todo en la clase social a la que pertenecían.

Pero es un hecho que la condesa de Pesaro veía poco a su marido y que éste no parecía especialmente devoto de su delicada y frágil pareja. Finalmente el distanciamiento y desinterés del marido por la esposa parece llevar al Papa a plantearse la anulación del matrimonio. Otros creen que es una mera disculpa de Alejandro para sustituir una alianza que no había deparado los resultados apetecidos por otra más rentable. Algunos se inclinan a pensar que la infelicidad matrimonial de la niña bonita del Pontífice fue suficiente para que éste iniciara una difícil y compleja negociación de divorcio que, además, dará lugar a algunas de las calumnias más dañinas y persistentes de la leyenda borgiana.

Lo que pocos años atrás se había entendido como un inteligente vínculo de sangre con la familia Sforza, se había revelado, de hecho, un completo fiasco. Tener un Sforza en la familia no había impedido que Ludovico el Moro, y el propio cardenal Ascanio Sforza se pasaran a los franceses apenas Carlos VIII anunció su propósito de recuperar la Corona de Nápoles. Cierto; pero los Sforza habían ya abandonado la causa francesa y el cardenal Ascanio volverá a ser aliado del Pontífice sin ser cesado nunca en su cargo de vicecanciller. Es difícil argumentar con datos si influyeron más las razones personales que las políticas en aquella disolución matrimonial.

El fraile rebelde, de nuevo

No era la situación conyugal de Lucrecia la única preocupación del papa Borgia en estos primeros meses de 1497. Jerónimo Savonarola mantenía su pulso con el Vaticano, subiendo el tono de sus sermones en una escalada sin precedentes. El 7 de febrero, la plaza de la Señoría fue escenario de un gigantesco auto de fe organizado por los seguidores del fraile dominico, en el que se quemaron libros, cuadros, obras de arte, manuscritos de Petrarca y Boccaccio, y todo lo pecaminoso en opinión de aquellos fanáticos. La dictadura blanquinegra —colores del hábito de los dominicos— había sucedido a la de los antiguos señores Medici. Se trataba de «un régimen policial, inflexible e intolerante», dice Robichon. Hacía poco más de un año que, en un golpe de efecto asombroso, el mismísimo Jesucristo había sido proclamado rey de los florentinos.

El Papa comprendió que contra el «hermano Jerónimo Savonarola, de la Orden de Predicadores y, según dicen, actualmente vicario de San Marcos de Florencia», no valían ni paciencia ni sobornos. El «breve» papal con la excomunión salió de Roma el 13 de mayo, y no llegó a Florencia hasta mediados de junio. El encargado de llevarlo, Juan Víctor de Camerino, un toscano exiliado en el Vaticano y enemigo jurado de fray Jerónimo, se tomó su tiempo, al parecer, para realizar el viaje.

CONVENCER AL YERNO IMPOTENTE

La «crisis matrimonial» de Lucrecia se había agravado. Su marido se obstinaba en reclamarla a su lado, en Pesaro, pese a los deseos del Papa de tener a la pareja en Roma. El Papa, harto de «Sforzino», planteó abiertamente la ruptura. Por encargo de Alejandro, un enviado especial se presentó en el palacio de Pesaro con unos «breves» firmados el 26 de mayo, en los que el Pontífice proponía una negociación cuyo único objeto era la anulación del matrimonio. El desasosiego del Sforza aumentó cuando escuchó los términos del trato. O bien se optaba por impugnar la validez jurídica del matrimonio y se iniciaba inmediatamente el proceso de divorcio, o bien se aducía algo más deplorable para su honor de esposo: que su matrimonio no se había consumado, ni en Roma ni en Pesaro.

Lucrecia había escrito una declaración jurada en la que afirmaba que, en sus cuatro años de vida conyugal, no había conocido «relación carnal alguna» con su esposo, y que «estaba dispuesta a someterse a un examen para establecer ese hecho». La legión antiborgiana dice que firmó «presionada por su padre y sus hermanos». No existen pruebas de ello, aunque su corta edad permite dudar que la iniciativa fuera suya.

El 6 de junio, Lucrecia se retira al convento de San Sixto, a la espera de la disolución matrimonial. «Al pie del Aventino, en la orilla izquierda del Tíber, se levantaban los muros y el elegante campanario de un monasterio del siglo XIII, erigido bajo la advocación de San Sixto, y donde, en la bucólica paz que tenía por testigos las ruinas de las termas de Caracalla, se retiraban las jovencitas de la nobleza romana que habían hecho voto de renunciar al mundo», describe Robichon.

El fracaso del matrimonio de Lucrecia provocó sinsabores a la familia Borgia, pero éstos quedaron inmediatamente sepultados por una desgracia enorme, quizá la mayor tragedia en la vida de Rodrigo Borja: el asesinato de su amadísimo hijo Juan.

HAY QUE ASESINAR AL HIJO DEL PAPA

El 14 de junio, el mismo día en que el cardenal Ascanio Sforza escuchaba de labios del padre y los hermanos la noticia de que Lucrecia no podía seguir manteniendo el simulacro de vida conyugal que llevaba con Juan Sforza, a causa de la impotencia de éste, Juan, el segundo duque de Gandía, era asesinado de forma misteriosa y cruel.

El trágico final de Juan Borgia se produce en vísperas de que el Papa concediera a su hijo nuevos títulos, con la intención tácita de convertirlo, cuando se presentara el momento, en un candidato posible a ceñir la siempre disputada corona de Nápoles. Mientras llegaba ese momento, Alejandro VI convocó a sus cardenales para debatir la investidura de Federico, tío de la princesa Sancha, su nuera, como nuevo soberano de Nápoles. El Papa debía coronar a los soberanos napolitanos, pues estas tierras eran feudo de la Iglesia. El pobre Ferrandino había muerto pronto, sin dejar descendencia, y su tío se había apoderado sin tardanza de la Corona, a la espera de recibir la aprobación de Roma. Durante ocho meses, Federico de Nápoles presionó con embajadas, mensajes e intrigas abiertas para lograr que el Pontífice le coronara.

221

El Papa había pedido a Federico, a cambio de la investidura, el feudo de Benevento, en Campania, elevado a ducado, y el interesado no dudó ni un minuto en concedérselo. A cambio, el Santo Padre le liberaba «de todo el censo que se debiera a la Iglesia de los años anteriores», dice Robichon.

Tras aprobarse la investidura, Alejandro sometió al Sacro Colegio la cesión del ducado a Juan Borgia, capitán general de la Iglesia, príncipe ya de Tricarino y conde de Laurci y de Chiaramonte. Al ducado se añadían asimismo los señoríos papales de Terracina y de Pontecorvo.

La mayoría del Sacro Colegio asintió, pero el arzobispo de Siena, el cardenal Piccolomini, sobrino de Pío II, hizo constar su total oposición a este gesto favoritista. También el embajador de España, don Garcilaso de la Vega, se habría arrojado a las rodillas del Papa, conminándole a que no «alienase los bienes de la Iglesia».

Alejandro explicó al embajador que los feudos cedidos al gonfalonero eran, en conjunto, tierras de escasa importancia y que, por otra parte, ya habían sido cedidas a otros particulares en tiempos de su predecesor Nicolás V. Pero el español seguía postrado a los pies del Pontífice e insistía en su súplica. Entonces, sentado como estaba en su trono, Alejandro se impacientó y, con tono brusco, dijo al embajador: «Ponte de pie y vete a tu casa, y déjanos proclamar en paz». El embajador español abandonó la reunión.

Al día siguiente, jueves 8 de junio de 1497, el Colegio Cardenalicio se reunió de nuevo en torno al Papa para designar, esta vez, al legado papal que acompañaría al duque de Gandía en las ceremonias de coronación del quinto rey de Nápoles. Ninguno, ni siquiera el cardenal de Siena, se sorprendió, de que la elección del Papa recayera en su «hijo bien amado», el cardenal de Valencia. Los dos hermanos Borgia irían, pues, a Nápoles. Uno a coronar al nuevo rey Federico; el otro, a unir a su ducado español, el napolitano. Duque de Gandía y de Benevento, príncipe de Tricarino, conde de Laurci y de Chiaramonte, señor de Terracina y de Pontecorvo: el capitán general de la Iglesia, Juan Borgia, no llevaba ni un año en Roma. Es de suponer las envidias e inquinas que le rodeaban.

CELEBRACIÓN EN CASA DE VANNOZZA

El miércoles siguiente, en vísperas de este viaje, Vannozza Cattanei reunió a sus dos hijos, junto a algunos íntimos, en su casa del Esquilino, cerca de la iglesia de San Pedro in Víncula. Era uno de esos atardeceres luminosos y serenos de vísperas veraniegas. A la propiedad de Vannozza, bien protegida por una vegetación tupida y cercada por un muro bajo, van llegando los invitados. Estarán el primo Juan, cardenal también, y otros españoles de la corte vaticana. Algunos citan a Jofré y Sancha entre los presentes. No está confirmado.

No hay testimonio histórico de otras reuniones de la madre y sus hijos. Por supuesto, no acude el Papa y presunto padre, que se supone que no ha vuelto a ver a Vannozza al menos desde hace quince años. Tan extraordinaria reunión puede tener por objeto celebrar los éxitos de Juan y despedir a ambos hermanos antes de la partida.

De esta reunión familiar poco ha trascendido. Pero el relato de las últimas horas de Juan y del hallazgo de su cadáver ha sido uno de los más novelados y fantaseados de la Historia; existen muchas versiones. He aquí un compendio.

UNA CITA NOCTURNA

Después de la merienda, al anochecer, Juan, César y su primo, el cardenal De Monreal, acompañados por algunos servidores, tomaron sus cabalgaduras para dirigirse al Vaticano.

Al pasar cerca del palacio del cardenal Ascanio Sforza (perteneciente antes a Rodrigo Borgia, en sus años de vicecanciller), a la entrada del puente del Ángel, el duque de Gandía se detuvo y, con expresión sonriente, dijo que tenía algo que hacer, dando a entender que le esperaba una aventura amorosa. Los dos cardenales, César y el De Monreal, insistieron mucho para que no se separase, o en caso de hacerlo, que le acompañasen algunos hombres armados. Roma era muy insegura, especialmente de noche.

El duque accedió a llevar un solo hombre, e hizo subir a la grupa de su mula a otro individuo: un desconocido que nunca será identificado. Éste había estado en la cena, aunque siempre con antifaz, y en días anteriores había sido visto en sus antecámaras. Tras separarse de su hermano y su primo, el duque de Gandía se dirigió hacia la plaza de los Judíos; entonces, ordena a su servidor que le espere hasta medianoche y, en caso de no presentarse a esa hora, que retorne sin más al Vaticano.

Los dos cardenales, por su parte, intranquilos, se quedan algún tiempo en el puente, esperando su retorno, porque les ha dado a entender que quizás su misteriosa parada fuera breve. Pero, visto que no vuelve, continúan camino con su pequeño séquito.

A partir del mediodía del día siguiente empezó a cundir la preocupación y comenzaron las pesquisas. Nunca se ha sabido adónde fue el duque con el enmascarado después de haber dejado al sirviente. Sobre el destino de este mismo criado, las versiones son confusas: Burchard dice que fue gravemente herido y que, recogido en una casa, murió sin poder explicar nada; Scalona, orador de Mantua, afirma que fue ligeramente herido en su camino hacia el Vaticano, adonde se dirigió algo después de haber dejado al amo, para coger algunas armas. De todos modos, muy poco podría haber dicho este servidor, ya que no fue testigo presencial de la tragedia. Es de suponer más exacta la versión de Scalona que la de Burchard, porque, de haber muerto este criado, no se habría sabido que el duque le dejó en la plaza de los Judíos con la orden de esperar allí hasta la medianoche.

Lo que se sabe con certeza, por el proceso que se inició, es que a las doce de aquella noche, un tal Jorge Schiavone, que vigilaba junto al Tíber un barco que había traído a Roma unas maderas, vio acercarse a dos hombres por el camino que iba del castillo de Sant'Angelo a la iglesia de Santa Maria del Popolo. Los dos individuos escrutaron la zona para ver si había gente por allí y, al poco, se les unieron otros dos hombres, acompañados por un tercero a caballo que llevaba un pesado bulto que arrojaron al río en la parte donde se echaban las basuras. Efectivamente, empezaron las batidas al calor de la recompensa que ofrecía el Papa y no tardó en recuperarse en esa zona del río un cadáver cubierto de fango y de inmundicia. Era el duque de Gandía, capitán general de la Iglesia, la primera autoridad no eclesiástica de los dominios papales y, por añadidura, hijo del Papa. El cuerpo del infortunado joven tenía nueve puñaladas, y una de ellas mortal, en la garganta.

ALARIDOS DE DOLOR

«De este delito —uno de los más sonados del siglo— se habló durante varios meses; pero nadie, y tal vez ni siquiera el propio Papa, logró aclarar sus móviles y descubrir al autor o autores. Sólo se pudo reconstruir la secuencia de los hechos», dice Gervaso.

Según Robichon, «Alejandro recibió inmediatamente la noticia. Se entregó al barquero Taglia los diez ducados de recompensa por su macabro hallazgo, y éste descendió el río y arribó a orillas del Santo Ángel donde depositó su fardo. El veneciano

Sanudo dice haber presenciado la entrega del cadáver. "Yo que estoy ávido de noticias, oigo entonces alaridos, gritos de lamento como nunca había oído más fuertes". Y, entre estos gritos, "una voz atronadora", procedente de una oscura ventana del castillo, que Sanudo pudo identificar sin dificultad como la del Santo Padre, "porque ese hijo era su preferido, la esperanza y la gloria de su linaje"».

Después de lavar y limpiar al muerto, y de vestirlo de gala con su traje de gonfalonero y sus insignias ducales, a medianoche un cortejo formado por una gran multitud le trasladó a la luz de las antorchas hasta la iglesia de Santa Maria del Popolo, donde Vannozza Cattanei poseía un panteón en el que ya había sido inhumado el primer duque de Gandía, Pedro Luis. Los que vieron el cadáver, antes de que saliera del Borgo, tendido en unas sencillas parihuelas, opinaron que «estaba casi más guapo que en vida», cuenta Robichon, que añade para rematar el dramatismo de su descripción: «Mientras que el sombrío cortejo recorría las orillas del Tíber, en la margen vaticana la noche se poblaba de los gemidos desgarradores del padre, haciendo eco al murmullo encolerizado del compacto bloque de los españoles de Roma quienes, con la espada desenvainada, y el corazón transido por el duelo y la rabia, juraban que su señor sería vengado».

Según Orestes Ferrara, los escritores no ocultan cierta satisfacción ante este dramático episodio y han cubierto el dolor de Alejandro VI con un tinte de sarcasmo más cruel que la sonrisa de Yago. Los

Borgia han sido castigados: es la acción compensadora del Dios del Sinaí, o la inflexible Némesis que se venga implacable. Dicen aún más: el castigo terrible que han sufrido no debe inspirar piedad, sino que, como el crimen, debe producir la repulsa general. Los Borgia, víctimas o verdugos, deben ser odiados en ambos casos. Hasta este año de 1497, la familia execrada ha sido simoníaca y nepotista; una ligera acusación de envenenamiento del príncipe Djem, acusación hipotética, no creída, comienza a forjarles una reputación de asesinos, que se suma a la fama de lascivos. Pero ni los antiguos ni los modernos, hasta esta fecha, ofrecen datos históricos merecedores de la leyenda. Es ahora cuando se empieza a escribir que César ha matado a su hermano Juan por mezquina envidia o por algo peor. Alejandro VI continúa amando a César y se hace cómplice del crimen. Ésta es la acusación.

Hay algo de reencarnación del mito de Caín y Abel en esta suposición del asesinato de Juan Borgia a manos de su hermano. La Historia permite, sin embargo, plantear otras hipótesis. El duque de Gandía llevaba un año en Roma cuando fue apuñalado, y en ese breve lapso de tiempo había conquistado innumerables honores. Había dirigido el ejército papal contra los Orsini y, pese a los modestos resultados, el Papa lo había nombrado gobernador del patrimonio de la Iglesia y, más tarde, capitán general. Cuando murió, Alejandro VI le estaba preparando un gran ducado, el de Benevento, una especie de antesala para ceñir, llegado el momento, la corona de Nápoles. Sus enemigos eran muchos, sin contar con que su muerte era el golpe más duro que se podía asestar al propio Papa.

La leyenda ha hecho de Juan Borgia un personaje fatuo pero humano y, hasta cierto punto, entrañable. Buen conversador, ostentoso, altanero en público, buen camarada, amigo de los placeres y valeroso; su presencia inspiraba amistad y respeto, dicen algunos. Todo lo contrario que Caín-César, que se nos presenta como un personaje torvo, maquinador y escurridizo, hábil con el veneno y con la daga, con extraordinarias dotes de mando y gran capacidad ofensiva en el campo de batalla, pero de vida privada menos brillante. Todo parece exageradamente literario. No hay por qué dudar de que los hermanos se quisieran: sus relaciones eran óptimas. No hay razón alguna para imaginar un fratricidio. Tampoco la hay para creer otra versión menos popular, pero igualmente falsa, que consiste en culpar a Jofré Borgia, despechado por las aventuras de su mujer, Sancha, con el hermano. Sí hay razones, sin embargo, y muchas, para pensar en lo más lógico: una venganza de los enemigos de los Borgia, una trampa, una emboscada.

La muerte de Juan conmocionó Roma. Su funeral constituyó una gigantesca demostración de duelo. «El pesar, al menos exteriormente, fue unánime». Incluso Savonarola y Julián della Rovere enviaron sentidos pésames al Papa. Dio la casualidad de que el «breve» con su excomunión había llegado a manos de Savonarola el mismo día que se supo del asesinato de Juan Borgia. El fraile redactó un mensaje de condolencia en el que había algunas gotas de crítica. «¿Qué ser puede desafiar a Dios y permanecer a salvo? Que Vuestra Santidad halle consuelo en el Señor».

Alejandro quedó profundamente consternado. Presa de un inmenso dolor, se encerró en su habitación y lloró amargamente. Desde el miércoles por la noche hasta el sábado por la mañana permaneció sin comer ni beber, y desde el jueves hasta el domingo no durmió nada, dice el diario de Burchard. Según Ferrara, sin embargo, «después del desahogo natural que los nervios imponen, especialmente a los temperamentos sensibles, recobró su comedimiento. El día 19 entró en el consistorio, en donde los cardenales, los embajadores y otros altos funcionarios le expresaron sentidas condolencias».

¿QUIÉN ASESINÓ AL DUQUE?

El asesinato del hijo, que algunos consideran predilecto, del Papa quedó en la memoria de los romanos como una apasionante historia de intriga, que cada historiador resolverá después a su gusto. La pregunta sin respuesta flotará en el tiempo para siempre. ¿Quién ordenó asesinar a Juan Borgia? Los contemporáneos no pensaron en César inmediatamente, ni dieron luego en los años sucesivos, cuando toda infamia se atribuía a los Borgia, un solo dato, un hecho, o un mero indicio que pudiera autorizar la hipótesis de su culpabilidad. Las acusaciones concretas se produjeron a mediados del siglo XVI, aunque igualmente sin una sola prueba. Atribuírselo a César, celoso y envidioso de su hermano, resulta cuando menos arriesgado, pese a lo cual se ha mantenido durante siglos. Lo lógico es que fuera una venganza política de los enemigos del Papa o, en menor medida, encargo de un marido, padre o rival despechado por alguna de las numerosas aventura amorosas del joven.

Hay que recordar además que el Papa le había concedido el ducado de Benevento y las señorías de Terracina y Pontecorvo, feudos anteriormente dependientes directamente de la Santa Sede, que ahora venían a constituir una señoría ligada por vínculos familiares al pontífice. Aunque cesiones parecidas habían ocurrido anteriormente, el hecho provocó reacciones violentísimas y acentuó la oposición de la facción enemiga de los Borgia en el colegio cardenalicio. El asesinato de Juan pudo ser producto de una venganza política o personal, o un intento de frenar la ascensión de los Borgia. Pero ¿atreverse con el jefe militar, desafiar a la familia más poderosa, no era demasiado? ¿Existió el enmascarado? ¿Fue una trampa en la que habría caído a ciegas el joven amante quien, con el engaño de una aventura nocturna, habría seguido a su burlador para caer en manos de poderosos adversarios, organizados para llevar a cabo el crimen, decididos a golpear al Papa en el cuerpo de su hijo?

Se sospechó que Miquelet de Prats, alcahuete de Juan de Gandía, era el enmascarado, y fue esta sospecha la que en un principio orientó las investigaciones hacia la casa de un noble ferrarés, Antonio María de la Mirándola, en cuya hija habría puesto su mirada apasionada el duque. Además, el palacio de De la Miróndola estaba muy cerca del lugar donde había sido arrojado el cuerpo de Gandía, y también próximo al sitio en que se había hallado su montura. El conde De la Miróndola fue detenido. ¿El hombre de la máscara condujo al duque a aquella casa? ¿Habría que admitir que Gandía había muerto víctima de la venganza de un marido, de un rival o de un padre? El noble fue puesto en libertad por falta de pruebas y de la hipótesis no volvió a hablarse.

Lógicamente, entre los sospechosos puede sugerirse el nombre de los Sforza, indignados por la anulación matrimonial, pero también hay que pensar en los Orsini, encarnizados enemigos de la familia papal: pero hacía sólo unos meses que Borgias y Orsinis habían firmado la paz —aunque el acuerdo era frágil, por supuesto—. Fueron éstos, refugiados en Venecia, junto a Sforzino, los que sembraron el bulo de la autoría de César. «¿Por qué iba a querer César matar a su hermano? [...] Es una tesis que no nos convence a nosotros ni a otros historiadores como Pastor, no precisamente benévolos con los Borgia», dice Gervaso. A posteriori, algunos estudiosos han creído encontrar la prueba definitiva de la culpabilidad de César en la interrupción de las investigaciones sobre el crimen: fue el propio Papa quien ordenó cerrar el caso. Pero Alejandro pudo tomar esta decisión por mil razones coyunturales que hoy se nos escapan.

La hipótesis de César asesino de su hermano es una iniquidad completa. Catorce meses después del asesinato, César cambiaría la púrpura por las ropas militares para reanudar la carrera truncada de Juan, pero no heredaría el cargo de capitán general vaticano hasta 1499. En cuanto al ducado de Benevento, a los feudos y bienes de su hermano, no pasaron a él, sino a los hijos del difunto. Él se limitó a administrar su patrimonio romano. María Enríquez mantuvo siempre buenas relaciones con su cuñado. Gervaso enumera todos estos argumentos, echando por tierra falacias mil veces repetidas según las cuales la viuda había culpado al cuñado y al propio Papa de la muerte de Juan. Pero la bola de nieve calumniadora se había desprendido de la Historia y su volumen aumentaría constantemente en su prolongada caída hasta la actualidad.

Ferrara insiste: «Entre las muchas cábalas de aquellos días, los rumores y las maledicencias, de César nadie habla. Éste, después de algunos días de dolor, todo vestido de negro él y su séquito, marchó a Nápoles con todos los honores y las facultades de un legado, a coronar al nuevo rey de Aragón, siendo recibido con respeto y gran cordialidad». Hay historiadores que registran como revelador un gesto de frialdad del Papa al recibir, días después, al triunfal legado de vuelta. Alejandro VI le habría abrazado, pero no habría consentido en dirigirle la palabra. De nuevo, todo parecen imaginaciones.

César no sucedió al hermano, porque el ducado de Gandía y sus otros bienes, en Roma y en España, los heredó, como era natural y legal, el hijo, que se llamaba Juan también, el tercer duque de Gandía, que casó con una sobrina del rey don Fernando y fue padre de San Francisco de Borja, el popular santo que

remataría con el honor de los altares el controverti-
do historial de este apellido. César fue solamente
el depositario y, luego, el administrador de la herencia de Roma, herencia liquidada más tarde con el representante de la viuda doña María Enríquez. César
siguió recibiendo los favores del Papa, pero nunca se
pensó en darle el ducado de Benevento ni los bienes
y feudos que Gandía tenía en Nápoles; fue capitán
general de la Iglesia sólo dos años después de la muerte de su hermano Juan, y toda su fortuna radicó en la
protección que le dispensó el rey de Francia; el duque de Gandía nunca hubiera podido gozar tal favor,
porque era vasallo del monarca español.

Sólo después de la muerte de Alejandro VI empieza a cobrar fuerza la acusación de fratricidio. Pero los indicios que se ofrecen son tan evidentemente
falsos que avalan la tesis de la inocencia de César.
Della Pigna dice que el 19 de junio de 1504, la viuda de Juan Borgia, duque de Gandía, hizo detener
en España a César, para vengarse del asesinato del
marido. Nada más falso.

Al parecer, en los primeros días de julio, la madre del difunto duque sostuvo una entrevista prolongada con Alejandro en el Vaticano, sobre la cual
han hecho cábalas observadores e historiadores. Ni
entonces ni más tarde se filtraría nada de lo sucedido en el encuentro, pero la visita de Vannozza dará
pie a elucubrar que la madre transmite al padre sus
sospechas sobre el hijo César. Se trata de una suposición gratuita que podría contrarrestarse con otras cien
tan gratuitas y posibles como ésa. ¿Qué le dijo Vannozza Cattanei al Papa? Lo cierto es que, el día 5,

el Papa ordena que se interrumpan las investigaciones y que cesen los interrogatorios sobre el asesinato de su hijo. El caso queda oficialmente cerrado.

¿Quién mató al segundo duque de Gandía? La única respuesta que, en conciencia, puede darse es que no lo sabemos. En efecto, si no se pudo averiguar en el momento del delito, ¿cómo podría resolverse quinientos años después? Entonces, la Justicia no conoció al delincuente, no pudo hacer más que presentar hipótesis contradictorias, y el gran público sólo se hizo eco de los rumores más inverosímiles. No existe el menor indicio de que César Borgia interviniera en el crimen, por más que el historiador Guicciardini se lo atribuya sin aportar prueba alguna.

En todo caso, estaríamos ante un «crimen perfecto» sepultado durante cinco siglos. Objetivamente, este crimen fue el golpe más duro al poder de los Borgia hasta la muerte del propio Alejandro. Pero el hábil Papa le haría frente con sangre fría y calma. Y, en poco tiempo, se resolvieron sus consecuencias políticas. De las anímicas y sentimentales, sabemos poco. El Papa se rehízo, como el común de los mortales ante este tipo de adversidades, al menos aparentemente. Al fin y al cabo, tenía otros hijos en los que encontrar consuelo y satisfacciones.

PROPÓSITO PÚBLICO DE ENMIENDA

La pérdida de Juan Borgia, de forma tan terrible, fue un golpe devastador para Alejandro VI, que le llevó a reflexionar sobre su vida. El Papa veía quizás en esta muerte un castigo de Dios por los excesos mundanos que había permitido en el gobierno de la Iglesia, o intuía incluso que algún enemigo le pasaba factura por viejas querellas en la persona amadísima de su hijo. En el consistorio, rodeado de purpurados, embajadores y funcionarios de la corte vaticana, el Papa reconoció que se ignoraba quiénes habían sido los autores o inspiradores del crimen. Y se apresuró a rechazar las sospechas que habían caído de inmediato sobre los Sforza, tanto Giovanni como su hermano Galeazzo y el cardenal Ascanio.

Ante los cardenales, Alejandro entonó un impresionante *mea culpa* público: «Un dolor mayor no podíamos tener, pues lo amábamos sumamente y no estimamos más ni el papado ni ninguna otra cosa; antes bien, si tuviéramos siete papados, los habríamos dado todos para recuperar la vida del duque. Lo cual Dios ha hecho [sic] por algún pecado nuestro y no porque él mereciese una muerte tan atroz. Por ello, hemos resuelto que a partir de ahora no pensaremos más que en nuestra propia enmienda y en la de la Iglesia».

Sin esperar un minuto, el Papa anuncia una reforma de la Iglesia, que incluye al propio Pontífice. «Pensó incluso, según parece, en abdicar de sus funciones y retirarse a la soledad de un monasterio: Fernando el Católico, a quien adelantó dicha resolución en una carta, le aconsejó — con mucha sensatez— que aplazase su ejecución», dice Robichon.

Pero los problemas agobian y la reforma naufragará sin concretarse. Es injusto reprochar al papa Borgia no haber llevado adelante su proyecto. Otros

236

papas vendrán después, fundamentalmente su enemigo Julio II y el despreocupado León X, que en mejores condiciones tampoco harán frente al desafío y empeorarán la situación, hasta provocar la reacción de Lutero.

De la reforma «*non nata*» quedó una bula, en cuyo exordio el Papa escribió, según cita Gervaso: «Las antiguas instituciones saludables, con las que concilios y papas habían puesto freno a la lujuria y avaricia, han sido quebrantadas, verificándose una licencia que no se puede tolerar, pues la naturaleza de los mortales es proclive al mal, y no siempre el apetito inferior obedece a la razón, sino que, según el dicho del apóstol, mantiene prisionera a la mente bajo la ley del pecado. Ya cuando éramos sólo cardenal trabajamos en este sentido bajo Pío II, Pablo II, Sixto IV e Inocencio VIII; más aún, desde el principio de nuestro pontificado quisimos anteponer este pensamiento a todos los demás, pero por la situación extremadamente difícil en que vinimos a encontrarnos por la llegada de Carlos, rey de Francia, nos vimos obligados a diferir el asunto hasta este momento. Iniciamos, pues, la reforma de nuestra curia romana, la cual debe constar de personas que pertenezcan a todas las naciones cristianas y dar a los demás ejemplo de vida virtuosa».

UNA REFORMA PARA LA IGLESIA

Alejandro VI nombró una comisión de seis cardenales para redactar los cambios y anunció que él mismo se sometería antes que nadie a la renovación institucional.

La decisión del Papa no fue tan súbita como podría parecer, porque desde hacía tiempo no se hablaba de otra cosa en el Vaticano que de la necesidad de reformar la Iglesia. Regida por una monarquía absoluta, representada por la persona del Papa, la institución parecía exclusivamente interesada en el mantenimiento y ampliación de su patrimonio temporal, y su jerarquía —obsesionada por bienes terrenales, rentas y dignidades principescas— vivía para los placeres y los lujos. El Papa, con sus pasiones mundanas, era el primero en no dar ejemplo.

Alejandro tenía muy claro qué necesitaba la Iglesia, porque conocía la miseria que se escondía entre los pliegues de la institución. Durante el tiempo que había sido cardenal, había intentado una reforma parcial en España, con el concilio que reunió en Segovia y continuó luego en Madrid. En el cónclave que eligió a Pablo II, juró con los demás cardenales la declaración previa, que les obligaba, en caso de ser elegidos, a reformar la Iglesia tres meses después de la elección. Todo quedó en pura retórica, repetida después en cónclaves sucesivos hasta el que le eligió a él, en el que también se había comprometido solemnemente a convocar un concilio general para la reforma y moralización de todo lo concerniente a la Iglesia.

La muerte de Juan Borgia puso este deseo teórico en primer plano. Puede pensarse que ello se debía a que Alejandro atribuyó el asesinato de su hijo, en última instancia, a las rivalidades internas y a la lucha por el poder en el seno de la curia. Si su muerte hubiera tenido su origen en el «exterior», Alejandro habría planteado mejoras policiales o judiciales o de cualquier otro tipo. La reforma interna de la Iglesia apuntaba al lugar en el que podía haberse forjado el crimen, o quizás era expresión de los remordimientos del Pontífice, convencido de que Dios le había castigado con esta dolorosísima pérdida.

De la sinceridad del Papa da testimonio la composición de la comisión para la reforma, integrada por los cardenales más distinguidos del Sacro Colegio: Oliviero Carafa, Jorge Costa, Antoniotto Pallavicini, Juan San Giorgio, Francisco Piccolomini y Rafael Riario. El Papa incluyó en esta Comisión a sus propios secretarios, los obispos de Cosenza y de Capaccio, con la idea de colaborar él mismo en los trabajos. Y a finales de noviembre, para activar la labor de la comisión, autorizó a todos los cardenales a participar en las reuniones.

Lamentablemente, la comisión quedaría en un intento fallido, aunque fue el más completo y acertado de los muchos que naufragaron antes de que Lutero, formado en el caldo de cultivo alemán profundamente crítico con el Vaticano, hiciera la situación insostenible. Y fue necesaria una agitación interna en el catolicismo, durante más de medio siglo, para que se produjera un Concilio de Trento y una Contrarreforma.

Contrariamente a cuanto han asegurado muchos historiadores, los preparativos de la reforma fueron prolongados e intensos. Peter de Roo ha encontrado múltiples copias de los datos y proposiciones que se recogieron en dos volúmenes, conservados en el Vaticano, uno de 346 páginas y otro de 132. Al parecer, a medida que se avanzaba en el estudio, se ampliaban los fines de la reforma y, al final, se consideró necesario celebrar un concilio, porque la materia superaba las facultades papales.

El cardenal Carafa, uno de los más activos colaboradores de Alejandro, propuso cuatro bulas papales, una por cada materia principal susceptible de reforma; pero, finalmente, se descartó toda idea de reforma por decreto papal para acudir al desafío, más ambicioso y completo, de un concilio ecuménico. El concilio no llegó a convocarse: más adelante se examinarán los problemas que se fueron acumulando ante el papa Borgia y que no le permitieron abordar el asunto desde una perspectiva favorable. Julio II, al convocar en 1511 el Concilio de Letrán, con más modestos propósitos, escribió: «El Concilio ha sido largamente aplazado desde los tiempos del papa Alejandro, por las calamidades que han afligido a Italia y que todavía la afligen».

El Papa se enfrentaba a contratiempos políticos de no menor dimensión que los que afectaban a los reyes, y a ellos debía sumar la complejidad organizativa y teológica de dirigir la Iglesia y la Cristiandad. Las invasiones, como la de Carlos VIII, primero, y su sucesor Luis XII, después, las incursiones turcas y los pactos secretos con el Sultán, las traiciones de barones y administradores de los territorios de la Iglesia, el imperialismo veneciano, todo ello mantenía al jefe de la Iglesia más pendiente de la estabilidad de su reino temporal que de la reforma de su reinado espiritual. Los problemas morales y religiosos quedaban siempre en segundo plano.

Los nobles propósitos de Alejandro VI figuran en el prefacio de los documentos que se prepararon. Ferrara lo publica íntegramente para que se conozcan las ideas del Pontífice en ese año de 1497. Partiendo de que «la naturaleza de los mortales se inclina al mal y sus apetitos no siempre se ajustan a la razón» —sentencia sabia, sincera y práctica—, se especifica que no deben venderse las indulgencias, se prohíben las exacciones ilegales de los funcionarios del Tesoro y la venta de las tierras o ciudades del patrimonio de la Iglesia. Se determina que el número de cardenales no debe exceder de veinticuatro, y que deben llevar una vida pura y santa; sus banquetes deben empezar con un plato de pasta, una carne hervida y un asado, y terminar con frutas, y durante los mismos hay que leer versos de las Sagradas Escrituras y no permitir músicas ni cantos seculares ni actuaciones. Los cardenales deben residir en Roma y hacerse acompañar cuando visitan la ciudad por un máximo de veinte hombres a caballo; los miembros del Colegio Cardenalicio deben escogerse entre los teólogos y pertenecer proporcionalmente a todos los países. Sólo un pequeño número puede reclutarse entre familias nobles. Los miembros oficiales de los séquitos cardenalicios no deben tener concubinas, sobre todo aquellos que gozan de beneficios, so pena de perderlos.

Además, los cardenales y los obispos deben reformar sus iglesias respectivas. Los obispos deben convocar todos los años un sínodo de su diócesis, y los arzobispos un concilio provincial cada tres años. Los conventos deben ser purificados. Todo obispo, abad o simple sacerdote deberá vivir en su residencia oficial, salvo permiso papal. Toda simonía será castigada con la excomunión. Los obispos deben ser doctores en Derecho canónico. Más cultura para el clero, alto y bajo. Todo nombramiento de clérigo debe ser precedido de un examen moral del candidato. Los «beneficios» no pueden ser excesivos. El Tesoro papal debe ocuparse de mantener a los curas pobres. También se establecían muchos otros preceptos del mismo tono, además de los concernientes a abusos específicos propios de las diócesis alemana e inglesa.

Se determina, por fin, que el Papa debe convocar un Concilio tan pronto sea posible, y debe dictar una Constitución para prevenir los abusos de los cónclaves. En cuanto al mismo Papa, no debe circular por Roma acompañado de hombres armados, aparte de su escolta, y debe llevar siempre la capa roja; en su palacio deben habitar solamente clérigos, y no puede transferir su Corte y residencia fuera de Roma sin la autorización del consistorio.

Las medidas estudiadas por esta comisión cardenalicia, bajo la dirección de Alejandro VI, y los proyectos acordados, ofrecen una impresionante analogía —en algunos casos, identidad total— con los que se presentaron y se aprobaron en el Concilio de Trento. No es casual que el impulso reformador de Alejandro VI se reanudara con Alejandro Farnesio, el cardenal «de la *gonnella*» (de la faldita), según la sátira romana, el hermano de Julia la Bella, el protegido discípulo del papa Borgia, al que Farnesio siempre veneró y a cuya memoria dedicaba una misa anual.

LA SÍFILIS DEL CARDENAL

El 22 de julio, tras el drama de la muerte de Juan, César acude a Nápoles para la coronación de Federico. La dinastía aragonesa atraviesa un mal momento. César tiene tiempo para un romance con la hija del conde de Alife, María Díaz Garlón, según Gervaso, que valora así la visita: «Los resultados del viaje no podían ser mejores. La subordinación del Reino de Nápoles a la Iglesia había quedado asegurada [...]. César había conseguido también la investidura de Benevento, feudo oficial de la Iglesia, para su sobrino Juan II, primogénito del recién fallecido duque de Gandía [...]. De vuelta a Roma, a principios de septiembre, se percató de que había contraído ese "mal francés" que se estaba difundiendo a la sazón por todo el continente, a través sobre todo de los ejércitos, de forma epidémica. Ningún médico conseguirá curarlo, y durante el resto de su vida llevará sus repugnantes estigmas en el rostro y las manos». A partir de ese momento, cuando César se muestre en público, se le distinguirá por la máscara con la que habitualmente cubre su rostro.

César aún es cardenal de la Iglesia, pero ya sabe que no lo será por mucho tiempo: su deber será cubrir el puesto vacante de su hermano. Alejandro es, como siempre, el estratega de ésta y todas las actuaciones de la familia: César se decantará como ejecutor inmejorable. «La política borgiana, para bien o para mal, fue siempre obra del Pontífice. César, su principal beneficiario, se limitó a secundarla. Fue el Papa quien le hizo renunciar a la púrpura [...]. Si el inepto duque de Gandía no hubiera muerto, difícilmente habría repudiado César la birreta, que en la mente de Alejandro tal vez habría de haberse convertido un día en tiara. Pero [ante] el prematuro final de Juan [...], al tener que escoger entre un pontificado incierto y un ducado cierto, padre e hijo escogieron lo segundo», añade Gervaso.

Otra vez soltera

No se había visto a Lucrecia en los funerales de su hermano Juan, ni tampoco había acudido a consolar al padre. El propio César se había abstenido de acompañar a Vannozza en los funerales de su hermano en Santa Maria del Popolo. Es una de esas ocasiones públicas en las que la familia Borgia no parece tan «familia» como se supone. Se desconocen las razones de estas ausencias. Si eran del dominio público sus circunstancias familiares, ¿a qué viene esta permanente y férrea discreción pública?

Una de las interpretaciones apunta a los deseos del propio Pontífice de mantener alejada a la familia del Vaticano, ahora que ha decidido enmendar su conducta y la vida de la Iglesia. Lo cierto es que Alejandro había pensado ya, antes del asesinato de Juan, alejar a Lucrecia de Italia, enviándola a España. Estaba previsto que el desgraciado hermano muerto la escoltara hasta la Península. La terrible muerte de Juan cambia todos los planes del Pontífice. Lucrecia permanecerá en Roma, de momento, en el convento de San Sixto, desde donde sigue en contacto con el padre.

Aquel otoño explotó el polvorín del castillo de Sant'Angelo, desintegrando la estatua alada que lo coronaba y esparciendo sus fragmentos por los alrededores. Tal suceso daría mucho que hablar en lo tocante a predicciones supersticiosas.

En todo caso, los malos augurios no se cumplieron. Ludovico el Moro se desentendió de su primo, el deficiente marido Juan Sforza, y el 19 de noviembre de 1497, ocho meses después de su huida del Vaticano, éste se resignó a capitular: la carta que Ascanio Sforza leyó a la comisión especial presidida por el cardenal de Alejandría reconocía públicamente lo que el yerno de Alejandro VI se había negado a aceptar hasta entonces. Es decir, admitía que el matrimonio con Lucrecia no había llegado a consumarse en los cuatro años en los que había compartido el lecho conyugal con la hija del Papa. Como gesto de buena voluntad, Alejandro dispensaba al conde de Pesaro de restituir la dote de su hija, aunque algunos historiadores afirman que «Sforzino» devolvió la suma recibida.

Ludovico el Moro había pedido reiteradamente a su sobrino que si la acusación le parecía falsa, probara públicamente su virilidad copulando delante de una comisión de expertos y prelados. El asunto no era infrecuente en aquellos tiempos de alianzas dinásticas, pero Sforzino se negó. Aducía que bastaba como prueba de su virilidad el que su primera mujer, Magdalena Gonzaga, hubiera muerto de parto, pero eso, obviamente, no probaba que el hijo fuera suyo.

En los archivos milaneses se conserva una larga correspondencia entre el cardenal Ascanio Sforza, Ludovico el Moro y Stefano Taverna, orador de El Moro en Roma. De esta correspondencia se deduce claramente la impotencia de Juan Sforza, que, invitado a reunirse en Nepi con Lucrecia, a fin de consumar el matrimonio, se negó.

Con la habilidad que le caracteriza, Alejandro VI no decide *motu proprio* la disolución del matrimonio de Lucrecia, sino que, en un esfuerzo por mantener las formas jurídicas, encarga de ello a una comisión. Los cardenales Antoniotto Pallavicini y Juan San Giorgio examinan el caso y dan su opinión canónica. El 19 de diciembre, la comisión decide que hay razones para disolver el vínculo. Lucrecia es otra vez soltera.

Tres días después, Lucrecia sale del convento de San Sixto para comparecer ante los cardenales Pallavicini, San Giorgio, y micer Fellino Sandeo, auditor de la Rota, que proceden a la lectura del acta de disolución de su unión con el señor de Pesaro, proclamada en ese mismo lugar el 12 de junio de 1493. Los jueces apostólicos declararon que era «*virgo incorrupta*», hecho que le permitía volver a contraer matrimonio. La declaración de su esposo, reconociendo impotencia sexual, la eximió de la vergüenza de tener que someterse a un examen médico ante los teólogos.

DIFAMA, QUE ALGO QUEDA

Juan Sforza se había visto obligado a admitir públicamente sus limitaciones viriles, pero no estaba dispuesto a convertirse en objeto de la burla popular sin responder a la afrenta sufrida. Su contraataque tuvo un tremendo impacto que ha llegado hasta nuestros días. «Sforzino» se valió de calumniadores profesionales para lanzar la especie de que el Papa y César mantenían relaciones sexuales con Lucrecia, y que ésta distaba mucho de ser virgen cuando se presentó en el tálamo nupcial.

La reacción, viniendo de un personaje no especialmente reconocido por su talla moral, resulta perfectamente previsible. Lo es menos el interés con que Roma entera acogió el rumor, que cimentó —un poco más— la leyenda oscura de los Borgia. «Fuera o no verdadero, y todo parece indicar que fue falso, el hecho es que excitó la fantasía y dio pábulo a las más picantes maledicencias. Los numerosos enemigos de los Borgia —entre ellos Sannazzaro, Pontano, Matarazzo o Guicciardini— se hicieron eco de ella y la recogieron en sus crónicas y libelos», escribe Gervaso. «Con rumores no se hace la historia, sólo chismografía de baja estofa», sentencia en esta ocasión, aunque en otros episodios de su libro se le olvide aplicar tan sana máxima.

F. Matarazzo, fuente de tantos historiadores, escribe en su *Crónica de la ciudad de Perugia* que Lucrecia es, en aquel momento, a los 17 años, «la mujer pública más frecuentada de Roma», una afirmación insostenible de todo punto. Una frase del marido ofendido hace surgir la teoría del incesto a la que todos se apuntan encantados. La saga borgiana entra en el territorio de la actual telenovela.

Lucrecia tenía 13 años cuando se casó con «Sforzino» y 17 cuando se disuelve su matrimonio. Nadie podía figurarse todavía que al año siguiente se casaría con Alfonso de Nápoles, hermano de Sancha e hijo natural también del difunto Alfonso II de Nápoles.

Disolución de la Liga Santa

A lo largo de 1497, la endeble coalición conocida como Liga Santa sufrió serios contratiempos. Los diversos integrantes de la alianza dejaron claras sus intenciones rapiñadoras y miraban codiciosos hacia la península itálica. El emperador Maximiliano aprovechó su paso por Italia para apropiarse la ciudad de Gorizia, que ocupó alegando algunos derechos que, sin embargo, eran posteriores a los de la República de Venecia. Los venecianos aspiraban, por otra parte, a ocupar definitivamente el litoral adriático del Reino de Nápoles. Un doble frente de batalla se abría entre el Imperio y Venecia y entre Venecia y Nápoles. Los reyes de España, por su parte, ya desde enero habían concertado una tregua con Francia, sin preocuparse de sus aliados, como había hecho Ludovico «el Moro». El Papa se disponía a hacer otro tanto con Carlos VIII cuando el monarca francés muere.

Alejandro VI multiplicaba sus esfuerzos para mantener la alianza que había salvado Italia del yugo francés. Intervino para cortar las ambiciones de Venecia en el Adriático, impidiendo al rey de Nápoles que cediera las posesiones en cuestión. Los venecianos aceptaron de mala gana esta intromisión.

El día de Navidad, Savonarola, a pesar de haber sido excomulgado, celebra tres misas y da la comunión a sus secuaces. Dando muestras de notable aguante, el Papa nombró una comisión de cardenales a fin de estudiar si debía mantenerse la excomunión que se había visto obligado a dictar, o debía revisarse. El cardenal Carafa, que había favorecido hasta entonces a Savonarola, participó en la misma. La comisión, unánimemente, dictaminó la no revocación de la excomunión.

MEJOR CAPITÁN QUE CARDENAL

Ante la complicada situación internacional, el Papa empezó a madurar la idea de devolver a su hijo César a la vida seglar, para colocarlo al frente del

Ejército Pontificio. Las primeras indicaciones de lo que tramaba se las dio al cardenal Ascanio Sforza y a los embajadores de Milán y Nápoles a finales de aquel año 1497. El 24 de diciembre, el Papa habló largamente del cardenal de Valencia y de sus deseos de abandonar la Iglesia, y sugirió que, en caso de producirse, todo debía suceder con el menor escándalo posible. Era público y notorio que César Borgia carecía de inclinación a la vida religiosa, por más que el padre le hubiera tentado con incontables prebendas. Ahora Alejandro VI se declaraba resignado a que su hijo cediera la púrpura. Ascanio Sforza, hábil político, sabía perfectamente que una sugerencia del Pontífice era, en realidad, una decisión ya tomada y sopesada, lo que la convertía en una orden. El vicecanciller apoyó al Pontífice en su decisión.

Lo que trasciende inevitablemente de estas conversaciones reservadas desata los rumores sobre el cambio que va a operarse en la carrera de César. A lo largo de la primavera del año siguiente el rumor es ya del dominio público. Según un cronista, en julio ya se vio a César por las calles de Roma con traje de montar, y en su palacio del Borgo convive abiertamente con una joven siciliana que se había traído de su legación en Nápoles. El Papa, tras sopesar pros y contras, decide finalmente que César deje la carrera eclesiástica y emprenda la militar para ocupar el puesto que había dejado su hermano Juan. La alianza con el heredero del trono francés, Luis XII, servirá de lanzamiento a la fulgurante carrera de César. Al mismo tiempo, el Papa consolidará los lazos con Nápoles mediante el segundo matrimonio de Lucrecia.

Dice Robichon: «Posiblemente, los Borgia jamás habían estado tan cerca de la cumbre de sus ambiciones, tan dueños de sí mismos, y tan libres de su destino como en el año 1498».

EL MISTERIO DEL «INFANTE ROMANO»

En marzo nace un niño, el célebre «infante romano» que las leyendas atribuirán alternativamente ora a Lucrecia —que lo habría engendrado durante su estancia en el convento de San Sixto, como resultado de amores ilícitos con Pedro Calderón, primer camarero del Papa, que apareció ahogado en el Tíber el mes anterior—, ora a los amores del Papa con Julia Farnesio, ora a los amores de Lucrecia con su hermano Juan o con su hermano César, o con ambos. En realidad, lo más probable es que fuera hijo natural de César, adoptado magnánimamente por el Papa y acogido bajo su protección.

Los cronistas se han despachado a gusto con este Giovanni Borgia (no confundir con el tercer duque de Gandía, hijo del asesinado, ni con su familiar el cardenal Juan Borgia). Ha pasado a la Historia bajo el nombre de Infans Romanus. Se presenta como un hijo disputado entre Alejandro VI y César Borgia. ¿César y su padre solamente? No. Es poca cosa. No hay que olvidar tampoco al asesinado Juan. ¿No se había atribuido el asesinato del mismo a su hermano César? ¿No se consideró como causa del crimen un doble amor incestuoso, la relación sexual de Lucrecia con los hermanos? En la versión más corriente, pues, Lucrecia sería la madre de este segundo Giovanni, aunque hay cronistas que apuestan por Julia Farnesio como la verdadera progenitora. La paternidad está en disputa entre el Papa y sus hijos, el difunto Juan y César. Avivados o apagados los colores de esta tragedia, según los gustos, esto es lo que se ha transmitido a lo largo de los siglos.

Pero examínense ahora los hechos históricos en relación a este Infans Romanus. (Se siguen aquí las propuestas de Ferrara). César vive en Roma y tiene un hijo con una mujer soltera. El niño es llevado ante el Papa, el cual, con su habitual sensibilidad —podríamos decir sensiblería—, le toma cariño. Posteriormente, cuando nazca Rodrigo, hijo de Lucrecia, reúne a ambos y a menudo los presenta públicamente con él: son sus «nietecitos».

Cuando el pequeño Giovanni sea nombrado duque de Nepi, en una bula de 10 de septiembre de 1501, se le asignarán los consabidos tutores: los cardenales Antoniotto Pallavicini, Juan San Giorgio, Hipólito de Este y Francisco Borgia. Esta decisión se toma por ser el niño «de natales ilegítimos, habiendo nacido del noble señor César Borgia, casado, y una mujer soltera». Hay otras bulas en el mismo sentido. En el Vaticano se han encontrado mandatos de pago en los cuales el Papa utiliza siempre la palabra «sobrino» para referirse a este Giovanni. Los tutores usan para este niño gobernador de Nepi el escudo de armas de César, y lo imprimen igualmente en las monedas de Camerino, localidad de la que el pequeño es también duque y señor.

Pero unos documentos encontrados por Gregorovius arrojan nuevas sombras sobre esta cuestión. Dos bulas contradictorias, inexplicables, redactadas el mismo día y con la misma fecha, nos dicen, una, que Giovanni Borgia es hijo de César, y con ello se le da la legitimidad, y otra, que es hijo del propio Pontífice que dicta las dos bulas, o sea, Alejandro VI. Una sola hipótesis —simple hipótesis, pero verosímil— parece factible, según Ferrara: en 1535, a propósito del ducado de Nepi, hubo un pleito en el que Giovanni defendía sus derechos. Un abogado con pocos escrúpulos y desconocedor de los documentos que había en el Vaticano quiso poder usar una u otra paternidad, según las necesidades del pleito, e hizo falsificar las dos bulas. Giovanni Borgia perdió la cuestión judicial, porque el Tribunal consideró que las dos bulas se anulaban recíprocamente.

Frente a la tesis de Ferrara, la de Gervaso: según los detractores borgianos, Lucrecia habría quedado embarazada de un tal Pedro Calderón, conocido como «Perotto», camarero de confianza del Pontífice. Los rumores sugirieron que Perotto había sido encarcelado por ello y luego arrojado al río, o bien que había sido ajusticiado por César delante del mismo Alejandro, a quien la sangre del asesinado llegó a salpicar. Este cúmulo de detalles novelescos, precisamente, lo hacen inverosímil. Tal vez tenga razón Ferrara cuando dice: «Hay una triple contradicción acerca del final de Perotto [...].

Los historiadores posteriores han aunado las tres versiones [...]. De este supuesto hijo de Lucrecia no se sabe nada más; desaparece del clan Borgia, clan que, no se olvide, siempre ayuda, protege y enaltece a todos sus miembros, especialmente a los bastardos».

Y Gervaso presenta su propia versión: «El "infante romano" nació con toda probabilidad del Papa y Julia, pero para evitar escándalos fue atribuido a César. La segunda bula estaba destinada a legitimar la investidura del "infante" como duque de Nepi en caso de contestación. Sólo habría sido mostrada en caso de que alguien hubiera impugnado los derechos del bastardo». Aunque añade curándose en salud: «Por supuesto, todo esto no son sino simples conjeturas».

Y FINAL DE SAVONAROLA

El 11 de febrero, con el beneplácito de la Señoría, Savonarola vuelve a subir al púlpito y se atreve a excomulgar al Papa: «Era algo inaudito, nunca nadie se había atrevido a tanto», dice Gervaso. El Papa presiona a Florencia. El 9 de marzo, en un breve, Alejandro muestra su disgusto: «El oficio pastoral no nos permite tolerar durante más tiempo las tretas de este dominico desobediente. Así pues, volvemos a ordenar perentoriamente o que se envíe a Roma a Savonarola o que se le encierre en un claustro de manera que no pueda predicar ni hablar con nadie, hasta que no recapacite y merezca nuestra absolución [...]. De Savonarola no exigimos otra cosa que el reconocimiento de nuestra suprema autoridad».

Mientras Alejandro VI sigue presionando a la Señoría de Florencia, Savonarola responde invitando a los reyes de España, Francia, Inglaterra, Hungría y Alemania a convocar un concilio y deponer al Papa.

La mañana del 27 de febrero de 1498, el Papa hizo llamar al embajador de Florencia, Domingo Bonsi, y le advirtió de que, si la Señoría no entregaba al excomulgado o en su defecto no le encerraba bajo una estrecha vigilancia, «como un miembro podrido, en un lugar oculto», el interdicto caería sobre la ciudad. Para Florencia, el interdicto significaba no sólo la prohibición de acceder a los sacramentos, al servicio divino y la imposibilidad de recibir sepultura en tierra consagrada, sino también un fuerte golpe a las relaciones comerciales con las demás ciudades y Estados, pues, en una palabra, la ciudad quedaba proscrita.

El vicario general del arzobispado de Florencia había puesto en guardia solemnemente a los fieles que iban a oír al rebelde, advirtiendo que la excomunión se extendería a los que le escucharan y, por tanto, contravinieran el breve del Papa. La amenaza hizo reflexionar a algunos florentinos y, sobre todo, la ciudad comenzaba a cansarse de la tiranía espiritual de su reformador iluminado. Tan pronto entrase en vigor el interdicto esgrimido por Roma, las clases altas y los mercaderes florentinos sabían bien que todas las profecías, las llamadas a la virtud y a la «santa embriaguez» de su fraile teócrata y «loco de Dios» dejarían de tener valor frente a los intereses comerciales.

Después del requerimiento del vicario general, el hermano Jerónimo volvió a ocupar, no obstante, la cátedra en el Duomo. Recorrió con la mirada a la asistencia allí congregada y comprobó que, aunque todavía numerosa, se había reducido notablemente. Ocho días después, los espacios libres habían aumentado. El 25 de marzo de 1498, el hermano Francisco de la Apulia, que predicaba en la iglesia de la Santa Cruz, juzgó que había llegado la hora de tomar la palabra a Savonarola: en nombre de los franciscanos, declaró estar dispuesto a entrar públicamente con él en una hoguera para probar quién tenía razón. ¿Aceptaría fray Jerónimo el desafío?

A las 8 de la mañana del sábado 7 de abril, víspera del Domingo de Ramos, la multitud bulliciosa se agolpaba alrededor de dos hogueras, altas, rociadas con aceite y resina, entre las que se había habilitado un espacio estrecho que permitía el paso de un hombre. A mediodía, nada se había hecho aún. Pero ya se sabía que Jerónimo Savonarola rechazaba someterse a la prueba, a este «juicio de Dios»: uno de sus más ardientes seguidores, fray Domingo Buonvicini da Piescia, se había ofrecido voluntariamente a ocupar su lugar.

Discutían además franciscanos y dominicos, rivales que se detestaban mutuamente, a propósito de si los «campeones de Dios» podían entrar entre las llamas con escapularios, medallas y crucifijos, o incluso llevando el Santo Sacramento. A las 6 de la tarde, el dilema estaba aún sin resolver. Comenzaba a declinar el día, y la multitud se mostraba cada vez más nerviosa y sarcástica. De repente, unos nubarrones oscurecieron el cielo, estalló la tormenta y una lluvia torrencial, que anegaba las calles y el escenario de la esperada actuación, terminó por obligar a la gente a dispersarse.

¡Qué decepción en la masa ávida del espectáculo! Pero, sobre todo, qué frustración: «¡Savonarola había prometido un milagro, y no había habido ningún milagro!». La noche siguiente a estos acontecimientos, la del 7 al 8 de abril, fue probablemente decisiva para el partido savonarolista y para su jefe. Mientras las bandas de «*arrabbiati*» prendían fuego a las puertas del convento de San Marcos, Francisco Valori, jefe de los «*piagnoni*», huía por los tejados para reunir a sus partidarios, no sin antes intentar poner a salvo a su familia; al llegar a su casa, se encontró con que la habían saqueado y habían matado a su mujer de un disparo de arcabuz. Al ser reconocido por sus enemigos, hubo quien quiso conducirle a la Señoría, para procesarlo y ordenar su ejecución; pero resultando que el año anterior había hecho decapitar a un «*arrabbiato*» acusado de conspiración, los parientes de la víctima se apoderaron de él y lo golpearon hasta la muerte.

Mientras tanto, la campana de la torre de San Marcos repicaba lúgubremente: en una carnicería fratricida, muertos y heridos se contaban por centenares en toda la ciudad. A las 11 de la noche, el gobierno publicó un bando advirtiendo de que todos los ciudadanos que fueran encontrados en el convento de Savonarola serían castigados como rebeldes y enviados al exilio. Un decreto de los Señores declaró proscrito al prior de San Marcos. Al rayar el alba, fray Jerónimo se rindió. El hombre que había pretendido reformar un Estado y un pueblo con el gobierno de Dios fue conducido hasta el Palazzo Vecchio, con la ropa hecha jirones, cubierto de escupitajos y bajo un torrente de insultos. De entre sus discípulos, sólo dos siguieron a su prior a la cárcel, en la torre de Alberghettino; todos los demás, renegaron de él o huyeron.

El 13 de abril, los florentinos se enteraron de la muerte de Carlos VIII, invocado por Jerónimo Savonarola como el nuevo Ciro, el salvador de la Cristiandad que llegaba dispuesto a derribar al Papa. Por una amarga ironía del destino, el «nuevo Ciro» había muerto a la misma hora en que los florentinos eran testigos en la plaza de la Señoría de la bufonada de la «Hoguera de Dios».

La Señoría florentina decide juzgar ella misma a Savonarola. Lo somete a interrogatorios despiadados y torturas atroces. El Gran Consejo se obstina en negar a la Santa Sede Apostólica la extradición del fraile excomulgado. Finalmente se llegó a un acuerdo: el proceso del «hijo de la iniquidad» se celebraría en Florencia, pero la Santa Sede enviaría a dos comisarios apostólicos que ocuparían el estrado al lado de los jueces.

Se habían nombrado diecisiete comisarios de Florencia para instruir el proceso, al que, después de cuarenta y dos días de instrucción, se unieron los plenipotenciarios pontificios. El primero de estos comisarios elegidos por el Papa, Joaquín Turriano, general de la Orden de Predicadores, era el superior de Savonarola y, según se decía, estaba a sueldo de Venecia. Acompañaba al representante oficial del Papa el español Francisco Romolino de Ilerda, que unos años antes había sido preceptor del joven César Borgia en la Universidad de Pisa.

Los frailes de San Marcos ya habían escrito al Papa para renegar de su prior.

El miércoles 23 de mayo de 1498, en la plaza central de la ciudad, Jerónimo Savonarola fue declarado hereje y cismático, y fue inmediatamente entregado al brazo secular. Ese mismo día, junto con sus dos compañeros, lo sacaron de la prisión y lo llevaron hasta el lugar donde se alzaba un alto patíbulo del que serían colgados. Al pie estaban apilados los haces de leña que alimentarían la hoguera en la que arderían los rebeldes a continuación. Hay que subrayar que Savonarola y sus dos seguidores son ejecutados por delito político, no religioso, y que la sentencia es civil, no vaticana.

El embajador milanés, Pablo Somenzi, no pudo pasar por alto la singular actitud del verdugo florentino, quien no quiso, según era costumbre, estrangular previamente al condenado, «y se limitó a sujetarle la cuerda al cuello dejándolo caer lentamente para que sufriera durante más tiempo». Por su parte, otro testigo, el boticario Lucas Landucci, describe la endeble silueta despojada de sus hábitos eclesiásticos y con el cráneo afeitado, dislocada y suspendida en el vacío. Como la muerte tardaba en producirse, el verdugo se apresuró a encender la hoguera, pero casi se rompe el cuello cayendo desde lo alto de la escalera y provocando un último escalofrío de pavor en la multitud, ayer entregada al fanático, hoy gozosa de su suplicio. Las cenizas fueron arrojadas al río Arno desde el Ponte Vecchio, para que la herejía no pudiera conservar reliquias.

El Papa no deseaba la muerte de fray Jerónimo, pero estaba obligado a mantener su autoridad. Había nombrado dos prelados para que examinasen el proceso desde el punto de vista religioso. Como se ha señalado, uno de los prelados era el antiguo superior de Savonarola, el mencionado Joaquín Turriano: no encontraron causa para sobreseer la condena, así lo comunicaron al Papa y éste, entonces, dio su *«nihil obstat»* a la ejecución.

Savonarola —a pesar de todos sus excesos— fue una señal de alarma que debía haberse atendido. Para Gervaso, «dieron plenamente en el clavo sus invectivas contra la mundanización del clero, y contra la corrupción y nepotismo de los papas. Si la Iglesia hubiera tomado buena nota, la reforma protestante no habría explotado, o lo habría hecho con menos virulencia».

VII

La irresistible ascensión de César

En medio de las tribulaciones del proceso a Savonarola, el 7 de abril de 1498 muere Carlos VIII de Francia; inmediatamente le sucede Luis XII. El nuevo monarca hereda de su antecesor el mismo apetito por el ducado de Milán y el Reino de Nápoles, lo que hace presagiar nuevas invasiones. Pero el papa Borgia probará esta vez otra fórmula para hacer frente a los franceses. En lugar de enfrentarse abiertamente al poder invasor, opta por el acuerdo diplomático. Una hábil fórmula que preservará los Estados Pontificios y beneficiará directamente a la familia Borgia y al todavía cardenal César. ¿Cómo se tejió esta hábil trama diplomática que permitió a los Borgia alcanzar la cumbre de su poder?

En verano de 1498, una misión diplomática de la corte de Francia cabalga hacia el Vaticano. El nuevo monarca francés necesita imperiosamente ayuda del Pontífice y eso otorga a Alejandro VI una importante ventaja. Luis XII, casado con Juana de Valois, reclama desesperadamente que su matrimonio sea anulado para unirse a Ana de Bretaña, viuda de Carlos VIII, único modo de conservar la Bretaña unida a la Corona de Francia.

El Papa accede sin dudar a la petición, pero a cambio solicita y obtiene del francés la adopción política de César como alto colaborador, junto a un matrimonio conveniente, la concesión de un importante ducado y otras regalías. Técnicamente, el joven Borgia era aún un príncipe de la Iglesia, pero el Papa ya había decidido cambiar su carrera eclesiástica por la político-militar.

Luis XII accede a convertir al hijo del Papa en un colaborador estrecho, y a concederle un ducado, rentas y una esposa. Los franceses se hicieron cargo incluso de la «factura» del suntuoso viaje de César a Francia, cuyo coste astronómico provocó después las protestas del rey. Todos estos beneficios tendrían un precio que el Pontífice estaba en condiciones de pagar. Al mismo tiempo que su querido hijo se presentaba en Francia, llegaban a la corte de Luis XII noticias de la concesión del capelo cardenalicio al poderoso George d'Amboise y la autorización canónica necesaria para poder contraer nuevas nupcias con Ana de Bretaña.

UN DIVORCIO MUY ESTUDIADO

La conducta de Alejandro VI en este asunto también ha sido criticada, imputándosele que pusiera al servicio de los intereses de su familia, no ya sólo su autoridad política, sino la eclesiástica. Pero el papa Borgia se sentía completamente legitimado para utilizar su poder temporal y eclesiástico en interés de la Iglesia y de su propia dinastía. ¿Podía negarle a Luis XII lo que pedía, basándose en los mismos argumentos que le habían servido a él mismo para deshacer el matrimonio de su hija? Por otra parte, todavía hoy la Iglesia católica da muestras de enorme comprensión hacia los problemas matrimoniales de los poderosos. Por descontado, ningún papa está ahora autorizado a favorecer a su familia, pero esto último no deja de ser una novedad de los tiempos actuales en una institución que, al haber perdido su poder terrenal, se ha purificado notablemente en relación con el pasado, donde cardenales y pontífices eran exponentes de dinastías poderosas.

El papa Borgia se sirvió de estas decisiones eclesiásticas, otorgadas según el ritual de la Iglesia, para mejorar la situación de César, pero no las dictó en su exclusivo interés. El nombramiento de George d'Amboise como cardenal de Ruán respondía a una necesidad política. Era ya obispo y, en aquel momento, era persona de la máxima confianza del rey. Este cardenal fue más tarde papable en los dos únicos cónclaves en los que participó, ya que murió durante el pontificado de Julio II.

Alejandro VI no tomó personalmente la decisión de disolver el matrimonio de Luis de Francia. Como era su costumbre, dejó el espinoso asunto en manos de una comisión especial. El Pontífice, en su bula, indicó que, sólo de ser ciertos los hechos de la demanda, estaría la comisión facultada para dictar la nulidad. El proceso canónico, impecable, se conserva íntegro en los archivos franceses.

Tras recibir la petición del rey, transmitida por una embajada extraordinaria, el Papa nombró, el 30 de julio de 1498, a los obispos de Albi y de Ceuta para que siguiesen los procedimientos necesarios y resolviesen el caso conjuntamente. Más tarde, temiendo que la comisión pudiera no tener toda la autoridad necesaria —por tratarse de un rey—, incorporó a las sesiones al cardenal Felipe de Luxemburgo.

El proceso se inició en Tours el 30 de agosto. El rey Luis XII, por medio del procurador Antonio Scanno, alegó que Luis XI le había obligado bajo pena de muerte, siendo duque de Orleans, a casarse con Juana de Valois; que no había habido dispensa eclesiástica, ni entonces ni después, para superar los impedimentos canónicos por la consanguinidad de los esposos y porque el padre de la esposa era padrino de bautismo del esposo, además de que Juana de Valois, por razones físicas, no podía cohabitar. En defensa de su tesis, Luis XII explica que intentó huir de casa para evitar la coacción, por lo que había sido encarcelado durante tres años. La reina compareció personalmente ante el Tribunal y se opuso con poca fuerza a la demanda. Los jueces, para decidir causa tan importante, tomaron como asesores a otro cardenal, a cinco obispos, a los presidentes de las comisiones de investigación del Parlamento de París y a numerosos doctores en Teología y Leyes.

El 18 de diciembre, la sentencia fue leída y promulgada con el resultado que el rey esperaba. La anulación del matrimonio fue acordada por unanimidad. Alejandro VI concedió con previsible rapidez la dispensa requerida por el rey para celebrar el nuevo matrimonio con la viuda de Carlos VIII. La dispensa era necesaria por existir una consanguinidad de quinto grado. El rey alegó para obtenerla razones de Estado, y motivos no le faltaban. En juego estaban extensas provincias que la nueva reina aportaba como dote.

El consentimiento del Vaticano aseguraba la unidad de Francia. Veinticinco años antes, y gracias a la intercesión del entonces vicecanciller Rodrigo Borgia, otra decisión de Sixto IV había consolidado la unidad española.

Los hechos son claros y confirman la buena disposición del Pontífice hacia las grandes potencias cristianas de su época: una constante en la historia vaticana. Aun así, las crónicas han escudriñado en este episodio intentando encontrar tres pies al gato. Se llegó a decir que César Borgia ordenó asesinar al obispo Fernando de Almeida por haber revelado el contenido de la bula papal antes de tiempo. La bula se envió a George d'Amboise directamente, y el obispo Almeida murió dos años después de esta fecha, cerca de la localidad italiana de Forlí. Mentiras y errores: la leyenda negra de los Borgia.

FRANCIA MANTIENE SU APETITO ITALIANO

El acuerdo con Luis XII de Francia va más allá de un intercambio de favores entre el Papa y el rey. Alejandro VI intenta preservar las buenas relaciones con la gran potencia ante la inminente invasión, que no tardó en producirse. De nuevo, el ejército francés se preparaba para cruzar los Alpes, pero, al menos esta vez, el Papa no se vería arrinconado por todos, humillado y perseguido, sino que mantendría un margen de poder, gracias a los lazos recién anudados con Luis XII.

La opinión generalizada de los historiadores es que Alejandro VI se colocó esta vez del lado de Francia y en defensa de los intereses del duque Valentino. Lo que parece evidente es que el Papa salió tan escaldado de la primera invasión francesa, en la que se quedó completamente solo mientras los cardenales, los príncipes y hasta el pueblo se echaba en brazos de los invasores, que en esta ocasión se parapetó detrás de un sólido acuerdo con los franceses, lavándose las manos respecto a lo que pudiera ocurrir en Italia. Rodrigo Borgia comprendió desde un principio que la muerte de Carlos VIII no ponía fin a los intereses de Francia en Italia. Al ser consagrado en Reims, Luis XII asumió, junto a los títulos franceses, los de rey de Nápoles y duque de Milán. El Papa entendió lo que se avecinaba e instruyó convenientemente a la embajada extraordinaria que envió a París para felicitar al nuevo soberano. Si el monarca insistía en la cuestión italiana, convenía hacerle comprender que sería más útil y honroso para él emprender una acción en contra del turco que alterar la paz de la vecina península.

Los embajadores, que en esta ocasión eran dos estrechos colaboradores del Papa, viajaban con un «guión» preciso. En el caso de los derechos dinásticos sobre Nápoles, debían repetir la tesis pontificia, ya utilizada con Carlos VIII: si el rey de Francia alegaba tener derechos más claros que la dinastía aragonesa, un tribunal de la Santa Sede examinaría la cuestión con absoluta imparcialidad. En cuanto al ducado de Milán, debían recordar al soberano que los Sforza llevaban gobernando Milán medio siglo y que los antepasados de Luis habían tenido la benevolencia de no atacarlos. ¿Qué sentido tenía hacerlo ahora, cuando los Estados cristianos vivían bajo la amenaza del turco? El Papa se comprometía a obtener de Ludovico el Moro pruebas de respeto y consideración hacia el rey de Francia. En la cuestión menor de Pisa, reclamada también por Venecia, el Papa aconsejaba su devolución a Florencia para mantener la paz en Italia, porque Pisa había sido fuente de continua discordia entre las repúblicas de Venecia y Florencia y el ducado de Milán.

Este proyecto de paz italiana, presentado por el Papa a la benevolencia del rey francés, causó cierto impacto en el soberano, que reflexionó sobre la viabilidad del mismo. Pero Luis XII tenía grandes ambiciones de conquista que no estaba dispuesto a sacrificar en aras de ningún acuerdo diplomático. Sus generales preparaban ya la estrategia para invadir el Milanesado, a la espera de la ocasión propicia.

SEGUNDO MATRIMONIO DE LUCRECIA

Entretanto, la familia Borgia se disponía a celebrar una nueva alianza política gracias a un nuevo matrimonio de Lucrecia. Es de suponer, por el número de pretendientes que tuvo, que un matrimonio con la hija del Papa resultaba sumamente rentable para el escogido. Uno de los aspirantes fue el duque de Gravina, de la familia Orsini, la gran enemiga. Hubo un intento bastante avanzado de concertar el matrimonio con el hijo del príncipe de Salerno, Roberto de Sanseverino. Pero Ludovico el Moro protestó contra dicha alianza familiar, alegando que era contraria a los intereses de los Sforza y que traería la ruina de Italia. El propio Sanseverino hizo fracasar el proyecto al rebelarse contra el rey Federico. Su ofensiva no tuvo éxito y todas sus propiedades fueron incautadas.

La «cotización» de Lucrecia en el mercado matrimonial estaba en alza. Visto el fiasco del príncipe de Salerno, Federico de Nápoles propuso como candidato al hijo natural de su difunto hermano, el rey Alfonso II, que también se llamaba Alfonso. La nueva propuesta fue aceptada inmediatamente, porque Alfonso de Aragón era un excelente partido. Era un joven sano y atractivo y poseía extensos feudos que comprendían no sólo los de Salerno, sino otros en la Apulia. Alfonso había sido discípulo del famoso Brandolino Lippo y llegó a Roma precedido por la fama de su belleza y apostura. Además, era bien conocido en casa de los Borgia, porque era hermano de Sancha, casada con Jofré. Tenía 17 años.

Robichon cree que el compromiso fue una iniciativa del Papa; según este historiador, en el curso de la primavera de 1498, llegó a Nápoles un enviado del Vaticano con un mensaje. Pero no parece haber especiales intereses políticos en esta unión,

habida cuenta de las ya buenas relaciones con Nápoles y de la unión Jofré y Sancha. Más bien, el matrimonio pudo forjarse a través de la amistad de
Sancha con Lucrecia y sus buenos oficios.

En todo caso, la decisión fue rauda. El matrimonio se celebró en julio. «El esposo tenía un año
menos que la esposa, que tenía 18, y al parecer era
una especie de Adonis: rubio, robusto, deportivo, de
buen carácter. Lucrecia quedó prendada a primera
vista. Lo amó como no había amado a Sforzino, y
como no amará a nadie más», dice Gervaso.

El rey de Nápoles concedió a su sobrino el ducado de Bisceglie, y Lucrecia aportó al matrimonio
una jugosa dote de 40.000 escudos. Aunque la boda
no tuviera un inmediato objetivo político, respondía a los deseos del Pontífice de emparentar ade-
cuadamente a sus hijos, de hacer feliz a Lucrecia y,
de paso, reforzar el flanco diplomático —siempre
frágil— con Nápoles.

La boda se ha contado así: «El 21 de julio de 1498,
los esposos intercambiaron las promesas de ritual bajo la espada desenvainada del capitán español Juan
Cervillón, mientras el obispo Juan Marrades pronunciaba las palabras sacramentales. En la ceremonia
se encontraban presentes, rodeando al Papa, además
de los hermanos de la desposada, la princesa de Esquilache, los cardenales Sforza y Juan Borgia y López, e
invitados destacados de las cortes vaticana y napolitana. Nos han llegado detalles precisos del atuendo
de la novia. Lucrecia lucía un vestido confeccionado
en Cambrai con amplias mangas abullonadas en satén carmesí, combinado con una camisa de seda

blanca, ceñida por una hilera ancha de perlas y piedras preciosas, que realzaba un terciopelo negro profusamente bordado y cuajado de pedrería; una preciosa toca, rematada por una corona de oro y esmalte, ponía de relieve la belleza de su larga melena rubia».

Las diversiones nupciales se prolongaron durante dos días. Pudo verse a César disfrazado de unicornio, a su hermano Jofré de león, y a otros invitados de zorro, de ciervo, de jirafa, de cisne. Estaba claro que los jóvenes se gustaban. Al día siguiente mismo se supo que el matrimonio se había consumado. Lucrecia estaba radiante. El Papa, satisfecho. Los recién casados se alojarían en el palacio de Santa Maria in Portico, «bajo el manto protector del Papa», de acuerdo con la regla tácita establecida por el patriarca de los Borgia.

En esta ocasión no encontramos insinuaciones malévolas a propósito de Lucrecia, porque ahora los Orsini y los Colonna no tienen malas relaciones con el Papa y porque, en Nápoles, los literatos al servicio de los aragoneses han dejado descansar su pluma, por tratarse del matrimonio de uno de sus amos. Esta ceremonia, tranquila, que no ha merecido acusaciones de escándalo, se completa con la misma comida familiar, el baile, la comedia y, por añadidura, la misma mascarada que amenizó la fiesta en la primera boda con el Sforzino, que tanto dio que hablar; el Papa se divierte mucho, con su habitual buen humor y su excesiva ternura para con los suyos. El único comentario que se hace con ocasión de esta boda es el de Cattaneo, que subraya: «La esposa parece estar muy interesada en el marido».

César el Valenciano, Valenza, Valentinois, Valentino

César Borgia ha sido calumniado aún más que Alejandro VI, a pesar —o quizás por ello— de que en su brevísima existencia como personaje histórico pocos hombres han tenido mayor éxito que él en la conquista de la admiración y el respeto, tanto de los grandes como de las multitudes. César entra en la escena mundial en 1498. En la etapa anterior ha sido relativamente discreto hombre de Iglesia. Los únicos documentos sobre su vida anterior se refieren a lazos de familia, a su derecho de herencia sobre la grandeza de España de su hermano Juan Borgia y a los beneficios eclesiásticos con que los papas, extraordinariamente pródigos, lo premiaron. Algunas palabras de elogio revelan en él a un buen estudiante.

César «el Valenciano», o «Valenza», se convertirá ahora en el francés «le Valentinois», aunque para los italianos será siempre «il Valentino».

Hasta 1498, el terrible César Borgia es un joven cardenal de apenas 23 años que piensa sólo en divertirse. Se ocupa de cacerías, cuida su jauría, se viste como un príncipe temporal y asiste poco a los actos religiosos. Es en esta fecha cuando surgen las fábulas sobre el asesinato de Pedro Calderón, llamado «Perotto». El nacimiento del «infante romano», en el caso de que fuera hijo natural suyo, pudo haber precipitado la decisión de Alejandro de cambiar el curso de su vida.

A César le había correspondido la carrera eclesiástica como segundón de familia noble. No se sabe

271

bien quién nació antes, si César o Juan, y si su categoría de segundón remitía a Pedro Luis, considerado el primogénito, o a Juan. En todo caso, la vida eclesiástica no se elegía por vocación. César tenía dos familiares cardenales y otro pariente, ya muerto, había sido papa —Calixto III—. En tales condiciones, la carrera eclesiástica era imperativa, indiscutible, porque abría la posibilidad de acercarse al poder, de obtener una posición de respeto y renombre, frente a la opción de una vida de hombre de armas de segundo orden. Además, era una decisión familiar y no personal. A la luz de las descripciones que algunos contemporáneos hacen de César Borgia, parece obvio que no tenía el temperamento adecuado para llegar lejos en la vida eclesiástica. Sus intereses y su capacidad le empujaban, más bien, a las empresas militares en las que obtendrá después enormes éxitos.

DIGNO HEREDERO DEL APELLIDO

Su vida pública empieza en 1498 y termina a finales de 1504. En tan sólo seis años, este condotiero refinado y despiadado, que domina cinco lenguas y vive rodeado de artistas e intelectuales, conquista un buen pedazo de Italia central, toma numerosas ciudades que le reciben como a un libertador, y se convierte en un caudillo militar temible y formidable. La Historia ha juzgado con extrema severidad a César Borgia, pese a que su comportamiento no fue peor que el de muchos monarcas de su época, como Luis XII, Fernando de Aragón o Enrique VII de Inglaterra. Reyes, príncipes, estadistas inmersos en un juego de poder siempre cambiante, ambiciosos caudillos que se consideraban por encima de los comunes mortales, llamados por el destino a gobernar a sus semejantes. Su obsesión permanente era la de ampliar sus dominios a cualquier precio. César Borgia aceptó la tarea histórica de colocar a la Italia central bajo su dominio, y el Papa le ayudó a conseguirlo con todas sus fuerzas y grandes sumas de dinero, en la convicción de que era la única forma de dormir tranquilo. Los barones que gobernaban los Estados Pontificios en calidad de vicarios —traidores y poco fiables— fueron barridos del mapa por los Borgia. Sólo la muerte inesperada de Alejandro VI truncaría brutalmente el destino de la familia.

Antes de la caída, César Borgia llega a convertirse en una de las personalidades más notables de Italia. Vasallo del rey de Francia, que le trata con familiar deferencia, sus súbditos en la Romaña conquistada le estiman por sus extraordinarias dotes de gobernante. Incluso un historiador hostil como Pastor reconoce que, en aquella región, el Valentino introdujo el orden y la seguridad. Tras la muerte de Alejandro VI, César logra intervenir en la elección del que habría de ser su brevísimo sucesor —tan sólo 27 días—, Pío III, y mantiene el apoyo de muchos cardenales, hasta el punto de ser el árbitro de la elección de Julio II, un descomunal error, porque este papa acabará traicionándole y será causa de su ruina.

Claro está que en este aprecio general por César, históricamente cierto, no pueden incluirse los escritos anónimos o las cartas privadas que recogían rumores malévolos, ni las informaciones interesadas de embajadores enemigos, ni las de los príncipes y sus cortesanos, humillados por el ejército del Valentino. Desde Pastor hasta hoy, los historiadores modernos se han visto obligados a restituir a César Borgia su perfil de condotiero renacentista, absolviéndole de las múltiples fechorías que le atribuyeron sus enemigos y que fueron dejando un sedimento pestilente en su biografía.

El Papa, tras la muerte de Juan y tras evaluar las escasas capacidades del joven Jofré, empezó a sopesar la posibilidad de poner en manos de César el mando de los ejércitos pontificios. Después de haber acariciado la idea de que su hijo le sucediera un día en el trono de Pedro —como él había sucedido al tío Calixto III—, Alejandro advirtió la falta de aptitudes del joven cardenal, que se entendía mal con sus colegas y no era especialmente devoto; es muy probable que entonces comprendiera que tan alta aspiración era irrealizable y, en consecuencia, creyera preferible prepararle un futuro mejor en la vida seglar. El ejército pontificio necesitaba de un capitán valiente y decidido en el que Alejandro pudiera confiar verdaderamente.

Quedaba pendiente, sin embargo, la cuestión formal de este acto excepcional: la inusual dimisión de un cardenal y su aceptación por el consistorio. En fin, un pecado más en la larga serie de episodios escandalosos protagonizados por los Borgia.

El acercamiento francés, el matrimonio de Lucrecia, la relativa tranquilidad, todo llevó a Alejandro VI a mediados de 1498 a pensar que había llegado el momento de dar el paso. El rey Federico de Nápoles, que había sucedido a su sobrino, necesitaba del apoyo papal, por las amenazas de los venecianos, que querían retenerle las ciudades litorales del mar Adriático y del Jónico, y por los constantes peligros procedentes de Francia. Venecia y Florencia pretenden al Papa como amigo. Ludovico el Moro parece sometido a sus órdenes.

En aquel entonces los lazos políticos más sólidos eran los que se establecían a través del matrimonio, así que el Papa empezó a examinar este lado del problema. Al tiempo que accedía a retirar el capelo de la cabeza de César, pensaba en casarlo con una mujer de alta alcurnia.

UN CONSISTORIO EN AGOSTO

En lo peor de la canícula romana, salieron del Vaticano secretarios pontificios portadores de un mensaje de convocatoria extraordinaria del Sacro Colegio. Sabedores de lo que se esperaba de ellos y reacios a abandonar el frescor de sus residencias estivales, pocos prelados acudieron y, aquellos que viajaron, lo hicieron de mala gana.

El consistorio se celebró el 17 de agosto de 1498. Poco más de la mitad de los cardenales estaban presentes, y el Papa no disimuló su disgusto. Vistiendo su hábito de purpurado, César se presentó ante el Colegio y declaró sin más preámbulo que jamás había tenido vocación sacerdotal y que había abrazado el sacerdocio contra su voluntad. Con humildad, reconoció que la dignidad que ostentaba gracias a la generosidad de Su Santidad, así como los cargos que le había confiado, y el respeto mismo que debía a su estado, resultaban poco compatibles con las «irregularidades de su vida presente». Su incapacidad para poner de acuerdo los impulsos de su naturaleza y el sagrado hábito exponían su alma a un peligro mortal... Por ello, y por sus deberes para con la Santa Madre Iglesia, suplicaba a los que le escuchaban que le devolvieran a su estado laico.

El Papa, que gozaba de un poder casi absoluto, mantuvo las formas y no asistió al consistorio. César suplicó a sus compañeros que pidiesen al Pontífice que le permitiera deshacerse de la púrpura para volver al mundo y poder contraer matrimonio. Todos los cardenales, por unanimidad, acordaron diferir esta dispensa a la voluntad del Papa, aceptando las razones de César para «volver al siglo y contraer matrimonio»; algunos dicen que la decisión se tomó en una segunda sesión del consistorio, el día 23.

Alejandro VI pensaba nada menos que en unir a su hijo con la realeza francesa. Pero tales designios chocaron violentamente con los intereses de Fernando el Católico, que no disimuló su disgusto por la dispensa papal a César. Don Fernando tenía ya sus miras sobre Nápoles y, además, todo acuerdo de la Santa Sede con Francia le era perjudicial. El Papa no renunció a su propósito, pero adoptó una posición moderada, intentando ganarse al soberano español, ofreciendo a personalidades españolas los beneficios eclesiásticos que César perdería tras su renuncia. Alejandro consiguió finalmente el plácet del rey de España, «traspasando a prelados ibéricos los beneficios de César», confirma Gervaso.

La verdad es que, atendiendo a las fechas de los documentos, el Papa y Luis XII habían pactado el futuro laico de César antes de que el consistorio lo refrendase. Cuando el joven Borgia exponía sus sentidas razones al consistorio, ya se sabía vasallo del rey de Francia, que se había comprometido a traerle a su lado, y le había concedido el condado de Valence y Diois en el Drone, territorios de la Iglesia, pero en disputa con el rey.

Para César Borgia, la renuncia al estado religioso era una absoluta liberación. «Nadie podrá saber», escribe Clemente Fusero, «cuáles fueron sus sentimientos cuando se despojó del hábito eclesiástico para iniciar su nueva vida, con los ojos puestos en el gran manto rojo que no volvería a llevar, y el corazón cargado de recuerdos de un pasado que se cerraba».

El mismo 17 de agosto, mientras se celebra el consistorio que abrirá la puerta a su regreso al estado seglar, un emisario del rey de Francia le trae la patente de investidura como duque de Valence y de su región circundante. «Il Valenza», «el Valenciano» pasa a ser el «Valentinois», aunque todavía en muchos lugares figure con su título eclesiástico en latín: *«Caesar cardinalis Valentinus»*.

En medio de tan importante cambio en su vida, César sufre una recaída en la sífilis que padece. A pesar de los desvelos de su médico, Gaspar Torella, la enfermedad, prácticamente incurable en la época, le atormentará periódicamente a lo largo de su vida. Aquel verano crucial hubo que retrasar el viaje a Francia y, posiblemente, en la corte de Luis XII se supo por qué.

ALIANZA CON FRANCIA

El emisario de Luis XII era portador, además, de un protocolo de acuerdo para Alejandro VI, redactado por los secretarios de monseñor D'Amboise; el documento constaba de nueve puntos y consagraba la alianza que pactarían el duque César y el rey de Francia, que se convertía en su señor, hasta el punto de asumir sus gastos y tren de vida. El «muy Cristiano» monarca garantizaba al hijo del Papa una fuerza «de cien lanzas» en tiempo de paz y de otras trescientas o cuatrocientas en caso de guerra en Italia, para apoyarlo en la conquista de la Romaña, en permanente revuelta contra la Santa Sede.

El documento estipulaba que, en el caso en el que el rey de Francia emprendiera alguna acción exitosa en tierras de Lombardía, el susodicho duque recibiría para él y para los suyos el condado de Asti. En el marco de la normalización de las relaciones entre Francia y la Santa Sede, los cardenales Julián della Rovere y Raimundo Peraud, obispo de Gurck, instalados ambos en la corte francesa, obtienen seguridades suplementarias para regresar al Sacro Colegio sin que se les tenga en cuenta su anterior actitud hostil para con Su Santidad. La verdad es que el papa Borgia había ya olvidado las traiciones de su enemigo Della Rovere.

El protocolo que presentó el barón de Villeneuve al papa Alejandro equivalía a un tratado de alianza en toda regla, sellando así el espectacular giro en las relaciones entre Francia y el Papado. Entre las dos partes, hasta entonces en estado de latente hostilidad, se sellaba, incluso por escrito, el apoyo de Roma a las empresas de conquista transalpina del soberano francés, retomando la frustrada quimera de su predecesor.

Entre Aviñón y Lyón se encontraban los condados de Valence y de Die, dos bonitas ciudades del Delfinado, cuyas tierras habían sido unidas para formar el Valentinois. Una cláusula adicional del convenio franco-vaticano prescribía que estos territorios serían elevados a categoría de ducado para destinarlos a monseñor César, quien, por una coincidencia sin duda acordada, recibiría el título de duque de Valentinois, «al objeto de que, como escribió el corresponsal del marqués de Mantua, no se perdiese ni se olvidase nada de su nombre primitivo». A esta casa ducal correspondían diez mil escudos de renta, regalo del rey de Francia.

Luis XII había conseguido anular su matrimonio con la piadosa pero contrahecha Juana de Valois —canonizada, por cierto, en 1950— y casarse con Ana de Bretaña. Además, resultaba especialmente interesante una alianza con el Papado que contrarrestase la que éste tenía con Nápoles. El rey había pedido la birreta cardenalicia para el arzobispo de Ruán, George d'Amboise, el favorito entre sus favoritos, y la bendición papal en la ofensiva que proyectaba sobre el ducado milanés. A cambio, además de los feudos de Valentinois y Diois —sobre los que la Iglesia alegaba antiguos derechos—, Luis ofrecía no tratar con Federico de Nápoles si no era a través de Su Santidad. Finalmente, ofrece a César seis naves para reunirse con él en Francia.

El 1 de octubre, César, acompañado por un séquito lujosísimo, abandonará Roma para dirigirse a Francia —los gastos, como se ha dicho, los costea Luis XII.

Como sucediera antaño, cuando Juan Borgia partió hacia España, los informadores de las cortes extranjeras podían relatar ese verano en sus despachos que en Roma ya no era posible encontrar una pieza de paño de oro, ni brocado, ni damasco, ni satén, ni seda, ni terciopelo, ni cuero, ni piedras preciosas, ni collares, ni sortijas que no hubieran sido requisadas, talladas, bordadas y escogidas para el duque de Valentinois y sus gentilhombres.

Tanta magnificencia requirió incluso aportaciones de la Santa Sede. Para cubrir los gastos extras, el Papa había impuesto un gravamen a los judíos de Roma; trescientos usureros vieron abrirse las cárceles pontificias a cambio de una contribución. El obispo de Calahorra, Pedro de Aranda, que se encontraba en Roma huyendo de los inquisidores españoles que le habían condenado a la hoguera, fue encerrado en el castillo de Sant'Angelo, y su fortuna —300.000 ducados— y sus bienes fueron expropiados. Al menos, salvó la vida.

El cortejo del duque de Valentinois llegó a Marsella el 12 de octubre; lo saludaron varias salvas de artillería, homenaje que, por lo general, se reservaba a un príncipe soberano. El rey de Francia había enviado seis galeras a Civitavecchia a buscar al caballero que en las actas oficiales figuraba como «el sobrino del Papa». (Resaltemos, una vez más, hechos como éste para mantener en suspenso la controvertida cuestión de si el papa Borgia tuvo hijos biológicos o sólo hijos adoptados, ahijados y sobrinos).

César apareció ante los franceses «muy hermoso de cuerpo, delgado y musculoso, de cabos finos y de miembros ágiles y flexibles», dicen los cronistas; iba vestido con un traje de damasco blanco, capa y toca de terciopelo negro, y venía escoltado por más de un centenar de gentilhombres, por su secretario Agapito Gherardi, por el médico Gaspar Torella y por su mayordomo Ramiro de Lorca. Los navíos franceses desembarcaron varias decenas de caballos del séquito, doce carros de arreos y de equipajes, y setenta mulas drapeadas con los colores del rey de Francia: rojo y amarillo.

Todos insisten en que César llevaba séquito y ajuar impresionantes. Incluso pidió prestados algunos caballos al marqués de Mantua y una banda de músicos al cardenal ferrarés Hipólito de Este. Su montura iba cubierta «de brocado de oro por fuera y por dentro de carmesí, con vasos de plata dentro de los orinales [sic] de plata». Lo acompañaba el barón de Villaneuve y una multitud de criados,

escuderos, pajes y palafreneros. En Aviñón le esperaba Julián della Rovere, «que lo colmó de para-
bienes y regalos», cuenta Gervaso.

El rey Luis XII pronto cumple su palabra y eleva el condado de Valence a ducado. Igualmente, toma a este *«neveu du Pape»* como condotiero de su
reino, le concede la Orden Real de San Miguel, le
declara francés y César Borgia se obliga a «obrar y
pensar» como si hubiese nacido en Francia.

El cardenal Della Rovere escribe al Papa, con
el que estaba ya en buenos términos, y le comunica que César se ha ganado el afecto de todos por sus
grandes cualidades.

«El rey de España se sentía entre la espada romana y la pared francesa: que un papa nacido en su
reino de Aragón se entendiera con su peor enemigo era realmente el colmo de los colmos. Debía hacer algo, mandó a Roma a dos embajadores» que
tuvieron con el Papa [una] entrevista borrascosa, según Gervaso.

Una Carlota por otra Carlota

Alejandro y César aspiran a concertar un matrimonio con Carlota de Aragón, pero ésta se opone
frontalmente, no obstante la insistencia de Luis XII.
Se ha dicho que Carlota sentía repulsión hacia el ex
cardenal, porque no quería ser la «señora cardena-
la». La hipótesis parece poco plausible, ya que César era considerado uno de los mejores partidos de
su tiempo.

Julián della Rovere, deseoso de normalizar las relaciones con su antiguo enemigo, ponía al Santo Padre al tanto de las dificultades que encontraba el duque César para llevar a cabo el último término de la alianza. «Bien porque actúe por su cuenta, o bien porque lo haga a instancias de otros, lo cierto es que la doncella se niega a oír hablar de matrimonio». El Papa le contesta contrariado que «es un hecho público y notorio que el duque ha ido a Francia para contraer matrimonio». Alejandro pensó incluso llamar a su hijo a Roma y casarlo «con una princesa italiana», dice Robichon.

Quien en realidad ponía trabas a la unión era el padre de Carlota, el rey de Nápoles, que escribe por esas fechas al rey de España diciéndole que prefiere perder la Corona, la hija y su propia vida antes que acceder al matrimonio. ¿Era desprecio por los Borgia? ¿Era animadversión a César? Ni lo uno ni lo otro. Biagio Buonaccorsi, el modesto y fiel auxiliar de Maquiavelo, desvela en su *Diario* la verdadera razón de la actitud de Federico. El rey de Nápoles estaba dispuesto a dar la mano de Carlota de Aragón al duque Valentino si el rey de Francia y el Papa le garantizaban conjuntamente la tranquila posesión del reino. La condición no fue aceptada y las proposiciones matrimoniales quedaron definitivamente rechazadas.

En enero de 1499, Luis XII se casa con la viuda de su predecesor Carlos VIII, Ana de Bretaña. Mientras permanece atento a las noticias de Francia, el Papa tiene no pocos motivos de satisfacción con la felicidad conyugal de *madonna* Lucrecia y del duque de Bisceglie, máxime cuando a finales de 1498, Lucrecia pudo anunciar a su padre que se encontraba encinta. Pero la alegría se malograría el 9 de febrero. La duquesa de Bisceglie se distraía con sus damas de compañía por la «viña» del cardenal López, cuando tropezó en una de las avenidas y se cayó, arrastrando encima de ella a una de sus acompañantes. A las 9 de la noche dio a luz a una niña muerta.

La decepción y la pena del Papa no duraron mucho. Dos meses después del accidente, Lucrecia volvió a quedar embarazada. El Papa manifestaba un gran afecto a los esposos e, igualmente, al otro matrimonio Borgia, el de Jofré. Tanto Alfonso como Sancha podían considerarse de la familia. Pero la posición de ambos jóvenes empezaba a ser delicada en la corte del Papa, cuya política se alejaba por momentos de la de Nápoles para entrar en la órbita de Francia.

Al fallar los planes matrimoniales con Carlota de Nápoles, el rey francés ofrece a César la mano de otra Carlota, Carlota d'Albret, de 16 años, hermana del rey de Navarra. De acuerdo con la palabra real, ofrecida en Etampes, César podía escoger cualquier doncella pariente del rey, pero le pareció bien la elección. Y el matrimonio se celebró el 10 de mayo de 1499. César estuvo al lado de su esposa poco tiempo, pero sus relaciones con ella fueron siempre buenas. La hija que nació de este matrimonio, Luisa, y que César nunca conoció, fue educada en el respeto al nombre del padre. Cuando César murió, en una batalla a las órdenes del rey de Navarra,

Carlota llevó luto riguroso, y su vida —no larga, pues murió a los 36 años— fue sumamente discreta y austera.

Así pues, César se casa en Blois con Carlota d'Albret, hermana del rey de Navarra. El 23 de mayo, un correo trae a Alejandro la noticia de la boda y de que el matrimonio se ha consumado ocho veces en la noche de bodas. Alejandro estaba muy contento con «la sucesión garantizada y la dinastía perpetuada», dice Gervaso.

Según Robichon, un caballero español llamado García, perteneciente al séquito del duque de Valentinois, recorrió en cuatro días la distancia entre Blois y Roma, pidió ser recibido en los apartamentos del Vaticano y entregó al papa Alejandro una carta con el escudo de su hijo, en la que éste le anunciaba su matrimonio con una «princesa de Francia». La carta del duque añadía su afecto de hijo obediente y leal, sin dejar de comentar con lujo de detalles el feliz remate de su noche nupcial.

El Papa no cabía en sí de alegría y no le bastó la carta. Se dice que Alejandro interrogó impacientemente al emisario y que el correo del duque estuvo siete horas respondiendo a sus incesantes preguntas.

La nueva duquesa de Valentinois brillaba en la corte de Francia como la descendiente de una vieja e ilustre dinastía del sudeste del reino, la zona que se extiende entre el Marsan y el valle del Garona. Su padre, Alain d'Albret, era duque de Guyena y su hermano, rey de Navarra. El matrimonio se había celebrado no sin dificultades. Y no porque el duque Alain se hubiera opuesto al mismo, pues sabía bien que esta unión extranjera aportaba un nombre prometedor a su familia. Pero «no era de los que ignoran que para obtener mucho, hace falta hacerse de rogar en justa proporción» y puso elevado precio a su consentimiento.

El duque de Guyena exigió, para dar su consentimiento, que su hija renunciara a todos sus derechos de sucesión en su casa, pero que, en el caso de que se quedara viuda, heredara todos los bienes de su esposo. En cuanto a él, el duque, a quien llamaban «el Grande» por contraste con sus escasas posesiones, si no de sus méritos, no podía ofrecer a su hija como dote más que la reducida cantidad de 30.000 libras tornesas; además, se haría entrega de dicha cifra en pagos escalonados a lo largo de un periodo de dieciséis años... Como dice Fusero: «Sólo la decidida voluntad de tomar esposa explica que César no se decidiera a un celibato definitivo».

César se mostró extremadamente generoso. Veinte mil ducados en joyas para su prometida, promesas a la familia de esta última y regalos que a buen seguro sólo podía permitirse un «sobrino del Santo Padre» viajaron con destino al pequeño castillo de Nérac. Luis XII, a su vez, tuvo que hacerse cargo de prometer al rey de Navarra el capelo cardenalicio para Amadeo d'Albret, hermano de la futura esposa, y se comprometió a entregar al propio César la suma de 100.000 libras como complemento de la «dote» de su mujer.

El contrato matrimonial se había firmado en presencia de los soberanos y de los principales personajes de la corte el 10 de mayo de 1499, en el castillo de Amboise. Luego, la corte se trasladó a Blois, donde tendrían lugar los esponsales.

Una semana después de su boda, y coincidiendo con la solemnidad del 19 de mayo, fiesta de Pentecostés, Luis XII cruzó al duque de Valentinois la cinta de *moiré* de la que colgaba la cruz de oro de ocho puntas, coronada por cuatro flores de lis también de oro, y abrochó alrededor de su cuello el collar de plata de la Orden de San Miguel, reservado a los príncipes de sangre y a los grandes de Francia.

En pocos meses, César Borgia se había transmutado de cardenal italiano en noble francés. Ahora era una de las personas más próximas al rey Luis XII. Para tanta confianza, algo debió de ver el francés en este «Valenciano», «Valentino», «Valentinois» legendario. Los documentos y las cartas —ahora firmados con el sello del duque de Valentinois— aparecían casi siempre acompañadas de un título que era toda una declaración de principios: «César Borgia de Francia». En su escudo, al lado del toro rojo con tres franjas de arena, fueron incorporadas las flores de lis en oro.

Fue tal la repercusión que tuvieron en Roma estos acontecimientos que se encendieron fogatas «en señal de alegría, la tarde del jueves 23 de mayo, por orden de Su Santidad», dice Burchard. El propio Alejandro expresó su satisfacción de suegro tomando de su joyero particular una selección de alhajas y objetos preciosos que ordenó le fueran enviados a su joven nuera.

Los embajadores destinados en Francia indicaron que el marido de Carlota d'Albret había asumido perfectamente —o así lo parecía— la misión que le había encomendado la doble ambición de su padre y del monarca francés.

La convivencia de Carlota y de César duró menos de cuatro meses. La guerra estaba a las puertas. Luis XII, aunque muy enamorado a su vez de una esposa joven y bella, embarazada ya de su primer hijo, tenía mucha prisa por salir de Francia para cabalgar a la reconquista de las posesiones que le atribuía su propia quimera, empezando por el ducado de Milán. César concede a Carlota plenos poderes sobre todas sus posesiones y, en julio, se despide de ella. Nunca más volverán a verse. Carlota dará a luz en mayo siguiente a una niña, Luisa, que tampoco conocerá a su padre y que llevará ese nombre en homenaje al rey de Francia.

Ya antes de la celebración de este matrimonio, Luis XII había nombrado una embajada especial para hacer acto de obediencia al Papa y manifestarle que el rey de Francia le reconocía como el «verdadero Rector de la Iglesia universal, el verdadero Vicario de Cristo sobre la tierra al cual se le debe sincera y completa sumisión filial». La delegación estaba compuesta, entre otros, por el cardenal Della Rovere, que la encabezaba, y por César Borgia. Efectivamente, en este episodio, el cardenal Julián y César están juntos. El primero traicionará y perseguirá hasta la muerte al segundo. Pero Alejandro VI y el futuro Julio II se habían reconciliado y las relaciones eran, en esos momentos, armoniosas.

Desde 1497, por intervención del cardenal Costa, los dos viejos compañeros —tan íntimos en tiempos de Sixto IV— habían arreglado aparentemente sus diferencias. El papa Borgia hubiera podido vengarse ahora fácilmente contra su terrible e implacable enemigo de los tiempos de Ferrante de Nápoles y de Carlos VIII, ya sin el apoyo de los soberanos de estos reinos; pero, a pesar de su fama siniestra de envenenador de cardenales, trató siempre con gran indulgencia a los que le habían ofendido, especialmente a Julián della Rovere, a Ascanio Sforza y a Perault. Julián ya había estado en Roma en 1497 y había regresado libremente a Francia.

A finales de julio de 1499, la embajada toma el camino de Italia con gran lentitud. César se queda más de un mes en Lyón, y no llega a Roma hasta noviembre. Más de un año había permanecido en Francia; volvía duque, marido de una hermana de rey y amigo predilecto del más potente monarca en aquel momento.

AJEDREZ ITALIANO

Venecia había enviado emisarios al rey francés, con el que había firmado una alianza secreta, para pedirle que invadiera Milán. El cardenal Julián della Rovere y el embajador veneciano comunicaron a Roma la existencia de esos pactos, después de haber sido convenidos, aunque antes de la publicación del tratado formal, que tiene fecha de abril. La corte papal quedó muy impresionada.

Al tener noticia de la alianza franco-veneciana, el duque de Milán incitó a los turcos a atacar a los venecianos. A Alejandro VI el asunto le pareció de la máxima gravedad; la amenaza de los turcos era ya efectiva sobre las costas cercanas a Italia, y una ocupación turca de cualquier parte de la península entrañaba evidentemente mayores peligros que una invasión francesa.

Dice Ferrara que el Papa intentó frenar la inevitable segunda invasión francesa organizando una nueva Liga Santa y que, con este objeto, envió al cardenal Juan Borgia en una misión fallida ante las diversas cortes italianas. No sabemos hasta qué punto fueron sinceros estos intentos, pero es de suponer que la presión no fue excesiva, ya que en esos momentos estaba vigente un pacto con Luis XII y César se había hecho francés a todos los efectos.

La verdad es que el Papa se preparó para lo inevitable, e incluso se decidió, apoyándose en los franceses, a planear un Estado Pontificio más fuerte y más controlado, ahora que en las fronteras de sus territorios se iban a establecer países con gran fuerza militar; desde el punto de vista diplomático, procuraba que las grandes potencias europeas se neutralizasen entre sí. Tenía el apoyo francés; pensaba reconquistar el Lazio, reconquistar la Romaña, quizá anexionar territorios vecinos y, desde luego, pretendía asentar un poderoso Estado en el centro de Italia, gobernado por su familia.

La mayor parte de los autores han afirmado que el Papa participó en la liga franco-veneciana desde el primer momento; otros han asegurado que se incorporó posteriormente a su formación. Lo cierto es que el Papa nunca formó parte de esta alianza, y el apoyo del rey de Francia a la Iglesia y a César se debió al deseo del monarca galo de neutralizar a la Santa Sede, a los servicios prestados por César al rey y a sus cualidades diplomáticas. Es innegable que Alejandro VI había aprendido la dura lección de la primera invasión francesa y ahora estaba dispuesto a sacar el mayor beneficio para la Iglesia bajo la égida de los Borgia.

La gobernadora

Al abrazar los Borgia la causa francesa —dice Gervaso—, las relaciones con los aragoneses napolitanos «se deterioraron sensiblemente». Ocurre entonces que Alfonso abandona Roma y se refugia en Genazzano junto a los filoaragoneses Colonna.

El 2 de agosto de 1499, relata Robichon, cuando se encontraba ya en el sexto mes de su segundo embarazo, la duquesa Lucrecia vio partir a su marido, supuestamente para participar en una de sus habituales partidas de caza matutinas. El reducido grupo cruzó el Tíber y desapareció en el campo; por la tarde, ni el duque ni sus hombres estaban de regreso. Los informantes del Papa pensaban que se había dirigido a las posesiones que los Colonna tenían cerca de Palestrina; desde allí, con toda probabilidad, intentaría llegar hasta el Reino de Nápoles.

¿Por qué peligros se había sentido amenazado el yerno de Alejandro? La corte vaticana parecía preocuparse menos de los rumores de ejércitos que corrían por el norte que de las fiestas y de los placeres que en próximas fechas coronarían el nacimiento de un nieto del Pontífice. Pronto llegaron al palacio de Santa Maria in Portico cartas apremiantes del fugitivo ordenando a su mujer que se reuniese con él para traer al mundo, lejos de las intrigas romanas, a su hijo. Alfonso debía de estar informado de los nubarrones que se cernían sobre Italia y pensó que su familia estaría mejor lejos de Roma.

Puesto que el rey de Nápoles, ante la proximidad de una guerra, llamaba a su familia a su lado, el Papa optó por devolverle también a su sobrina Sancha. Después de una escena furiosa y de un intercambio de insultos a cual más agrio, según Robichon, el Papa ordenó a la joven princesa de Esquilache que regresara de inmediato a Nápoles. Por supuesto, sin Jofré. Los Borgia hacían frente común y, al igual que los Aragón, se atrincheraban en casa.

Menos de una semana después de la huida de Alfonso, los dos jóvenes Borgia —Jofré, separado de su mujer, y Lucrecia, abandonada por su marido— emprendían el camino de Umbría. El Pontífice ponía en lugar seguro a los suyos.

Lucrecia fue nombrada gobernadora de Spoleto y Foligno el 8 de agosto.

Pero Alejandro no tenía ánimo para prolongar la separación de los jóvenes cuando estaban a punto de recoger el fruto de su amor. Se negociaba en Roma y en Nápoles, y el enviado del Papa supo mostrarse lo bastante persuasivo, ya que, en septiembre, Alfonso de Bisceglie cabalgaba fuertemente escoltado camino de Umbría y se reunía el 19 de septiembre en Spoleto con Lucrecia, ya gobernadora de la ciudad.

Gervaso dice que «para consolar» a Lucrecia, el Papa la nombra gobernadora de Spoleto y Foligno. «Muchos pusieron el grito en el cielo, y no sin razón. En efecto, la hija del Pontífice no tenía aún 20 años y carecía completamente de experiencia administrativa. Pero Alejandro, como de costumbre, no quiso atender a razones. Sus decisiones, ya fueran buenas o malas, no se discutían, y menos cuando beneficiaban a sus propios parientes».

El día 23, según Gervaso, Lucrecia y su esposo se trasladan a Nepi, donde les espera Alejandro, que el 7 de octubre nombra a su hija, además, gobernadora de esta plaza. De su inolvidable entrada en la ciudad ha quedado el recuerdo de una fiesta que todavía hoy se celebra.

La importancia de estos desplazamientos de la familia Borgia ese verano —cuando se preparaba la segunda invasión francesa— ha sido exagerada por los historiadores, que les atribuyen significados excesivos. Los desplazamientos de Lucrecia y Jofré no parecen responder a tramas ocultas. Lo único cierto es que Alejandro VI ha decidido aprovechar la invasión francesa para recuperar el control de la Romaña, y quizá los nombramientos de Lucrecia forman parte de la estrategia. Una semana después de los actos de Nepi, promulgará una bula declarando la guerra a los señores feudales que gobiernan «de facto» esta tierra que pertenece a los Estados Pontificios.

Luis XII y César entran en Milán

El 6 de octubre del año de 1499, Luis XII y su protegido y aliado César Borgia hacen su entrada triunfal en Milán, donde fueron acogidos con festejos de gran esplendor. Rodeaban a los dos hombres los cardenales George d'Amboise, Julián della Rovere y Juan Borgia, los duques de Saboya y de Ferrara, los embajadores venecianos y los marqueses de Monferrato y de Mantua. El pueblo, acostumbrado a los vaivenes de la fortuna, aplaudió el desfile. Los carruajes del Valentino fueron los más admirados, al decir de Baltasar de Castiglione, que estaba presente.

Un mes antes, la ciudad había caído en manos de Gian Giacomo Tribulcio, comandante en jefe del ejército francés. «Más que como invasor, fue recibido como libertador. El hecho de que fuera extranjero y reivindicara una corona sobre la que tenía muy poco derecho no pareció incomodar a sus 300.000 ciudadanos, que se abrieron festivamente a su paso. El acudir corriendo junto al vencedor y ponerse a su servicio ha sido durante siglos y siglos el deporte preferido de nuestro pueblo. Y lo sigue siendo», dice el italiano Gervaso, a lo que cabe añadir que el culto al vencedor conlleva cebarse cruelmente con el vencido, como habría de ocurrir con los Borgia apenas se viniera abajo su reciente imperio.

Entretanto, el Papa prepara fuerzas militares y lanza una ofensiva sorpresa contra la familia Caetani, que se había puesto al servicio del rey de Nápoles.

Los desposee de sus bienes, a pesar del estrecho parentesco de éstos con los Farnesio, e interna al protonotario Jacobo en el castillo de Sant'Angelo, por delito de lesa majestad. La dureza del castigo papal se explica por la indignación de Alejandro VI con la conducta del rey Federico de Nápoles que, aliado con Ludovico «el Moro», había llegado a ofrecer un puerto donde atracar a la flota del Sultán turco Bayaceto.

Alejandro, contando con la benevolencia de las potencias extranjeras y el apoyo de Francia, se prepara para dominar definitivamente a sus vicarios traidores y corruptos y a levantar un Estado Vaticano fuerte y estable. Será una tarea cumplida, un hito histórico en el papado, como reconoce Maquiavelo, y un gran regalo para la Iglesia católica del que disfrutará durante siglos, aunque Julio II acaparará después tal gloria.

PARA SOMETIMIENTO DE LOS TIRANOS

«Luis tenía necesidad de César y César de Luis [...]. Los Borgia favorecerían la conquista por los franceses de Milán y de Nápoles; y Luis daría carta blanca y ayuda a César en su inminente lucha contra los tiranos romañolos. Empresa esta última costosa y arriesgada, al hallarse dicha región sumida en el caos. La soberanía pontificia era en realidad pura ficción. Los vicarios que la administraban en nombre del Papa dependían de él sólo sobre el papel. En la práctica hacían y deshacían a su antojo.

No tenían ni reglamento ni leyes ni fe ni moral. Desenfrenados, ambiciosos, crueles, entregados a todo vicio y engaño, y odiados por sus súbditos, se peleaban entre sí sin excluir ningún golpe». Así describe la situación Gervaso.

«Los territorios en manos de estos arrogantes vasallos comprendían Imola y Forlí, feudos de Catalina Sforza; Faenza, gobernada por Astorre Manfredi; y Ravena y Cervia, controladas por Venecia, que "protegía" también Rímini». Unidos todos estos tiranos, eran difícil enemigo. Contaban además con el apoyo de la Serenísima y de Florencia. La empresa de someterlos a la autoridad papal era difícil.

El Papa era el cerebro de una operación que iba más allá de pacificar la región, según Gervaso, y quería instaurar un dominio propio y personal, hacer de esos territorios el núcleo de un Estado dinástico, que respetara al Papado pero fuera independiente *de facto*. Es la tesis de la mayoría de los historiadores: un papa expoliador de los bienes de la Iglesia, decidido a utilizar su poder absoluto en beneficio de la dinastía Borgia. Pero en la Historia de la Iglesia no era la primera vez que lo eclesiástico y lo familiar se entrecruzaban. En el primer milenio hay abundantes ejemplos de bienes pontificios cedidos a familias de papas o allegados, y entre los antecesores y sucesores de Rodrigo Borgia se repite esta práctica. La diferencia la marca fundamentalmente el talante guerrero de César Borgia, sus éxitos militares, sus cualidades de extraordinario hombre político que lo colocan en una posición preeminente.

Al Papa le sobran razones para dar una lección a estos señores feudales traidores que han puesto seriamente en aprietos su vida y la independencia de la Iglesia. Se trata, sencillamente, de arrebatarles, por la fuerza de las armas y la del derecho, los territorios que usurpan. Alejandro VI pasa a la acción y, como reconocerá después Maquiavelo, la Historia de la Iglesia cambiará para siempre.

Según Robichon, nadie dudaba que el Papa pretendía levantar para su hijo un «reino de los Borgia» al noroeste de Italia. En su empeño contaba con el apoyo del rey de Francia y la neutralidad condescendiente de los venecianos. Nada demuestra esta tesis y parece poco objetivo no reconocer en la ofensiva de Alejandro VI y su hijo César el intento de poner orden en los Estados Pontificios, asegurándose definitivamente su control, para bien de la propia Iglesia.

Según los términos de la alianza franco-vaticana acordada ese verano, el rey de Francia se comprometía a prestar ayuda al duque de Valentinois, su «querido y leal primo», para pacificar la Romaña y reducir a los señores de esta comarca que se habían rebelado contra la autoridad de la Santa Sede. Los señores de Faenza, de Forlí, de Imola, de Urbino y de Pesaro se negaban insistente y obstinadamente a satisfacer los censos anuales que debían a la Cámara apostólica. El Papa escogió ese momento para responder a un desafío que duraba ya más de un siglo.

La bula de octubre les declara despojados de sus títulos y destituidos de sus feudos en la Romaña y en las Marcas, territorios estos que serían devueltos a la órbita del Estado papal.

La Romaña era feudo de la Iglesia desde que el rey de los francos, Pipino el Breve, se la cediera al papa Esteban II para que con ella constituyera el embrión del poder temporal de la Santa Sede. Sin embargo, este territorio no había dejado de ofrecer desde entonces una situación de anarquía permanente, con sus pequeños tiranos locales, feudatarios turbulentos de los papas, con la rapacidad de familias rivales y codiciosas, y con «vicarios de la Iglesia» siempre renuentes a pagar sus tributos al Papa. Con una población exprimida, agotada por las cargas y los impuestos, la región que se extiende entre el Po y el Reno se había convertido, según Maquiavelo, en «el refugio de los peores bribones de toda Italia».

El 7 de noviembre, después de su exitosa expedición, Luis XII regresa a Francia. La conquista de Nápoles por las armas se aplaza. Un año más tarde, Francia y España firmarán un tratado para repartirse el Reino de Nápoles.

Cumpliendo lo prometido, el monarca francés deja en territorio italiano, a disposición de César Borgia, tropas al mando de Antonio de Bessey e Yves d'Allegre, veterano de la campaña de 1494. Por otra parte, había enviado un mensaje a los Bentivoglio de Bolonia, exhortándoles a que apoyasen la expedición del duque de Valentinois garantizándole el libre paso, así como el aprovisionamiento de sus tropas. También la ciudad de Milán había adelantado, con la garantía de los cardenales Juan Borgia y Della Rovere, la cantidad de 45.000 ducados para contratar tropas mercenarias vaticanas que serían dirigidas por los condotieros Vitellozo Vitelli y Aquiles Tiberti, y recibirían un importante apoyo de artillería. En total, entre 10.000 y 15.000 soldados «bien equipados y bien pertrechados con cañones y otros ingenios de guerra», contando los infantes gascones y suizos, los contingentes reclutados en Cesena por Aquiles Tiberti y Hércules Bentivoglio, y el pequeño ejército pontificio. El ejército de los Borgia estaba listo.

Italia contiene la respiración

La bula pontificia que destituía a los señores de la Romaña databa del 15 de octubre, pocos días antes de que Luis XII regresara a su país. A partir de ese momento, Italia contuvo la respiración. ¿Dónde atacaría el ejército del Papa? Sin perder ni un día ni una hora, el Valentino levantó el campamento. El 9 de noviembre, las tropas franco-vaticanas se ponían en marcha.

El imponente convoy de la expedición punitiva organizada por la Santa Sede se abrió camino por Parma, Reggio y Módena, adonde llegó el 15 de noviembre y donde aguardaban, en el palacio de Francisco Molza, dos embajadores de Bolonia que habían acudido con cartas de reconciliación, persuadidos por el rey de Francia.

El Papa había legitimado el ataque después de que un tribunal pontificio, a instancias suyas, hubiera decidido dar por extinguidos los derechos de los vicarios a gobernar los territorios de la Santa Sede. La cobertura legal de sus actos era siempre norma de Rodrigo Borgia. Para las poblaciones afectadas, la campaña que emprendía César era una guerra de liberación y no una conquista. Pocos pueblos han tenido peores gobiernos que Romaña y otras regiones del centro de Italia. La mayoría había llegado al poder por peripecias poco ortodoxas y, con frecuencia, por medio de la violencia.

NACE RODRIGO, PRIMER NIETO DEL PAPA

Poco antes, el 1 de noviembre, Lucrecia había dado a luz a su primer hijo, que se llamará Rodrigo, en honor del Papa. Quince días antes de llegar a término el embarazo, Alejandro VI reclamó a su hija a Roma. Rodrigo de Bisceglie nació en el palacio de Santa Maria in Portico con buena salud. Puede suponerse la alegría del sentimental abuelo.

Mientras, César envía sus propias tropas hacia Romaña y se dirige rápidamente a Roma para ponerse a la cabeza del ejército que el Papa le había preparado. Con extraordinaria rapidez, el día 13 entra en Roma y el 21 sale con 8.000 hombres mandados por los Orsini, Juan Bautista dei Conti y Vitellozzo Vitelli, entre otros.

El viaje coincide también con un supuesto intento de envenenamiento del Papa inducido por Catalina Sforza, la señora de los feudos de Imola y Forlí, la única mujer entre los tiranos romañolos, pero más de temer que la mayoría de ellos.

De acuerdo con la versión del contemporáneo Girolamo Priuli, que confirman los testimonios de Burchard, de Maquiavelo y del orador mantuano Cattaneo, unos mercenarios de Catalina habían engañado con artificios a un tal Tomás Cospi, oriundo de Forlí y músico en el Vaticano, para que introdujera en el palacio apostólico una carta destinada al Santo Padre. La carta se encontraba en el interior de un tubo de caña, al objeto de preservarla de las manipulaciones, y envuelta en un paño escarlata. Según las *Crónicas de Forlí*, este paño había permanecido mucho tiempo junto al cadáver de un apestado, de modo que estaba contaminado de sus miasmas mortales y los hubiera transmitido a quien lo tocara. Los que hoy se llamarían «servicios de seguridad» del Papa supieron desactivar el atentado y, después de haber obtenido las confesiones de los portadores de la carta, éstos fueron ahorcados. Sin embargo, Gregorovius y Burchard niegan la existencia de un complot. Puede que no sea más que una fantasía.

Catalina, denominada en la época «virago cruelísima» y «diablo encarnado», era hija ilegítima del disoluto Galeazzo María Sforza —hermano de El Moro—, asesinado cuando ella tenía 13 años. A los 10 la casaron con Girolamo Riario, sobrino de Sixto IV, un personaje brutal que, después de serle sistemáticamente infiel, cayó víctima de un complot popular. Sus súbditos la odiaban. Catalina tiene ahora 36 años y una fama enorme de gran guerrera.

La Sforza había visto morir sucesivamente a su padre, asesinado a resultas de una conjura, y a su marido, apuñalado —quizá con su consentimiento— y arrojado por una ventana de su palacio; también vio morir a su amante, con el que se había casado en secreto y a quien el pueblo de Forlí odiaba: dos sacerdotes lo asesinaron ante sus propios ojos cuando el caballero regresaba de cazar.

César se reúne con su ejército al pie de las murallas de Bolonia. Tras atravesar el curso del Panaro y, luego, el del Reino, en plena crecida, se suma a las tropas agrupadas en Cesena por Tiberti y Hércules Bentivoglio y a los contingentes ítalo-españoles procedentes de los Estados Pontificios. En ese momento, ya no hay duda del objetivo inmediato: en la orilla izquierda del Santerno se levantaban las murallas y las torres fortificadas del castillo de Imola, cerrojo septentrional de la Romaña.

El 24 de noviembre, César conquista Imola, que se entrega sin lucha, y el 17 de diciembre entra en Forlí. Su ciudadela se consideraba inexpugnable y sólo la de Milán podía ofrecer mayores dificultades al atacante. Sin embargo, cae como castillo de naipes. Catalina se refugia en el castillo con mil hombres, pero, el 12 de enero, César consigue tomarlo en un sangriento combate cuerpo a cuerpo. «Aquella misma noche condujo a Catalina a sus propios aposentos, donde, mediante halagos o amenazas, obtuvo también sus favores. Considerando la clase de hombre y de mujer que eran, no hay motivo para extrañarse», dice Gervaso.

VIII

El jubileo de 1500

La fecha de 1500 no coge a Alejandro VI por sorpresa. Hace ya un par de años que el papa Borgia prepara el nuevo Jubileo de la Cristiandad. A pesar de estarse jugando su futuro en la ofensiva de Romaña para domar a los vicarios, las celebraciones serán magnas y consolidarán su fama. Mientras César lucha a brazo partido para conquistar Forlí, el Papa inaugura el Año Santo en las Navidades de 1499. Este jubileo de Alejandro VI será el mayor nunca celebrado hasta entonces. Cientos de miles de peregrinos llegarán a Roma.

La costumbre establecida por Bonifacio VIII de celebrar un jubileo cada cien años —para lavar las culpas de los pecadores con un viaje a Roma— obligaba a Alejandro VI a este acto solemne. El periodo inicial de un siglo había ido reduciéndose hasta que Pablo II lo fijó en veinticinco años. Un viaje a Roma constituía una aventura peligrosísima en aquel tiempo. Los vicarios de la Iglesia, que gobernaban las ciudades y castillos a lo largo de los caminos, o sus feudatarios, organizaban sus propios grupos de salteadores para esquilmar a los pobres peregrinos.

Bandas de corsos o de otros insulares desembarcaban con el mismo objetivo.

Para compensar tantas dificultades y peripecias, el Papa, con el consejo de los teólogos, no sólo concedió a los peregrinos indulgencia plenaria para las almas del Purgatorio por las que intercedieran, sino que se ocupó igualmente de su seguridad terrena. Ya a fines de 1498 había tratado en consistorio de las medidas que debían tomarse para facilitar estos viajes y la seguridad de las vías de comunicación. Y propuso al efecto una organización policial parecida a la Santa Hermandad española, consistente en una fuerza pública popular, compuesta de un miembro por cada cien casas, y una justicia expeditiva anexa a esta organización. Sin embargo, esta excepcional iniciativa no podía encontrar aceptación en los vicariatos de la Iglesia. Los pequeños señores italianos, que vivían como príncipes riquísimos, con gastos superiores a sus ingresos, según relata Maquiavelo, basaban su fortuna en la constante expoliación de otros territorios. Su oposición fue decisiva, de modo que esta Santa Hermandad italiana quedó sólo como una aspiración de Alejandro VI.

Y como no podía asistir impávido a los delitos que ya proliferaban, en febrero de 1500 dictará una bula fulminando a los depredadores. «Nosotros mandamos [bajo pena de excomunión] a todos [los vicarios, etcétera] que si un peregrino es robado, el Señor o la autoridad del territorio en el cual se ha cometido el crimen debe devolver las cosas robadas».

Haciendo gala de notable previsión, también llevaba varios años acondicionando Roma para el acontecimiento, mediante importantes reformas urbanísticas que facilitaran la llegada de las multitudes de peregrinos al Vaticano.

Siguiendo la tradición que se remontaba al año de gracia de 1300, establecida durante el pontificado de Bonifacio VIII, las puertas de San Pedro estaban cerradas, custodiadas por las tropas pontificias, ante una multitud que se mostraba tan ferviente y curiosa como si se tratara de la elección de un papa.

La víspera de la Navidad de 1499, un cortejo de heraldos del gobernador de Roma recorrió la ciudad solemnemente. Cada cierto tiempo, el desfile se detenía y el tesorero general y los miembros de la cámara apostólica anunciaban la apertura del Año Santo y, tras el sonar de trompetas, daban lectura a la bula del jubileo mediante la cual el Pontífice concedía a los peregrinos la remisión de sus pecados a cambio de un óbolo destinado a financiar la restauración de la basílica mayor de la Cristiandad.

El papa Alejandro salió de sus aposentos y acudió en procesión a la plaza de San Pedro, con un cirio dorado en la mano izquierda y un martillo de plata en la mano derecha, y golpeó tres veces la Puerta Santa tapiada con delgados ladrillos, al tiempo que pronunciaba las palabras *«Aperite mihi portas iustitiae...»*. Él mismo había ideado la ceremonia, que se celebraba por primera vez, el rito que luego se repetirá hasta nuestros días: la apertura, con los tres martillazos, de la Puerta Santa de San Pedro y de las basílicas mayores de Roma. Las referencias bíblicas eran evidentes: Cristo es la puerta a través de la cual hay que pasar, es el nuevo Moisés que hace brotar el «agua» de la roca. Así se acentuaba el sentido simbólico del jubileo. Además de San Pedro y San Pablo, ahora también se visitarían San Juan y Santa María Mayor, las otras dos basílicas mayores de la ciudad.

Mientras los obreros despejaban la puerta derribando el muro de ladrillos, se entonaron salmos, antífonas y oraciones entre la multitud de prelados y peregrinos congregados en la plaza. Tardaron alrededor de media hora; luego, el Papa se preparó para cruzar el primero la Porta Santa, dando solemnidad así a la entrada en el año jubilar de 1500. En ese momento, uno de los obreros que intentaba retirar unos escombros cruzó inadvertidamente el paso que había quedado libre, adelantándose al Santo Padre, que aún estaba arrodillado entonando el *Miserere*. Robichon cuenta que Burchard retiró al involuntario sacrílego y empujó al Papa a cruzar el umbral. La multitud impaciente se precipitó tras él hacia el interior del edificio sagrado mientras se iniciaba el *Te Deum*.

La población itinerante se alojaba en casas particulares transformadas en posadas, pero tampoco se le hacía ascos a alojamientos menos convencionales. Establos, hospicios y hospitales servían de techo a los viajeros, que encontraron también abiertas las iglesias durante la noche; los peregrinos que se agotaban visitando los santuarios de Roma desde la mañana a la noche también establecieron campamentos improvisados entre los viñedos y las ruinas de los alrededores de la ciudad.

«Cada día», escribe Sanudo, «se encuentran aquí gentes asesinadas, cuatro o cinco cada noche, incluso obispos». El embajador de Francia fue atracado y dos de sus sirvientes resultaron gravemente heridos en el término de los Colonna, entre Montefiascone y Viterbo. Corría el rumor de que un médico del hospital de Letrán administraba veneno a los extranjeros de paso para apropiarse de cuanto llevaran encima. En todos los casos en los que los criminales fueron aprehendidos, la justicia papal demostró ser particularmente expeditiva: el veredicto era la horca. El número de ajusticiados, cuyos cuerpos colgados se balanceaban en las troneras del castillo de Sant'Angelo, debió de ser bastante numeroso, ya que un peregrino renano regresó a su país contando que no había podido acercarse a San Pedro porque la vista de tanto ajusticiado le ponía enfermo.

Durante ese jubileo, el Papa recibió en sus impresionantes aposentos —decorados por El Pinturicchio tras ocho años de intenso trabajo— a todo el que contaba algo en Italia y en Europa: cabezas coronadas, príncipes, vasallos y barones de la Iglesia, diplomáticos y eruditos, y personalidades de la aristocracia extranjera. Todos asistían a las fiestas, a los actos solemnes y a las audiencias que se sucedían sin pausa.

Los innumerables actos religiosos, de los que se quejaba no sin motivo el maestro de ceremonias Burchard, pusieron no obstante de manifiesto, por primera vez, la legendaria resistencia del Papa, pero en primavera le dio un síncope durante una ceremonia en San Pedro. El percance quedó pronto olvidado, y Alejandro siguió entregado con pasión a recepciones y ceremonias. Mañana y tarde, a la hora del *Angelus*, la muchedumbre se arrodillaba donde quiera que estuviera para rezar y cantar salmos, en una actitud colectiva casi mística que convertía las calles de la ciudad en un espectáculo inaudito.

LOS PEREGRINOS MIGUEL ÁNGEL, COPÉRNICO Y BRAMANTE

Entre los peregrinos se encontraban personajes singulares, como el artista Miguel Ángel o el astrónomo polaco Nicolás Copérnico, que ocuparía una cátedra en la universidad romana para enseñar «libres matemáticas». También, llamado por Alejandro VI y precedido por una fama extraordinaria por las obras realizadas en el ducado de Milán, llegaba el Bramante, que había seducido al Pontífice con sus perspectivas ambiciosas y con su sentido innato de lo grandioso. El artista había recibido el encargo papal de continuar la ampliación y el embellecimiento del Vaticano emprendidos por Nicolás V. Años más tarde, con estos mismos planos de Bramante, desarrollados por sus sucesores, mil obreros tallarían en mármol «la basílica más grande del mundo».

Las graves peripecias, las terribles incomodidades y peligros no impidieron a los fieles acudir a Roma desde los puntos más lejanos de Europa. Masas de creyentes se postraron a los pies del Pontífice, que el día de Pascua, al decir de Bruchard, llegó a bendecir a doscientos mil peregrinos en las polvorientas llanuras que rodeaban la iglesia de San Pedro.

La Santa Sede no escatimaba esfuerzos para convertir los fastos del jubileo en acontecimientos de enorme esplendor. Los cardenales, relucientes de oro, presidían los oficios en las principales iglesias. Los soldados del Papa, con cabalgaduras vestidas en terciopelo, escoltaban las procesiones. Los parientes del soberano Pontífice, como en todas las monarquías, cumplían el deber de dirigir los cortejos, bajo el sol o la lluvia, presentándose en público con sus mejores galas. El fervor religioso se unía a una ostentación de potencia sobrenatural, como sobrenatural y potente era la entidad que se adoraba. Los grandes actos requieren noble y también ostentosa vestidura. La solemnidad predispone a la admiración, y ésta es la puerta de entrada de la obediencia. El jubileo no podía ser un acto católico, es decir, con aspiraciones universales y eternas, si no hubiese ido acompañado por el despliegue de fuerza y de boato que exige el Dios del Sinaí, a decir de Ferrara.

El Papa tuvo que aplazar la fecha del cierre del jubileo en Roma y, además, extender sus beneficios a ciudades y Estados que lo venían solicitando con viva insistencia. En Italia, en Hungría, en Alemania, Suecia, Noruega, Francia y otros países se proporcionó la concesión deseada. Con bulas sucesivas, Alejandro VI, en la cumbre de su gloria espiritual y terrenal, no solamente decidió a quién conceder las indulgencias, sino también los modos de conseguirlas y la inversión que debía hacerse con el dinero recolectado.

En torno al destino de esta suma, surgieron las únicas dificultades del jubileo. Al papa Borgia se le ha acusado de haberse quedado con el dinero, de haberlo entregado a su familia. Lo cierto, sin embargo, es que la mayor parte fue destinada a la guerra contra los turcos, que combatían en primera línea Venecia, Hungría, Polonia, y Portugal. Parte también fue destinada a la construcción de iglesias y caminos. Salieron también fondos importantes para formar y nutrir el ejército pontificio, como era absolutamente imprescindible.

En Alemania, donde se estaba formando un fuerte espíritu local —más que nacionalista—, hubo gran oposición por parte de los príncipes a remitir a Roma las sumas reunidas en los Estados germánicos. Este espíritu independiente y esta resistencia a enviar a la Santa Sede dinero alemán desembocarían, años después, por culpa de la dispendiosa construcción de la nueva basílica de San Pedro, en la rebelión de Lutero y la consiguiente Reforma que fracturó la Iglesia Católica.

Aunque en tiempos de Alejandro la situación no era aún alarmante, el Papa fue informado de la oposición de los príncipes alemanes y accedió en seguida a que los fondos del jubileo quedaran en aquellos territorios, ordenando su entrega al Emperador (que tenía el título de Rey de los Romanos), siempre que éste se comprometiera a participar en una cruzada contra los turcos. En efecto, Maximiliano aceptó la obligación y recibió el dinero, pero luego olvidó la cruzada y no devolvió la suma.

El inicio del nuevo siglo, rico en promesas y en esperanzas contradictorias, despertó en el mundo cristiano un entusiasmo general, cuya sede efervescente era la Roma de los Borgia, dice Robichon a la hora de describir el marco histórico del acontecimiento.

En el Flandes ocupado por España acababa de nacer el futuro Carlos I de España y V de Alemania, destinado a heredar un gigantesco imperio. Hijo de la princesa Juana de Castilla y de Felipe de Habsburgo —un modesto duque de Luxemburgo apodado «el Hermoso» por su impresionante porte—, el futuro monarca era nieto de los Reyes Católicos y estaba destinado a dejar una profunda huella en el mundo. En Londres reinaba Enrique VII Tudor, que pretendía casar a su heredero con otra hija de Fernando y de Isabel, sin que se le pasara por la imaginación que la llegada de la infanta de Aragón a la gran isla del norte terminaría causando un nuevo cisma en el seno del catolicismo, al consumarse la ruptura de Inglaterra con el papa de Roma. En Francia, el rey Luis XII pensaba en sus conquistas transalpinas y en dar continuidad a su dinastía, aunque esto último, con poco éxito. Su segundo matrimonio con Ana de Bretaña le había dado, de momento, tan sólo una hija: la pequeña Claudia de Francia.

RETORNO DE CÉSAR TRIUNFANTE

En Italia, la ofensiva de César Borgia contra los señores feudales tuvo que detenerse temporalmente. Una nueva sublevación en Milán, que se saldaría con la detención de Ludovico el Moro, obligó al ejército francés a intervenir, reclamando los efectivos cedidos al duque Valentino. Privado de tan importante contingente, César decidió suspender la campaña y retornar a Roma, «donde Alejandro se moría de ganas por volver a abrazar a aquel hijo suyo que tan bien ejecutaba sus órdenes y tan fielmente secundaba sus planes», dice Gervaso. Este historiador describe a Ludovico el Moro con trazos que dan una idea de la catadura moral de los personajes de la época, entre los que Alejandro VI distaba mucho de ser el peor. «[Ludovico era] la encarnación más cabal del príncipe renacentista: astuto, intrigante, sin escrúpulos, dispuesto a traicionar al amigo y a ponerse del lado enemigo, a engañar a éste con un nuevo aliado para darle luego también la espalda a este último. Como ya se ha dicho, no fue una excepción, sino más bien la regla; pero la facilidad, rapidez y habilidad con que supo cambiarse de bando hicieron de él el paladín de una política que no sólo dañó el buen nombre de nuestro país, sino que además lo mantuvo sometido durante varios siglos al extranjero».

El 26 de febrero, Roma recibe triunfalmente al capitán general de la Iglesia. El regreso a la Ciudad Eterna probablemente se debía a la necesidad de analizar con el Papa la situación. Ludovico el Moro había reconquistado temporalmente su ducado y los Borgia temían las consecuencias de este cambio político, especialmente, si el emperador Maximiliano decidía embarcarse también en una expedición italiana.

Tras haber enviado correos a Roma para anunciar su regreso al frente de sus tropas victoriosas, dejó pequeñas guarniciones en Imola y en Forlí, y entregó a su prisionera, la condesa Sforza, al capitán pontificio Rodrigo Borgia, otro pariente de la familia, de igual nombre que el Papa, para que éste la condujera directamente a Roma, donde Alejandro VI ordenó encerrar a la «hija de la iniquidad» en el palacio del Belvedere, antes de transferirla al castillo de Sant'Angelo «para su seguridad».

Cuando el ejército de Romaña se acercaba al puente Milvio, una cohorte de prelados, de dignatarios y de embajadores cruzaba a su vez el río para salir al encuentro del vencedor. Los cardenales Farnesio y Orsini se habían adelantado ya con «el primer saludo de la capital de la Cristiandad». Se decía que el Papa estaba tan agitado y expectante que había suspendido todas sus audiencias, que lloraba y reía a la vez, y que había recuperado instintivamente los acentos de su lengua materna.

El recibimiento que otorgó el Papa el 26 de febrero a César es un ejemplo elocuente del peso que tenían en este Pontífice los vínculos familiares. El desbordante amor demostrado por Rodrigo Borgia hacia su hijo Pedro Luis, capitán general de los Ejércitos Pontificios, y más tarde a Juan Borgia, duque de Gandía y sucesor de su hermano en este cargo, se volcaba ahora en César. Era esa *carnalità che lo vinse*, esa carnalidad que lo domina, como afirmaba agudamente un contemporáneo.

Se asomó al balcón del Vaticano para contemplar en el cielo nocturno los fogonazos de los cohetes mientras resonaban salvas de artillería. Desde que se supo que el cortejo había cruzado el puente del Santo Ángel, el Papa no pudo contenerse. Cuando

César se apeó del caballo, abandonó la ventana y se dirigió apresuradamente a la sala del Papagallo, donde ya se encontraba reunida la corte pontificia.

Hacía tres meses que padre e hijo se habían separado, la víspera del asalto a Imola, pero parecía que fueran tres siglos, dice Robichon. «César avanzó hasta el trono donde se había sentado su padre y se arrodilló delante del Papa, besándole primero los pies y luego la mano derecha»; pero la impaciencia paterna barrió el habitual protocolo y, «como todos y cada uno esperaban», los dos hombres se echaron uno en brazos del otro. Para gran fastidio del maestro de ceremonias, los dos Borgia se pusieron a charlar en español, de manera que el estrasburgués tuvo que resignarse a «no comprender nada de lo que decían», anota en su diario.

TODOS LOS HONORES AL HÉROE

Al día siguiente se inauguró la Via Alessandrina, para unir el castillo de Sant'Angelo con el Vaticano: una magna avenida que sólo entrado el siglo XX será ampliada y convertida en la actual Via della Conciliazione. La moderna calle prestará adecuado marco a desfiles y procesiones, y facilitará las relaciones entre la urbe y su Pontífice. Esta «vía alejandrina» será inaugurada con uno de los desfiles más impresionantes que recuerda una ciudad que los ha visto a miles, según describe Robichon. Es un 27 de febrero luminoso. El cortejo representa los triunfos del emperador romano César, una alegoría que claramente apunta a este otro César triunfante. Está formado por hasta diez carrozas que escenifican otros tantos sonados episodios de la ascensión del emperador, todo ello acompañado de profusión de banderas, uniformes y heraldos. La última escena es apoteósica, con el mismo emperador vestido de púrpura sobre cuya cabeza un esclavo sujeta una corona de laurel de oro macizo. Los rumores dicen que el hombre vestido de púrpura es el mismo Valentino, pero no es cierto, aunque haya sido repetido hasta nuestros días. Burchard cita en sus diarios a César Borgia, presente por supuesto en el desfile, pero en medio de sus soldados y montando su caballo negro.

El Papa, dada la inseguridad del momento, decide que el Valentino permanezca en Roma, y aprovecha la oportunidad para gozar de su presencia y agasajarlo. El 19 de marzo le hace vicario de la Romaña, con los vicariatos de Imola y Forlí unidos.

«A vos, mi muy santo Señor, papa Alejandro VI, y a vuestros sucesores canónicos, yo, César Borgia de Francia, duque de Valentinois, juro que jamás proyectaré ni emprenderé acción alguna que os haga perder la vida o un miembro, ni usurpar vuestra persona, ni violentar a vuestros sucesores, no obstante lo que puedan hacer contra mí y no obstante el pretexto bajo el que se produzca».

El domingo 29 de marzo, en la basílica de San Pedro, y con la mano sobre los Evangelios, César presta juramento de fidelidad como gonfalonero, portaestandarte y capitán general de la Santa Iglesia, cargo y títulos que le acababa también de conceder el Pontífice.

Al papa Borgia le encantaban los fastos, el boato y el ceremonial pomposo. Antes de acudir a la celebración, Alejandro VI se había hecho conducir en la silla gestatoria, acompañado por sus cardenales, a la sala del Loro; allí bendijo la Rosa de Oro antes de entregársela a su hijo. Era una alta distinción de la que el Papa había hecho uso con intenciones disuasorias más de una vez, para frenar la codicia de los soberanos vecinos. Esta vez, el agraciado era César Borgia. El Papa encabezó el largo cortejo de purpurados que, al inicio de la ceremonia, se encaminó a la basílica para oír misa. Delante de Alejandro, escribe Burchard, «iba un lacayo pontificio, ataviado con una túnica de brocado que le caía hasta la rodilla; caminaba delante de los chambelanes y portaba las insignias de gonfalonero, el manto y el birrete».

Como cuatro años antes, cuando Juan de Gandía recibió las mismas dignidades, César Borgia oyó invocar solemnemente al Pontífice la protección de Dios para el nuevo jefe militar de la Iglesia, la misma protección que recibieran «Abrahán en el holocausto, Moisés en el ejército, Elías en el desierto, Josué en el campo, Gedeón en los combates, y que Pedro recibió con las llaves». César recibió de rodillas, ante el trono papal, los atributos de su cargo: un manto de armiño y un tocado rematado por la paloma del Espíritu Santo.

Flanqueaban al nuevo jefe militar de la Iglesia tres capitanes que portaban los estandartes con los escudos Pontificio, de los Borgia y de Francia. Luego se reanudó la misa y el joven capitán general pronunció con la solemnidad debida su juramento de fidelidad, después de lo cual recibió el bastón blanco de comandante y, finalmente, la Rosa de Oro bendecida por el Papa.

De nuevo, y por tercera vez, un hijo del papa Borgia está al frente del poder pontificio. César es, conjuntamente, máxima autoridad militar romana y duque francés. El rey de España nunca perdonó que el «Valenciano» prefiriera ser «Valentino» y «Valentinois» al mismo tiempo, hasta el punto de colaborar decisivamente a su ruina y su muerte prematura.

Pero, en estos momentos, en la plenitud de la gloria, los Borgia no pueden saber que la desgracia y la muerte les rondan ya. César aprovecha esos meses para reorganizar sus tropas siguiendo las indicaciones del Papa; y éste, a su vez, va reuniendo diligentemente los fondos necesarios para reanudar la campaña contra los vicarios en cuanto el horizonte internacional se haya despejado.

NADIE QUIERE ENFRENTARSE A LOS TURCOS

Al iniciarse el siglo, Alejandro VI retomó la cuestión turca. Era una obsesión que pasaba de un papa a otro en aquella época de expansión del poder otomano: el papa Borgia no había olvidado el compromiso de sus predecesores —y el suyo propio, en su etapa de vicecanciller; incluso había pagado de su bolsillo una nave con su tripulación en el fallido intento de Pío II de organizar una nueva Cruzada que acabara con los avances turcos.

Con su vigor habitual, volvió a dirigirse a los príncipes de Europa para que se implicasen en esta aventura. Pero los Estados europeos no sólo no respondían al llamamiento, sino que se entendían con el Sultán más o menos abiertamente. El duque de Milán le había invitado a atacar las posesiones venecianas y el otomano no dejaba pasar la ocasión, actuando de forma destructora y sangrienta, quemando ciudades, asesinando o esclavizando a sus habitantes; por su parte, el rey de Nápoles le había ofrecido el cobijo seguro de sus puertos. El francés Philippe de Commines, enviado de Luis XII de Francia, mantenía largas entrevistas en Venecia con el embajador del Sultán. E incluso el emperador Maximiliano, sin reparar en los riesgos que asumía, facilitaba al ejército oriental el tránsito por Goritzia, para que atacase por tierra a los venecianos. El poder turco podía inclinar la balanza del equilibrio político y todos trataban ya abiertamente de tenerlo de su lado.

Nada de esto desanimaba al Papa, que, aprovechando los entusiasmos del jubileo, reunió el 11 de marzo de 1500 una especie de Congreso en el que participaron los embajadores cristianos en Roma. Estaban presentes los representantes del emperador alemán, los de Francia, España, Inglaterra, Nápoles, Venecia, Saboya y Florencia. En su discurso de apertura aludió al peligro de una invasión turca. Elogió a la República Serenísima, que en su opinión defendía a toda la Cristiandad al defenderse a sí misma. Alejandro VI, en un alarde de optimismo, dijo contar con tres grandes potencias navales —Francia,

España y la propia Venecia— y disponer del auxilio de Polonia y Hungría en tierra firme. Terminó ofreciendo todas las concesiones eclesiásticas que se le pidiesen para recabar fondos.

Pero todo fue inútil. Los embajadores se desentendieron de la propuesta alegando que el asunto debía decidirse al más alto nivel. Alejandro VI, irritado, lamentó en el discurso de clausura la actitud del rey de Francia y del emperador, y criticó ácidamente a Federico de Nápoles por tratar con los turcos.

La inutilidad de esta reunión no descorazonó al Papa. En junio publicó una bula anunciando la cruzada, y envió predicadores y legados a todos los países cristianos. En cuanto a los fondos, empezó a recolectar dinero por su cuenta. A los cardenales y a los altos prelados les obligó a contribuir con fuertes sumas, de acuerdo con sus «beneficios». Nuevos impuestos eclesiásticos vinieron a gravar a los súbditos de los Estados Pontificios para financiar una empresa en la que entraron, siquiera teóricamente, el rey Enrique VII de Inglaterra, que firmó acuerdos económicos con el Papa que jamás cumplió, y el emperador Maximiliano y sus grandes vasallos se comprometieron a enviar un ejército de treinta mil infantes y una buena caballería. También el rey de Francia prometió unas galeras.

En realidad, sólo la flota española, dirigida por Gonzalo Fernández de Córdoba, ayudó durante algún tiempo a los venecianos, aunque con gran éxito. Mientras, el rey de Hungría se batía en tierra contra los invasores turcos. El Papa dio a los Reyes Católicos, por esta contribución, el título de Defensores de la Fe, pero hubo de rendirse a la evidencia de que los soberanos europeos no estaban dispuestos a cumplir sus promesas y que los tratados firmados con tantas dificultades eran letra muerta.

La única posibilidad era establecer una alianza con los dos estados más directamente amenazados: Venecia y Hungría. Pese a su amor al dinero, el Papa entregó al rey Ladislao de Hungría todos los beneficios eclesiásticos de este reino, además de cuarenta mil ducados, y envió otros quince mil ducados a su representante en Venecia. La alianza era débil y la Cristiandad, siempre dividida, se salvó del yugo turco porque la fenomenal potencia militar otomana tuvo que dirigirse contra Persia, donde se le abrió un peligroso frente. En 1502, Venecia optaría por firmar un acuerdo de paz con los turcos a espaldas de las demás naciones europeas.

EL GONFALONERO NO CONOCE A SU HIJA

En Roma se habla de que César no es el de antes, y se comenta su actitud melancólica. Puede que todo se deba a que en mayo nace su hija Luisa y las circunstancias le impiden tanto ir a conocerla como que la niña y su madre vengan a Roma. El acuerdo de los Borgia y Francia, las dificultades en las comunicaciones de la época, las campañas militares, todo ello le condenaba a esta separación forzosa.

La separación corroía por dentro al joven, alimentaba una melancólica correspondencia entre los esposos, cuyo tono de súplica era análogo a ambos lados de los Alpes. César pedía a su mujer que se reuniera con él en Italia, donde estaba su sitio, como nuera del Papa; Carlota contestaba implorando a su marido que regresara a las tierras ducales. Misteriosos mercadeos políticos alimentaban este diálogo de sordos. César tenía la perspicacia suficiente como para darse cuenta de que su mujer y su hija se habían convertido en rehenes del rey francés y que los «asuntos de Milán», como le decía el embajador de Mantua, contenían una vez más la clave de su destino, cuenta Robichon.

César se había vuelto a instalar en su palacio del viejo Borgo, con sus logias a cielo abierto y con las salas también decoradas por el inspirado pincel de El Pinturicchio. En las cancillerías de Roma se le consideraba un triunfador, el más afortunado representante de la familia Borgia. Pero el nuevo gonfalonero de la Iglesia se entregaba con desgana a los actos públicos. Su presencia en las fiestas de la Corte era siempre distante. César Borgia prefería frecuentar su pequeño círculo de allegados, su «corte» particular, antes que prodigarse en las fiestas de la sociedad romana. Miguel Corella recordaba que durante el desafortunado asedio de Bracciano, el solitario cardenal de Valencia ya deambulaba con aspecto huraño por los alrededores del campo de batalla. El gran condotiero sufría lo que hoy llamaríamos agudas fases depresivas.

Pero no por ello dejaba de cumplir con los deberes de su cargo. Escoltado por sus capitanes y soldados, César acudía periódicamente a visitar a los diecisiete miembros del Sacro Colegio Cardenalicio en sus palacios.

Algunos autores atribuyen ese carácter sombrío a los estragos de la sífilis, que puede provocar alteraciones cerebrales, además de desfigurar el aspecto físico. Aún así, parece cuando menos aventurada la tesis de Gervaso, que atribuye a la sífilis «su desconfianza, su temperamento sombrío, su crueldad y ciertas costumbres extrañas». En aquella Roma turbulenta, cualquiera en la posición de César Borgia tenía sobrados motivos para ser desconfiado y, en cuanto a la crueldad, a tenor de lo que relata Maquiavelo, era una de las señas de identidad de los grandes señores de aquel contradictorio Renacimiento.

CORRIDA DE TOROS Y FUEGO DIVINO

El jubileo y la paternidad de César bien merecían que el Papa decidiera una celebración más, esta vez, absolutamente hispánica. El día de San Juan de 1500 se celebró una corrida de toros detrás de la plaza de San Pedro del Vaticano, y cuentan las crónicas que el hijo del Papa bajó al ruedo a torear nada menos que cinco toros. Según relataría después el embajador Capello, César llegó a «cortar la cabeza de uno de ellos de un solo tajo, lo que pareció gran cosa». Si el capitán general de la Iglesia estaba deprimido, lo estaba en privado y no cuando empuñaba la espada.

En pleno Año Santo, apenas unos días después de la célebre corrida de toros en el Vaticano, un accidente está a punto de costarle la vida a Alejandro VI. El 29 de junio, una pavorosa tormenta se desencadenó sobre Roma. El clima opresivo de la ciudad, propensa a grandes calores primaverales, suele jugar estas malas pasadas. Aquel día, las fuerzas de la naturaleza se desbocaron de pronto, de un modo que a muchos les pareció sobrenatural. El cielo se volvió gris intenso, mientras un vendaval sacudía edificios y árboles. De inmediato, relámpagos y truenos dieron paso a un verdadero diluvio de granizo, y la fuerza del viento arrancó techumbres, destrozó vidrios y arrancó árboles. La naturaleza demostraba todo su poderío sembrando el pánico entre los romanos, que vieron presagios funestos en aquella tormenta. ¿Sería el fin del mundo? ¿El castigo de un Dios vengador?

La tormenta estalló cuando Alejandro VI, asistido por su camarero mosén Po y el obispo de Capua, se disponía a presidir las audiencias tradicionales en la festividad de San Pedro. De repente, el viento huracanado abrió de par en par las ventanas de la sala donde se encontraba el Papa, arrancando las cortinas. Los asistentes se apresuraron a cerrarlas, pero, en ese momento, un golpe de aire aún más fuerte les tiró al suelo, mientras un estruendo enorme hacia temblar el palacio desde los cimientos al tejado. El techo de la sala se había derrumbado fulminado por un rayo, dejando a su alrededor un paisaje de escombros y vigas destrozadas. Aterrados, el camarero y el obispo vieron que el desplome se había producido justo sobre el trono papal, que había sido literalmente engullido, baldaquín incluido, por los gruesos cascotes, sepultando al Pontífice.

La alarma cundió en Vaticano y enseguida acudieron los soldados pontificios, obreros y asistentes en un intento desesperado de rescatar a Alejandro VI, al que todos daban ya por muerto. El Pontífice no daba señal alguna de vida y, sin embargo, cuando el improvisado equipo de rescate consiguió sacar al Papa, todos comprobaron con asombro que Alejandro VI estaba sano y salvo, tan sólo con algunas contusiones y una aparatosa herida en la cabeza de la que manaba abundante sangre. El papa Borgia había sobrevivido a la caída de un rayo sobre su cabeza. Toda una metáfora de su fortaleza.

La robusta naturaleza de Borgia —y su buena suerte— le había protegido de un accidente que pudo ser fatal. El Pontífice se recuperó pronto del susto y de las heridas, y el incidente quedó enseguida archivado, como había ocurrido meses antes con el síncope. El Papa atribuyó a la Providencia divina el haber salido ileso del accidente y dio gracias a Dios con una misa solemne celebrada en Santa María del Popolo, iglesia a la que regaló además un copón precioso con trescientos ducados. Las campanas de Roma repicaron al unísono en señal de júbilo por el feliz desenlace de un suceso que dio mucho que hablar en la ciudad y dejó mal sabor de boca a los enemigos de Rodrigo Borgia. El cardenal Della Rovere se mostró entusiasmado en público por la supervivencia del Pontífice.

ASESINATO DEL YERNO NAPOLITANO

Pero la alegría duró poco más que el sonido de las campanas en aquella Roma dominada por intrigas y violencias. El asesinato de Alfonso de Aragón, que acababa de volver a instalarse con su amada Lucrecia en el palacio vaticano de los Borgia, sacudió los cimientos familiares, como un rayo, éste sí, de fatídicas consecuencias. Otra vez el golpe criminal empañaba el triunfo familiar.

La joven pareja atravesaba un momento de plena felicidad conyugal tras el nacimiento de su hijo Rodrigo. Lejos habían quedado las zozobras provocadas por el enrarecimiento de las relaciones políticas entre el Vaticano y el Reino de Nápoles. El duque de Bisceglie había recuperado su lugar de honor en la corte pontificia y participaba en ceremonias y festejos, siempre agasajado y halagado por todos.

Pero la noche del 15 de julio de 1500, inesperadamente, cuando el duque se disponía a regresar a su palacio, fue herido de muerte. Alfonso había estado cenando con el Papa y regresaba a casa en compañía de Tomás Albanese, gentilhombre de su séquito, y un sirviente. Cuentan las crónicas que, al atravesar el pequeño grupo el atrio de la iglesia de San Pedro, se tropezó con los cuerpos de varios mendigos que yacían en las escaleras de acceso al templo. En aquella Roma de contrastes, no era raro que se cruzaran fulgurantes oros y brocados con andrajos miserables. Sólo que aquellos mendigos arrebujados en los peldaños del templo ocultaban armas afiladas e intenciones perversas.

Cuando Alfonso de Bisceglie se les aproximó, saltaron sobre él. Herido primero en la cabeza, luego en otras partes del cuerpo, cegado por la sangre, Alfonso quedó a merced de sus agresores. Los gritos de su lacayo y la valiente réplica de su camarero impidieron a los asesinos rematar su obra. Según diversos autores, la emboscada de esa noche de verano de 1500 reproducía, aunque con testigos, «la tragedia del duque de Gandía».

Los agresores huyeron corriendo, se dijo que protegidos por hombres a caballo, aunque hay muchas dudas al respecto, sobre todo, porque es una exageración decir como se dice que cuarenta jinetes cubrieron la huida de los asesinos. Un grupo tan numeroso no habría pasado desapercibido junto a los muros vaticanos. Alertados por el tumulto, los soldados abrieron las puertas del palacio papal, pero cuando llegó la guardia pontificia, no pudo alcanzar a los agresores. A toda prisa, se trasladó el cuerpo ensangrentado del duque de Bisceglie al interior del Vaticano.

En un instante, el palacio se agitó ante el inesperado suceso; el Papa salió de sus aposentos, y los guardias pontificios reforzaron su vigilancia en las salidas del palacio, mientras la noticia del atentado se propagaba como un reguero de pólvora fuera de la ciudad Leonina. Como el estado del herido impedía su traslado a Santa Maria in Portico, el Papa ordenó que fuera alojado en la Torre Nueva del jardín de San Pedro, encima de sus propios apartamentos, adonde llegó Lucrecia angustiada. Mientras se le instalaba y se llamaba apresuradamente a médicos y cirujanos, Alfonso parecía más muerto que vivo: tenía el cráneo roto, perdía sangre en abundancia y entre los jirones de su ropa se dejaban ver heridas múltiples y profundas producidas por cuchilladas en el torso, el brazo derecho, la cadera y las piernas.

Al verle moribundo, a Lucrecia le falló el corazón y se desvaneció. Un cardenal se apresuraba ya a dar la absolución al yerno del Papa, y el duque la recibió con signos de aquiescencia, demostrando que, a pesar de sus heridas, conservaba alguna conciencia. El resto de la noche transcurrió con el temor de un desenlace fatal. Pero por la mañana, y no obstante los diagnósticos, el moribundo seguía con vida; vigilado por dieciséis soldados que respondían ante el Papa de la vida del herido, Bisceglie parecía superar la crisis con su vigor juvenil y su sólida constitución.

La habitación donde yacía fue dotada de vigilancia permanente, por si ocurría un nuevo ataque, ya que la audacia del atentado hacía temer una conspiración romana, incluso vaticana. César, gonfalonero de la Iglesia, mantuvo el orden público y dispuso que nadie llevara armas en las proximidades del Vaticano bajo pena de muerte. Y se inició una investigación judicial para descubrir a los autores del delito.

Los médicos del Papa hicieron las primeras curas. Los Colonna, muy ligados en aquel momento al duque de Bisceglie, enviaron por su cuenta otro médico prominente, y el rey Federico, desde Nápoles, avisado por su embajador, despachó a Roma a su propio médico Galiano, acompañado de un ayudante que las crónicas describen giboso. A la cabecera de la cama del herido estaban su mujer, Lucrecia, y su hermana, Sancha, cuidándolo día y noche.

A pesar de esa primera milagrosa mejoría, el joven no se recuperará de las heridas. Su muerte quedará para siempre envuelta en las brumas de la leyenda, en varias y contradictorias versiones. Muchos relatos cuentan que ya en los primeros momentos, tras el ataque, sacó fuerzas de flaqueza para musitar quién pensaba que había sido el inductor del ataque, y que al oírlo, su esposa se desvaneció. Esta suposición, sin embargo, es poco probable, pues en los días transcurridos hasta su fallecimiento, la hipotética revelación no vuelve a mencionarse ni tiene consecuencia alguna.

El asesinato del duque de Bisceglie le fue atribuido, casi de inmediato, a su cuñado César. La leyenda se tejió en poco tiempo. No sólo se atribuía a César Borgia la gestación del ataque, sino que se le hacía responsable de que el herido hubiera sido rematado en el lecho donde se recuperaba. Por absurda e infundada que fuera la hipótesis, dictada interesadamente por sus enemigos, tenía posibilidades de prosperar. La fortuna militar de César Borgia y su carácter implacable le habían hecho acreedor del odio furibundo de muchos grandes señores que sembraban calumnias a la menor oportunidad. Sin embargo, lo que se conserva del *Diario* de Burchard sobre este episodio no hace alusión alguna a César. La leyenda involucra también a Michelotto, el villano de todas las tragedias borgianas, a pesar de que este hombre fue siempre, incluso después de la muerte del Valentino, un capitán muy apreciado, tanto en el ejército pontificio como, más tarde, hundidos los Borgia, en el de la República de Florencia.

El calor tórrido de aquellos días obligó a enterrar rápidamente a Alfonso de Aragón. Un detalle que ha sido interpretado muy a posteriori como «prueba» de que el asesinato fue producto de querellas familiares y, por tanto, obra de César. Pero escritores más recientes avalan la versión de Buonaccorsi de que muriera simplemente a consecuencia de las heridas recibidas en este ataque, y niegan toda posibilidad de que César ordenara rematarle.

¿Qué interés podía tener César en deshacerse de este joven que aún no contaba los 19 años? El jefe de los ejércitos pontificios está gozando de sus primeros grandes triunfos, que son doblemente grandes. Un rey le respalda en su carrera magnífica. Un Papa le cubre con su manto paternal. Pocos meses después, la Serenísima le hace patricio de Venecia. ¿Por qué iba a poner en entredicho su posición y a enemistarse para siempre con su hermana Lucrecia?

Se ha intentado explicar que el móvil más plausible en este crimen era una rivalidad personal entre ambos de la que no hay indicios. Salvo que se tengan en cuenta los rumores decididamente poco serios de que César amaba a su hermana y no soportaba verla en otros brazos. Es difícil establecer hipótesis. Pastor sospecha que los autores del delito fueron los Orsini, porque Bisceglie se había ligado fuertemente con los Colonna. Es posible; también es posible que el planificador del crimen no pretendiera otra cosa que crear dificultades a la familia Borgia y sembrar cizaña entre sus miembros.

Enviar a unos asesinos a la misma plaza de San Pedro; asaltar al pariente del Papa, hijo de un rey, a las puertas del Vaticano; tener, al mismo tiempo, preparados en las cercanías hombres a caballo para proteger la huida; todo indica capacidad de acción y enormes dosis de osadía o deseos de venganza contra el propio Alfonso o contra los Borgia. Como en el caso del misterioso asesinato del duque de Gandía, el del segundo marido de Lucrecia es una absoluta incógnita histórica que no ofrece ni siquiera la pista de un móvil medianamente plausible.

Pero tratándose del papa Borgia y sus allegados, siempre se tiende a lo alambicado, lo «conspiranoico», lo «literario». ¿Por qué descartar un delito común, un asalto a mano armada en busca de fácil botín, un golpe de un grupo de forajidos disfrazados de mendigos, un robo que se complica ante la resistencia de la víctima y que termina en tragedia? ¿Accidente, entonces? Si alguien quiso matar premeditadamente al joven Alfonso, el objetivo no debió de ser otro que causar gran dolor a los Borgia. No es exagerado suponer que detrás de este crimen se encuentren los mismos intereses, el mismo clan familiar que preparó la emboscada asesina a Juan Borgia tres años atrás.

ARGUMENTOS CONTRA CÉSAR

Se cuenta que el convaleciente Alfonso intenta matar a César con una flecha desde el balcón de los aposentos donde convalece y que, a raíz de ello, César decide eliminarlo. Es el 18 de agosto de 1500: Alfonso «fue estrangulado en su cama a las cuatro

330

de la tarde», dice Gervaso citando a Burchard, quien, en todo caso, en ningún momento menciona a César. Robichon se atreve a asegurar por su parte que «el martes 18 de agosto, hacia la hora del crepúsculo, una tropa de hombre armados bajo el mando de Michelotto Corella penetró por la fuerza en los aposentos de la Torre Borgia hasta la habitación» con una acusación contra Alfonso: «conspiración contra los Borgia en complicidad con la familia Colonna». Hay varias versiones de los hechos para explicar que Lucrecia y Sancha salgan del aposento en busca de ayuda y que, aprovechando la soledad, el hombre de confianza de los Borgia estrangule al herido. Cuando vuelve Lucrecia, le dicen que se ha caído de la cama. Y ella calla.

El prestigioso historiador católico Ludwig von Pastor, que al redactar la historia del papa Borgia no ha logrado dejar de lado sus muchos prejuicios, ofrece su propia versión: Alfonso de Bisceglie fue atacado efectivamente por enemigos de los Borgia que lo dejaron malherido, pero el joven, creyendo ver en este asalto la mano de su cuñado César, todavía convaleciente, intentó matarlo. Ello habría irritado —con cierta lógica— al condotiero, que entonces ordenó eliminarlo. Sanudo, un enfermizo calumniador, dice que «un día que éste [César] salía de la habitación del enfermo en compañía del embajador de Venecia, éste le oyó murmurar cínicamente: "Lo que no se ha hecho al mediodía bien podría hacerse a la hora de cenar..."». El francés Robichon opina que, después de dos años, la unión de los Borgia con los Aragón de Nápoles había perdido gran parte de su interés a los ojos del Papa y, lo que es más importante, a los del duque de Valentinois, aliado del rey de Francia; aunque él mismo añade a continuación que el duque y la duquesa de Bisceglie no tenían por qué temer nada. ¿Acaso no contaban con el Papa para defender su felicidad si una hipotética amenaza surgiera por razones de Estado? ¿Y acaso Lucrecia, la hija bien amada, no acababa de dar al Papa su primer nieto? No hay causa suficiente para justificar por este lado el asesinato del pobre joven, cuya intervención en la política napolitana o romana y en las relaciones entre ambas era nula. Todo ello son elucubraciones tejidas para justificar una teoría sin base sólida, pero que proporciona, no obstante, excelente material a la «leyenda Borgia».

Lo más probable es que, simplemente, el joven Alfonso no sobreviviera a sus graves y numerosas heridas. Se le dio sepultura deprisa, debido a los fuertes calores, en la capilla de Santa María de las Fiebres, en una ceremonia presidida por Francisco Borgia, arzobispo de Cosenza y tesorero del papa. Sus médicos, incluido el jorobado asistente del doctor venido de Nápoles, son detenidos, pero pronto quedan en libertad ante la ausencia de indicios acusadores.

«El hecho de que el rey de Nápoles no acusara a César de la muerte de su sobrino no basta para absolverlo», dice Gervaso en el mejor estilo inquisidor, obligando a probar la inocencia y no la culpabilidad. Aunque reconoce: «Si el más sospechoso es César, y con él el Pontífice, no podemos excluir otras culpabilidades. Bisceglie tenía muchos enemigos en Roma, empezando por los Orsini, que no le perdonaban su amistad con los Colonna [...]. El misterio sobre el final del duque de Bisceglie [...] sigue siendo, al fin y al cabo, un misterio».

Robichon mantiene que César reconoció su autoría en defensa propia: «He matado al duque pues quería darme muerte y ha intentado asesinarme», habría dicho al embajador de Venecia. No parece cierto en absoluto.

Cattaneo escribió al marqués de Mantua diciéndole que el Papa estaba muy afectado. Lucrecia estaba abatida. Alejandro hacía cuanto podía para consolar a su hija, esforzándose por atenuar y distraer su pena. Pensó que era mejor alejarla de Roma y ella estuvo de acuerdo. El lugar elegido fue Nepi, al sur de Viterbo, en la vieja Etruria. Una mañana de finales de agosto, doce días después de la muerte de su marido, Lucrecia partió con su hijo, y con una escolta de trescientos jinetes, hacia la fortaleza en cuyos muros campeaban juntas las armas de los Borgia y las de los Aragón.

El 25 de agosto, el Papa fue en procesión solemne a Santa Maria del Popolo a rendir el último homenaje al yerno fallecido; el Valentino iba a la cabeza del cortejo, con sus hombres de armas, reverenciado por los romanos y los peregrinos.

La liberación de la Romaña

La normalidad volverá poco a poco al Vaticano y el Papa se verá de nuevo inmerso en los asuntos pontificios. Alejandro VI está a punto de cumplir 70 años.

Goza de salud excelente, pero sus energías van menguando. Hay que apresurarse en completar la recuperación de los territorios pontificios y fortalecer el poder temporal del papado para mantenerse a la altura de las potencias cada vez más poderosas. «Su pontificado no podía ser eterno, en el sacro colegio tenía más enemigos que amigos, la curia no cesaba de oponérsele», dice Gervaso para reflejar su estado de ánimo de entonces, y cita al embajador Capello, reproduciendo unas supuestas palabras del Papa: «Deseo que César tenga un Estado en Italia, con la protección y colaboración de Venecia». El hecho es que la Serenísima no se opondrá a la campaña para recuperar la Romaña, nombrará al Valentino gentilhombre de Venecia y le obsequiará con un palacio en el Gran Canal.

El 25 de septiembre, César Borgia había sentado a su mesa a doce purpurados recién nombrados; éstos habían sido bautizados ya popularmente como los «cardenales de Romaña», porque su acceso a la birreta les había costado entre 10.000 y 25.000 ducados de oro, dinero destinado a financiar la campaña militar de recuperación del control de los territorios pontificios en manos de barones levantiscos. Varios historiadores afirman que el papa Borgia «subasta nuevas birretas»: el arzobispo de Sevilla desembolsaría 25.000 ducados de oro; el obispo de Módena, 22.000, y el obispo de Como, 20.000. Con la suma recaudada, César puso en pie un ejército de 12.000 hombres «con espada, pica, yelmo y jubón rosa-amarillo», dice Gervaso. Todo el dinero que la Iglesia pudo conseguir, incluido el procedente de las indulgencias del Año Santo, sirvió para financiar el ataque.

El 28 de septiembre se celebra un nuevo consistorio para aprobar la campaña. El 1 de octubre de 1500, el ejército papal se pone en marcha camino de las rutas del norte, tras ocho meses de paréntesis. Luis XII respetaba los compromisos de la alianza franco-vaticana de 1498, asegurando una vez más la presencia de tropas francesas al lado del Valenciano.

La envidia a los Borgia se había generalizado, y Robichon recoge tal estado de ánimo en esta frase sobre César: «Era entonces —señala un contemporáneo, a su vez secretario del gobernador de Perugia— el primer capitán de Italia, no tanto por su gran conocimiento militar, como por la sutil ciencia de la traición y el poder del dinero; se transformó el arte de la guerra en engaño, en duplicidad, en trapacería [...]. Tenía de su lado a la flor y nata de los combatientes, así como a los mejores condotieros, y, por añadidura, era además un hombre de suerte; astrólogos y nigromantes lo llamaban *"filius Fortunae"*».

Pero el mismo Robichon reconoce líneas después: «A la llamada del Borgia acudieron procedentes de todas las ciudades y principados de Italia gentilhombres, capitanes, ingenieros, sabios y aventureros de todos los confines para luchar bajo su bandera. No sólo los Tiberti de Cesena, los Vitelli de Città di Castello, los Bentivoglio de Bolonia se habían pasado de inmediato al campo del Valentinois, llevando consigo importantes contingentes militares; sino que los Farnesio, los Orsini fieles a la alianza francesa, así como los Savelli y los Baglioni de Perusia no habían delegado en nadie su representación».

El Papa y César no dejaron nada al azar en la organización de su ejército. El obispo de Elna es el tesorero de César; Gaspar Torella, su médico; los fieles Agapito de Amelia y Carlos Valgulio, sus secretarios y hombres de confianza; y si César se hace acompañar por artistas, pintores, músicos y poetas, también se ha preocupado de que haya mujeres que acompañen a las tropas: consideraba indispensable esta presencia femenina para asegurar el bienestar y la moral de la soldadesca en campaña.

Pero, sobre todo, y con vistas a la guerra de asedio que se preparaba en torno a las plazas fuertes de Romaña, el Valenciano se había preocupado de disponer de una artillería independiente, por lo que había mandado fundir algunos de sus propios cañones: veinticinco piezas, de las cuales seis provocaron el pasmo del cronista de Forlí, por sus dimensiones y su peso, «apenas creíbles para el intelecto humano»; a este respecto, Maquiavelo hizo la siguiente valoración en su informe a los Señores de Florencia: «Tiene tanta artillería, y en un orden tan bueno, que él solo posee casi tanta como Italia entera». El Valentinois la puso a las órdenes del mejor técnico de la época: Vitellozzo Vitelli.

Cuatro días después de salir de Roma, las tropas llegan a Nepi, a cincuenta kilómetros de la capital, porque César no quiere dejar de despedirse de su hermana. Esta entrevista, dos meses después de la muerte de Alfonso, demuestra que las relaciones entre los hermanos eran buenas, pese a las acusaciones maledicentes.

La plaza de Cesena fue la primera en caer. Y se entrega voluntariamente, antes incluso de iniciarse la campaña. Semejante acto de sumisión se produjo con la total complicidad de los señores del lugar que, poco antes, habían transmitido al Papa su reconocimiento y confianza en que César Borgia, al que califican de prudente y liberal, tomara las riendas de la ciudad. El Valentino envió a Cesena a uno de sus directos colaboradores, Juan Oliveri, obispo de Isernia, a la espera de poder presentarse él mismo en aquella localidad.

El 10 de octubre, Pandolfo Malatesta le entrega Rímini a cambio de su inmunidad y una renta. La inexpugnable Rocca Malatestiana era la fortaleza más sólida de la Romaña. También se rindió. «En Rímini, antigua encrucijada de las vías Flaminia y Emiliana, reinaban los Malatesta, malditos, mancillados y aborrecidos. Este odio», dice acertadamente Fusero, «es el patrimonio en general de los señores de Romaña, mucho más eficaz que el favor de Luis XII, más serio que la amistad de Venecia y el mejor aliado del Valentinois». Nieto de un excomulgado, «el ilustre Segismundo, a sus 25 años, es el último déspota de la dinastía de los Malatesta y tiene en su haber el mayor número de crímenes de los imputables al largo linaje de sus antepasados; pero, en su caso, se le reconocían importantes circunstancias atenuantes. De sus dos tíos, regentes durante su minoría, uno había asesinado al otro, y después había intentado deshacerse también de su pupilo», cuenta Robichon.

César conquista también Pesaro, tras la huida de su señor Juan Sforza, ex marido de Lucrecia, «completamente aislado y aborrecido por los ciudadanos» según Gervaso. Pero hay que conquistar Faenza para que los avances se consoliden. Su señor, Astorre Manfredi, ha perdido el apoyo de Venecia. El sitio de Faenza durará unos meses, hasta su caída al año siguiente.

Reparto de Nápoles en Granada

En noviembre se desarrollarán negociaciones secretas entre España y Francia para repartirse el Reino de Nápoles. «El 11 de noviembre se firma el Tratado de Granada, un acuerdo secreto para despojar de su corona al desgraciado Federico de Aragón y repartirse sus territorios. Según los términos del acuerdo entre la corte de la Flor de Lis y los soberanos católicos, España recibiría el "ducado" de Calabria y de Apulia, mientras que Francia se instalaría definitivamente en Nápoles, en los Abruzos hasta Gaeta, y en la fértil tierra de labor (Campania), incluidos Benevento, Avelino y Salerno; de hecho, Luis XII se disponía ya a adoptar el título de "Rey de Jerusalén" que habían llevado los antiguos soberanos napolitanos», dice Robichon. El detonante del expolio es la herética llamada de ayuda de Federico a los turcos. El Papa nada pudo hacer para evitarlo, y pagaba de esta forma, según el citado historiador, «el ascenso de su hijo y el reforzamiento militar de la Iglesia en Italia».

La intervención franco-española tenía obvias consecuencias para los planes militares del Valenciano. César jamás las había ignorado: la entrada en campaña de Luis XII le obligaba no sólo a prescindir de los contingentes del capitán De Allegre, sino a ponerse él mismo, como fiel vasallo del monarca francés, a las órdenes de su querido «pariente y primo» y acompañarlo hacia el sur.

Robichon retrata así a César en esos momentos: «Durante esta tregua invernal de 1500-1501, apenas causaba asombro el hecho de ver al hijo de Alejandro VI sometiendo a su capricho a bellas cautivas consentidoras, o entregarse en medio del pueblo de Romaña a esos ejercicios físicos que tanto le agradaban, como peleas con los puños, corridas de toros, justas a caballo, beber y comer sin moderación. Pero no por ello dejaba el Valentinois de sentarse a su mesa de trabajo todos los días al salir el sol, o de despachar los asuntos de sus nuevos Estados desde su trono ducal. Esta faceta de administrador, de político, de hombre de Estado en una palabra, que tanto ensalzaría Maquiavelo, llamaba la atención de cuantos tuvieron ocasión de acercarse al duque en Romaña. El estado de las finanzas, las reformas de las cargas y de los impuestos, la escasez de los víveres agravada por el conflicto armado, el intercambio de las mercancías, incluso el bandidaje y los abusos de la soldadesca, figuraron durante más de cuatro meses en el orden del día del consejo ducal, y —digno hijo del papa Alejandro— el Valenciano reorganizó, dictó medidas, nombró *podestás*, indemnizó, pronunció sentencias de condena

contra bandidos cuyos cuerpos permanecieron durante mucho tiempo colgados de las ventanas de su
palacio [...]. Gran prestigio del nuevo señor de la Romaña, vencedor de los Sforza y de los Malatesta».

AL INICIO DEL SIGLO XVI

El jubileo romano se acerca a su fin. El Papa ha
reforzado su ejército para reanudar la guerra en Romaña y en el resto de sus territorios. El rey de Francia y el de España se han puesto de acuerdo sobre
el destino de Nápoles, y Federico ofrece al turco
una plaza situada en el extremo oriental de su reino: Taranto. La cesión tiene carácter permanente,
a cambio de una alianza que le defienda de las grandes potencias europeas.

La política italiana entra en una nueva fase al
comenzar el siglo XVI. Según Ferrara, lejos queda
ya el sistema creado por Cosme de Medici, y que
Lorenzo el Magnífico mantuvo con acierto, o sea,
la supremacía de los cuatro grandes Estados: Venecia, Nápoles, Milán y Florencia conviviendo en
perfecto equilibrio. El ducado de Milán ahora depende directamente de Francia, y, en las relaciones
internacionales, también Florencia depende de París; la república florentina, de tendencia democrática, había mostrado un carácter pacifista en todas
las ocasiones, excepto cuando se trataba de defender su comercio y las vías del mismo, como en el
caso de la conquista de Pisa. Venecia, a su vez, desea romper todo vínculo italiano y no tener más

amistad que la del rey de Francia, pues quiere reforzarse en el Adriático con su ayuda y a expensas de Nápoles y de las tierras del Papa. Su ambición en tierra firme la lleva a enemistarse, igualmente, con sus poderosos vecinos, los Este y los Gonzaga. Nápoles, el Estado italiano más extenso, se halla en vísperas de caer definitivamente: la familia que lo gobierna será destronada por sus propios parientes de España.

En una época como ésta, en que no habían surgido aún los grandes principios del Derecho internacional, inestables también en nuestros modernos tiempos, y en que la autoridad del Papa se desintegraba lentamente, Alejandro VI se reafirmó en su convicción de que sólo un Estado Pontificio fuerte podía garantizar la autoridad eclesiástica de Roma; roto el equilibrio italiano, sólo el equilibrio de las fuerzas europeas podía salvar la poca independencia de los Estados de Italia.

En efecto, el tablero político no puede ser más problemático en estos inicios del siglo XVI: conflicto entre Alemania y Francia, que encuentra un momentáneo arreglo en un pacto de familia y en otras concesiones; conflicto entre España y Francia, que se resuelve en una partición amistosa del Reino de Nápoles, que dura poco tiempo; conflicto entre Venecia y el Papa... Alejandro VI pudo evitar que este enfrentamiento se convirtiera en guerra abierta, con una política suave y clarividente. Luego, Julio II exacerbó la enemistad, con daño recíproco, provocando el ocaso súbito de las últimas dos potencias italianas que habían resistido a los golpes extranjeros.

En estas condiciones, Alejandro VI prosigue la tarea de aumentar el poder temporal de la Iglesia colocándolo, de momento, en manos familiares: las de su hijo César, que avanza imparable por la Romaña.

Tras la rápida conquista de Imola y Forlí, meses antes, y al saber por informes de Roma y del campo francés, que el avance de las tropas pontificias contra los vicarios está a punto de reanudarse, los venecianos enviaron a Bartolomeo de Alviano, su condotiero principal, a Rímini y a Faenza, con buen número de tropas para defender a los Malatesta y a los Manfredi, señores, respectivamente, de una y otra ciudad. El Papa y Luis XII protestaron ante esta decisión; con lo que los venecianos se vieron obligados a retirar sus tropas y a su belicoso condotiero. El duque Valentino pudo así empezar su nueva labor sin dificultades.

Pero la actitud veneciana hizo comprender al Papa dónde se hallaba el verdadero peligro y enseguida arbitró el único medio de conjurarlo: recordar a los venecianos que César actuaba en nombre del rey de Francia, pero en el interés de la Santa Sede. De este modo, la oposición de la Serenísima quedó neutralizada.

Al frente de un ejército de diez mil hombres, César avanzó con la rapidez habitual, ocupando ciudades y territorios; poco tuvo que batallar. No encontró oposición hasta llegar ante los muros de Faenza. Como se ha dicho, Pesaro se libró de Juan Sforza antes de su llegada y vio en las tropas del Papa a un ejército libertador. Rímini, que los tristemente célebres Malatesta habían desgobernado, hizo otro tanto. Y así, una tras otra, todas las pequeñas ciudades y castillos se rendían a la fuerza del Valentino.

FAENZA

Solamente Faenza, que presume de buen gobierno, se mantiene firme. Una serie de circunstancias han puesto el control de los asuntos de la ciudad en manos de un gobierno colectivo integrado por dieciséis prominentes ciudadanos que actúan como tutores políticos de Astorre Manfredi, hijo de Galeotto Manfredi, asesinado por su mujer, Francisca Bentivoglio, hija de Giovanni, señor de Bolonia. La ciudad no quería cambiar de manos.

Las tropas vaticanas atacaron durante el invierno inútilmente, y tuvieron que abandonar el sitio por la dureza del clima y las agresivas ofensivas de los sitiados. Hasta fines de abril de 1501 no cayó la plaza, y no fue por victoria en campo abierto, sino por la traición de un combatiente y por la escasez de víveres. Astorre Manfredi y un hermano natural suyo, de nombre Giovanni Battista, fueron enviados a Roma y encerrados en el castillo de Sant'Angelo. Más tarde, sus cadáveres se encontrarán en las aguas del Tíber. El doble asesinato le fue imputado a César Borgia, y se cita siempre como muestra de su comportamiento implacable con el enemigo.

«La noticia de la caída de Faenza tardó cuatro días en llegar a Roma. La victoria encendió la capital: en medio de disparos de arcabuz y de fuegos de

343

artificio, Jofré Borgia y Carlos Orsini realizaron a caballo un recorrido triunfal por las calles comprendidas entre el Borgo y el Testaccio, mientras que, como de costumbre, Alejandro VI comparecía en el balcón de las Bendiciones sin saber si llorar o reír. Aquel año, la fiesta romana del primero de mayo resultó «resplandeciente», a pesar de la ausencia del conquistador, cuyo nombre estaba en todos los labios y su recuerdo en todas las mentes, principalmente, en la del Santo Padre, melancólico en su felicidad solitaria», relata un historiador.

¿UN ESTADO BORGIANO?

César es proclamado en mayo duque de Romaña. El Valenciano establece su cuartel general en Cesena. Se asegura que el nuevo gobernante no se acostaba nunca antes del alba, tras infinidad de reuniones y consejos. «Escuchaba a todos, pero él siempre tenía la última palabra, que luego sometía a Alejandro», dicen las crónicas. Entre padre e hijo reina, como siempre, un perfecto entendimiento.

Otros historiadores sugieren que Alejandro ya había concedido a su hijo ciertos títulos con anterioridad, el 4 de octubre de 1500, y que César ya ostentaba el título de soberano de Romaña, las Marcas y Umbría, «feudo hasta entonces de la Iglesia», según Gervaso. «Lo que Alejandro pretendía fue tal vez un Estado borgiano fuerte y compacto, formalmente ligado a la Iglesia, pero autónomo de hecho. Un Estado que, perpetuando una dinastía [...], disputara la palma a Milán, Venecia, Florencia y Nápoles». El embajador mantuano transmite el rumor de que el Papa quiere hacer de César «rey de Italia».

El hecho de que algunas propiedades de la Iglesia pasaran a manos de César Borgia se ha repetido como prueba del ansia de poder de la familia Borgia, pero no está demostrado que el papa Borgia quisiera crear un poder personal independiente a costa de los territorios de la Iglesia. Fusero, citado por el mismo Gervaso, disiente de que Alejandro VI pretendiera crear un reino familiar propio en un país desmenuzado en Estados y facciones, en lucha constante entre sí, y desgarrado por sangrientas luchas intestinas: «Es algo que excluimos: esto iría contra la perspicacia de un hombre que fue un grandísimo político».

Robichon juzga también que el papa Borgia quiere adueñarse de los territorios de la Iglesia para establecer una dinastía propia en el nuevo Estado. No hay un solo dato que avale esta hipótesis. Este historiador señala que las potencias y los señoríos de Italia, siguiendo el ejemplo de Venecia y de Florencia, «se apresuraron a enviar felicitaciones a un papa que acababa de entregar a su propio hijo unos territorios reservados secularmente a la autoridad de la Iglesia. Increíble abuso de donación y denegación de justicia hacia ciudades y pequeños Estados italianos, donde aparentaban no estar asustados por una predicción recordada por Alejandro VI, según la cual "un rey de Italia surgiría de su descendencia"».

El poder que estaba reconstruyendo el Valentinois, con la bendición paterna y el apoyo del rey de Francia, inquieta a todos los señoríos, desde Ferrara a Florencia y Siena, de Mantua a Bolonia. Con razón. Alejandro se decide a reivindicar sus derechos sobre Bolonia que, aunque pertenecía formalmente a la Iglesia, gozaba de total autonomía y, en ella, los Bentivoglio hacían y deshacían a su antojo. Hacía poco tiempo que esta familia había ordenado asesinar a los hermanos Marescotti, sus enemigos mortales, por ser partidarios de los Borgia y estar dispuestos a entregar su territorio a los invasores.

Gracias a una serie de asaltos bien coordinados, los capitanes del Valentinois se adueñan de Castelbolognese, entre Faenza e Imola, entran en Medecina y Castel Guelfo, en el camino de Bolonia a Ravena, saquean Castel San Pietro, se apoderan de la fortaleza de Castel Fluminera y amenazan a la misma capital de la Emilia, la magnífica Bolonia.

El ejército pontificio está a unos pocos kilómetros de la ciudad. Juan Bentivoglio invoca la protección del rey de Francia, pero, como parece servir de poco, negocia una «paz ingrata»: el 20 de abril se firma la rendición y, para asegurarse el alejamiento del enemigo, se proclama aliado del Vaticano, llegando incluso a proponer que su hijo se enrole en el ejército del Papa. El 3 de mayo se firma la paz.

Y, de repente, César Borgia, el «hijo de la Fortuna», en una fulminante voltereta, se lanza con sus tropas hacia el sur, a través de los Apeninos, hacia Toscana, con la vista puesta en Florencia.

Se ha dicho que en este momento surgen diferencias entre un papa que pide a su hijo que vuelva a Roma y deje los bocados demasiado grandes de Bolonia y Florencia, y un César que quiere aprovechar la situación y llevar la campaña hasta el final. Robichon cree que César actúa más allá de lo que Alejandro VI deseaba; tal vez el Papa estaba recibiendo presiones de Francia: «Asustado por la temeridad de su hijo, el viejo Pontífice había multiplicado las medidas cautelares. Es más, presintiendo los deseos del duque y de sus capitanes, Alejandro VI acababa de convocar a César con la orden de detenerse y de dar media vuelta. El embajador de Florencia describía en su informe al papa Borgia como alguien "que ha perdido el sueño, se levanta por la noche, escribe febrilmente y, de vez en cuando, se pregunta a sí mismo: ¡Oh papa Alejandro!, ¿qué va a ser de ti?"».

Aparentemente sordo al «breve» papal que le ordenaba regresar a Roma, César dicta a los enviados de Florencia sus condiciones para perdonar a la ciudad, y el 17 de mayo arranca en Forno dei Campi a los florentinos un «tratado de amistad» que le concede una *condotta* de trescientos hombres de armas durante tres años y un sueldo de condotiero de 36.000 ducados anuales. Florencia se comprometía también a no poner trabas al resto de la campaña vaticana, aunque, pasado el peligro, no llegará a cumplir sus promesas.

Francia presiona al Papa y éste ordena a César la retirada. Sus capitanes, los Orsini y Vitellozzo Vitelli, quieren proseguir la campaña a toda costa.

«Y, por primera vez, el Valentino desafió la voluntad paterna», dice Gervaso. Según Ferrara, no se produjo en realidad ningún enfrentamiento entre padre e hijo, sino que el duque tuvo que abandonar sus proyectos de conquistar Bolonia y Florencia por voluntad del rey de Francia; se trataba, en el primer caso, de expulsar a los Bentivoglio de Bolonia y, en el segundo, de reponer a los Medici en el Gobierno de Florencia. En ambos casos el Valentino pidió compensaciones para desistir de sus propósitos, y así obtuvo una buena ayuda en dinero y en hombres de armas de los Bentivoglio, y una *condotta* y un tratado de paz de parte de los florentinos que le permitiría conquistar Piombino, un pequeño Estado tirrénico del que dependía la isla de Elba.

Vitellozzo Vitelli, lugarteniente de César, cometió no pocas tropelías al pasar por Orvieto, camino de Piombino. Los orvietanos se quejaron al Papa. El Pontífice escuchó las justas reclamaciones y exclamó indignado: «¿Es éste, pues, el oficio de nuestros soldados, depredar las tierras de la Iglesia? [...] Por mi fe os digo que no castigaré menos los daños sufridos por vosotros que si Vitellozzo hubiese despojado mi propia habitación». Y, en efecto, quiso retirar a Vitellozzo del ejército pontificio, pero no consumó su propósito a petición de los mismos habitantes de Orvieto que perdonaron al condotiero.

Finalmente, llega el momento temido por César: el rey de Francia, que había empezado la nueva expedición contra Nápoles, le ordena incorporarse a las tropas francesas que bajan por las montañas de la Toscana hacia el Reino de Nápoles.

LEONARDO DA VINCI AL SERVICIO DE LOS BORGIA

Por aquellas fechas tuvo lugar el histórico encuentro entre César Borgia y Leonardo da Vinci. «Mientras el ejército del Papa atravesaba el territorio florentino, un hombre que rondaba la cincuentena, con aspecto humilde, rasgos angulosos y larga barba rubia con hilos de plata, se presentó ante César Borgia para ofrecerle sus servicios. Errante y disponible, hablaba de los trabajos realizados con anterioridad al lado de Ludovico el Moro, quien le había utilizado, en calidad de ingeniero, como constructor de canales en Lombardía, arquitecto e incluso escultor. Fue entonces cuando ejecutó el modelo de un coloso ecuestre a la gloria de un Sforza, pero el proyecto había desaparecido a manos de los arqueros de Luis XII. También era pintor, músico, anatomista y, a poco que se lo pidieran, podía dar mucho juego como organizador de fiestas, de mascaradas y de espectáculos que se celebraban en la corte de Milán. A pesar de su carrera milanesa, el excavador de los canales de Ludovico el Moro seguía siendo súbdito toscano, un simple burgués de Florencia, nacido cuarenta y nueve años atrás entre Empoli y Pistoia, en el pequeño castillo de Vinci, fruto de los amores clandestinos entre un notario y una campesina», cuenta Robichon.

«Puedo construir para vos puentes, canales, ingenios y catapultas. En tiempos de paz, creo poder igualar a cualquiera en la construcción de edificios públicos, para llevar el agua de un lugar a otro. También puedo ejecutar esculturas en mármol, bronce o barro indistintamente, y en pintura soy igual a cualquiera maestro».

Leonardo da Vinci fue inmediatamente contratado por el duque Borgia: de la colaboración de ambos nacerán no pocas obras. Ya maduro, Leonardo deseaba encontrarse al fin frente a un poderoso señor que tuviera fe en su genio. En esta primavera creyó sin duda haber descubierto a ese «príncipe» que Ludovico Sforza no había sabido ser.

César no se equivocó en cuanto a la calidad del hombre que se presentaba en su corte. El Valentinois necesitaba un auxiliar, un consejero en el arte de la guerra que, llegado el momento, fuera capaz de aplicar los extraordinarios recursos de su genio a las realizaciones de la vida civil. Y esto es lo que sucedió: incorporado a la nómina de Alejandro VI, el ilustre zurdo pasó a formar parte de la corte de César, alternando con los Farnesio, los Orsini, los Moncada, los Torregiano y los hermanos Manfredi, inspeccionando las plazas fuertes, reformando la viticultura, o trazando los planos de un nuevo palacio para el duque de Romaña en su capital de Cesena. Da Vinci recorría las tierras del duque, con su cuaderno de apuntes colgado del cinturón con una cadenita, y convenientemente provisto de una carta credencial firmada por su nuevo señor: «Que se deje vía libre a nuestro eminentísimo y apreciadísimo arquitecto e ingeniero general...».

CENSURA ECLESIÁSTICA A LA PRENSA ALEMANA

El 1 de junio de 1501, Alejandro VI somete la prensa alemana a censura. El Papa «liberalísimo» en materia de costumbres y defensor de la libertad de expresión por esas mismas fechas, cuando de libelos contra él se trataba, no sustentaba igual opinión en materia estrictamente eclesiástica. Toda desviación en este campo la consideraba un delito. La censura de Alejandro, según algunos, es la primera acción de este tipo en la Historia; según otros, parece haber sido simplemente una prolongación de la ya impuesta por uno de sus antecesores.

En una bula de 1 de junio de 1501, después de elogiar el nuevo invento de la imprenta, declara, sin embargo, que este instrumento de divulgación, así como puede ser útil para propagar el bien, puede producir grandes trastornos, ya que también puede dar publicidad al mal. Hace notar que en muchas partes, especialmente en Colonia, Mainz y Trèves, se publican libros contra la religión cristiana, y que él, representante de un Dios que descendió a la tierra para iluminar el intelecto humano y ahuyentar las tinieblas del error, está obligado a prohibir estrictamente que continúen estas malas prácticas. Los impresores de los lugares indicados, por tanto, deben pedir permiso a sus respectivos arzobispos en lo sucesivo si desean vender sus publicaciones, y los representantes eclesiásticos deben examinarlas previamente, y, además, depurar las que se encuentran en circulación.

Esta censura, establecida para los cuatro Estados germánicos, fue aplicada por algunos obispos en otras diócesis, y más tarde, en 1515, el papa León X la extendió a todo el mundo cristiano. Como se ve, el sistema del papa Borgia no cambia: es rígido hasta la exageración en toda materia que toca a la Iglesia como entidad espiritual y moral, y, en cambio, es enormemente tolerante en materia temporal. Y tiene precedentes y continuidad.

Poco después, el Papa decidió liberar —quizá con la intercesión de Luis XII— a Catalina Sforza, su prisionera desde finales de 1499. El 13 de julio de 1501, Alejandro VI la recomendaba a Florencia, donde la condesa había resuelto residir, y hacía constar en la carta que la había tratado con benevolencia y que la había puesto en libertad concediéndole esa gracia, por ser ésta su costumbre y por dictárselo el cargo pastoral de que estaba investido. Es probable que esta actitud benévola del Papa se debiera también al recuerdo de Sixto IV, pues Catalina estuvo casada con un sobrino de éste, y Alejandro VI recordó siempre con gratitud y afecto a aquel predecesor suyo.

Más tarde encontramos otra prueba de benevolencia papal para los hijos de Girolamo Riario y de Catalina en la concesión de una pensión anual de dos mil quinientos florines. En todo caso, era un gesto magnánimo hacia quien supuestamente había intentado envenenarle, aunque el delito puede ser tan imaginario como la mayoría de los crímenes semejantes atribuidos a los Borgia.

Luis XII preparó la operación de Nápoles con más cuidado que Carlos VIII, aunque el resultado final fuese igualmente desastroso. Se ha dicho que Alejandro VI llamó a los españoles a Italia y los alió a los franceses, pero los antecedentes políticos de esta campaña militar exoneran al Papa de esta responsabilidad. Alejandro no tuvo otra participación en la alianza franco-española que la aceptación de los hechos, después de haber intentado evitar que se produjeran. Asumió, pues, lo inevitable, procurando limitar sus efectos desastrosos.

En repetidas ocasiones —por ejemplo, cuando el rey de Francia pasó por Milán—, el Papa le aconsejó que no se entrometiera en los asuntos de Nápoles. No existe actuación de Alejandro VI que pueda, directa o indirectamente, ser considerada como una invitación o siquiera indicación al rey de Francia y a los de España para ocupar el Reino de Nápoles; y no la hubo desde luego antes de que éstos se pusieran de acuerdo merced al Tratado de Granada. Es más, el Tratado de Granada fue concertado sigilosamente a sus espaldas. Algún historiador ha recogido que el embajador de España, Mosén Gralla, al visitar un día a George d'Amboise, cardenal de Ruán, le dijo: «¿Qué le parecería si en el asunto de Nápoles nosotros nos pusiéramos de acuerdo como ustedes lo hicieron con los venecianos por el ducado de Milán?». Y, al parecer, el cardenal respondió: «Y de esta manera mantendríamos la paz entre los dos reinos». Exactas o no estas palabras, es lo cierto que las dos monarquías acordaron dividirse el Reino de Nápoles. El Papa tuvo conocimiento de este tratado, estrictamente secreto, después de convenido. El rey Federico de Nápoles se enteró también después, cuando ya ingenuamente había solicitado a las tropas españolas que desembarcasen en su reino para ayudarle. El secreto había sido absoluto.

Los franceses, después de haber tratado con España, quisieron asegurarse también la neutralidad de los venecianos. Sus embajadores pidieron formalmente al Senado de la Serenísima un nuevo pacto de alianza, fijándose finalmente como condición principal —y no secundaria, tal como aparecía en las proposiciones francesas— la anexión de Ferrara y Mantua a la república veneciana.

Luis XII, no satisfecho completamente con la alianza de España y Venecia, quiso resolver mediante una tregua las dificultades que tenía con Maximiliano de Alemania. El rey y el emperador acordaban que el ducado de Milán se entregaría mediante investidura imperial al rey de Francia, pero, en definitiva, pasaría a Carlos, nieto de Maximiliano, el futuro Carlos I de España y V de Alemania, que lo recibiría como dote de Claudia, hija de Luis XII, con la cual casaría tan pronto llegasen a una edad conveniente. Así, Milán pasaría posteriormente a estar bajo dominio español.

EL REPARTO DE NÁPOLES Y LA CRUZADA

«Seis años después de la primera, y bajo los colores de la más insospechada de las alianzas, la segunda campaña de Nápoles entraba en acción. Una flota española, cargada de tropas bajo el mando de Gonzalo Fernández de Córdoba, acababa de aparecer en el golfo de Tarento, en cumplimiento del pacto de Granada. Al frente de la flotilla se encontraban las gloriosas carabelas *Pinta* y *Santa María*, rodeadas de la aureola de su aventura transoceánica», cuenta Robichon.

El 13 de junio, César llega a Roma para hacer frente, junto al Papa, a los acontecimientos que se precipitan. El día 25 de ese mes, estando ya en marcha hacia el sur el ejército francés y preparado el de España en Sicilia, los embajadores de Francia y España se presentaron al Papa y le pidieron la aceptación del Tratado de Granada, que dividía el territorio de Nápoles en dos: un reino que comprendía las ciudades de Nápoles y Gaeta, con toda la Campania y los Abruzos, cuyo monarca ostentaría el título de «Rey de Nápoles y Jerusalén»; y un ducado que comprendía la Calabria y la Apulia.

Los embajadores pidieron, además, que el Papa diera la investidura del reino a Francia y la del ducado a España. El Papa, aparte de la imposibilidad en que se hallaba de resistir a esta demanda, sancionada por las grandes potencias del momento, tenía pruebas de que Federico de Aragón estaba pactando con el turco. Sin embargo, fiel a su estilo, demoró en conceder su aceptación, e hizo una contrapropuesta, exigiendo la cruzada como punto esencial del acuerdo y la partición del Reino de Nápoles como consecuencia de la misma. De este modo, el tratado se denominó «Liga del Pontífice Alejandro VI con los Reyes de Francia y España

contra los turcos y sus adherentes y cómplices...».
Los cómplices y los adherentes eran el rey de Nápoles y, por voluntad de Alejandro VI, los Savelli y
los Colonna. El mismo 25 de junio, el Papa depone con una bula a Federico de Aragón del trono de
Nápoles. En los jardines del cardenal Ascanio se celebró un solemne banquete para celebrarlo.

Las tropas francesas, de camino hacia Nápoles,
entran en Roma. César las acompaña con su propio
contingente. Pero ambos ejércitos siguieron rápidamente hacia el sur. El Papa cree haber realizado
el gran sueño del papado, heredado del tío Calixto
III, y de sus antecesores y sucesores: poner en marcha una nueva cruzada contra el turco. Sus escasos
defensores sostienen que Alejandro creía realmente
en la cruzada. Pero la legión de detractores considera que el Papa actuaba con doblez y cinismo.

Federico no comprende lo que ocurre. «Que
también Fernando, por cuyas venas corría la misma
sangre, quisiera deponerlo era algo que no había esperado en absoluto», dice Gervaso. El monarca amenazado concentra sus fuerzas en Capua. César se
encarga del asedio. Los napolitanos resisten desesperadamente, pero una traición abre las puertas al
enemigo. Y tiene lugar entonces uno de los saqueos
más comentados de la Historia.

LA MATANZA DE CAPUA

Los franceses de D'Aubigny y los italianos del duque Valentino, que habían respetado hasta entonces

las poblaciones por donde pasaban, cometieron una matanza repugnante en Capua; así lo reseña Ferrara. Segismundo dei Conti y otros cronistas refieren que César, con otros jefes, hizo grandes esfuerzos para evitar aquellas violencias, pero infructuosamente, ya que el ejército estaba enfurecido por las bajas considerables que había producido un contraataque de los sitiados.

«Situada en la desembocadura de la vía Apia, la ciudad de Capua había sido desde antiguo un punto estratégico de primera importancia en el camino de las invasiones del norte, razón por la cual los reyes de Nápoles la habían dotado de una poderosa fortificación para proteger así su propia capital. César Borgia dio orden de desmantelar las murallas de la ciudad, e hizo desfilar delante de él a cuarenta de las cautivas más hermosas para llevárselas a Roma. Gracias a la intervención de su primo Orsini, Fabricio Colonna, quien había ofrecido su rendición, recibió trato de prisionero de guerra a cambio de un rescate de 15.000 ducados. Rinuccio de Marciano, el otro defensor de Capua, no tuvo tanta suerte: herido por una flecha de ballesta, había quedado a merced de sus enemigos, quienes recibieron la orden de envenenar sus heridas, debido a lo cual murió dos días después», escribe Gervaso, y añade que los franceses se precipitaron como fieras sobre la población inerme, masacrándola; luego, éstos acusaron a César, que devolvió la acusación a los acusadores. «Las tropas del Valentino eran una décima parte, ¿cómo podían ser los únicos responsables?», se pregunta Gervaso.

La toma de Capua abría la vía para la capitulación de Federico de Aragón, quien se refugió en la pequeña isla de Ischia, donde esperó en vano que sus vencedores se pelearan entre sí por el reparto de sus despojos, o que el turco llegara en su auxilio. «Con él terminaba de la manera más triste la dominación aragonesa sobre Nápoles, y se abría la vía a otros déspotas igualmente ineptos y rapaces», dice Gervaso.

Lucrecia Borgia a cargo del Vaticano

Mientras todo esto ocurre, Alejandro VI, a quien de vez en cuando le resultaba demasiado opresor el ambiente del Vaticano, había pretextado la necesidad de realizar un viaje por los Estados de la Iglesia para alejarse de Roma en cuanto llegaran los primeros días soleados. Lucrecia acababa de regresar de su exilio en Nepi, y entonces se produce un acontecimiento totalmente inédito en los anales del Vaticano: puesto que, en ausencia de Su Santidad, era preciso confiar el gobierno pontificio a una autoridad interina, el papa Borgia dejó a la competente joven la dirección de la Santa Sede —no en vano, hacía tiempo que era gobernadora de Nepi y otras plazas.

Instalada en los apartamentos de su padre, Lucrecia, como «regente» de la Iglesia, desempeñó su encargo con gran seriedad, aunque la situación de la hija de un Pontífice ocupando la sede de San Pedro no podía sino provocar críticas y ser objeto de sarcásticos comentarios.

Hay quien ha pensado que esta «regencia» provisional de Lucrecia sobre los asuntos vaticanos fue una exhibición calculada de sus dotes; en teoría, el Papa mostraba a su hija ante los enviados del duque de Ferrara, con el que ya negociaba un compromiso nupcial entre su hijo Alfonso y Lucrecia. Esta unión sería el tercer y último matrimonio de la joven.

Las negociaciones fueron lentas y procelosas pero, finalmente, se resolvieron cuando llegaba el duro *ferragosto* romano. El 16 de agosto se enviaba a Ferrara el acuerdo de esponsales definitivo.

No obstante la nueva injuria histórica, pues se le culpó de lo ocurrido en Capua, el duque Valentino terminó la campaña de Nápoles gozando del aprecio general. El rey de Francia le envió un mensajero especial con cartas de su puño y letra en las que le agradecía la ayuda prestada. Los reyes de España, a su vez, le daban el título de duque de Andría, que había pertenecido al rey Federico cuando era príncipe, y como estos honores llevaban siempre aparejados buenos ingresos, el Valentino salía de la breve guerra con abundante remuneración económica.

AJUSTE DE CUENTAS A LOS BARONES ROMANOS

Cuatro años antes, Federico de Nápoles había sido coronado por César en nombre del papa Borgia. Ahora, el mismo papa Borgia refrendaba su caída y la pérdida de su reino. Para el Pontífice, se trataba de sobrevivir, porque, en última instancia, la liquidación de Federico le dejaba las manos libres para declarar la guerra a los barones romanos a los que el aragonés había apoyado subrepticiamente. Eliminados los Caetani, dos años antes, ahora le tocó el turno a los facinerosos Colonna, cuyas fortalezas ordenó confiscar. La misma suerte corrieron los Savelli, también ellos acusados de entenderse con el enemigo.

En vista de que los dos Colonna jefes de la familia habían caído en Capua —uno, prisionero; el otro, muerto a consecuencia de las heridas sufridas en combate—, Alejandro VI excomulgó a todos los miembros de esta familia mediante una bula del 20 de agosto y confiscó todos sus bienes. La bula es muy extensa y relata todas las rebeldías de los Savelli y Colonna contra la Iglesia: desde los tiempos de Bonifacio VIII, la casa de los Colonna merecía todo el desprecio; incluyó en el grupo al cardenal Giovanni Colonna, que pierde sus bienes, pero renunció a la confiscación de sus «beneficios» eclesiásticos, excepto la abadía de Subiaco. Más tarde, el 17 de septiembre, con otra bula, el Papa privó de sus bienes a otras baronías, especialmente, a los Estouteville, que habían estado ligados a los Colonna. Estas puniciones, como en los casos precedentes, provocaron el entusiasmo popular.

El 15 de septiembre de 1501, César regresa a Roma tras su rotundo triunfo. Alejandro VI visita, pocos días después, algunas ciudades y castillos de las antiguas familias expropiadas y en todas partes es aclamado. Las poblaciones por las que pasaba le vitoreaban al grito de «¡Borgia! ¡Borgia!».

El Papa se había reservado el derecho de disponer libremente de estos bienes y de las haciendas de los Caetani, y así lo hizo. Después de haber concedido algunos castillos a los Orsini, que por el momento le eran amigos, dividió el resto en dos partes; con una creó el ducado de Sermoneta, que concedió al niño Rodrigo —su nieto, hijo de Lucrecia—, y con otra constituyó el ducado de Nepi y de Palestrina, que dio al otro niño Juan —aquel polémico «infante romano», quizá hijo natural de César—, ambos de la casa Borgia y que en estos momentos eran objeto de todo su amor desbordante y de su ilimitada protección. El papa Borgia aprovechaba una vez más los acontecimientos internacionales favorables para elevar a su familia.

Gervaso cita a Sacerdote: «Al repartir entre sus sobrinos todos aquellos feudos, que fueran antes de los barones romanos, Alejandro enriqueció de nuevo a su familia con algunos dominios de la Iglesia. Así, mientras la Romaña estaba en poder de César, casi todo el Lazio pasaba a manos de aquellos dos niños; y si era la Iglesia la que administraba aquellas tierras por medio de cardenales, lo hacía, empero, por encargo de los dos pequeños Borgia».

Según Ferrara, sin embargo, el Papa fue colocando las propiedades de los barones romanos, con sus ciudades y castillos, y asimismo los territorios ocupados al norte de Roma, bajo la administración directa de la Sede Apostólica. Al menos, en gran parte.

La citada bula de excomunión de los Colonna y los Savelli provoca una reacción inmediata de ambas familias. No se trata de un contraataque armado, sino de un libelo que se haría famoso y sería incorporado a otros documentos, supuestamente fiables, con los que se ha construido la historia de los Borgia. Nos referimos a un texto redactado en noviembre de 1501 y que se difundió con el título de «Carta a Silvio Savelli, estando éste refugiado en la Corte de Maximiliano». Así como la bula papal hace un recorrido histórico por los delitos de estas dos familias, en la «Carta» se responde con una «historia» de los crímenes de los Borgia. El autor de ella fue un literato napolitano llamado Jerónimo Mancione, si son ciertas algunas indicaciones que proporciona Agostino Nifo y que, a su vez, cita Ferrara.

El Papa quiso que le leyesen el panfleto de Mancione, como se hacía leer todas las injurias que anónimamente se le dirigían. A veces reía con su fuerte risa de hombre satisfecho y corpulento; otras veces sonreía con sus labios sensuales. Estaba convencido de que nadie podía creer aquellas fantasías, dictadas, a veces, por la ira de un interesado, otras, por la alegre inventiva de un poeta callejero.

Otros libelos de este tipo habían circulado por Roma sin que Alejandro se hubiera tomado la molestia de refutarlos y, mucho menos, de prohibirlos. Esa actitud tan española, tan orgullosa, le costaría quizá una leyenda negra casi eterna; al menos, la propagación histórica de tales infundios hubiera sido más difícil con una intervención decidida que contrarrestara sus falacias. A escala personal y familiar, Rodrigo Borgia corrió el mismo destino del imperio español en los siglos posteriores frente a sus respectivas leyendas negras.

La «Lettera antiborgiana» está fechada en Tarento el 15 de noviembre de 1501. César se indigna, Alejandro comenta al embajador de Ferrara: «El duque es un buen hombre pero no sabe tolerar las ofensas. Más de una vez le he dicho que Roma es una ciudad libre y que cada cual es muy dueño de escribir lo que le venga en gana». Una tolerancia casi increíble, a decir verdad.

La carta en cuestión no escatima insultos y acusaciones: «De todas las requisitorias antiborgianas, fue la más violenta y facciosa sin ninguna duda», dice Gervaso, que la cita textualmente: «No hay delito ni fechoría que no sean cometidos en Roma públicamente y en casa del Pontífice. Han superado a los escitas, han superado la perfidia de los cartagineses, la crueldad y ferocidad de Nerón y Calígula. Sería cosa de nunca acabar enumerar las masacres, rapiñas, estupros e incestos...».

No sólo atribuye a la familia Borgia la muerte de Alfonso de Bisceglie y del chambelán Perotto, sino que añade: «Otros han sido asesinados, heridos; otros, arrojados al Tíber, y otros, en fin, envenenados. El número de estas víctimas es infinito. El mal crece de día en día». Éste es un ejemplo de la objetividad de las fuentes que han nutrido una fábula que muchos han confundido con la Historia. No necesita comentarios. Hablando de César, el libelo añade: «Su padre le mima porque tiene su mismo carácter perverso, su misma crueldad: es difícil decir cuál de estos dos seres es más execrable».

«Por supuesto, no se trataba de métodos exclusivamente borgianos», explica Gervaso, cubriéndose las espaldas. «Los Sforza, Aragón, Médicis, Gonzaga, Bentivoglio, Este [...] no se conducían mejor. Muchos de los delitos que el autor de la carta —probablemente un Colonna— imputaba a padre e hijo habían sido cometidos realmente. Pero otros les eran absolutamente ajenos».

IX

Los Borgia ganan

El matrimonio de Lucrecia Borgia con Alfonso de Este, primogénito y sucesor de Hércules, duque de Ferrara, va a celebrarse en el momento de mayor esplendor de los Borgia. Se tratará de una auténtica obra maestra diplomática, en opinión de sus partidarios. Las negociaciones del contrato y los preparativos de la boda llevarán todo el año 1501. En febrero se hará efectiva la propuesta del papa Borgia al duque de Este; en agosto se firmará el acuerdo; el penúltimo día de diciembre se celebrará la boda por poderes.

La «Lettera antiborgiana» y otros infundios inventados por los enemigos del Papa no conseguirán impedir esta unión que emparenta a los Borgia con el antiguo linaje de los Este. El diario de Burchard, manipulado mil veces por copistas sucesivos, recoge por esas fechas infundios tan ridículos como la «danza de las castañas», con el Papa y César presenciando una orgía de penetraciones aprovechando los movimientos obscenos de una danza que obliga a las meretrices a agacharse a recoger los frutos del suelo; o el episodio de Alejandro y Lucrecia disfrutando del apareamiento de caballo y yeguas bajo sus ventanas, considerado falso incluso por los más dados a cargar las tintas. Sobre la falta de veracidad de tales historias bastaría valorar el hecho de que esos mismos días, los severos emisarios de Hércules de Este ensalzaban las virtudes de la que iba a casarse con el primogénito de una de las más poderosas y cultivadas familias de la época.

Los prolegómenos del matrimonio entre la Casa Borgia y la de Este fueron largos y tuvieron que resolver la doble dificultad de los conciertos patrimoniales y de la política internacional. El rey de Francia permitirá la unión, aunque con reticencias. Florencia, Bolonia y Venecia protestarán sin éxito; Maximiliano hizo lo posible para impedirlo, pero el 26 de agosto se firmará el contrato nupcial: una nueva alianza que fortalecía las posiciones papales en la Romaña y favorecía posteriores acercamientos incluso a los Gonzaga y los Montefeltro.

Arreciaron como nunca las intrigas internacionales y los enfrentamientos entre intereses políticos opuestos. Venecia, como hemos visto, quería anexionarse Ferrara y Mantua, y Luis XII había ofrecido para ello su cooperación por conducto diplomático. Una alianza familiar del Papa con los Este hacía irrealizable este plan. Y Maximiliano, en sentido opuesto, temía que este matrimonio fuese la consolidación del dominio francés en Italia, representado a la sazón por el duque Valentino, hermano de la desposada. Para Florencia, una alianza política entre el Estado papal y Ferrara, como consecuencia de una unión familiar, era un cerco de hierro alrededor de su territorio. Los mismos parientes de los Este, especialmente los Gonzaga de Mantua, veían en la alianza el predominio definitivo de la Romaña en aquella parte de Italia y, por tanto, la sumisión incondicional de todos los príncipes a la Santa Sede. Para los barones desposeídos de sus bienes y de sus feudos, y para los que estaban amenazados de perderlos, el matrimonio constituía su caída definitiva, el ostracismo y la miseria.

En pocas ocasiones una unión de casas reinantes ha provocado mayores dificultades y ha interesado más a la política internacional. La opinión de los Estados era unánimemente adversa. Había que evitar el matrimonio a cualquier precio. Maximiliano presionó a Hércules de Este para que no llevara a cabo tal alianza de ninguna manera. Venecia y Florencia actuaron en el mismo sentido con descortés insistencia. Los Gonzaga no ocultaron su despecho. El rey de Francia aspiraba a unir a los Este con su propia familia.

Este deseo de tantos y tan poderosos personajes por evitar el matrimonio explica que se intensificara la campaña de injurias, de libelos anónimos y de acusaciones fantasiosas, cada cual más espeluznante.

Lucrecia entraba en una familia antigua y respetada, emparentada con todas las grandes casas de Italia; en una Corte de lujo y de exquisita intelectualidad. Su nuevo marido dejaba por ella a la duquesa de Angulema, de la realeza francesa, que era la propuesta de Luis XII. Alfonso de Este era viudo de su primera mujer, fallecida en plena juventud, una Sforza hermana de la emperatriz de Alemania, o sea, de la esposa de Maximiliano. Alfonso, heredero del ducado, obtendrá una dote de 100.000 ducados en metálico, otros 200.000 en objetos, y privilegios importantes.

Hércules de Este, llevado por su codicia y, además, alentado por el rey de Francia, quiso sacar el mayor partido de esta unión con una casa cuyo jefe era un monarca poderoso y rico que tenía derechos feudales sobre su propio Estado. Y pensaba que debía obtener ventajas rápidas y reales, y no esperanzas futuras, porque este soberano, el más alto del mundo cristiano, al morir, se llevaría a la tumba todo su poder y toda su autoridad, dejando a su familia con las manos vacías. Ya Lorenzo de Medici había comprendido tiempo atrás que el único privilegio de los papas era ensalzar a su familia mientras vivían. Y Alejandro VI pasaba de los 70 años.

Un futuro para los hijos

El Papa creía firmemente que la alianza de las casas Borgia y Este aseguraría la suerte de Lucrecia y la de César tras su propia muerte. Este futuro le inquietaba, pues, aunque su salud era óptima, los 70 años cumplidos le colocaban claramente al final de su vida. Lucrecia no estaba en condiciones de defenderse por sí sola y necesitaba un marido y una familia que la protegieran, cuanto más poderosos, mejor. El Valentino tenía grandes cualidades, pero la vida le había sido muy fácil, el éxito le había acompañado siempre; era inteligente y hábil; decidido y valeroso; sabía esperar y armarse de prudencia, pero su ambición no estaba claramente dirigida hacia un fin. No tenía un propósito definido, que es el arma que triunfa en las batallas por el éxito, opina Ferrara. Le gustaba la diversión, se abandonaba al placer. Tenía hábitos que no se armonizaban con los del hombre de acción. Naturalmente desdeñoso, no cultivaba el ambiente en que vivía y no se empleaba en las tareas cotidianas que proporcionan simpatías, amistades, afectos firmes, tan útiles luego en las horas de prueba. El duque era perfecto cuando la necesidad espoleaba sus facultades; no así en las etapas de tranquilidad. Tipos de este género saben conquistar, pero no saben conservar las cosas adquiridas.

Y el Papa, sagaz, se daba cuenta de esta debilidad de su hijo. En una ocasión, no sabiendo callar sus sentimientos, reveló esta dolorosa previsión al embajador de Venecia, diciéndole que el Valentino dormía de día y estaba despierto de noche, y exclamó, como pensando en alta voz: «Yo no sé si podrá mantener luego lo que ha adquirido ahora».

Bueno sería que, además del paraguas francés, César se emparentara con una poderosa y respetada casa italiana, unos vecinos aliados, una posible retaguardia. El Valentino, por su parte, da al matrimonio de Lucrecia igual importancia que el Papa, y colabora en su éxito. A la tercera iba la vencida y, en el caso de Lucrecia, todo resultó tal y como el Papa deseaba. En cuanto a César, nada ni nadie podía impedir su aciago destino.

Visto con los ojos inquisidores de hoy, el matrimonio de Alfonso de Este y Lucrecia Borgia aparece como una venta de ciertos bienes y derechos de la Iglesia a la codicia de Hércules de Este. Pero este aspecto no era relevante en aquel siglo, e incluso hoy se arreglan matrimonios en muchas partes del mundo de la misma forma que entonces lo hacían los poderosos: el dinero sigue siendo un factor importante en muchas uniones actuales, si no abierta, sí tácitamente.

Mas, si el contrato matrimonial de Alfonso de Este y Lucrecia Borgia necesitó una larga preparación, la celebración del matrimonio exigió otra no menos larga. En primer término, Hércules quería que las condiciones pactadas se cumplieran antes de celebrarse las nupcias. Debía de obsesionarle la idea de que, mientras vive, un Papa puede beneficiar a los suyos, pero, muerto, cesa todo. Además, insistía en que el matrimonio debía llevarse a cabo con gran lujo. Los Este, como los Borgia, deseaban demostrar toda la satisfacción que sentían por el enlace. Hércules quería enviar un cortejo digno de la nobleza de su casa y recibir otro digno de la alta posición de Lucrecia.

Un cortejo de quinientos invitados

Finalmente, los múltiples cabos sueltos se unieron y el matrimonio se acordó. A principios de diciembre de 1501, el cardenal Hipólito de Este salió de Ferrara con numerosos personajes de alta alcurnia y un séquito de quinientos acompañantes. El 23 entraban en Roma por la puerta del Popolo.

La recepción fue magnífica y entusiasta. Veintitrés cardenales y cuanto había de más alto y respetado en Roma se unieron a una muchedumbre que aplaudía incesantemente, fascinada por la belleza del acto y curiosa por el destino de Lucrecia, que se disponía a ser esposa por tercera vez. El Valentino, resplandeciente de oro, brindaba una recepción impresionante con cuatro mil hombres.

El papa Borgia, conmovido, recibió a los Este rodeado de una docena de cardenales. Por la correspondencia que ha llegado hasta hoy podemos saber que Lucrecia Borgia era considerada un modelo de virtud: no hay como establecer alianzas adecuadas para recuperar la reputación. Gian Luca Pozzi, agente de Hércules de Este, escribe el 22 de diciembre de 1501: «Lucrecia es prudente y discreta, amable y de buena inclinación, revela modestia, dulzura y dignidad. Es católica y teme a Dios». Los embajadores de Ferrara advierten: «Cuanto más examinamos y estudiamos su vida de cerca, más se eleva nuestra opinión sobre su bondad, su castidad y su discreción. Hemos observado también que no es que sea persona religiosa, sino que llega a ser devota». En una larga correspondencia, muy íntima, un caballero que firma con el nombre de *Il Prete* («El Sacerdote») se dirige a Isabel de Este, marquesa de Mantua, con iguales expresiones de respeto e iguales alabanzas para Lucrecia. *Il Prete* no pudo alterar la verdad, ni siquiera para satisfacer a los marqueses de Mantua, que, por razones políticas, no habían sido muy entusiastas, ni lo eran todavía, de este enlace. Pero no olvidemos que el acuerdo se había cerrado y la familia de Este era la primera interesada ahora en defender y propagar las cualidades de Lucrecia. Para el informante, que describe los pormenores de su vida, sus trajes y sus hábitos diarios, Lucrecia es bella, gentil, honrada, perfecta en suma.

Lucrecia preparó su ajuar, que incluía entre otras cosas «una estola guarnecida del valor de más de 15.000 ducados y 200 camisas, muchas de las cuales costaban más de cien ducados». También en esta ocasión los Borgia tiraron la casa por la ventana. Los Este no se quedaron atrás.

El 30 de diciembre, Lucrecia se casa con Alfonso de Este, su tercer matrimonio, «en una ceremonia que superó en suntuosidad a todas las precedentes» según Gervaso. Los festejos culminaron con una corrida de toros en la que participó el propio César y que terminó con la muerte de diez toros y un búfalo. Así despidió el año el papa Alejandro: celebrando la tercera y definitiva boda de su querida Lucrecia.

Los soberbios, elegantes y corruptos Este de Ferrara

Los Este, una dinastía con tres siglos de historia —cuajada, por cierto, de episodios nada edificantes, y llena de soberbia—, eran tan contradictorios como el resto de las familias nobles italianas: extremadamente refinados en las formas, crueles y taimados en el fondo. La corte de Este, asentada en Ferrara, era la expresión máxima de la nobleza, la cultura, la elegancia patricia y el refinamiento de una sociedad que había entrado en el Renacimiento anticipadamente. En sus palacios y castillos a orillas del Po, la orgullosa familia invocaba la ejemplar continuidad de una dinastía cuyos príncipes, legítimos y bastardos alternativamente, habían conseguido sobrevivir durante cerca de tres siglos a las divisiones, a las tragedias y a los trastornos que habían destruido a otras muchas familias y Estados del «mosaico» italiano, explica Robichon.

Tres siglos de lujo y refinamiento, bajo los que se ocultan infinitos crímenes. La mujer del duque, Leonor de Nápoles, hija de Ferrante de Aragón, fallecida ocho años atrás, había sido en realidad asesinada por su marido, Hércules, según las crónicas. El duque la había envenenado, si bien los enemigos de la duquesa aseguraban que Hércules de Este se había limitado a anticiparse a los designios criminales de su esposa, tras veinte años de matrimonio.

Para llegar al trono, Hércules de Este —ahora contaba 68 años de edad— había tenido que eliminar a su sobrino, quien, al frente de ochocientos rebeldes, se había sublevado contra él. Después de capturarle en los pantanos que rodean Ferrara, Hércules entregó a su rival al verdugo para que le cortara la cabeza y, a continuación, encargó para el ajusticiado funerales dignos de su común linaje.

El duque de Ferrara defendía que era prudente para un príncipe «estar a bien con el buen Dios». Asistía a las procesiones que recorrían la ciudad, y decretaba sin dudar ayunos oficiales que sus súbditos debían cumplir rigurosamente. Lo que no le había hecho muy popular.

No obstante, las gentes de este ducado vivían bastante bien —en comparación con otros territorios—, sin quejarse demasiado, partícipes todos, desde el más alto al más humilde de los lacayos de la corte, del orgullo de pertenecer a un Estado de fama tan universal, aliado a todo cuanto había de poderoso y brillante en Italia.

Las tareas de orden público y policial, que se despachaban en la refinada corte de Ferrara, estaban encomendadas al siniestro Gregorio Zampante, ministro de asuntos civiles y odiado por todos. «El pueblo habría dado mucho por deshacerse de ese demonio». Sus ballesteros le acompañaban a todas partes. Pero al final, la paciencia que nace del odio terminó por burlar tanta vigilancia. Un día, durante la siesta, «dos estudiantes y un judío converso» lo mataron.

ASÍ SE NEGOCIÓ LA BODA

Mientras el Papado va recuperando el control de su extensa zona de influencia y construyendo todo un Estado moderno donde sólo había antes señores feudales, Alejandro ha llevado a cabo durante meses las negociaciones del matrimonio de Lucrecia con Alfonso, unas negociaciones de las que se tienen no pocos datos y que ilustran tanto la capacidad diplomática y política del papa Borgia como las circunstancias de la época.

Todo había comenzado en el mes de febrero, con una carta del cardenal de Módena, Juan Bautista

Ferrari, datario del Vaticano, al duque Hércules de Este. En esta misiva se le transmitía, en nombre del papa Alejandro, la propuesta más extraordinaria que, sin duda, jamás se había recibido en Ferrara. Ana Sforza, esposa de Alfonso de Este, heredero del ducado, había muerto de parto sin dejar descendencia, y Alfonso todavía no había vuelto a casarse; Lucrecia también seguía viuda; la carta del cardenal de Módena proponía al duque Hércules la unión de la hija del Papa y del heredero de Ferrara. Ella tenía 20 años; él, 25.

Alejandro VI y César veían no pocas ventajas en el matrimonio: el prestigio y la antigüedad de la casa de Este y, sobre todo, la posición estratégica de un Estado situado en los confines de la República de Venecia y de la Romaña. En efecto, Ferrara significaba tener a Mantua al alcance de la mano, y Bolonia, y Urbino, e incluso la propia Florencia.

El duque Hércules, por su parte, no desconocía los antiguos derechos de la Iglesia sobre el ducado de Este: un peligro hasta entonces llevadero, pero, tras la agresiva campaña de recuperación de territorios iniciada por los Borgia, convenía empezar a tomar muy en serio la ofensiva de la familia papal. Desde la llegada de las fuerzas pontificias a las puertas del territorio ferrarés, el cerco se estrechaba; el duque Hércules había permitido que su hijo Hipólito, cardenal de Santa Maria in Silice, acudiera a instancias de César Borgia ante la ciudad de Faenza, en el momento álgido del asedio, para respaldar a las tropas pontificias.

Para Hércules de Este, rechazar la propuesta significaba ponerse en contra del Papa y señalarse como potencial enemigo de los ejércitos victoriosos de los Borgia. Por el contrario, aceptar como nuera a la hija de Alejandro significaba una garantía de paz duradera y la seguridad de quedar a salvo de los golpes del Valenciano.

Cuando Ferrara consulta a la corte de Francia, recibe el consejo de aceptar la propuesta, pero alargando los detalles del acuerdo. ¿Por qué? Tampoco Luis XII debía de sentirse cómodo con la acelerada consolidación del poder papal.

Hércules de Este escribía al marqués de Mantua: «En los últimos días nos hemos decidido a consentir, bajo presión de las intrigas a las que estábamos expuestos, la alianza matrimonial que Su Santidad nos ha ofrecido, y eso sobre todo porque nos ha invitado a hacerlo con gran insistencia Su Majestad Cristianísima. Después de una serie de negociaciones, Su Majestad y nosotros hemos llegado a un acuerdo». En la elíptica prosa de la época, Hércules se hace la víctima para justificarse ante los alarmados vecinos de Mantua.

Las negociaciones, que los franceses habían recomendado se llevaran a paso lento y con gran reflexión, tardaron en darse por concluidas nada menos que seis meses. No fue hasta la tarde del 16 de agosto de 1501 —casi un año después del asesinato de Alfonso de Bisceglie—, cuando un jinete del Vaticano pudo por fin llevar el contrato de matrimonio hasta el castillo de Ferrara.

Para impedir la alianza matrimonial, los forjadores de libelos antiborgianos idearon y propagaron nuevas invenciones fantásticas que muchos

historiadores han acogido como documentos fehacientes y cuyo absurdo contenido no merece comentario alguno. No tuvieron éxito porque en Ferrara
y en el Vaticano estaban curados de tan abundante literatura, y el proyecto de unión entre Alfonso
de Este y Lucrecia Borgia era demasiado ventajo-
so para ambos.

«¡Tan linajudo y tan mercachifle!»

Las cortes de Italia se quedaron boquiabiertas
al ver cómo el Papa suscribía todas las condiciones
impuestas por la corte de Ferrara. Ello no quita para que Alejandro VI mascullase: «¡Un señor tan li-
najudo y se comporta como un mercachifle!». Pero
había terminado por ceder a todas las exigencias. El
duque subía el precio con el propósito, decía, de
vencer la resistencia de su hijo, quien mostraba escasa inclinación por ese matrimonio como, en realidad, por cualquier otro.

El afán de lucro del duque de Ferrara era tan legendario como su astucia y su tenacidad y, en este
asunto, Hércules de Este se comportó a la altura
de su reputación. De ahí que exigiera, además de la
cesión de algunos castillos dependientes de la jurisdicción de Bolonia, una enorme dote. Después
de todo, tenía la sartén por el mango, porque la iniciativa de la boda había sido del Papa.

Como había sucedido con Jofré Borgia, el matrimonio se celebró por poderes en el Vaticano.
La ceremonia se desarrolló bajo los frescos de El

Pinturicchio, en presencia del Pontífice, de los cardenales, de los embajadores y de los delegados de Ferrara. El esposo estuvo representado por su hermano, el joven Ferrante de Este, quien, bajo la mirada del cardenal Hipólito, a quien Alejandro Borgia concediera la birreta aún adolescente, entregó a Lucrecia el anillo nupcial en nombre del marido ausente, delante de toda la corte papal.

Los salones del Vaticano se llenaron de la más elegante concurrencia. Todos los cardenales que se hallaban en Roma estaban presentes. Innumerables obispos y los embajadores y la nobleza admiraban los encantos de la desposada. El Papa quiso que se uniesen también a aquella ceremonia los representantes de la ciudad, o sea, los senadores y los conservadores.

Ferrante tomó la mano de Lucrecia y, al ponerle el anillo nupcial, dijo: «El muy ilustre Señor Alfonso, vuestro esposo, os envía por su espontánea voluntad este anillo matrimonial, y yo, Ilustrísima Señora Lucrecia, os lo presento en su nombre». Y la joven Lucrecia contestó: «Y yo lo acepto por mi espontánea voluntad y libremente».

Así despiden 1501 y reciben el nuevo año los Borgia. Con una nueva oportunidad para Lucrecia, con César convertido en émulo de aquel mítico emperador romano del mismo nombre, con Rodrigo Papa viendo cumplidos sus sueños de legar un futuro brillante para los suyos y para el Papado.

Las felicitaciones, los festejos, los bailes y los festines duraron hasta la Epifanía, día en el que estaba previsto que la futura duquesa de Ferrara se despidiera del Papa, de su familia, de su palacio de Santa Maria in Portico y de todos los recuerdos de una juventud precoz. Casada en el mismo lugar por tercera vez, la que fuera condesa de Pesaro y luego duquesa de Bisceglie, ¿comprendió acaso que esta unión deseada por todos los suyos y a la que había dado su consentimiento representaría para ella una nueva vida sin retorno?

Antes de partir, Lucrecia tuvo una larga conversación con su padre el Papa; es de suponer que todo fueran abrazos, consejos, promesas de mantener una correspondencia, deseos de volverse a ver pronto. Sin embargo, será la última vez que estén juntos. Viendo al papa Borgia tan vitalista y animado como siempre, ni Lucrecia ni nadie podía pensar que le quedaba tan poco tiempo de vida.

El 6 de enero de 1502, la impresionante comitiva se puso en marcha. La mañana de la separación, cuando el cortejo se alejaba del Vaticano, Alejandro VI «volaba de una ventana a otra» en sus apartamentos pontificios para divisar a su hija por última vez. Lucrecia iba escoltada por su hermano César y su nuevo cuñado Hipólito, quienes la acompañarían durante un largo trecho.

El cortejo era larguísimo. El Valentino puso doscientos soldados de escolta y numerosas damas de la nobleza romana rodeaban a la desposada, servida por una corte de distinguidos caballeros. Los pueblos se paralizaban para ver pasar al cortejo; los príncipes y mandatarios le envían regalos. Su esposo, Alfonso, sale a su encuentro en Bentivoglio, para saludarla antes de que Lucrecia llegue a Ferrara; el caballero regresa entonces a la ciudad, donde la recibirá más tarde oficialmente, a la cabeza de un cortejo integrado por todos los notables ferrareses.

El papa Borgia se había separado de su hija con dolor. Los historiadores coinciden: consideran que Lucrecia era su favorita, más incluso que sus hijos, el malogrado Juan y el propio César. Su confianza en ella era absoluta: hasta dos veces la dejó a cargo de los asuntos de gobierno del Vaticano e incluso le permitió atender su propia correspondencia. Nunca encontramos en sus labios una crítica ni un reproche hacia la hija querida; al contrario, cuando habla de ella, no sabe cómo encomiar sus virtudes, su refinamiento, su gusto.

Lucrecia llegó a Ferrara el 2 de febrero, admirada por todos y festejada como una reina, con ceremonias que no tuvieron nada que envidiar a las romanas. La futura duquesa de Ferrara asombra por su porte y distinción, y su exquisito gusto la colocaría de inmediato en amistosa competencia con su cuñada, Isabel de Este. La misma Lucrecia Borgia, víctima de libelos monstruosos y calumnias sin fundamento durante sus años romanos, pasa a ser en Ferrara una mujer respetada por su virtud, su cultura y su talento. Cualidades que había demostrado años antes, pero que sólo ahora, ya incorporada a la poderosa familia Este, serán percibidas por los italianos. Ironías del destino de los Borgia.

Reorganización administrativa

En la primera mitad del año 1502, Alejandro VI se dedica a ordenar las posesiones que ha conquistado para la Iglesia. Las propiedades de los barones romanos, así como los territorios ocupados al norte de Roma con sus ciudades y castillos, fueron pasando en gran parte a la administración directa de la Sede Apostólica. En todos ellos disminuyó la tributación y se resolvieron las cuitas locales que provocaban conflictos sangrientos. El Vaticano estableció, en general, un régimen legal de libertad y de orden, dentro —claro está— de los criterios de orden y libertad de la época. Las poblaciones se sintieron aliviadas de los abusos de los nobles codiciosos que hasta entonces les habían gobernado.

En Romaña mantuvo un vicariato bajo el mando del duque Valentino; el obispo de Isernia, Juan Oliveri, con el título de lugarteniente general, había establecido el año anterior un sistema político que resultó satisfactorio. Y en este año de 1502, don Ramiro de Lorca, con mano más dura, sucedió al obispo de Isernia, aunque durará poco en el cargo, como se verá más adelante. Tras él, Alejandro del Monte dará a la región un gobierno que puede considerarse más democrático que el de Florencia y tan ordenado como el de Venecia, en opinión de Orestes Ferrara.

El Valentino, bajo la dirección del Papa, supervisaba la obra de sus delegados, concedía favores a las ciudades que reclamaban, dispensaba del pago de impuestos a los territorios pobres, construía obras de carácter militar y también de carácter civil, elevaba sobre todo la dignidad y el concepto de la responsabilidad del ciudadano, encomendándole las funciones públicas de las cuales había sido privado hasta entonces, con sólo algunas excepciones, como la de Faenza durante la minoría de edad de Astorre Manfredi.

«Sé yo y sabe el mundo que no he quitado la vida a nadie que no lo haya merecido y no me haya dado motivo justificadísimo [...]. Yo no quiero otro testigo que las ciudades de Romaña, que durante mi gobierno empezaron a conocer aquella tranquilidad y aquella paz que no habían siquiera soñado en el pasado». Son palabras de César Borgia al duque de Urbino, después de la muerte de Alejandro VI.

NÁPOLES: ESTALLA LA GUERRA ENTRE FRANCIA Y ESPAÑA

En el terreno internacional, el llamamiento a la guerra contra el turco sólo fue atendido por Venecia y Hungría —y por los venecianos, con muchas reticencias—, las dos potencias directamente afectadas por el expansionismo islámico.

Pero en el ámbito de la cristiandad se abre otra griega: surgen divergencias entre franceses y españoles, como era de esperar, en el reparto del Reino de Nápoles. El embajador español invitó a mediar al Papa. Alejandro aceptó el difícil encargo y propuso que, dada la indefinición de los derechos de cada uno, se aceptase el *statu quo*. Pero las partes habían ido ya muy lejos y el conflicto fue tomando peor cariz hasta desembocar en guerra abierta. El enfrentamiento entre ambas potencias era en sí mismo motivo de preocupación para el papa Borgia, porque el desenlace de este conflicto sólo podía ser negativo para los intereses de la Santa Sede.

Estas dificultades y los peligros que se barruntaban por los cuatro puntos cardinales espoleaban a Alejandro VI: era necesario acelerar la organización de un Estado fuerte, concebido bajo la gestión de la familia Borgia, una familia con la suficiente capacidad política y militar que dependiera de la Iglesia y fuese vicaria de ella, una especie de guardián que, arma al brazo, defendiera los actos temporales de la Sede Apostólica.

En su concepción estratégica, este gran Estado papal debía unirse ineludiblemente con Venecia para impedir o prevenir el dominio extranjero en Italia. Desgraciadamente, el pensamiento político del Papa no pudo cristalizar en aquel mar de pasiones. Su primer objetivo al ocupar la silla de San Pedro —mantener lejos al extranjero, al «bárbaro», como entonces calificaban a todo el que llegaba de fuera de Italia— había naufragado con la invasión de Carlos VIII y la de Luis XII. Este segundo proyecto fracasará por la continua negativa de los venecianos a colaborar. Venecia desconfiará de Alejandro VI hasta el final.

El 17 de febrero, el Papa y César se embarcan hacia Piombino, para conocer el pequeño Estado recientemente anexionado a las posesiones vaticanas y celebrar su conquista; el Pontífice lleva consigo la silla gestatoria y el baldaquino de oro. César había disfrutado de unos meses de tranquila vida junto al Papa en Roma, el periodo más largo desde que el militar colgara la púrpura.

En Piombino, el Papa consagró una iglesia y asistió a los convites y fiestas que tanto le alegraban. Ambos estudiaron las defensas de la ciudad y ordenaron obras nuevas. De Piombino embarcaron hacia la isla de Elba, donde examinaron los planos de las fortalezas que, se supone, había dibujado Leonardo da Vinci. El septuagenario papa paseó por las calles de la ciudad sobre un mulo; en esta isla, como en todas partes, Alejandro fue recibido con gran afecto.

Robichon cuenta así el viaje: «Apenas había emprendido Lucrecia el camino de Ferrara, cuando otro grupo de viajeros, a cuyo frente se encontraba el papa Alejandro y su hijo César, salió del Vaticano acompañado por los cantores de la capilla pontificia, gentilhombres, prelados y multitud de secretarios y camareros. El cortejo tomó la dirección de la costa del Tirreno, donde aguardaba la flotilla de las galeras papales. Haciendo caso omiso de los riesgos de la mala estación, César había conseguido convencer a su padre para que éste visitara los territorios del señorío de Piombino y manifestar

384

así, con este viaje, la consagración oficial de sus últimas conquistas y su vinculación a las posesiones pontificias.

»Después de consagrar a San Agustín la iglesia nueva de Piombino, de hacer bailar delante de su palacio "a las mujeres y muchachas más hermosas de la ciudad", e inspeccionar los trabajos de fortificación de la isla de Elba emprendidos seis meses antes por el Vinci, Alejandro VI consideró que era ya tiempo de poner término a su ausencia de Roma, donde se había mantenido en secreto su ausencia y "se seguía anunciando la misa en nombre de Su Santidad como si residiese en el Vaticano"».

Pero estaba escrito que las travesías marítimas eran poco favorables a Rodrigo Borgia, ya fuera papa septuagenario o cardenal cuarentón: treinta años antes había estado a punto de irse a pique con los doscientos miembros de su séquito al regreso de su visita a España.

El 1 de marzo, el Papa y César se embarcaron para el viaje de retorno, pero, durante la travesía, sus naves fueron sorprendidas por un huracán tan violento que durante cinco días vagaron sin rumbo por el Tirreno. La primera noche de tempestad se llegó a pensar en lo peor. Cuando al amanecer divisaron en el horizonte la sólida arboladura de un navío inglés, César, temiendo por la vida de su padre, propuso dirigirse hacia dicho barco, pero Alejandro se negó en redondo a solicitar ayuda extranjera.

Aunque la tempestad amenazaba con engullir la pequeña escuadra, el Pontífice permanecía sentado a la popa, ofreciendo una calma soberana a la furia de los vientos y de las olas que asediaban el barco. Entero y determinado ante la adversidad, invocaba el nombre de Jesús y se santiguaba sin perder la calma. Cuando los cardenales, paralizados por el terror y por el mareo, gemían tumbados en la cubierta de la galera, Burchard oyó al Papa reclamar su almuerzo y, al explicarle que sería imposible encender un fuego, Alejandro amonestó severamente a sus criados, quienes a duras penas consiguieron freír «algo de pescado que Su Santidad comió con gran apetito», escribe el maestro de ceremonias en su diario.

Por fin, la tormenta cedió, el cielo se despejó y se divisó la costa donde las galeras del Papa terminaron por embarrancar, a escasa distancia de Porto Ercole. En la noche del 11 de marzo, tres semanas después de su marcha, Alejandro VI, con rostro exultante de felicidad, a lomos de una mula, rodeado de un séquito agotado y unos cantores descompuestos, regresaba discretamente al Vaticano por la puerta de los jardines de San Pedro.

MIRANDO A VENECIA ENCARECIDAMENTE

Al menos desde marzo de 1502, Alejandro VI realiza esfuerzos sistemáticos para aliarse con Venecia, comprendiendo que sólo la República Serenísima y el Papado juntos pueden asegurar estabilidad en la península itálica, y una consiguiente permanencia del poder temporal vaticano. Orestes Ferrara narra sus esfuerzos a lo largo de este año: sabía que estaba levantando un buen edificio, pero era necesario protegerlo con buenas murallas. Comprendiendo que Venecia era el único Estado con el cual se podía contar contra los ultramontanos —aun sabiéndola adversa y desconfiada, y su enemiga personal—, inició una campaña de conquista moral con el fin de llegar a una alianza. No obstante los continuos desengaños, el Papa estaba todavía entregado a esta labor cuando le sorprendió la muerte.

Tratar con Venecia no era cosa fácil. Los venecianos no tenían buena fama en aquel entonces; se les consideraba fríos, calculadores y poco fiables, gentes que ponen su riqueza y poder en la balanza internacional sólo cuando está en juego su interés y, mientras tanto, se encierran en un aislamiento vigilante. Querían tener autoridad en todo, y con el mínimo esfuerzo; responsabilidad, en nada. El Papa conocía los modos políticos de Venecia y no le gustaban.

No obstante, Alejandro VI comprendía que no había más solución para la estabilidad de su reino y de Italia que entenderse con ellos. Lo intenta una y otra vez, hasta el momento de su muerte. El 20 de marzo de 1502 presentó formalmente, a través de uno de sus secretarios, una proposición de alianza estrecha. El embajador de Venecia seguirá recibiendo continuas iniciativas del Papa en el mismo sentido, pero no conseguirán convencer a los venecianos.

En junio mueren los hermanos Manfredi de
Faenza, detenidos en las cárceles del Papa. Todos
los historiadores coinciden en que fueron asesinados por orden de César «de acuerdo con su padre,
por supuesto, pero también con las enseñanzas del
secretario florentino [Maquiavelo] y de la bárbara
moral de la época», sentencia Gervaso. Los jóvenes
estaban presos en el castillo de Sant'Angelo desde
julio del año anterior.

El florentino Landucci, citado por Robichon,
es el autor de una crónica según la cual, a principios
del mes de junio de 1502, los hermanos estaban jugando a pelota en un patio de la fortaleza papal
cuando los soldados de César les hicieron volver a
su calabozo: no se les volvió a ver vivos. El 9 de junio, los barqueros del Tíber llevaron hasta la orilla,
«ahogados y muertos», reitera Burchard, los cadáveres de Astorre y Giovanni Battista, y también el
de otro joven, estrangulados y arrojados a las aguas
con una piedra al cuello.

Según relata Robichon, las últimas informaciones recogidas a propósito de los hermanos Manfredi databan del verano de 1501: después de la caída de su ciudad, Astorre y Giovanni Battista habían
seguido al ejército de César Borgia a Toscana y estuvieron presentes en el sitio de Piombino. Los dos
cautivos, los jóvenes señores de Faenza, se sentían
muy honrados por la amistad de su vencedor. Se ad-
miraba por igual la magnanimidad del duque de

Valentinois y la gracia y la juventud con que ambos hermanos adornaban la corte del hijo del Papa.

Pero, sin saber cómo ni por qué, todo cambia... Y entonces se recurre a lo que faltaba: una historia homosexual entre César y uno de los hermanos; concluida la relación, el malvado César toma la decisión de librarse del infortunado y, de paso, de su hermano.

César habría ordenado repentinamente encarcelar a los jóvenes en el castillo de Sant'Angelo, y allí, según el orador de Urbino, Silvestre Calandra, se encontraban en el curso del mes de julio de 1501; tal y como recoge Guicciardini, se corrió el rumor de que Astorre Manfredi, el bello efebo seducido por el hijo del Papa, «había sido echado a perder villanamente». El historiador florentino es tan poco fiable cuando menciona el nombre de los Borgia que sus palabras no pueden tenerse en cuenta. No es descartable, en cambio, que César Borgia se decidiera a eliminarlos poniendo en práctica los principios de Maquiavelo, que consideraba necesario ganar para la propia causa al enemigo o acabar físicamente con él, para evitar posteriores venganzas.

Al contrario que los Manfredi, Catalina Sforza había podido salvar la vida, y César Borgia había dejado escapar asimismo sanos y salvos a los Malatesta de Rímini y al conde de Pesaro, odiados los tres por sus pueblos respectivos. Por el contrario, el pueblo de Faenza adoraba a Astorre y esto le hacía más temible para su vencedor. César habría ordenado su asesinato por esta razón, concluye Robichon.

«Cuando se refiera a este ejemplo de liquidación dinástica, Maquiavelo escribirá, sin que le tiemble la pluma, que, para un conquistador, no existe otra elección que la de acariciar a sus víctimas o eliminarlas, y que, para conservar con absoluta seguridad un Estado recién conquistado, lo que importa "en primer lugar es extinguir el linaje del príncipe que lo ha gobernado con anterioridad"».

El episodio, en todo caso, resulta bastante confuso y se basa en un cambio repentino de actitud de César hacia los Manfredi, justificado en una aventura inverosímil de homosexualidad.

TERCERA CAMPAÑA MILITAR
DEL GONFALONERO

A su regreso de Piombino, Alejandro tiene que hacer frente en Roma al deterioro de la situación en el sur de la península, donde el acuerdo hispano-francés para repartirse el Reino de Nápoles ha saltado por los aires, dando paso a un enfrentamiento abierto entre las dos potencias. Cada parte intentaba conseguir aliados: los franceses cortejaban a los Gonzaga y los Este; los españoles ofrecían a Alejandro «los feudos ibéricos de Nápoles» a cambio de su respaldo.

Por si acaso, Alejandro VI se ocupa de preparar un nuevo ejército. César Borgia obtiene del tesoro pontificio la suma de 64.000 ducados, parte de la cual le permitió adquirir los canones abandonados en Ischia por el antiguo rey de Nápoles,

Federico. Nadie sabía a qué se destinaban estas fuerzas y, por tanto, todos temían. Pero los enemigos probables no podían ser más que los vicarios sobrevivientes, especialmente, aquéllos contra los cuales el Papa, en diferentes épocas, había emitido sentencias condenatorias, declarando cesados sus derechos de investidura.

El papa Borgia sopesa la situación y decide actuar antes de que empeore. Francia estaba concentrada en su disputa napolitana con España; Venecia, absorbida por la amenaza turca; y el emperador de Alemania, tan vociferante e indeciso como de costumbre; así las cosas, los preparativos no podían sino alimentar la inquietud de los Estados vecinos del Papado, convencidos de que eran ellos el objetivo de tales maniobras. Pero el objetivo era únicamente poner fin al sistema de vicariatos, porque con ellos la Iglesia no podía contar en caso de necesidad. Para lo cual Alejandro VI no establecía diferencia entre buenos y malos. No hubo distinción a la hora de abatir tanto a los Manfredi, queridos en Faenza, como a Catalina Sforza, odiada en Imola, y tampoco iba a discriminar ahora entre Guidobaldo de Montefeltro, amado en Urbino por su gobierno en cierto modo probo y justiciero, y los malvados Varano de Camerino. Todos debían caer para gloria futura del Estado Pontificio.

César esperaba la hora de actuar: entonces recobraba todas sus facultades. Entre tanto, se levantaba tarde, pasaba las noches en vela, trabajaba o visitaba ciertos lugares alegres escondido tras su famoso antifaz.

Las tropas del Papado se iban reuniendo, y los condotieros recibían el precio de la *condotta* y ricas tierras en los territorios romanos. Francisco y Julio Orsini, el duque de Gravina y Vitellozzo Vitelli eran los principales jefes de las nuevas fuerzas.

En junio concluye la espera impaciente de César Borgia, duque del Valentinois y la Romaña, señor de Las Marcas y de Umbría. Desde la toma sangrienta de Capua ha pasado casi un año sin el fragor de los combates y la tensión de los campamentos. Todo estaba listo para la nueva campaña militar, pero nadie sabía dónde descargaría el primer ataque el gonfalonero. La opinión más extendida en las cortes de Italia era que el ataque del duque no se dirigiría contra Bolonia o Florencia, que gozaban de la protección de Luis XII, ni tampoco contra el ducado de Urbino, donde reinaba en paz Guidobaldo de Montefeltro, a quien César Borgia seguía llamando su «hermano más querido de toda Italia». Todas las miradas apuntaban a los Varano de Camerino, quienes, por otra parte, habían recibido ya una bula de excomunión.

En Urbino se confiaba en la amistad de los Borgia. Isabel de Gonzaga, esposa de Guidobaldo, había escoltado a Lucrecia en su viaje hasta Ferrara, y se hablaba de unir a la pequeña Luisa de Valentinois, hija de César, con el hijo del marqués de Mantua, sobrino de Isabel.

El 12 de junio de este año de 1502, César deja Roma para unirse a su ejército. La partida de César coincidió con el levantamiento de Arezzo contra Florencia y una invasión de Vitellozzo Vitelli en el territorio de esta misma república. Todos creyeron, en consecuencia, que Florencia sería el objetivo militar del gonfalonero; los Borgia no habían tenido nunca buena sintonía con Florencia, a pesar de los tratados vigentes. En opinión común, sería atacada. Pero no fue así.

El ejército papal, contra toda suposición, se dirigió hacia Urbino.

URBINO

El grueso del ejército pontificio estaba concentrado a la sombra de la fortaleza de Espoleto, tierra de la Santa Sede. Desde su salida de Roma, las tropas de César Borgia habían seguido el trazado de la antigua vía Flaminia, a través de las verdes colinas de Umbría, hasta la altura de Foligno y Nocera, dejando Asís y Perugia a su izquierda, para girar hacia los montes de Camerino, al este.

De repente, cuando se encontraba a menos de ocho leguas de su supuesto objetivo, Camerino, en torno al cual dejó un pequeño contingente militar, César Borgia picó espuelas hacia el norte con sus huestes a través de los Apeninos, recorrió sesenta millas en veinticuatro horas sin comer ni beber y, antes de que nadie supiera hacia dónde se dirigía, cayó como una tromba sobre Urbino al frente de un ejército de dos mil hombres.

La noche del 20 de junio de 1502, Guidobaldo de Montefeltro estaba cenando tranquilamente con algunos íntimos en la terraza del convento de los Zoccolanti, cuando llegó un mensajero sin aliento para anunciarle que las tropas del Papa, a las que se suponía camino de Camerino, habían invadido el ducado y marchaban sobre la ciudad.

César Borgia, en secreto, había puesto en movimiento dos poderosos contingentes de soldados: ambos convergieron en el camino de Urbino, procedentes de Fano y de Forlí; mientras, la marina de Sinigaglia, de Pesaro y de Rímini vigilaba estrechamente las costas para impedir que Guidobaldo pudiera huir y asegurarse su captura vivo.

No había lugar a dudas en cuanto a las intenciones del Valenciano. El duque Guidobaldo se queja amargamente de este «golpe traidor»: «No alcanzo a comprender cómo me han podido engañar y embaucar de esta manera, dado que nunca he pensado en otra cosa que en contentar y dar satisfacción al Papa y al duque de Valentinois...». Disfrazado con una camisa y un jubón de paño burdo, Guidobaldo de Montefeltro consigue cruzar el cerco y galopar hasta Ravena y, desde allí, hasta Mantua, donde se reúne con su mujer.

Cuatro horas después de la fuga del duque, César Borgia entraba en Urbino con semblante «sombrío como un cielo de tormenta». Al día siguiente, al informar a su padre de este éxito —el Papa no conocía su plan secreto—, César expresó cuánto sentía no haber podido apoderarse de Montefeltro. Sentimiento que, sin duda, compartió el Papa: «Pero si no tiene al duque, tiene el ducado», dicen que exclamó Alejandro.

El Pontífice no se dejó impresionar, aparentemente, por el golpe de audacia de su hijo, golpe que hasta los propios adversarios de los Borgia consideraron inmediatamente como una acción militar de gran brillantez: sorpresa, movilidad y poderío de fuego. Alejandro VI tampoco parecía estar muy preocupado por las dificultades potenciales que la toma de Urbino pudiera crear a Lucrecia en el seno de su nueva familia, emparentada con Isabel de Gonzaga, ex duquesa de Urbino.

Como se ha indicado —y de esta opinión es también Orestes Ferrara—, no parece que el Papa conociera de antemano el ataque que César llevó a cabo súbitamente contra el duque de Urbino, privándole en pocos días de todo su Estado. Esta acción fulminante ha sido presentada por los escritores de la época como un engaño reprobable, criticado incluso por el mismo Papa.

Sin embargo, César Borgia atacó a Guidobaldo de Montefeltro con los mismos métodos que éste aplicaba, pues el duque de Urbino se hallaba en contacto con los enemigos de César y se había resistido a cumplir con sus deberes de vicario de la Iglesia. Es más, César acusó al señor de Urbino de haber preparado un ataque traicionero para despojarlo de su artillería y asaltarlo luego al pasar por su territorio. Y alegando esta causa o pretexto, se justificó con el Papa, en larga carta, de haber iniciado una acción de guerra sin su conocimiento y autorización.

De los diarios y crónicas de la época no se deduce una explicación clara de este episodio, y podría pensarse que se trató, una vez más, del peligroso juego del engaño recíproco. El Valentino sospechaba de la lealtad de Guidobaldo, quien, secretamente, apoyaba a los Varanno, sus vecinos de Camerino, enemigos de la Iglesia.

El Papa, ante la espectacular conquista, se convenció enseguida de las razones de César y no tardó en añadir a sus títulos de duque de Valentinois y de Romaña también el de duque de Urbino.

MAQUIAVELO ENCUENTRA A CÉSAR

En la segunda quincena de junio, la Señoría de Florencia resolvió enviar a César Borgia dos delegados con el encargo de parlamentar con él, y sobre todo, sondear sus intenciones. Florencia observaba con temor creciente las continuas victorias de los ejércitos pontificios.

César, recién conquistado el ducado de Urbino, recibe la visita de un plenipotenciario florentino, el obispo de Volterra, Francisco Soderini, acompañado de un hombre de 33 años, enjuto y nervioso, con ojos pequeños y escrutadores, boca fina y una expresión a la vez irónica e enigmática. Es Nicolás Maquiavelo. La actitud de César en la entrevista, descrita después por el mismo Maquiavelo y reproducida por tantos historiadores, conquistó al florentino; también fascinó a Maquiavelo el orden que pudo apreciar durante una inspección previa por el campamento pontificio. No dudó en cantar las alabanzas de aquel ejército compuesto de ciudadanos libres, sin ningún mercenario. Aquel primer encuentro, y los numerosos que le siguieron, dejaron una fuerte impresión en el autor de *El Príncipe:* «Este Señor», escribe al gobierno florentino, «es muy espléndido y magnífico [...]. Se hace querer bien de sus soldados; ha promovido a los mejores hombres de Italia. Todas estas cosas lo hacen victorioso y formidable».

Se trata de un juicio desprovisto de adulación, y tanto más valioso cuanto que fue formulado por un adversario frío y realista, sin prejuicios, que se atenía a los hechos y era capaz de discernir lo sustancial. «César era el enemigo número uno de su ciudad, pero, como soldado y como político, poseía esas dotes de arrojo, voluntad y energía sin las cuales no se vencen las batallas ni se reducen las revueltas. El joven Borgia sabía lo que quería, por qué lo quería, cuándo y con quién [...]. Era, sobre todo, esa determinación lo que más agradaba a Maquiavelo e inflamaba su ánimo», afirma Gervaso.

La primera entrevista concedida por el Valenciano a los enviados florentinos se convoca a medianoche. Y apenas iniciada la reunión, César —según Robichon— les espetó con toda calma: «Os lo voy a decir en pocas palabras. Vuestro gobierno no me gusta, y no me puedo fiar de él. Es preciso, pues, que lo cambiéis, y que yo reciba esta vez la garantía de que mantendréis vuestra palabra y me daréis muestras de la deferencia prometida. Si no es así», añadió el duque, «pronto os enteraréis de que no puedo vivir con esta incertidumbre [...]. Si no me queréis como amigo, probaréis mi enemistad [...]. Apresuraos ahora a decidiros, ya que no puedo mantener por más tiempo a mi ejército en estos parajes montañosos donde pasan muchas penalidades. No puede haber término medio entre vosotros y yo. O sois mis amigos o sois mis enemigos [...]. Sabed bien que no me va para nada jugar a los tiranos, sino, por el contrario, aplastarlos».

A las dos de la madrugada del 25 de junio de 1502 terminó la entrevista y los florentinos vieron que no había espacio para prolijas negociaciones. La propuesta era terminante. Sin embargo, Soderini no se daba por vencido: el obispo atribuía el orgullo del joven condotiero, brutal e imperioso, a «lo repentino y a lo deslumbrante de sus recientes éxitos, que han podido trastornar su razón». Sin embargo, Nicolás Maquiavelo no compartía este análisis. Después de esa noche, anota: «Este señor [César] es muy solitario y muy secreto», para consignar a continuación en su correo a la Señoría: «El hombre de corte es incuestionablemente espléndido y magnífico, y al hombre de guerra las empresas más elevadas le parecen poca cosa; ha llegado a su destino antes de que se sepa de dónde ha salido; sabe hacer para que muchos soldados vengan a él y tiene a los mejores de Italia; todas las cosas que le hacen temible y que, unidas a una fortuna insolente, le han hecho poderoso y victorioso...».

Hubo una segunda entrevista nocturna. Era un ultimátum: Florencia disponía de cuatro días para decidir de qué lado se colocaba. Los embajadores se miraron en medio de un silencio embarazoso: lejos de intentar negociar con un intercambio de concesiones mutuas, César Borgia expresaba, por el contrario, una exigencia tras otra, hasta agobiar a sus adversarios con una acumulación experta y progresiva de reivindicaciones.

Pisa también se había ofrecido al Papa. Temiendo la reacción de Luis XII, para quien la ciudad era intocable, Alejandro VI y su hijo rechazan la oferta el 14 de junio.

Se rinde Camerino y su señor, Julio César de Varanno, cae preso. Alejandro lo había excomulgado un año antes. Su pueblo le odiaba y el jueves 20 de julio, un mes después de la caída de Urbino, un ciudadano destacado de Camerino, llamado Ferracioli, se puso al frente de los insurrectos y corrió a abrir las puertas de la ciudad a las tropas de Francisco Orsini, duque de Gravina. De la catadura del señor de Varanno da idea el hecho de que había asesinado a su hermano para robarle el poder. Su ejecución se llevó a cabo en la primera mitad de octubre del mismo año, cuando las armas papales estaban retrocediendo rápidamente frente al avance de los barones rebeldes. Algunos afirman que los Varanno cayeron en la fortaleza; otros, que cayeron en campo abierto, después de haberse sumado a una rebelión de los capitanes de César, que va a ocurrir a no tardar.

El caso es que la toma de Camerino regocijó al Papa, que seguía al detalle la campaña desde el Vaticano; en Roma se celebró con grandes manifestaciones de alegría.

«TODOS LOS ITALIANOS SON FRANCESES»

Mientras César entraba victorioso en Urbino y Camerino, y Vitellozzo invadía el territorio florentino con permiso de los Borgia, llegaba a Italia

Luis XII, una vez más, y asumía con un prestigio que no justificaban sus fuerzas materiales el papel de árbitro en el norte y centro de Italia. La sumisión italiana a Francia era innegable en aquel entonces. Con justicia se decía: «Todos los italianos son franceses». Con una política más acertada, Francia habría conseguido entonces la dominación secular de Italia; en cambio, la península quedó en manos de España y, luego, de Austria. La actitud francesa de este periodo se distingue por una serie de errores inexplicables, en opinión de algunos historiadores, a pesar de que los consejeros del rey y el rey mismo eran personas con apreciable sentido político.

El 7 de julio de 1502, Luis XII estaba de nuevo en Asti. Todos los enemigos de los Borgia acudieron a su encuentro, en busca de protección o de venganza, porque los que aún no habían perdido sus dominios temían perderlos en cualquier momento, a la vista de los éxitos militares de los ejércitos pontificios.

El soberano francés renovó sus propósitos de proteger a Florencia en primer lugar, y César obedeció humildemente. Vitellozzo fue obligado a abandonar Arezzo y todo el territorio florentino, bajo amenaza personal de César de dirigirse a Civita Castellana, residencia de Vitellozzo, y obligarle a hacerlo por la fuerza. En lo demás, el rey quedó fiel a la palabra empeñada de no mezclarse en los asuntos de los vicarios sino para ayudar al Papa.

Las fulminantes conquistas de Urbino y Camerino demostraban que, para vencer, César no siempre tenía la necesidad de entablar batalla. El temor que infundía en sus enemigos bastaba para desarmarlos. Nadie parecía ya en condiciones de plantarle cara o de contener su avance imparable. Los déspotas grandes, medianos y pequeños estaban realmente aterrorizados. Así fue tomando cuerpo una «liga antipontificia».

Los conjurados consideraron que lo primero que debía hacerse era sembrar cizaña entre César Borgia y Luis XII, que había cruzado de nuevo los Alpes y estaba en Milán. Allá se fue a solicitar audiencia sin cita previa Juan Sforza, ex marido de Lucrecia, aquel «Sforzino» humillado cuyo odio por los Borgia no tenía límites. Y allá fueron llegando Hércules de Varanno y el marqués de Gonzaga, sin que faltaran los consabidos embajadores vénetos, presentes siempre en cualquier intriga.

Toda Italia protestaba y gemía: toda Italia tenía motivos para quejarse de los Borgia y apelar al rey de Francia; todos, pequeños y grandes, rivales o aliados, invocaban la protección del trono de la Flor de Lis para reclamar justicia y consuelo contra males sin número, iniquidades y crímenes. Apenas hubo instalado Luis XII su campamento cerca del castillo de Pavía, cayó sobre la pequeña corte francesa un huracán de quejas y protestas de Venecia, Florencia, Pesaro, Mantua, Bolonia. Llegaron los enviados de los Sforza, los Montefeltro, los Gonzaga, los Bentivoglio, e incluso un sobrino de los Varanno; Robichon los muestra ofendidos, humillados, despojados, legitimados todos por un motivo u otro para exponer agravios turbios contra el duque de Valentinois.

César comprendió el peligro que corría: la corte francesa estaba infestada de enemigos suyos, duchos en el arte de la calumnia, expertos en la compra de voluntades. El duque protagonizó entonces otra de sus hazañas memorables y, con sólo cuatro escuderos, el 25 de julio partió al galope hacia Milán desde Urbino, haciendo sólo una parada de unas horas en Ferrara para visitar a Lucrecia, aquejada de unas fiebres que amenazaban su embarazo. El rey francés le hizo llegar caballos frescos y salió a recibirle. Sus enemigos quedaron humillados: «Lo atendió como si se hubiera tratado de un hijo o un hermano suyo», dice Gervaso.

El hecho de que César, a pesar de la urgencia de contrarrestar las conjuras que se fraguaban contra él en la corte italiana del rey de Francia, realizara un gran esfuerzo para visitar a su hermana enferma, habla de la intensidad de las relaciones entre los dos hermanos. El 28 de julio por la noche, cinco caballos extenuados se detuvieron en el patio del castillo de Ferrara. Sin esperar que anunciaran su presencia, el duque empujó la puerta de la habitación tapizada en oro y satén, donde descansaba Lucrecia: «Estaba sentada en la cama, oyó unos pasos familiares, vio a su hermano; pareció renacer». Al rayar el alba, y después de haber confortado a Lucrecia, el duque reanudó su veloz galope, «igual de secreto e imprevisto».

Luego se contaría que, para no ser reconocido entre Ferrara y Mantua, César se cambió de ropa y se vistió con el hábito de los caballeros de San Juan de Jerusalén. Al mismo tiempo, un correo de la corte de Este informaba al duque Hércules, en Milán, de la visita de César Borgia a su hermana. El suegro de Lucrecia se sintió muy feliz de poder ofrecer la primicia de dicha información a Luis XII. Cuando la hubo recibido, el rey se dirigió al gobernador de Milán en los términos siguientes: «Chaumont, voy a sorprenderte. El duque se encuentra en este momento en Ferrara, viene a reunirse conmigo...». «Pues bien, Sire», respondió el Gran Maestre de Francia, «mis noticias son aún mejores que las vuestras y puedo anunciaros que el duque de Valentinois estará aquí de un momento a otro».

PERO LOS BORGIA REFUERZAN SU ALIANZA CON LUIS XII

La numerosa facción hostil a los Borgia estaba pendiente de la actitud del rey francés. La natural curiosidad impaciente y el afán de venganza dieron paso a un estupor no exento de horror cuando el rey dio órdenes a sus gentilhombres de preparar su escolta para salir sin perder un instante al encuentro del duque.

Muchos creían, o por lo menos propalaban, que la llegada de Luis XII a Italia tenía por objeto castigar a César; otros pensaban —confundiendo deseo y realidad— que se lo llevaría con él a Francia.

Pero el rey salió al encuentro del Valentinois con tales manifestaciones de agrado y simpatía, que no dejó ya dudas sobre sus intenciones amistosas. «Que sea el bienvenido, mi monseñor primo y buen pariente», le dijo, y le echó los brazos al cuello besándole repetidamente. Luego, lo acompañó en persona al castillo y a las habitaciones que le había preparado. Los enemigos de César recibieron la indicación de ausentarse de la corte.

El marqués de Mantua tuvo que reconciliarse con César; para reforzar esta renacida amistad, insistió en la posibilidad de un matrimonio entre Luisa, única hija de César, y Francisco, hijo del marqués. Era un momento dorado en la breve vida de César Borgia. El Papa saboreaba el triunfo a distancia, en el trono de Roma.

La actitud de Luis XII sorprendió a muchos. Pese a que había tenido siempre suma benevolencia con César, parecía exagerado su afecto actual, porque situaba al gonfalonero por encima de todos los príncipes de sangre real que le acompañaban. La cosa era aún más llamativa, porque contrastaba con las expectativas de todos. En aquel gran mentidero de las pequeñas cortes italianas, el deseo común había extendido rumores que aseguraban como verdad indiscutible que César había perdido la protección real.

Los contemporáneos hubieran debido comprender —si es que algún contemporáneo puede comprender la historia de su tiempo— que el rey de Francia prefería la amistad del Papa a la de cualquier príncipe destronado. Pero lo que no sabían ni podían saber era que, antes de la llegada de César a Milán, ya Alejandro tenía esbozado un nuevo convenio con el rey.

Al Papa no le agradaban precisamente estas «visitas» del soberano extranjero, y temía siempre una nueva conquista. También despreciaba a los cardenales que incitaban al monarca a intervenir en los asuntos de Italia: «Esos idiotas [Julián della Rovere, Ascanio Sforza y Rafael Riario], que están cerca del rey de Francia, le han pintado el paraíso en Italia; *tamen* [sin embargo, puede que] aquí encuentre el infierno. Esperamos verlos desacreditados cerca del Rey, porque siempre el premio de los malvados es ser odiados por aquellos que al principio les han favorecido».

Alejandro VI no pudo evitar la última «visita» de Luis XII y, mientras aconsejaba a César que demorara su viaje a Milán, el Pontífice había enviado a monseñor Trozo como observador. El papa Borgia confiaba en la habilidad de este Trozo —también llamado Troches, Troccio o Troccces—: su método político era evitar el mal; pero cuando éste se presentaba, sabía aceptarlo y obtener del mal, si no el bien, por lo menos lo útil, dice Orestes Ferrara.

En el curso de sus coloquios, Luis y César establecieron el protocolo de un acuerdo secreto que concedía al segundo plena libertad de acción contra Bolonia, Perugia «y otras ciudades», con apoyo militar francés. En contrapartida, el duque se comprometía a proporcionar 10.000 soldados, y a ponerse él mismo al frente de dicho contingente, en la guerra de Nápoles contra los españoles.

405

Burlados y despechados, los Bentivoglio, los Sforza, los Varanno, los Montefeltro y sus respectivos séquitos se retiraron uno a uno, mascullando su cólera y arrepintiéndose amargamente de los regalos con los que habían creído oportuno homenajear al rey al presentarse en su corte. El último en salir de Milán, visiblemente furioso, fue Francisco Gonzaga.

Pero el rey francés practicaba un doble juego, bastante común en aquella época. Por un lado, mantenía e incrementaba la alianza con los Borgia; por el otro, no retiraba el apoyo tradicional a los pequeños Estados italianos.

Al contrario de lo que habían previsto algunas cortes de Italia, el rey de Francia no permaneció mucho tiempo en la península. El 26 de agosto, de regreso a Francia, hacía una entrada solemne en Génova, con César Borgia a su lado; luego, los dos «primos» subieron juntos hacia Asti, cabalgando grupa con grupa, antes de dejar el ducado de Milán y pasar a las tierras del duque de Saboya. La noticia de que el Valentinois no se apartaba del rey hizo a los señores italianos concebir una esperanza insensata: ya nadie ponía en duda que, colmado de honores y de prebendas, César seguía el cortejo regio para, según los mejor informados, ir a reunirse con su mujer y su hija a la corte de Blois. Todos hacían votos porque se quedara allí una buena temporada.

Pero esa vana esperanza significaba ignorar la existencia de una alianza renovada entre el rey y el duque, que se despidieron al pie de las colinas de Asti. Pronto se supo que César acababa de regresar a su ducado de Romaña y que, en previsión del ataque a Bolonia, se había instalado en Imola, acompañado por su «muy querido e íntimo arquitecto e ingeniero general» don Leonardo da Vinci.

La confluencia Borgia-Maquiavelo-Da Vinci

Desde la toma de Urbino y de Camerino, micer Leonardo se había entregado febrilmente a la reparación y consolidación de las plazas fuertes recientemente conquistadas, con sus equipos de obreros, albañiles, canteros, carpinteros y zapadores. Da Vinci había levantado de nuevo las defensas de la poderosa ciudadela de San León, y, trasladándose continuamente a distintos lugares de la Romaña, las Marcas y la Toscana, se ocupaba a un mismo tiempo de la fortaleza de Cagli, subía hasta Cesena para vigilar los trabajos que se estaban realizando en el palacio ducal o se inclinaba sobre los planos del canal navegable de Porto Cesenático.

El ingeniero jefe y el duque celebraban conferencias regularmente, con vistas al asalto contra los Bentivoglio, quienes aún se creían protegidos por una garantía del rey de Francia que nunca había sido revocada. Sin embargo, en virtud del acuerdo secreto de Pavía, César Borgia había recibido de Luis XII licencia y aprobación para apoderarse del feudo de Bolonia.

En estos momentos tiene lugar una confluencia extraordinaria: tres personajes decisivos del

Renacimiento —César Borgia (1475-1507), Nicolás Maquiavelo (1469-1527) y Leonardo da Vinci (1452-1519)— se encuentran juntos en la Romaña desde junio de 1502 a la primavera de 1503. (El acontecimiento ha sido celebrado recientemente en Italia con una *mostra* en Rímini, apoyada por la región Emilia-Romaña, el presidente de la República, la Cámara de los Diputados, el Ministerio de Asuntos Exteriores y otras altas instancias).

El vértice superior del triángulo es el duque Borgia, ante el que Maquiavelo representa los intereses de Florencia y del que Leonardo es ingeniero jefe, encargado de las obras de fortificación de sus plazas fuertes y castillos. Este encuentro se ha considerado «Un momento central de la civilización del Renacimiento», celebrado oficialmente con las palabras que Maquiavelo empleó para definir el papel de César y, a través de éste, la relevancia de Alejandro VI: «*Ciò che fece tornò a grandezza della Chiesa la quale, spento il Duca, fu erede delle sue fatiche*» (Todo lo que hizo fue para mayor grandeza de la Iglesia, la cual, desaparecido el Duque, recibió el fruto de sus fatigas). La jerarquía católica sigue sin reconocerlo.

Corren los primeros años del siglo XVI. La Romaña está en el punto de mira de los intereses políticos y militares internacionales. César Borgia da por concluida su conquista. Los castillos y las murallas de la región, todavía medievales, necesitan refuerzo y rehabilitación, sobre todo ahora, para hacer frente a la potencia de las nuevas armas de fuego introducidas por los franceses. Leonardo da Vinci, en un pequeño cuaderno de bolsillo, hoy conocido como «Código L», toma apuntes, medidas, impresiones, y diseña planos de las ciudades que recorre: Rímini, Cesena, Cesenatico, Faenza e Imola, en orden cronológico. De la misma manera, Maquiavelo aprovechará la cercanía al duque para elaborar su propuesta política: años después, utilizó su figura como ejemplo del buen gobernante en su *Príncipe*, en particular, en el capítulo VII, titulado «*Dei principati nuovi che s'acquistano con le armi e la fortuna d'altri*» («De los principados nuevos que se adquieren con las armas y la fortuna de otros»).

Cuando César acompañaba a Luis XII a Asti, la caravana hace un alto en Pavía, «donde el Valentino encargó a Leonardo da Vinci, desde hacía tiempo ya a sus órdenes como arquitecto e ingeniero, la tarea de inspeccionar las fortalezas y todas las demás defensas de sus estados», dice Gervaso, quien añade respecto a los dos hombres que «su colaboración, favorecida por una estima recíproca, fue perfecta».

Está documentada la presencia de Leonardo en Piombino, en mayo de 1502, para restaurar y guarnecer las fortalezas locales. Posteriormente inspeccionó otras ciudades de Italia central solo o acompañando a César. En Urbino, cuando llega Maquiavelo, Da Vinci acompaña ya al Valentino.

No hay indicio alguno de que los tres coincidieran alguna vez en la misma estancia, y no consta que mantuvieran conversaciones conjuntas. El duque era el único eslabón entre Maquiavelo y Da Vinci: quizá estos dos no llegaran a conocerse.

La noticia de que Lucrecia Borgia se encontraba muy enferma dejó al Papa atribulado. César fue informado en Imola: la enfermedad de su hermana se había agravado desde la visita de julio. Acompañado por su cuñado, el cardenal de Albret, y por una docena de gentilhombres, cabalgaron sin descanso hasta que divisaron las torres del castillo de Este. César corrió a los aposentos de la enferma.

Lucrecia estaba al borde de la muerte, ya que su embarazo la hacía más vulnerable a las enfermedades estivales y a la epidemia que estaba haciendo estragos espantosos en el seno de la familia ducal, sin respetar siquiera a los médicos que habían sido llamados a su cabecera. En la noche del 3 al 4 de septiembre se temió lo peor. La tarde del martes día 5, Lucrecia dio a luz un niño muerto. César llegó dos días más tarde; se había declarado la fiebre puerperal y se pensaba que la enferma no sobreviviría. Al enterarse de que los médicos habían recomendado practicarle una última sangría, Lucrecia sacó fuerzas de la proverbial energía de los Borgia para gritar que «no se dejaría hacer»; luego se dio cuenta de que su hermano estaba al pie de su cama y le sonrió con tristeza. Y fue César quien, empleando mil palabras afectuosas, la convenció para que se plegara a las órdenes de los médicos. Sólo entonces «se dejó hacer», mientras que el duque la sujetaba y, para distraerla, le narraba las peripecias de su viaje a Milán.

Al día siguiente, después de una noche agitada, sin duda los médicos de Ferrara dieron garantías esperanzadoras a César, ya que decidió despedirse de su hermana esa misma tarde. De todos modos, aún tendría que pasar una semana entera antes de que llegaran a Roma y a Imola noticias tranquilizadoras sobre la salud de Lucrecia.

DESCONTENTO DE LOS CONDOTIEROS

Mientras, un cierto descontento se había ido apoderando de los capitanes del duque desde el ataque abortado a Florencia, el abandono obligado de Arezzo y, en general, la sumisión de César al rey de Francia. Su actitud fue alimentando de forma inevitable una corriente de disgusto entre las tropas, ávidas de las conquistas y rapiñas que veían frustradas. Vitellozzo Vitelli no había perdonado a su señor que éste hubiera capitulado ante las amenazas francesas, cuando su vanguardia estaba a un tiro de cañón de los palacios florentinos. César le había visto postrado a sus pies, con sus ojos saltones empañados en lágrimas, suplicando a su jefe que le permitiera lanzarse sobre Florencia. Y tampoco había podido olvidar cómo, tragándose la rabia, se había tenido que retirar con Baglioni y Pedro de Medici del conquistado Val di Chiana, para complacer a Luis XII y a los florentinos.

La conminación pontificia a los Bentivoglio de Bolonia fraguó la rebelión de los capitanes de César. Ferrara explica que entre los Borgia y los jefes militares pontificios se daba un contraste de intereses que no podía dejar de revelarse tarde o temprano. En la realidad práctica, el Papado quería servirse de Vitellozzo, de los Orsini o de Oliverotto da Fermo para destruir a los Varanno, a los Bentivoglio, a los Baglione, a los Riario, señores de Sinigaglia, y a los Petrucci, pero unos y otros tenían la misma catadura, las mismas características morales y políticas; los capitanes temían que, después de exterminados unos, caerían ellos detrás. A todos parecía evidente que el Papa estaba practicando el *«vendicabo me de inimicis meis cum inimicis meis»* («me vengaré de mis enemigos con mis enemigos»). Además, entre todos estos tiranos, los condotieros del Papa y los adversarios de los Borgia, se habían establecido numerosos lazos de familia: no sólo la vecindad propiciaba tales alianzas, sino que, en esa época, todo arreglo político se sellaba con un matrimonio y a todo matrimonio se le daba interés político. Los asaltantes eran, con frecuencia, parientes de los asaltados.

Algunos meses antes, con motivo del asalto de Urbino y Camerino, los capitanes ya habían mostrado escaso entusiasmo. En privado, la Iglesia y sus condotieros murmuraban amenazas y quejas los unos contra los otros. Pero se mantenían las apariencias, porque los condotieros dependían del erario papal para mantener sus mesnadas, y la Santa Sede confiaba en que su autoridad y el temor impedirían que cuajara una conspiración abierta entre los críticos; esperaba que la insatisfacción quedaría en palabrería.

Los condotieros intentaban convencer a César para que autorizara el ataque a Florencia, en un último intento de evitar una ruptura con el Papa de consecuencias funestas, y en la esperanza de armonizar por algún tiempo los intereses de la Santa Sede con los suyos propios. Todos conocían el odio que sentía César hacia aquella república de mercaderes. Vitellozzo tenía otros motivos. Quería vengar la muerte de Vitello Vitelli, su hermano, jefe del ejército florentino y ejecutado por la República precipitadamente, cuando se le creyó traidor en la guerra contra Pisa.

Las dos partes, es decir, los Borgia y sus condotieros se habrían puesto de acuerdo si hubiera sido posible atacar Florencia. Pero el veto del rey de Francia, que no quería bajo ningún concepto tal conquista —ya que hubiera desequilibrado el «mosaico» italiano—, se lo impidió. A los lugartenientes descontentos «sólo les unía su odio hacia César y el Papa, un odio que en algunos, como los Vitelli, llegaba al paroxismo», dice Gervaso quizá exageradamente. «Los Orsini —Pablo, señor de Palombara, y Francisco, duque de Gravina— eran en cierto sentido los más ligados a los Borgia. No los amaban, pero amaban mucho menos a los Colonna, enemigos del Papa». Pero viendo sus feudos en peligro, se unieron a los conjurados, como otros tiranos, incluidos los amenazados señores de Bolonia, los Bentivoglio.

ENTRE FRANCIA Y ESPAÑA, SIEMPRE FRANCIA

Tal y como se explicó más arriba, el Papa había sido convocado por las dos grandes potencias, Francia y España, para pronunciarse sobre el conflicto entre ambas a propósito del recién conquistado Reino de Nápoles. Los reyes españoles le ofrecían un «bello y útil presente», insistiendo en que se pusiera al lado de España. El rey de Francia no ofrecía donativos, pero se presentaba en persona y daba prendas de garantía de sus favores. El Papa se inclinó hacia Francia —por ser la que en aquel momento aspiraba al mantenimiento del *statu quo*, según Orestes Ferrara— y ofreció a Luis XII las tropas de su hijo —unos diez mil hombres— para luchar contra los españoles, en defensa de sus derechos en Nápoles; a cambio, exigía el apoyo francés en los territorios de la Iglesia. Luis XII halló justas las proposiciones papales y pactó formalmente con el Valentino, al que prometió trescientas lanzas para la conquista de Bolonia y para derrotar a los Orsini, Baglione y Vitelli.

Los Orsini y Vitelli, a los que el rey de Francia está dispuesto a castigar, son en esos momentos los principales jefes del ejército papal. Reciben un sueldo de la Santa Sede, que les otorga nuevas tierras y nuevos títulos a medida que avanza la conquista. Si el Valentino, después de la intervención papal, decide en un pacto secreto su exterminio, es porque los consideraba ya sus enemigos. Así pues, no es de extrañar que al volver César de la corte de Luis XII, los capitanes estuviesen conspirando contra él y fraguando acuerdos con los vicarios que debían combatir. La envidia y el resentimiento de estos señores contra el duque Valentino eran considerables.

Mientras Bentivoglio, enemigo abierto, promete que matará al Valentinois a la primera ocasión,

Oliverotto, «fiel» subordinado, asegura que acabará con César antes de un año, y Vitellozzo, «inseparable» lugarteniente, jura que no se le escapará. En esta típica tragedia renacentista resalta la mentalidad y la hipocresía social de toda una época: en público, abrazos, juramentos de eterna amistad y promesas de unión eterna; en privado, el Papa y César pactan con el rey francés el exterminio de sus generales y los generales acuerdan la ruina de su jefe con el enemigo en el mismo campo de batalla. Cada parte espera el momento adecuado, y ambos conocen la malvada intención del otro, pero disimulan fríamente. Isabel de Este observaba sin ninguna malicia que aquellos tiempos, siendo excepcionales, no eran para tener en cuenta el interés del aliado del momento o para pensar en las enemistades precedentes. La teoría política de aquel tiempo se reducía a gobernar al día, siguiendo la vía del propio e inmediato interés. El maquiavelismo no fue creación de Maquiavelo: él se limitó a describirlo y «codificarlo». Y sigue vivo, y bien vivo.

Contra los Bentivoglio

El Papa, una vez seguro del apoyo del rey de Francia, había iniciado la operación contra los Bentivoglio de Bolonia con un «breve» del 2 de septiembre en el que convocaba ante él a Giovanni Bentivoglio y a sus hijos Aníbal y Alejandro. Alejandro VI hablaba en el «breve» de la necesidad de restablecer el orden en la ciudad, alterado por las violencias de los Bentivoglio contra los ciudadanos, e incluso recordaba sus años universitarios boloñeses con un toque sentimental que no alteraba la clara conminación jurídica y moral.

La intención del Papa era anexionar Bolonia a los Estados de la Iglesia, para duplicar su fuerza defensiva. No quería unir Bolonia al ducado de Romaña, sino tenerla bajo el gobierno directo de la Sede Apostólica, y así lo manifiesta en varios documentos.

Un correo especial llevó el documento a Bolonia, feudo de la Iglesia. Les concedía quince días para presentar su defensa, y los boloñeses apelaron al rey de Francia sin conocer el tratado secreto que el monarca había ultimado con César. La respuesta de Luis XII, remitida en mano por un enviado extraordinario, instaba con gran serenidad a los Bentivoglio a que entregaran su ciudad al Papa.

Para combatir a los Bentivoglio era necesario un buen ejército. César podía contar con unos cinco mil hombres a sus órdenes directas. Los Orsini, Vitellozzo Vitelli y Oliverotto de Fermo sumaban nueve mil. Todos juntos y con buenas artillerías podían con la tarea, especialmente si llegaban a tiempo las trescientas lanzas prometidas por Francia. Pero pronto César se da cuenta de que sus condotieros han pasado de las quejas verbales a la rebelión abierta.

LOS CONJURADOS DE MAGLIONE

Los rebeldes, seguidos por sus tropas, se dan cita el 28 de septiembre de 1502 en Todi. No toman ninguna decisión. A principios de octubre se vuelven a encontrar en Maglione, la ciudadela de los Orsini. En la orilla oriental del lago Trasimeno, cerca de Perugia, se levantaba la masa imponente del castillo propiedad del cardenal Orsini. Además del anfitrión, «el viejo y vicioso» cardenal Battista, se encontraban allí Pablo y Francisco Orsini, duque de Gravina; Octavio Fregoso, representando a su tío Guidobaldo de Montefeltro; Guido Pecci y Antonio de Venafro, en nombre de Pandolfo Petrucci de Siena; Ernesto, hijo de Giovanni Bentivoglio, por los señores de Bolonia; un delegado de la prefecta de Senigaglia, regente en nombre del joven Della Rovere; Juan Pablo Baglioni, señor de Perugia, y su hermano Gentile; y, finalmente, Oliverotto y Vitellozzo, este último en silla de manos a causa de un enésimo ataque de sífilis.

Y con ellos está también Oliverio «Oliverotto» Eufreducci, el más joven de los capitanes de César Borgia, el que había tomado la fortaleza de Camerino. De él cuenta Robichon que, un año antes, con la aureola gloriosa de las hazañas militares realizadas a las órdenes de los Vitelli, se había acercado al señor de Fermo, Juan Fogliani, quien le había tratado como a un padre. Después de un gran festín, se habló del papa Alejandro, de su hijo César y de sus empresas; de repente, Oliverio se levantó, declarando que «ésos eran temas graves y delicados sobre los que era preciso deliberar en un lugar más secreto», e instando a los comensales a seguirle, pasó con sus soldados a la sala contigua. Apenas se cerraron las puertas, los sicarios de Oliverio se arrojaron sobre Fogliani y sus invitados y les dieron muerte a todos. De esta manera, apoderándose de las tierras y de los títulos de su bienhechor, Eufreducci se había convertido en el señor de Fermo.

Los conjurados se encerraron en la sala alta de Maglione, cuyas gruesas bóvedas y muros eran capaces de enterrar todos los secretos. Alrededor de la mesa presidida por el cardenal Orsini, se recordó la solemne resolución que habían suscrito con su juramento los capitanes del Valentinois: no emprender acción alguna «contra los señores y el pueblo de Bolonia». Éste era el primer punto, el acta de rebelión militar, que implicaba un segundo punto, el de la solidaridad activa, concretado en un tratado firmado por los rebeldes en la villa alta de Todi el 26 de septiembre, donde se habían concentrado sus tropas, en el que quedaban vinculados «amigos del amigo y enemigos del enemigo *usque ad unquem*», más o menos, «en toda circunstancia».

Quedaba un tercer y último punto; a decir verdad, se trataba de la opción más controvertida, la que precisamente tenía que dirimir la cita de Maglione: pasar al enfrentamiento armado con el que tantas veces les había conducido a la victoria. Pero dudaban y dudaban hasta que llegaron noticias de algunas revueltas en pueblos de la comarca urbinesa; eso les empujó a decidirse.

Se hizo el recuento de las fuerzas con que contaban para marchar contra César Borgia: alrededor de 11.000 jinetes, infantes y ballesteros. Se trazaron planes y se distribuyeron los objetivos y los mandos: Imola para los Bentivoglio, Pesaro para Oliverio de Fermo, y Urbino y Rímini para Vitellozzo con las tropas de Perugia. Los Orsini apoyarían a los Montefeltro en Urbino.

Los Baglioni instaban una y otra vez a una férrea unidad, única manera «de no ser devorados uno detrás de otro por el dragón». Oliverio y Vitellozzo eran los más vehementes: el primero soñaba con adquirir nuevos feudos y el segundo juraba que antes de un año el Valentinois sería expulsado de Italia, muerto o capturado.

Los conspiradores no olvidaron el importante detalle de rendir pleitesía al rey de Francia lo antes posible para que no pudiera tenerlos por enemigos ni siquiera a distancia. «Fue una cumbre bastante agitada», dice Gervaso. César calificó la reunión de «dieta de fracasados».

Pero, ciertamente, la revuelta había brotado incluso antes de que los conjurados de Maglione se decidieran. En las colinas de Montefeltro, la población de San León, reclutada para consolidar las defensas de la fortaleza bajo la dirección de micer Da Vinci, tomó por sorpresa la guarnición con una treta, y mataron a todos, incluido el gobernador. Luego, Urbino expulsó también a sus ocupantes, y el duque huido retornó. También hubo revueltas en otras localidades. Las tropas de César Borgia se veían amenazadas por doquier. Antes de abandonar Fossombrone, cerca de Urbino, Miguel Corella pasó a cuchillo a todos los habitantes.

«Lo que me ha perjudicado», explicaría César a Nicolás Maquiavelo, «ha sido mi exceso de generosidad: me he comportado como un tonto y he subestimado la situación de Urbino al no ejecutar más que a los subalternos que habían faltado al respeto a Nuestro Señor el Papa. A los demás les respeté la vida y, con gran imprudencia por mi parte, dejé al mando de San León a quien luego me ha traicionado. De todos modos, escribe a tus señores que sabré poner remedio a todo eso».

CONTRAATAQUE BORGIANO

Padre e hijo se reunieron cerca de Roma, después de que César superara un primer abatimiento ante la difícil situación. El Papa y el capitán general pontificio pensaron que lo primero que había que hacer era dividir aquella alianza tan heterogénea y atraer a los más moderados, empezando por los Orsini. Pero, al mismo tiempo, había que asegurarse la solidaridad o, al menos, la neutralidad de la Serenísima y de la Señoría —que se frotaban las manos ante las dificultades de los Borgia—. El Pontífice les hizo ver, con tonos apocalípticos, los riesgos de una victoria enemiga: «Sólo la Iglesia y su capitán general estaban en condiciones de garantizar la paz en Italia central». César se apresuró a ratificar su fidelidad a Venecia, que lo había nombrado «gentilhombre honorario», mientras se lanzaba a reorganizar sus diezmadas fuerzas con nuevos fondos entregados por el Papa.

César volvió a Imola. Maquiavelo va a ser testigo asombrado de su pericia a la hora de gestionar la crisis. Por segunda vez en cuatro meses, Florencia envía a su distinguido emisario ante César; esta vez debía comunicarle que no participarían en el plan de los conjurados. «Ante los ojos del florentino, "de mirada astuta, rostro sagaz, que observa y escucha sin perderse una sola expresión de la fisonomía, sin perderse una sola palabra" (Marcel Brion), se juega la partida más fascinante con la que jamás hubiera soñado», dice Robichon.

Según Gervaso, Baglioni marchó sobre Cagli; Vitelli sobre Casteldurante; los Orsini sobre Calmazzo; Guidolbado entró, aclamado como un libertador, en Urbino, y Varanno, en Camerino, donde fue acogido en cambio con hostilidad. Bentivoglio finalmente puso rumbo a Imola. «Era una ofensiva en toda regla, que golpeaba al ejército pontificio —cinco mil hombres contra el doble— desde distintos flancos».

Pero la conjura se diluye en sus mismos comienzos. Para explicar su fracaso, Gervaso recurre a la falta de apoyo de Venecia y Florencia y a las disensiones entre los caudillos, «desconcertados por ciertos movimientos del Valentino». La verdad es que los tiranos aliados, que habrían triunfado probablemente si hubieran actuado con rapidez, fueron aplazando el ataque. En realidad, la acción contra César la inició el pueblo de Urbino, siempre más decidido y valiente que los jefes guerreros. La guerra, si guerra puede llamarse a estas hostilidades sin nexo ni concierto, fue conducida de forma más bien teórica por los viejos y nuevos enemigos de los Borgia. Cada uno de los conspiradores procuraba tener alguna vía abierta para entenderse con el Papa, al cual temían especialmente. El único combate se dio en Calmazzo, donde Miguel Corella y Hugo de Moncada fueron derrotados por los Orsini; Moncada cayó prisionero.

El Valentino, obligado por las circunstancias, concentró sus fuerzas en Romaña y abandonó el resto del territorio, «con soberbia confianza en sí mismo», al decir de Maquiavelo. Los aliados, en lugar de ir al centro y batir el núcleo principal del enemigo, se esparcieron por distintos lugares, conquistando ciudades en lugar de vencer y destruir ejércitos.

El Papa se armaba en Roma. Y el rey de Francia, mientras enviaba la ayuda prometida a César, escribía al Pontífice y le comunicaba que, en caso de necesidad, él vendría en persona a combatir a todo enemigo de Su Santidad. César, en poco tiempo, fue capaz de reunir una fuerza, si no superior, al menos parecida a la de sus adversarios, si se exceptúa el ejército de Bolonia, de los Bentivoglio, que quedó a la defensiva después de un pequeño avance en los primeros momentos.

El Papa aconsejó a César atrincherarse entre Imola y Forlí, y le recomendó que no se precipitara en el socorro de Urbino y Camerino. El Valentino no había perdido la sangre fría, no malgastaba sus preciosas fuerzas en acciones de escasa rentabilidad, no se dejaba impresionar por los acontecimientos.

«¡Ved cómo se gobiernan!», decía César entre carcajadas delante de Maquiavelo, el 23 de octubre. «Se entienden entre sí mientras me escriben hermosas cartas y, hoy, es el señor Pablo [Orsini] quien me las envía. Mañana será el cardenal [...].

Yo presto oídos a todo lo que me dicen, gano tiempo, Nicolás, y espero a que llegue mi hora».

Estaba a punto de llegar. En efecto, el 25 de octubre se presentó en el castillo de Imola uno de los tres Orsini, personaje grotesco, neciamente engreído, y a quien apodaban «Doña Paula». Llegó sofocado, cubierto de fango y dándose aires de importancia, portador de unas propuestas de los conjurados. Hubo acuerdo y ambas partes se comprometieron a respetar los respectivos territorios de cada uno. Pero el acuerdo logrado por Orsini fue rechazado por los otros. «Así pues, volvió a correr la sangre: Baglioni devastó el dominio de Pesaro, Oliverotto saqueó el de Camerino y Vitelozzo masacró a los funcionarios borgianos capturados en Urbino», dice Gervaso. Los sublevados se entregaron a todo tipo de tropelías contra la población.

César reclutó tropas en Lombardía, entre los suizos y entre los alemanes, en Ferrara, en la misma Siena y en Florencia; no obstante, donde sobre todo estaba teniendo lugar una leva impresionante era entre la población de Romaña: jefes y soldados autóctonos se alistaban para defender sus tierras amenazadas. Asimismo, se tenía ya noticia de que aquí y allá había bandas de desertores del campo rebelde que se unían de nuevo a su antiguo capitán general.

Maquiavelo se esforzaba en establecer una evaluación correcta de las «fuerzas del duque de Valentinois», y se encontraba ya en situación de advertir al Palazzo Vecchio: «Este señor dispone de tanta artillería en buen estado como todo el resto de Italia o casi». Lo que equivalía a decir que del lado Borgia estaban preparados ya para dar la réplica.

Los conjurados habían perdido un tiempo precioso. Ahora estaban ya derrotados. Pero ni el Papa ni César querían vencerlos en campo abierto, perdiendo hombres y dinero, y corriendo el riesgo que toda batalla supone. Los dos Borgia conocían a los hombres que tenían enfrente y sabían que cada uno de ellos, a pesar de todos los juramentos de alianza y fidelidad, entregaría al amigo más querido si de ello le resultaba algún beneficio. Alejandro VI no había llegado a romper sus relaciones con el cardenal Orsini, que había sido el nexo de los conspiradores en el primer momento, y César mantenía conversaciones secretas permanentes a varias bandas, entre otros, con los Bentivoglio y Pandolfo Petrucci.

La desbandada se produjo pronto, y después de conciertos colectivos, que ocultaban mal los acuerdos individuales que se hacían en privado, se llegó a un arreglo por el cual la víctima principal volvía a ser el único bueno en aquel grupo de hombres poco honorables: Guidobaldo de Montefeltro, duque de Urbino; éste perdió su Estado, porque en el arreglo se reconocieron todas las conquistas precedentes de César. Abandonó de nuevo su ducado, recomendando a sus súbditos que se mostraran leales servidores del duque de Valentinois, «para que agrade a Dios cambiar algún día el viento de la fortuna».

Finalmente, el 26 de noviembre de 1502, se firmó el armisticio y Pablo Orsini mismo llevó triunfalmente el texto a Imola. Ni uno solo de los conjurados dejó de enviar a César mensajes y mensajeros para testimoniar muestras renovadas de amistad y fidelidad.

Se firmaron dos pactos distintos. En uno, los capitanes se obligaron a volver al servicio del Papa, pero no para servir todos juntos, sino sucesivamente. Este acuerdo fue firmado por César y todos los conjurados arrepentidos. En otro se revocaba la sentencia que había privado de la investidura a los Bentivoglio y éstos volvían a ser vicarios de Bolonia. El Papa y los Bentivoglio firmaron este segundo pacto. Se convino además que los Bentivoglio serían condotieros de César y le pagarían un tributo anual, y que un nieto del señor de Bolonia casaría con una sobrina del obispo de Elna, luego cardenal y sobrino del papa Borgia.

Puede decirse que se había producido un empate.

«No han aprovechado la ocasión para derribarme cuando esto era posible. ¡Ahora tengo de mi parte al Papa y al rey de Francia, dos apoyos que me proporcionan tanto fuego que, para apagarlo, haría falta otra clase de agua que la que tiene esa gente!»

Aquel otoño, Maquiavelo descubrió en César a un hombre afable, proclive a las confidencias, paradójicamente menos tenso que en el verano anterior, y dotado de infinitos recursos de seducción y de encanto mezclados con ironía y sus habituales dosis de melancolía.

Los venecianos no escuchan

Pero el Papa no se conforma con las favorables soluciones del momento. Él puede defender el presente; pero teme el porvenir. Y está convencido de que este porvenir solamente puede asegurarse con la unión del Papado y de Venecia, dos Estados lo bastante ricos como para sostener el Ejército más poderoso de Europa. Así que sigue insistiendo ante la Serenísima. El 13 de octubre el embajador veneciano, en un largo despacho, transmite a sus superiores la teoría papal de la necesidad de esta unión.

«Su Beatitud me llevó hacia un lado aparte, por estar ya de pie, y me dijo: "¿Es posible, embajador, que aquella Señoría Ilustrísima pueda tener los oídos tan cerrados que no quiera satisfacernos y hacer lo que tantas veces le hemos pedido, ni siquiera confiarse en nosotros, que no deseamos otra cosa que tener con ella buen y especial entendimiento? Os lo hemos dicho ya, que aun siendo de nacionalidad española, y aunque podamos parecer favorables a Francia, somos en realidad italianos: el arraigo nuestro está en Italia, aquí debemos vivir, y así también nuestro Duque [Valentino]. Nuestras cosas no están seguras sin aquella Señoría. Ella no se fía de nosotros, y esta desconfianza suya hace que, no pudiendo nosotros tener confianza en ella, nos veamos obligados a hacer cosas que de otro modo no haríamos"».

Al día siguiente, el embajador veneciano volvió a ser citado por el Papa. Antonio Giustinian, en un despacho al Consejo de los Diez, hace un largo resumen de sus palabras: «Embajador —le dijo el Papa—, hasta ahora os hemos dejado entender el deseo nuestro de unirnos con la Ilustrísima Señoría y hacer de nosotros y de ella una misma cosa. Es muy cierto que hemos dicho palabras generales, y de vos las hemos recibido aún más generales. Estamos convencidos de que habéis dado cuenta de todo a la Señoría por el deber de vuestro cargo y que igualmente no habéis recibido contestación a propósito, no habiendo querido ella hacerlo pareciéndole que nosotros hemos hablado abstractamente y por alguna desconfianza que ella tiene de nosotros. Ahora nosotros estamos dispuestos a hablaros más abiertamente, por representar vos aquel Excelentísimo Estado, a fin de que le pongáis ante sus ojos nuestro corazón y le signifiquéis nuestras palabras, que están dichas con tal expresión que le revelarán el ánimo nuestro».

«Luego —sigue diciendo el embajador— hizo un largo discurso para probar la desgracia en que había caído Italia, no por otro motivo que por la desconfianza mutua de los reinos italianos, que de cinco han sido reducidos a dos, y los tres restantes están en manos de uno solo. Y [el Papa] continuó: "El Estado de Milán está en manos del Rey de Francia, y el de Nápoles es ahora también de dicho Rey, y los florentinos son sus esclavos. Quedamos nosotros y la Señoría [Venecia], y si queremos continuar con nuestras difidencias, por culpa nuestra, digámoslo así, y no vuestra, pronto veremos nuestra ruina, porque, notadlo bien, estos ultramontanos están con la boca abierta esperando la oportunidad para engullirse el resto de Italia. Y la cosa ha tardado tanto porque no han acordado la forma, pero la voluntad no ha faltado, y os podemos dar buen testimonio de ello, y vosotros mismos bien lo sabéis. Si queremos abrir los ojos y pensar bien, las señales que hemos notado son para dar miedo. Y diremos primero de nosotros que si el Señor Dios no hubiese puesto esta discordia en el Reame [Reino de Nápoles] entre Francia y España, nos hallaríamos este año en una gran agonía. Dios ha puesto su mano. Pero si las cosas nuestras hubiesen ido mal, os hubiera ido igual a vosotros, pues no debéis pensar que sois hijos de la 'ganza blanca' [privilegiados], y si la potencia vuestra es grande, quedando solos poca agua podríais llevar a tanto fuego"».

Y Alejandro proseguía: «Por todo esto es bueno que de una vez nos despojemos de recelos y que nos entendamos. No tenga sospechas aquella Señoría que le digamos palabras para engañarla, ni que la queremos meter en dificultad u otras cosas, que no es nuestro propósito; y si ella, que es prudentísima, considera que en esta unión se encuentra más el bien nuestro que el suyo, aun cuando haya utilidad común, podrá convencerse que es interés nuestro serle fiel, porque, si la engañamos, nos engañamos nosotros mismos. ¿Creéis, vos, Embajador, que nosotros desearíamos ver a la Señoría talmente oprimida que en caso de necesidad nuestra no encontráramos en Italia un Estado que viniese en nuestra ayuda, y especialmente tratándose de aquella Señoría, que siempre ha sido devotísima de la Sede Apostólica? Muy bien sabemos nosotros que los favores de vuestra Señoría, que es inmortal, son muy diferentes de aquellos que hacen los otros, gente de la cual, cuando uno más espera, menos recibe; lo que dan es tan contrapesado que mejor sería no recibirlo; nunca se les paga bastante por lo poco que hacen, y siempre quieren que se les quede obligado, mientras ellos no desean estarlo con los otros. Antes de que le hagan al amigo un bien, le dan tantos rodeos que le desesperan. Vosotros habéis sufrido vuestra parte también: en esta empresa contra los turcos habéis tenido una buena experiencia de todo esto.

»Nosotros sabemos cómo procede aquella Señoría y cómo proceden los otros. La edad nuestra es tal que debemos pensar en dejar a la posteridad muestra segura de que lo que le dejáremos podrá conservarlo, y esto no puede alcanzarse sin el concurso de aquella Señoría; lo cual debe convencerla de que no la engañamos, pues lo que os estamos diciendo lo deseamos para bien público y por privado interés de nuestra sucesión».

Sirva la longitud de la cita para conocer la prosa del papa Borgia y su forma dialéctica de exponer los problemas, no carente de fuerza. Tras ello, el Papa viene a la parte en que desea cautivar al oyente:

«Nosotros nos queremos poner en los brazos de aquella Señoría. Que ella ordene que se haga esto, y si no lo hacemos, entonces, que no nos crea. Sabemos bien que lo que ha cerrado el oído de aquel Dominio es que no tiene confianza en nosotros; pero que nos diga lo que quiere y qué podemos hacer para inspirarle confianza, y si no lo hacemos, entonces, que no se confíe. Nosotros, algunas veces, hemos realizado actos que han podido hacerle creer que teníamos mayor interés en otros que en la Señoría; pero a ello nos hemos visto obligados por la Señoría misma, que no ha querido entenderse con nosotros. Ahora queremos poner nuestro corazón en sus manos; que no rehúse esta oferta que le hacemos, pues, en verdad, si ella no accede, ahora que nosotros nos hemos humillado tanto ante ella, como se ve por nuestras palabras, debemos juzgar que no es cierto que ella tiene tanta buena voluntad hacia nosotros como siempre nos ha dado a entender».

Y, para terminar, presenta sus ideas en breve resumen: «Que la Señoría, que es prudentísima, considere que si unirnos a ella es cosa útil para nosotros; y si es así, en efecto, y si ella, además, nos tiene por un hombre que conoce cuál es su interés, juzgará que realmente le estamos abriendo nuestro corazón. Si el estar unido a ella podrá serle de mayor daño que lo que le pudiéramos hacer ahora, que no se una. Si es lo contrario, ¿por qué no hacerlo? ¿En qué cosa le puede dañar una buena inteligencia y una amistad estricta con nosotros? ¿Qué daño le podrá venir de esto? ¿A quién ofenderá haciéndolo? Con ello hará lo que ha sido costumbre de aquel Estado, de ser un buen miembro de la Iglesia y un defensor de la Sede Apostólica, por lo cual ha recibido gloria y nombre inmortal».

El embajador, que ha oído todo manteniendo una actitud fría, comunica a Venecia las palabras y la actitud del Papa, y cierra el despacho diciendo: «Hablando parecía que el pecho se le abriera y que del corazón y no de la boca le salían sus palabras».

Pero Venecia no tiene interés en la alianza con el Papa. Al contrario, la opinión general en Venecia era que el gran enemigo de la República era precisamente el Papa, porque avanzaba hacia las riberas italianas del Adriático y allí se establecía. Quizá no valoraban suficientemente que en ningún caso un vicariato papal competiría con la República en el campo comercial y marítimo.

Venecia pretendía, en aquel momento, expandirse por la península itálica, por eso no prestó oídos al Papa, contemplado como un rival. Es extraño observar cómo un Gobierno tan hábil y ponderado se equivocó tanto en aquel periodo, opina Orestes Ferrara. La actitud del Papa ante Giustinian y ante la Señoría veneciana es, como él mismo dice, cercana a la humillación. Y podríase criticar a Alejandro VI de falta de dignidad si cuanto él anunciaba no se hubiera cumplido. Sin la Liga de Cambrai, formada pocos años después, que se repartió en un tratado todas las posesiones de Venecia, y sin el saqueo de Roma y el envilecimiento en que cayó la Santa Sede, las súplicas de ese clarividente hombre de Estado nos revelarían un momento de debilidad o de inferioridad moral. Pero hay horas en que el sacrificio de la propia dignidad es el mayor de los heroísmos, cree Orestes Ferrara.

El 10 y el 14 de noviembre, el Papa insiste de nuevo al embajador y éste lo reseña. Venecia no responde.

Mientras intenta vanamente convencer a los venecianos, Alejandro VI aguarda a diario el correo que le trae noticias de Romaña, y gruñe y se enfada si el mensajero se ha entretenido por el camino o si proporciona informaciones incompletas. Separado de sus queridos Lucrecia y César, sufre el aislamiento en medio de su corte vaticana. Bien es verdad que le queda Jofré, pero, por ese lado, el «terrible matrimonio» del duque de Esquilache no le da más que disgustos. El último «escándalo» de la impetuosa Sancha de Aragón ha obligado a su suegro a encerrar a la princesa dentro de los muros del castillo de Sant'Angelo. Entre los motivos que justificaron el encierro de la nuera de Alejandro VI figura, al parecer, una relación con el cardenal Hipólito de Este, cuñado de Lucrecia, que abandonaría Roma poco después.

El 2 de diciembre de 1502, al ver al embajador veneciano entre los asistentes a una audiencia, el Papa le ruega que le espere hasta que haya concluido el acto, pues desea hablarle a solas y con más calma; y cuando finalmente queda libre, le pide disculpas adelantadas porque le entretendrá varias horas. Después de tratar los asuntos del día rápidamente, vuelve a su tema recurrente, las propuestas de unidad, ya que no ha recibido contestación a sus cálidas palabras de noviembre.

El Papa explica al embajador veneciano que no van bien las cosas de Italia. Repetirá casi obsesivamente esta idea, hasta el último día de su vida. A los historiadores que han dicho y repetido que el papa Borgia no se ocupaba más que de favorecer y engrandecer a su familia no les resulta fácil entender esta insistencia en la alianza con Venecia, porque el asunto va más allá de los intereses de la familia, que atraviesa un momento de máximo esplendor.

Alejandro VI comunica al embajador que, si bien es verdad que existe peligro, podría sin embargo conjurarse. Y que él desea vivamente buscar un acuerdo:

«No desearíamos que los franceses viniesen a destruir nuestras tierras, pues os aseguro traen con ellos el fuego, no respetan a amigos ni a enemigos, y estiman que todo daño que hacen a Italia es poco».

El Papa ha permanecido todo el día sentado, recibiendo en audiencia a unos y otros; se levanta entonces e invita al embajador a hacer un poco de ejercicio; en realidad, quiere decirle de pie las últimas palabras, pues, por su cuerpo, alto y grueso, por sus ojos fuertes, que no han apagado los años, por sus gestos solemnes, sabe que así impresiona más a sus oyentes: «Ved, Embajador, cómo el uno y el otro de estos dos Reyes, de Francia y de España, se esfuerzan por expulsarse recíprocamente del Reino [de Nápoles]. Mal sería para nosotros y mal para vosotros que los españoles tuviesen el Reino, pero mucho peor que fuese del todo en manos de Francia, porque nos tendrían encerrados aquí dentro y nos harían funcionar de monaguillos. Y vosotros tampoco estaríais muy bien. Por el amor de Dios, depongamos esta dificencia nuestra, entendámonos un poco y proveamos a la salud de Italia; máximamente, debiendo dejar obligaciones después de nosotros. Vosotros, que sois inmortales, porque la Señoría vuestra no muere nunca y disfrutará del porvenir por más tiempo, debierais ocuparos más, y, sin embargo, parece que no lo estimáis así, como se ve por algunas actitudes vuestras no muy acertadas. ¿Sabéis lo que dice la gente? Dice que sois demasiado inteligentes, y que queréis ver demasiado. Os hemos dicho que no es malo escuchar a quien os ruega... Dejad este demasiado, que muchas veces sirve de daño». Y terminó: «Muchas veces os hemos dicho iguales palabras; no hemos querido dejarlas de repetir para descargo nuestro».

Venecia siempre desconfió del papa Borgia y nunca creyó sus palabras. Hacía mucho tiempo que era proverbial en Italia la habilidad dialéctica de Alejandro VI y su capacidad para convencer a sus interlocutores con la brillantez de sus argumentos. Maquiavelo, años después, le considerará un gran engañador: «Alejandro VI no hizo nunca nada ni pensó nada más que en engañar a los hombres y siempre encontró con quien poder hacerlo. No hubo jamás hombre alguno que aseverara con mayor eficacia ni que afirmara cosa alguna con más juramentos y que, sin embargo, menos la observara: y, a pesar de ello, siempre le salieron los engaños según sus deseos, porque conocía bien este aspecto del mundo».

RAMIRO DE LORCA, DECAPITADO

César partió el 10 de diciembre, repentinamente, para Cesena, «adonde llegó dos días después. Atravesó los muros escoltado por unos cuantos leales, tras dejar el ejército acampado fuera para no perjudicar a la ciudad, que padecía carestía. Faltaba de todo, pero sobre todo trigo, y los habitantes estaban muriéndose de hambre. César ordenó la importación de tres mil fanegas de Venecia, tras lo cual nombró una comisión de investigación» que arrestó a los culpables de tráfico de trigo en el mercado negro, ejecutados tras proceso sumario.

Trabajos propios de un buen gobernante, de un excelente gobernante, a los que nada habría que añadir salvo que entre los ejecutados estaba uno de sus más estrechos y fieles lugartenientes: Ramiro de Lorca, gobernador de la Romaña y vicecomandante del ejército pontificio. «Era obvio que Ramiro había administrado de manera tiránica y gravosa el nuevo Estado, como era obvio también que la población lo odiaba por haber instaurado un clima de auténtico terror», dice Gervaso. «Pocos déspotas del Renacimiento fueron más amados por sus súbditos [...]. Y eso sin caer nunca en la demagogia [...]. El Valentino estadista no era inferior al Valentino estratega, tal vez porque quien dirigía a éste seguía siendo el Papa, a quien César debió siempre casi todos sus triunfos».

Lo que realmente ocurrió es que Ramiro se había comprometido con los Orsini y los Baglioni: su objetivo era asesinar a César con un disparo certero de ballesta, y como trofeo llevarles su cabeza. Lo confesó durante los interrogatorios, dijo Alejandro VI al embajador véneto. Pudo también contar que la conspiración iba a tener pronto un segundo acto. Ello explicaría que César se adelante a los conjurados y acabe con quienes tramaban su muerte al poco de firmar un pacto.

EL *BELLISIMO INGANNO* DE SINIGAGLIA

César ordenó en seguida el ataque a Sinigaglia, que gobernaba la *prefettessa* Juana de Montefeltro, viuda de Juan della Rovere, en nombre del hijo, Francisco María, que era el heredero también de Guidobaldo de Montefeltro y, por tanto, del ducado de Urbino.

Los antiguos coligados en contra de César, en lugar de acogerse a la cláusula del convenio de paz firmado con su general, según la cual sólo prestarían servicio en el ejército papal de uno en uno, concurrieron todos a la nueva empresa. Sólo faltaron Baglione, enfermo en Perugia, y Juan y Julio Orsini, que estaban con el cardenal Orsini en los castillos romanos. Oliverotto de Fermo llevó todo el peso de la acción, aunque poco tuvo que hacer. La prefecta huyó, dejando encargado del castillo a Andrea Doria, que luego se haría famoso al servicio de Génova. El avance de las fuerzas del Papa llevó a Oliverotto con cerca de tres mil hombres a las afueras de Sinigaglia. Los Orsini y Vitellozzo acamparon a cinco millas con un contingente de hombres armados superior en número al de Oliverotto.

César había pasado las fiestas de Navidad en Cesena, divirtiéndose, como de costumbre. El 28 de diciembre estaba en Fano, en donde permaneció hasta el 30; y al amanecer de este día, llevando a Miguel Corella en vanguardia, avanzó hacia Sinigaglia, adonde había sido llamado con urgencia por sus capitanes, debido a que el Doria no quería entregar la fortaleza sino a él en persona.

Cómo se desarrolló la parte cruenta de esta tragedia, y dónde se inició la nueva traición, no es asunto fácil de determinar. Los distintos relatos son también contradictorios. César creyó que los antiguos coligados habían decidido asesinarlo la noche misma de su llegada a la ciudad. Con cartas del primero de enero, desde la misma Sinigaglia, el Valentino se dirige a Isabel Gonzaga, a las comunidades de Pesaro, de Atri, Venafro, Piombino y otras, y, naturalmente, antes que a todos, al Papa, relatando y explicando los acontecimientos. César escribe: «Los Orsini y sus cómplices, después de haber sido perdonados por su primera traición, cuando, al estar a sueldo del Papa, habían "rebelado las armas nuestras contra nosotros mismos", quisieron concurrir voluntariamente a la acción de Sinigaglia, haciendo creer que venían con poca gente, mientras traían el mayor número de soldados que pudieron recoger, con los cuales, y con la ayuda y acuerdo del castellano de la fortaleza enemiga, maquinaron hacer contra la persona nuestra lo que nosotros, prevenidos y con conocimiento de todo, hemos hecho en contra de ellos». El Valentino añade que «el mundo debe estar contento y alegre, máximamente Italia, que ve así reprimida y extinguida la pública y calamitosa peste que sufrían sus pueblos».

El relato de César se halla corroborado por la opinión general de aquel entonces, que calificó de traidores a los tiranos castigados. El propio rey de Francia califica el hecho como «la obra de un romano». Maquiavelo, en su primera información a la Señoría, modificada más tarde, habla de la nueva traición de los capitanes (Maquiavelo escribió dos cartas, una del 31 de diciembre y otra del 1 de enero, por creer perdida la primera. Dice: «Después de la retirada de los franceses de Cesena, estos enemigos reconciliados trataron [...] [de] ponerle [a César] las manos encima y apoderarse de él»).

El Papa manifestaría al embajador veneciano que Ramiro de Lorca, ajusticiado pocos días antes por el duque en Cesena, sin que se hubiera sabido exactamente la causa, había revelado antes de morir las intenciones de los antiguos conjurados.

El señor de Mantua felicita a César por la forma expeditiva de solucionar la crisis y, como él, los restantes príncipes y ciudades. Si el acto ha pasado a la posterioridad como una infamia, no fue considerado así por los contemporáneos de los Borgia.

Los hechos se desarrollaron de la siguiente manera, según los relatos más aceptables. César, acompañado desde Cesena por más de seis mil hombres, ordenó a sus fuerzas que se organizasen para entrar en la ciudad de Sinigaglia, mezclando infantería y caballería y cerrando las filas. Los Orsini y Vitellozzo Vitelli, al otro lado del puente, se acercaron a César, que los besó, y se incorporaron a sus fuerzas cabalgando a su lado. Una de las versiones —a propósito de Vitellozzo— hace notar que éste no quería separarse de sus soldados, creyendo que, de hacerlo, iba a una muerte segura. Pero lo cierto es que, junto a los Orsini, entró en Sinigaglia al lado de César. Oliverotto, por su parte, se hallaba distribuyendo sus tropas y revisándolas, poco dispuesto a alejarse de ellas; pero llamado por Miguel Corella, entró también en la comitiva.

César fue hablando con ellos amistosamente hasta llegar al palacio, donde tenía preparado su alojamiento. Los dos Orsini, Vitellozzo y Oliverotto se acercaron al duque para despedirse, pero éste les indicó que quería hablarles, o los invitó a comer, subiendo todos a una habitación, en la cual el duque los hizo detener, después de haber salido de ella con un pretexto banal.

Que todo estaba preparado por parte de César resulta más evidente aún por los hechos posteriores. En efecto, las tropas de César se lanzaron sobre los campamentos de las afueras inmediatamente, dispersaron a los soldados de los antiguos conjurados, matando a muchos y robando a todos. Los asaltados, sin explicarse aquel repentino ataque, desorganizados y sin jefes, corrieron en todas direcciones, desbandándose los que pudieron salvar la vida. La infantería del duque, concluida esta fácil labor, volvió luego a Sinigaglia, y, embriagada de sangre y de vino, continuó el saqueo en la ciudad, hasta que César, a caballo, puso freno a tanto abuso, haciendo ajusticiar en plena calle a algunos de los forajidos. En esta actitud le encontró Maquiavelo, sorprendido y agitado por aquel espectáculo. El duque le saluda, baja del caballo y, con toda serenidad, le cuenta lo ocurrido.

La noche misma del 31 de diciembre, a las diez, después de un proceso sumarísimo, fueron muertos Vitellozzo y Oliverotto. Los dos Orsini quedaron detenidos para ser sometidos a un proceso posterior en Roma, en donde *«giuridicamente si giudicheranno»* jurídicamente serán juzgados, según escribe Nicolás Maquiavelo el 2 de enero del nuevo año de 1503.

«Vitelli admitió haberse entendido con Ramiro de Lorca» escribe Gervaso, apuntalando la idea de que el castigo de César, efectivamente, fue decidido después de que los conjurados volvieran a faltar a su palabra, intentando matarlo por medio de su lugarteniente español. Vitellozzo y Oliverotto fueron agarrotados y arrastrados por la plaza principal. Tres semanas después, Paolo y Francisco Orsini sufrirán igual suerte en Castel della Pieve, adonde habían sido trasladados. «Sólo fue liberado Orsino».

«La venganza borgiana no pudo ser más ejemplar. Había sido un golpe maestro y poco importaba si en legítima defensa o por castigo», dice Gervaso. Para Maquiavelo fue en legítima defensa, según escribió en las *Legaciones*, aunque en un escrito posterior cambiara de idea y lo atribuyera a una traición de César para librarse de unos aliados poco fiables. El mismo Maquiavelo y muchos otros loaron el *bellisimo inganno*. Venecia y Florencia lo felicitaron. «El astro de los Borgia se hallaba en su cénit». ¿Quién iba a suponer que tan sólo medio año después todo su poder se desmoronaría como por encanto? ¿Cómo imaginar que quedaba tan poco tiempo para un final tan trágico?

El 3 de enero, cuando el Papa supo lo ocurrido entre César y sus capitanes, comprendió toda la gravedad de la situación y ordenó que se tomasen las precauciones necesarias, entre otras, que se encarcelara al cardenal Juan Bautista Orsini y demás familiares Orsini, así como al obispo de Santa Croce, ligado íntimamente a éstos. El cardenal Orsini fue llevado a la vaticana Torre Borgia, en cuyos cómodos salones quedó atendido por sus servidores.

Según Robichon, la detención se produjo el 4 de enero, cuando el anciano cardenal Orsini se apeaba de su mula en el patio del Vaticano para felicitar personalmente al Papa por la toma de Sinigaglia. El venerable prelado hubiera debido prestar más atención a la presencia aparentemente fortuita en el mismo patio del gobernador de Roma, quien se reunió con él para subir juntos hasta la sala del Loro. Apenas estuvieron cerradas las puertas, los guardias del gobernador le rodearon y el jefe de la familia Orsini, con los rasgos desencajados por la cólera y la angustia, fue conducido primero a la Torre Borgia y luego al castillo de Sant'Angelo, donde le tocó por vecina la ardorosa Sancha de Aragón quien, desde su balcón, seguía arengando a los transeúntes.

El Papa había previsto con bastante exactitud lo que podía ocurrir a continuación. La familia Orsini, que era muy numerosa, se levantó en armas, no sólo acompañada de sus aliados habituales, sino hasta de los que habían sido sus eternos enemigos, los Colonna, y amenazó a Roma y al Vaticano. La tensión llegó hasta el punto de que Alejandro, después de haber tomado medidas urgentes de defensa, llamó, con una insistencia que revela el grave peligro, a César y a su ejército, para que regresara a defender Roma y al mismo Papa, que en esos momentos se hallaba a merced del enemigo. Robichon afirma que el encarcelamiento del patriarca Orsini fue seguido por una gran batida que incluyó el saqueo de sus palacios y de sus propiedades, con agresiones a los parientes y a los amigos.

El papa Borgia, acusado de envenenador y asesino, era tan amante de las formas que lo sometía todo a juicio regular. Así, en lugar de abandonarse a un acto de violencia inmediata contra Juan Bautista Orsini y sus cómplices, ordenó que se iniciara el correspondiente juicio. El gobernador de Roma fue a secuestrar el palacio y los bienes del cardenal y de los otros detenidos, de la única forma que se secuestraban los bienes en aquel entonces, o sea, ocupándolos y, en consecuencia, expulsando a los que los usufructuaban. La leyenda dice que, expulsada de su casa, la madre del prelado encarcelado, de 80 años de edad, caminaba sin rumbo por Roma «con lo puesto» y apoyada en una criada, ya que nadie se arriesgaba a darle asilo.

Al mismo tiempo que el cardenal, habían caído el arzobispo de Florencia y el señor de Santa Croce, miembros de su clan romano. El único que había conseguido escapar a la gran redada de su familia era el condotiero Julio, hermano del cardenal.

El día 5, una fuerza papal se dirigió a Monte Rotondo, propiedad de los Orsini, y a la abadía Farfensis, cerca de Fara Sabina, ocupando ambos lugares y todas las otras tierras de los Orsini. Jofré Borgia comandaba la operación.

El cardenal Juan Bautista, jefe del clan Orsini, estaba casi ciego y en un estado de salud deplorable; entregado a todos los vicios, pasaba las noches enteras en diversiones y en juegos; la detención, los secuestros de bienes, la destrucción de su casa —que parecíale definitiva—, consumió las pocas fuerzas físicas que le quedaban. Había asistido a la reunión de Maglione, y confesó sus culpas mientras su salud se agravaba. Murió en el castillo de Sant'Angelo el 22 de febrero, «envenenado según unos y de pesar según otros», dice Gervaso.

El obispo de Santa Croce, en cambio, fue puesto en libertad por no haber indicios de culpabilidad contra él.

El Sacro Colegio se había conmovido ante la detención de dos de sus miembros, especialmente, en el caso del cardenal Juan Bautista, dada su avanzada edad, «implorando en vano al Papa por su vida», cuenta el embajador de Venecia. Su madre ofreció «25.000 ducados para salvarle». Alejandro se mantuvo inflexible. Al final, la anciana madre del cardenal Orsini envió en secreto a una mujer, antigua amante de su hijo, quien se introdujo en el Vaticano con ropajes masculinos; desde hacía mucho tiempo, Alejandro codiciaba una perla magnífica que el cardenal había regalado a la mensajera y que ésta acudía ahora a ofrecer al Papa para ganarse su compasión. «El Papa cogió la perla, pero no concedió la gracia». Detalles de la cosecha de Robichon.

X

Más fuerte que nunca

A pesar de que el Papa reclamaba urgentemente a César que regresara a Roma para hacer frente al levantamiento de los Orsini, el Valentino intentaba sacar el máximo partido de su golpe certero en el campo de batalla. En Cagli, el obispo incitó a los habitantes a oponerle resistencia; pero el pueblo no consideró la propuesta y abrió las puertas de la ciudad, con graves consecuencias para el obispo, que fue condenado a muerte y ejecutado de inmediato.

Città di Castello, que los Vitelli habían tiranizado, se entregó a César, quien la aceptó sólo en nombre directo de la Iglesia, y no como vicario. Aquí serán ajusticiados los dos Orsini supervivientes de Sinigaglia, Pablo y Francisco, a los que hasta entonces había dejado con vida. No había mediado la piedad, sino el cálculo, porque, respetando sus vidas provisionalmente, César había dado tiempo a su padre para capturar al resto del clan Orsini y hacerles pagar por su traición.

También Perugia se levantó dando vivas al duque Valentino, quien, una vez más, aceptó el gobierno de la ciudad en nombre de la Iglesia y no en

444

el suyo propio. Fermo, Cisterna y Montone fueron igualmente ocupadas por las tropas de César y sometidas sin dificultades a la autoridad papal.

«Yo no he sido un usurpador de las cosas de otros, como se dice, sino recuperador de las cosas quitadas a la Iglesia», dirá César al duque de Urbino, un tiempo más tarde, muerto ya el papa Alejandro VI.

Maquiavelo regresó a Florencia por esas fechas. Para entonces, se había formado ya una clara opinión de César Borgia, con el que había permanecido desde octubre de 1502 hasta enero de 1503, un periodo breve, pero intenso, que completaba la perspectiva que había obtenido durante su anterior misión a Urbino, en junio de 1502. Paulatinamente conquistado, seducido y fascinado por el condotiero, hombre de mundo y de considerable cultura, al florentino le quedará la imagen de un César Borgia superior a sus contemporáneos, digno de ser propuesto como ejemplo a «los príncipes nuevos». Coincidiendo con el regreso de Maquiavelo a Florencia, el veneciano Priuli comentaba a su vez en su diario: «Algunos querrían hacer de César el rey de Italia, pues es tanto lo que consigue que desanima a cualquiera a negarle lo que sea».

Con enorme rapidez y con una decisión que no se aprecia en él más tarde, tras la muerte de Alejandro VI, el Valentino cae sobre el territorio de Siena. Ha destruido ya el brazo ejecutor de la conjura de la Maglione, pero quiere destruir el cerebro. El cerebro es Pandolfo Petrucci, el tirano de Siena, hábil estratega renacentista, es decir, capaz de usar el soborno y la espada según los casos. Pandolfo se había salvado de la ofensiva del Papa y de César, comprando la protección de Luis XII, pero la suma no fue lo bastante abultada como para impedir que el ejército de César Borgia invadiera ahora su territorio y que el pueblo de Siena se rebelara. Pandolfo, obligado a abandonar Siena la noche del 28 de enero de 1503, envió al rey francés otros veinte mil ducados que le permitieron regresar a su ciudad dos meses después, porque Luis XII obligó a las tropas de Borgia a retirarse. Los sieneses pagaron con una terrible represión aquellos dos meses de libertad bajo el escudo vaticano.

Según algunos historiadores, surgen ahora divergencias entre Alejandro y César, porque el Papa, más perspicaz que César, no desea triunfos efímeros y se opone a cualquier represalia contra Petrucci. Otros, en cambio, aseguran que el Papa seguía con entusiasmo y máximo interés las operaciones militares que habían ensanchado los límites del ducado de Romaña, que se convertía en el territorio estratégico más sólido de la península.

Los Colonna y los Orsini cercan al Papa

Es inevitable que la perspectiva desde Roma fuera distinta: mientras en la periferia de los Estados Pontificios todo eran éxitos, la Ciudad Eterna vivía momentos de angustia, cercada por los enemigos que amenazaban la seguridad del Papa. En Roma, la situación era grave. Los supervivientes de la familia

Orsini, parapetados en sus castillos, tan pronto conocieron los hechos de Sinigaglia y de Roma, y se repusieron de la sorpresa, empezaron a atacar las fortalezas y dominios papales, llegando a las puertas de la misma ciudad. Frente al enemigo común, la antigua querella entre los Orsini y los Colonna —durante un tiempo, respectivamente, güelfos y gibelinos— quedó en segundo plano y los dos clanes rivales sellaron una tregua. Otro tanto hicieron las restantes familias romanas. Julio Orsini controlaba desde Ceri el camino a Roma, situada a tan sólo dieciocho millas, atacando a los comerciantes que se acercaban a la ciudad. Un Colonna ocupaba Palombara, y Fabio Orsini, desde la importante posición de Bracciano, dominaba los caminos, preparando a la vez un ejército numeroso. A finales de enero, los Orsini y sus aliados atacaban el puente Nomentano, a la entrada de Roma.

El Papa, realmente asustado, reclamaba a su ejército y a su capitán general, mientras éste parece resistirse, por una vez, a acatar las órdenes papales. Parece incluso que el duque fingió o exageró una enfermedad, estando en Acquapendente, para no dirigirse rápidamente hacia Roma.

Estas tensiones han llevado a muchos estudiosos a considerar que, en este año de 1503, último de la vida del papa Borgia, las discrepancias políticas y militares entre padre e hijo son ya considerables. César está entregado exclusivamente a la consolidación de un Estado fuerte en el noreste de Roma, como vicario permanente de la Santa Sede. Mientras, el Papa, mantiene un punto de vista más amplio, que incluye la defensa de los intereses generales de la Iglesia, más allá de su pontificado. Los enemigos de El Valentino no son los barones romanos, sino los antiguos tiranos de la Romaña; su lealtad al rey de Francia es absoluta, porque le considera el supremo árbitro de Italia. Para el Papa, en cambio, tan enemigos de la independencia de la Iglesia son los barones romanos como los tiranos del centro de Italia. Pero Alejandro VI discrepa, sobre todo, en la visión que su hijo tiene respecto a Francia. El Pontífice considera prioritario mantener alejado a Luis XII de los asuntos italianos, por vía diplomática principalmente, y si ésta fracasara, incluso con el recurso a las armas.

Las amenazas de los rebeldes, los barones Orsini y Colonna, impresionan al Papa, pero no le arredran, y el 7 de febrero deja fuera de la ley a todos los Orsini, con excepción de Giangiordano Orsini. (Éste se hallaba entonces al servicio del rey de Francia en el antiguo Reino de Nápoles, y por esta razón pudo eludir las iras vaticanas). A partir de ahora, Julio, Fabio, Francisco, Juan, Organtino y Franciotto Orsini son oficialmente bandidos y delincuentes comunes.

El vigor del viejo Papa se aprecia más en sus relaciones diplomáticas: cuatro días antes de promulgar esta bula de excomunión contra los Orsini, Alejandro había recibido una desagradable carta de Luis XII, en la que el rey se quejaba abiertamente de la marcha de los asuntos en Italia y de las conquistas del duque Valentino. El dinero de Petrucci y las críticas insidiosas de Venecia y Florencia habían dado resultado.

El Papa estaba convencido de que sus intereses no coincidían con los de Francia. Sabía que había que evitar a toda costa dar muestras de debilidad, lo que hubiera sido interpretado por el soberano como una ocasión propicia para presentar nuevas reivindicaciones sobre Italia. En realidad, Luis XII no tenía inconveniente en asumir el papel de protector del Vaticano cuando existía sintonía entre ambos, pero no parecía dispuesto a tolerar ninguna discrepancia. El Papa sabía, sin embargo, que con el frente de batalla abierto en Nápoles, donde los españoles golpeaban con fuerza a las tropas francesas, Luis XII no representaba un grave peligro. Y ordenó continuar la lucha contra las baronías rebeldes sin tener en cuenta las advertencias de Francia.

El pulso con César termina —como era de esperar— con el triunfo del Papa. Pero el Valentino no dirigió con especial entusiasmo la guerra contra los Orsini y sus aliados. Es necesario recordar que, en ese momento, César mantenía buenas relaciones con Giangiordano, que desde Nápoles había acudido a sus feudos, o sea, al campo de batalla. Por este motivo, el condotiero eludió un asalto contra Bracciano, alegando que no podía contrariar al rey francés, que se oponía a tal ataque, y recordando que Giangiordano era, como él, miembro de la Orden de San Miguel, cuyas normas impedían saldar con las armas las diferencias entre sus miembros. En estos casos, adujo, el rey de Francia era el único árbitro.

Es de suponer la irritación que provocarían en el Papa estos escrúpulos de César Borgia. Robichon lo explica así: «Totalmente entregado a sus proyectos toscanos —Pisa le reclamaba de nuevo como libertador—, César, sin subestimar el peligro romano, se avino de mala gana a volver sus pasos hacia los enemigos que cercaban el Vaticano, y por el camino descargó su mal humor sobre los feudos de Orsini y los de sus familiares. Cerca del lago de Bolsena, Acquapendente, Montefiascone y hasta la misma Viterbo sufrieron espantosos saqueos. Sin poder atacar Bracciano, César se arrojó sobre otro feudo orsino, Ceri, donde se había encerrado Julio después de la detención del cardenal Juan Bautista Orsini. El macizo castillo de la Edad Media, encaramado en su roca, tenía fama de inexpugnable y César llamó a su "querido ingeniero jefe Leonardo" para que con sus maravillosas "máquinas" acabara con las murallas y las defensas de la altiva ciudadela, depositaria del inmortal pasado etrusco».

En el Vaticano, el papa Alejandro se impacientaba. Había esperado un mes entero. Finalmente, una mañana, a finales de febrero de 1503, y yendo como de costumbre de una ventana a otra en los apartamentos pontificios, el Santo Padre lanzó un grito de alegría al reconocer la amada silueta, con el rostro enmascarado, en el centro de una reducida escolta. Oficialmente, el hijo del Papa continuaba ante los muros de Ceri, que sufrían la avalancha de proyectiles lanzados por las máquinas de guerra de Da Vinci. La presencia del duque en Roma pronto dejó de ser un secreto, con o sin máscara: «Yo mismo, al hablar al Pontífice», dice Giustianian, «he aparentado no saber nada de esta estancia, ya que el Papa no suelta prenda, y continuaré así mientras no sea él quien hable el primero».

Con excepción de Bracciano, el resto del territorio fue ocupado por las armas papales bajo la presión de Alejandro VI. La fortaleza de Ceri fue conquistada y desmantelada. Los barones fueron expulsados de todas sus posesiones. El Papa obligó a todos o casi todos los parientes de las dos familias a dejar las tierras del patrimonio eclesiástico. Francisco Colonna, casado con una Borgia, fue indemnizado, y al duque de Nepi se le cedió Piombino, pero ambos tuvieron que devolver a la Sede Apostólica sus bienes y títulos. El Papa no aceptaba la excepción de Bracciano, por lo que ofreció una amplia indemnización a Giangiordano Orsini, consistente en los bienes del príncipe de Esquilache en el Reino de Nápoles. La transacción no fue aceptada por Giangiordano, y el rey de Francia quedó como depositario de aquellos bienes para futuras resoluciones.

Si hubo divergencias entre el papa Borgia y su hijo, éstas fueron breves y más tácticas que estratégicas. En un primer momento, Jofré Borgia, al mando de las tropas pontificias, intentó vencer la revuelta que se preparaba a las puertas del Vaticano, pero no estuvo afortunado, y César volvió inmediatamente a Roma para hacerse cargo de la situación. «Si se quería defender las conquistas romañolas, era preciso quitar a los barones su castillos. La paz en la periferia presuponía la estabilidad en el centro. El ejército papal no podía tener permanentemente dos frentes abiertos», juzga Gervaso.

César ha vencido fulminantemente en el campo de batalla, pero cae abatido en su lecho con un fuerte ataque de su crónica sífilis. Los cuidados de su médico y su fuerte naturaleza le permiten recuperarse en pocos días. Y, sin perder un instante, emprende una serie de reformas en su ducado: decreta multas severísimas para quienes abusen de la población, suprime los arbitrios más gravosos sobre los pobres y modifica impuestos, eliminando o reduciendo diferencias entre clases. «Creó un tribunal de apelación con jurisdicción en todo el territorio y nombró para presidirlo a jueces incorruptibles. Fomentó la agricultura y el comercio, y, si bien no consiguió extirpar la plaga del bandolerismo, redujo sus nefastas consecuencias». También destina grandes sumas a la construcción de viviendas y desagües: «El orden trajo un bienestar desconocido hasta la fecha y reconocido por el propio Guicciardini. Esto dice no poco en su favor. En efecto, ningún historiador ha sido nunca más antiborgiano que él», dice Gervaso.

Estamos en vísperas de la muerte del papa Borgia. Su política parece haber alcanzado un éxito completo. Los barones romanos, que habían traído en jaque a la Santa Sede durante siglos, han sido destruidos, han tenido que exiliarse, reducidos a la impotencia; los tiranos del centro de Italia, excepto los Bentivoglio y Pandolfo Petrucci, han sido eliminados, o apartados de sus dominios. La conquista ha dado vida a un Estado fuerte, gobernado por civiles, con amplias libertades municipales, con milicias propias y defendido por un buen ejército de más de diez mil hombres: tal es el resumen de Orestes Ferrara.

EL BUENO Y EL MALO. RODRIGO Y JULIÁN. ALEJANDRO VI Y JULIO II

Importantes historiadores modernos han negado la obra del papa Borgia y su labor en la consolidación del dominio efectivo de la Santa Sede sobre los territorios que usufructuaba más por tradición que por derecho. Su ingente tarea de fortalecimiento de los Estados Pontificios ha pasado a la Historia como una mera rapiña tendente a la creación de un «Estado Borgia». Será su sucesor y enemigo, Julio II —el cardenal Della Rovere que en su día abriera las puertas de Italia a la invasión francesa, traicionando al Papa—, el que reciba los méritos de este reforzamiento territorial de la Iglesia. Un mérito que en ningún caso le corresponde en exclusiva, como el propio Julio II reconoció en vida. El papa Della Rovere mencionó siempre como un antecedente capital en su obra de reconquista la anterior ocupación bajo Alejandro VI. No habrá que olvidar tampoco que Julio II utilizó toda clase de presiones, a la muerte del papa Borgia, para obtener de César las ciudades y castillos de Romaña: el duque Valentino acató esta decisión disciplinadamente, con extraña ingenuidad.

Sobre los dos papas, Borgia y Della Rovere, la Historia ha emitido dos juicios opuestos, igualmente exagerados. Al primero se le ha culpado de todos los vicios y de todos los errores; al segundo se le han perdonado los vicios, y los errores se han interpretado como actos gloriosos. Hay muchas razones que justifican el uso de este doble rasero. Por un lado,

Alejandro VI no dejó nunca de ser visto como un extranjero, un advenedizo en tierras italianas, un hombre que osó descabezar al poder local con una virulencia y una eficacia absolutas. Las grandes familias romanas, los señores que gobernaban los territorios pontificios y los que estaban al frente de los Estados independientes vieron con horror el avance de las tropas papales e, impotentes para frenar a los Borgia en el campo de batalla, fueron madurando su venganza. La revancha de todos los enemigos de los Borgia fue estimulada desde el Vaticano, porque Julio II abrió la veda a todas las calumnias, profiriendo él mismo, con toda su autoridad papal, los juicios más duros contra su predecesor.

No es casual que el papa Della Rovere haya pasado a la Historia con el sobrenombre de «el Terrible», pese a su encomiable papel de mecenas, tan alabado generalmente. Los estudiosos más serios reconocen, sin embargo, que estamos ante un personaje megalómano y cruel, obsesionado con dejar a la posteridad testimonio de su grandeza, aunque hubiera que gastar en ello sumas fabulosas. Julio II fue un papa irascible, que peleó personalmente, espada en mano, contra los adversarios de la Iglesia y se autoproclamó «defensor de Italia», pese a ser el principal culpable del debilitamiento de la República de Venecia, uno de los Estados más sólidos de la península.

No se trata aquí de atacar la memoria de Julio II, pero toda rehabilitación de la figura del papa de Xátiva pasa necesariamente por la revisión de las supuestas grandezas de Julio, que le imitó y le secundó en muchos aspectos, pero contribuyó decisivamente a enfangar su memoria.

A pesar de sus esfuerzos, el papa Borgia no pudo consolidar su obra en la política internacional. Su programa hubiera dado a Italia, probablemente, la oportunidad de un desarrollo similar al que tuvieron otras naciones de Europa, pero los distintos Estados italianos se ocuparon de labrar su propia ruina.

No fue suya la culpa del fracaso, como no fue suya tampoco la responsabilidad de la entrada de franceses y españoles en el Reino de Nápoles y en el ducado de Milán. Los italianos carecían de espíritu nacional, algo, por otra parte, bastante común en aquella época, todavía alejada del momento en que se gestarían las naciones. Del mismo Alejandro no puede decirse que fuera español, salvo como una referencia geográfica. En todo caso, fue la política errónea de Venecia el elemento clave de los males futuros de Italia, como Ludovico «el Moro» fue responsable de los problemas del momento. Pero la falta de éxito completo no eclipsa el brillo de la labor política de Alejandro VI, admirable por su previsión, su habilidad y constancia. Por suerte, esta faceta de su pontificado ha llegado hasta hoy intacta, gracias al Archivo de Estado de Venecia, una fuente de información aún en gran parte inexplorada.

DE LA CUMBRE A LA TUMBA

El Papa está en estos momentos en la cumbre de la gloria y, paradójicamente, a pocos meses de su

455

muerte. El rey Luis XII apoya al Papado en su obra de consolidación de su poder temporal en el centro de la península, aunque, siempre, dentro de unos límites. Los reyes de España procuran atender todas sus demandas. La familia prospera mientras él envejece, pero conserva una excelente salud, hasta el punto de que un embajador se preocupa de reseñar que el Papa cada día está más joven. El viejo hombre de Iglesia, que había vivido casi toda su vida en Italia, y se sentía profundamente italiano, comprendía, sin embargo, que los reyes que le adulaban tenían sus propios intereses y que la paz sólo era transitoria.

En realidad, Rodrigo Borgia conservó siempre una impronta española, o valenciana si se quiere, pero su mentalidad fue en todo italiana; su formación era romana. Y tuvo siempre clara conciencia de que representaba a un poder superior, el de la Iglesia universal. Hablaba castellano y valenciano con los suyos, y procuraba rodearse de hombres de confianza originarios de su tierra natal. Pero jamás se dejó influenciar en cuestiones políticas por su procedencia. Su dialéctica, las sinuosidades de su pensamiento o la transigencia formal son las propias de un gran pensador italiano y llevan el sello de la sutileza que el Derecho romano y la filosofía helénica dejaron en el centro y sur de Italia.

Robichon detalla algunos pormenores: «En los albores de ese año de 1503, nada se resistía al Papa y a su hijo. Lo cierto es que parecía como si todo tuviese que ceder ante la soberbia fortuna de una familia que, instalada desde hacía diez años cumplidos en el trono papal, regentaba la Cristiandad y, bajo la égida del duque César de Francia, de Valence, de las Romañas y de Urbino, proyectaba reconstruir el poderío temporal y territorial de la Iglesia. A sus 72 años de edad, Alejandro VI daba muestras de gozar de un estado físico asombroso y de estar rebosante de salud; seguía siendo un hombre de apetitos voraces, y todavía se le conocían aventuras femeninas que alimentaban la crónica del Vaticano; salía con regularidad a caballo y no se le volvía a ver hasta la mañana siguiente, cuando regresaba fresco y vivaracho, con el rostro arrebolado».

Será verdad o leyenda, pero el papa Borgia no tiene enfermedades ni achaques. Su mayor pena es el alejamiento de sus hijos: Lucrecia en Ferrara y César siempre en campaña. Alejandro VI se queja a menudo porque le parece que su hijo no envía noticias suficientes; y si tarda dos o tres días en responder a sus correos, se enfada, le recrimina, hasta le amenaza exagerando pasionalmente con excomulgarle, llamándolo traidor y bastardo.

Los embajadores franceses y españoles sitiaban casi físicamente a Alejandro VI, para tenerle cada uno de su parte. Y el Papa, que, según las leyendas, estaría a estas alturas desacreditado y envilecido por tantos crímenes, era capaz de resistirse a dar su apoyo moral, tan insistentemente solicitado, a ninguna de las partes. Los embajadores de los dos grandes poderes entraban muy a menudo en el Vaticano, retirándose a veces sin ser recibidos por el Papa, que encontraba mil pretextos para no hacerlo.

Venecia procuraba mantenerse también neutral, pero quería hacerlo a fuerza de alianzas secretas con las dos partes contendientes. En marzo, Giustinian comunica a la Señoría haber visto al Papa, y que éste, extemporáneamente, le ha preguntado: «Bien, señor embajador, ¿y cómo terminarán las cosas con estos españoles?». Giustinian sospecha que el Papa se refiere a la alianza que Venecia estaba pactando sigilosamente con España, y contesta vagamente: «¿En cuanto a qué?». El Papa, que era hombre franco y decidido, le replica: «En cuanto a esa alianza que se dice que vosotros queréis hacer con ellos». Y como el embajador eludiera contestar, el Papa, melancólicamente, añade: «Sería, sin embargo, una buena cosa pensar un poco en los asuntos de Italia».

Alejandro VI comprendía que sólo una estrecha y sincera alianza con Venecia podía consolidar su obra. La salvación de Italia podía venir, en efecto, de la unión de Venecia y del Papado, y con la salvación de Italia, la independencia de la Iglesia y la continuación de la Casa Borgia. Orestes Ferrara es el único de los historiadores modernos que dedica espacio a los esfuerzos fallidos de Alejandro por pactar con Venecia; fallidos en gran parte debido a la desconfianza casi enfermiza del embajador veneciano Giustinian, que interpreta todo lo que dice Alejandro como mentira y deduce sistemáticamente lo contrario de lo que oye.

Incluso avanzado el año, en marzo, César y el Papa celebraron una entrevista con el embajador veneciano en la sala del Loro, para proponerle de nuevo una alianza con la República Serenísima. Del encuentro nos ha llegado que César no lleva puesto el antifaz que le había enviado Isabel de Mantua, cuñada de

Lucrecia, para ocultar las huellas del «mal francés» «que ha causado estragos atroces en sus rasgos».

Maquiavelo, más tarde, escribiendo sobre Alejandro VI, bajo la influencia de la falsa fama que se iba consolidando, afirma que el Pontífice engañó siempre y que tuvo éxito siempre en sus engaños. Giustinian, en el momento en que trata con él, adopta el mismo juicio, afirmando que «cuanto mejores son sus palabras [...], más deben inspirar sospechas a los que conocen su naturaleza, que acaricia más a quienes quiere hacer mayor mal». En el examen de aquellos tiempos, los historiadores actuales no cuentan con nada más completo y fehaciente que esta larga correspondencia de Giustinian, en la cual se relatan al día las relaciones del Papa con Venecia e, incidentalmente, con el mundo. Pero su lectura deja la impresión de que no es Alejandro VI el que engaña, sino el engañado en muchas ocasiones.

Por otro lado, resulta contradictorio que Alejandro VI, acusado mil veces de taimado y evasivo, sea a la vez directo y espontáneo hasta la indiscreción. «El Papa no puede callar nada»; ésta es la frase que los cronistas de la época repiten con frecuencia. Es, además, una persona emotiva, hasta el punto de que su rostro deja traslucir sus sentimientos incluso cuando no habla. Giustinian y otros han transmitido estas características de su carácter en múltiples documentos. Este embajador, en comunicaciones del 19 y 20 de mayo de 1503, dice a la Señoría que el Papa está de mal humor, porque quiere ser neutral en el conflicto franco-español, y habla mal de los franceses y no se alegra de los éxitos de los españoles.

El Papa no acepta las propuestas de Maximiliano y de España para establecer una alianza, porque pretende que sea, ante todo, una alianza italiana. Para ello presiona a los venecianos, que, no precisamente modélicos en cuanto a reserva diplomática, comunicaban al rey de Francia, en secreto, las ideas y los propósitos papales.

En todo caso y como se ha dicho, la situación europea era del todo favorable al Papado en los últimos meses de la vida de Rodrigo Borgia, a pesar de su pesimismo sobre el futuro. Luis XII, árbitro de la política italiana, no deseaba sino tenerle como aliado. El rey de España, por su parte, intercedía ante el emperador Maximiliano para que concediese a César nada menos que la investidura de rey de la Toscana.

España y Francia ofrecieron a la Santa Sede las ciudades de Siena, Pisa y Lucca, para atraerse su apoyo.

En el consistorio del 8 de marzo, el Papa propone la creación de nuevos oficios para procurarse fondos. «Estos dineros serán para las necesidades y contingencias que ocurran en la tarea de extirpar las malas espinas de este país y adquirir todos estos Estados para la Iglesia, a fin de dejar después de nosotros el buen nombre de haberlo hecho, lo cual nuestros predecesores intentaron alcanzar y no lo pudieron». Mientras organiza de nuevo el ejército pontificio, Alejandro mantiene a César en Roma; el militar continuaba con su «vida nocturna de alegría y amor», dice Orestes Ferrara.

El Papa temía más una paz a la medida de Francia y España, dañina para Italia, que a la guerra misma, pero no hay manera de que Giustinian le escuche, tampoco en las nuevas entrevistas del 8 y el 11 de abril.

Entretanto, en la noche del 8 al 9 de abril, el cardenal veneciano Michiel, también llamado cardenal del Santo Ángel, se había quejado de un gran trastorno de estómago acompañado por abundantes vómitos. Al día siguiente estaba muerto. Pronto cobró fuerza el rumor de que Alejandro y su hijo habían envenenado al sobrino de Pablo II para quedarse con sus propiedades y financiar los gastos militares del duque con la herencia del cardenal. Las posesiones de todo prelado a su muerte correspondían a la Iglesia, es decir, al Papa, de manera que Alejandro envió inmediatamente al gobernador de Roma para que tomara posesión de los bienes de Michiel en su nombre. Alejandro tomó por testigo al embajador de Venecia, al que había convocado al Vaticano: «La ciudad entera está convencida de que hemos recaudado 100.000 ducados y más de la herencia del reverendísimo cardenal. Todo lo que hemos encontrado es esto: 23.632 ducados, ni un sueldo más, señor embajador», así lo cuenta Robichon. Von Pastor, que niega veracidad a las múltiples acusaciones de asesinato que pesan sobre los Borgia, cree, sin embargo, que César dio orden de envenenar al cardenal Michiel. Lo cierto es que el poder adquirido había convertido a los Borgia en objeto de todos los infundios.

El Papa y su capitán general tienen en esos días asuntos más importantes de que ocuparse. Los correos a caballo y los agentes del Vaticano les tienen concentrados en el desarrollo de la situación en Nápoles. La cuestión napolitana había llegado a una situación insostenible. Los franceses agrupaban un enorme ejército en Génova; España enviaba refuerzos a Calabria y Gonzalo Fernández de Córdoba se ponía en alerta en la Apulia. Una noche de esa primavera de 1503 atracaron en las costas de la región cincuenta buques españoles, que desembarcaron los contingentes de tropas enviados por Fernando el Católico para atacar a los franceses de Estuardo d'Aubigny y expulsarlos del Reino de Nápoles.

El 28 de abril, Fernández de Córdoba derrota a los franceses en Ceriñola. El que pasará a la historia como el «Gran Capitán» había preparado el ataque sin perder un instante. Primero se volcó sobre Seminara, lanzando por sorpresa a su caballería ligera contra las posiciones del duque de Nemours y capturando a D'Aubigny; y luego, sin dejar a su adversario recobrar el aliento, lo aplastó cerca de Foggia. El bien denominado «desastre de Ceriñola», desde el punto de vista francés, supuso la muerte de Nemours y la retirada de su ejército a los Abruzos, hasta Garellano. Poco después de esta victoria relámpago, los españoles entraban el 13 de mayo en Nápoles, de donde ninguna otra potencia los desalojaría durante dos siglos.

En el consistorio del 31 de mayo, el Papa nombra nueve cardenales: cinco españoles, tres italianos y un alemán, varios de los cuales desembolsan fuertes sumas de dinero al tesoro papal, como era costumbre. Entre los elegidos está Adrián de Corneto, conocido latinista y filósofo, que desempeñará un papel capital en los próximos meses. Algunas fuentes le suponen pobre, ya que, al menos, no pagó nada por el capelo. Con estos fondos, la venta de beneficios y la herencia del cardenal Michiel, el Papa reúne una buena suma para cubrir las necesidades bélicas inminentes.

El obispo de Troches, aspirante a la promoción, no figura entre los nuevos cardenales elegidos. Ofendido, protesta ante el Papa y, sabiendo que era César quien había confeccionado la lista, se deja llevar por su enfado hasta el punto de que sus palabras sonaron a amenaza: «Ten cuidado con lo que dices», le advirtió Alejandro, «ya que, si mi hijo te oye, no vivirás mucho tiempo».

Sin esperar a que dicha predicción se hiciera realidad, Troches, secretario pontificio, se asustó de su propia temeridad y decidió darse a la fuga. Era uno de los secretarios privados del Papa, encargado en particular de los asuntos franceses. El 18 de mayo es visto por última vez en el Vaticano, en la sala del Loro, mientras el Papa recibe en audiencia al embajador de Francia. Troches estaba dispuesto a contarle a Luis XII las reales o inventadas concomitancias del Papa con España. Pero es capturado cuando navegaba desde Córcega hacia la costa francesa, llevado a Roma y, el 8 de junio, ejecutado sumariamente por —no podía ser otro— Miguel Corella. La leyenda dirá que el duque en persona había asistido, detrás de un cortinaje, a los últimos estertores del traidor.

El Pontífice aboga en esos momentos por una «neutralidad apostólica» para con España y Francia, lo que constituye casi una renuncia a los acuerdos de Milán con Luis XII. Pero, tras el caso Troches y para disipar las sospechas francesas, el Papa retrocede y anuncia que el duque de Valentinois, con las nuevas tropas que acaba de reclutar, acompañará al ejército francés en su marcha hacia Nápoles para intentar enmendar la derrota sufrida ante los españoles. Lo único cierto es que el avance español obligaba al Papa a modificar su neutralidad.

UN BÚHO MUERTO

Impaciente por recibir noticias de Italia, Luis XII había trasladado su corte a Lyón. Para defender su conquista napolitana, el rey aceleró la marcha del ejército de auxilio de La Trémoille, y recordó al Pontífice los compromisos adquiridos en Milán con César, no sin añadir que disponía «de medios para hacer que el duque de Valentinois perdiese en cuatro días todas las conquistas que él le había consentido».

Todo parece normal en Roma: el difícil equilibrio entre Francia y España se mantiene en los mismos términos; las dificultades internas con barones y vicarios han desaparecido; no hay amenazas en ciernes, ni internas ni externas. El papa Borgia goza de su legendaria buena salud y nada presagia que le queden apenas unas semanas de vida.

El 3 de julio, César pasa revista a las tropas con las que va a ayudar al rey de Francia. El 8 de julio, el Papa anuncia la salida de su capitán general hacia Nápoles. Las tropas francesas comienzan a atravesar Roma camino de Nápoles, pero César no se mueve: probablemente espera al 11 de agosto, el undécimo aniversario de la proclamación de Alejandro VI; tal vez deseaba celebrar la fecha junto a su padre antes de partir.

El día 11, el embajador veneciano reseña que ha encontrado a Alejandro VI algo enfermo: «He ido al Palacio, y al entrar en las cámaras papales he encontrado a Nuestro Señor con sus hábitos recostado sobre el lecho. Me ha puesto buena cara, pero me ha dicho que durante tres días no se ha sentido bien, con un flujo, pero que espera no tenga importancia».

En efecto, al día siguiente, el Papa pasa revista a las tropas desde un balcón del Vaticano, y el 14 despacha activamente los asuntos, sentado en el trono en la Sala de los Pontífices. Sin embargo, Giustinian, que le visita también ese día, le encuentra algo deprimido. El 26 de julio trataron ambos, de nuevo, el importante asunto de la alianza de Venecia con Francia.

El Papa anuncia el 28 de julio, en un consistorio, una nueva campaña de César en Romaña. Algunos hablan de que el objetivo real es la Toscana, para crear con esta región, la Romaña y todos los territorios dependientes del Papa un hipotético Reino de Adria, quizá sólo existente en la mente de algunos fabuladores.

Será el último consistorio presidido por el papa Alejandro. El verano se echa encima con su secuela de epidemias mortales. El 2 de agosto muere de malaria repentinamente Juan Borgia, sobrino del Papa, cardenal de Monreal: un gran disgusto para Alejandro, que suspende las audiencias. También se dirá que murió envenenado... por su tío, el Papa: el colmo del absurdo.

La pena embarga al Pontífice, que le tenía un gran afecto, y durante algunos días se le vio deprimido y serio. Cuando el Papa contempla el cortejo fúnebre bajo sus ventanas, dicen que dijo: «Este mes es fatal para los obesos». Unos segundos después cayó a sus pies un búho muerto y, aterrorizado, balbuceó: «Mal augurio, mal augurio». Tras lo cual se encerró en sus aposentos y durante un día entero no quiso ver a nadie, dice Gervaso. Si había estado algo enfermo y bajo de ánimos, si fue tan duro golpe la muerte repentina del sobrino y tan mal presagio el búho caído a sus pies, sorprende que, tan sólo tres días después, Rodrigo Borgia accediera a acudir a la cena que le costaría la vida.

Tiene ya 72 años; conserva su vigor, sin embargo. Cabalga aún, duerme poco y trabaja mucho; visita de cuando en cuando sus dominios y sigue asistiendo impertérrito a las fatigosas ceremonias religiosas. Pero el cuerpo, a una edad avanzada, puede aguantar la rutina cotidiana por fatigosa que sea y, sin embargo, ceder ante un esfuerzo inusual.

En este año de 1503, Roma sufre un verano aún más caluroso que de costumbre. La falta de condiciones higiénicas de la ciudad y las marismas circundantes provocan terribles epidemias. Constabili y Zeno aseguraban que vivir en Roma era insoportable. El primero, embajador de Ferrara en Roma, comunicó a su señor que toda persona de importancia estaba enferma aquellos días, y el segundo transmitió a Florencia que las condiciones de la ciudad, por los muchos enfermos y los grandes calores, no eran nada favorables. Alejandro VI llevaba un tiempo de peor humor que de costumbre y con tristes presentimientos.

Mientras, las relaciones entre Francia y el Papado siguen deteriorándose. Luis XII había apoyado el regreso de Pandolfo Petrucci a Siena, y el Papa se acercaba a España y Venecia, aunque ésta se mantiene reticente. Alejandro se queja amargamente en una de sus últimas frases que han quedado registradas: «Esperábamos junto con ella [Venecia], enderezar la situación de esta mísera y afligida Italia».

«ENVENENADORES» ENVENENADOS

Entonces, de repente, como siempre ocurre, sobreviene la tragedia inesperada. Alejandro VI y César Borgia enferman gravísimamente tras una cena celebrada el 5 de agosto. El Papa muere el día 18. Es un desenlace espectacular, digno de una biografía asombrosa.

Aquel sábado, los Borgia decidieron pasar una buena velada de fin de semana cenando en la villa de Adrián de Corneto, el amigo y nuevo cardenal, nombrado en el consistorio unos días antes. Quizá la razón de la cena fuera celebrar la birreta. Todo indica que los asistentes fueron envenenados por encargo de alguien, de *algunos* más bien, porque debió de ser una conspiración que a nadie le ha interesado desvelar.

Puede ser que Alejandro y César acudieran a la residencia de campo de Adrián de Corneto, cerca del Belvedere, deseosos de escapar por algunas horas de la atmósfera viciada del Vaticano. Se desconoce si estas salidas nocturnas eran frecuentes en el papa Borgia, pero más bien parece tratarse de una ocasión especial. Extrañamente, nada se sabe de la lista de invitados, de las razones del anfitrión o del desarrollo de la cena.

Algunos se atreven a suponer que la velada en casa del cardenal transcurrió con gran animación y que era ya bien entrada la noche estival cuando el Papa y su séquito regresaron al Vaticano.

Dice Gervaso que, al día siguiente, el Papa comenzó a sentir un vago malestar. El día 8, Giustinian anota que el Papa le hace este comentario pesimista: «Hay tantos enfermos en Roma y tantas muertes diarias... Tenemos que cuidarnos un poco más». Ese mismo día muere su sobrino Rodrigo, capitán de la Guardia del Vaticano, y asiste al desfile del funeral desde una de sus ventanas.

El día 11, aniversario de su coronación, el papa Borgia celebró misa en la Capilla Sixtina, y los asistentes notaron que le temblaban las manos, que sus ojos habían perdido brillo y que su rostro estaba pálido y sudoroso. Era una gran fecha para el Papa: undécimo aniversario en el trono de Pedro, inicio de su duodécimo año de pontificado. Y, por decisión del destino, fue también el principio de su final.

El cardenal Adrián había sido el primero en mostrar síntomas de indisposición. Había hecho acto de presencia en las ceremonias de San Pedro, pero con aspecto enfermizo, y, durante la misa, sufrió de repente un fuerte acceso de fiebre. A nadie le sorprendió: lo llamativo en esos días de enfermedad generalizada era que aún hubiera gente con buena salud. También varios invitados a la cena de la semana anterior habían ido cayendo enfermos, uno tras otro.

Por la noche, el Papa se sintió mal, pero no fue hasta después del desayuno cuando los médicos que habían acudido a su cabecera se dieron cuenta de la verdadera gravedad de su situación. Al caer la tarde, al ver que la fiebre persistía, rogó a su médico, Bernardo Buongiovanni, obispo de Venosa, que se quedara de nuevo junto a él. El Papa vomitó la cena, tuvo fiebre toda la noche. En estos vómitos, expulsó mucha bilis. Fue sometido a fuertes sangrías que en otro habrían sido mortales, pero a él le aliviaron.

Alejandro pasó una noche difícil, pero aún quedaba lo peor. El día 13 fue sangrado; según un informe, se le extrajeron nueve onzas de sangre; otros afirman que fueron más. Este remedio hizo bajar la fiebre, y algunos cardenales jugaron a las cartas a su lado, acompañándole durante todo el día.

La fiebre, que había disminuido, no desapareció sin embargo, y el día 14 se le hizo otra toma de sangre. En este mismo día, Constabili envía a la

Corte de Este, donde estaba Lucrecia, un largo despacho al final del cual dice: «No es extraño que Su Santidad esté enfermo, porque todos los de la Corte vaticana están en el mismo estado por las malas condiciones del aire que allí se respira».

En Roma, la preocupación por la salud del Papa aumentó al propagarse la noticia de que César Borgia también estaba inmovilizado en el Vaticano, cuando hubiera debido reunirse con el ejército de Nápoles. César era también víctima de la fatal cena y permanecía postrado en sus dependencias. El que ambos, padre e hijo, estuvieran enfermos y, al parecer, gravemente, dio pábulo a la hipótesis de un posible envenenamiento en la susodicha cena.

Al mismo tiempo, se supo o se dio por sabido que un cocinero y un mayordomo del reverendísimo Adrián de Corneto también habían muerto.

Se puso vigilancia militar a los aposentos del Papa, y en las puertas del Vaticano se montó una guardia. Se intentó hacer creer que el Papa y su hijo permanecían encerrados a causa de sus asuntos, pero los criados del duque, horrorizados por el estado de su señor, no habían podido evitar ser indiscretos y aseguraban que César se encontraba como su padre: entre la vida y la muerte. Para bajar la fiebre, se aplicaba a César un tratamiento fortísimo y, para combatir mejor su delirio, los médicos lo sumergían en baños de agua helada.

Los enemigos de los Borgia comenzaban ya a envalentonarse, a alzar la cabeza; los cardenales se encerraban en sus respectivos palacios, atrincherados con algunos leales, vigilando el paso de los espadachines a sueldo de los Colonna, de los Orsini y de los Savelli.

De todos modos, se advertía en el estado de Alejandro VI síntomas de mejoría: Buongiovanni le había sangrado y, sentado en su cama, el Papa era capaz de hablar de Lucrecia y de César; pide incluso jugar a las cartas.

Pero la sangría sólo tuvo un efecto efímero; al día siguiente reapareció la fiebre de manera más alarmante aún, aunque por la noche disminuyera de nuevo. El día 15 la fiebre continúa, con temperatura alta. El 16, Constabili sigue informando que la fiebre no cede, y el 17 Giustinian escribe a Venecia: «La fiebre continúa atormentándole no sin peligro. He sido informado de que el Obispo de Venosa [...] ha dicho que la enfermedad del Papa es gravísima...».

Una anciana que no se apartaba de las murallas de San Pedro, absorta en sus oraciones, de repente dejó de rezar y, al preguntarle la razón, respondió que «ya no había esperanza para el Papa». En efecto, aquella noche fue muy mala: ya no hablaba de sus hijos, parecía retraído en sí mismo, tan hondamente que las escasas palabras captadas por los testigos mostraban a las claras cuán consciente era Rodrigo Borja de su final.

Le hicieron nuevas sangrías para reducir la fiebre, pero sólo consiguieron debilitarlo aún más. El viernes 18 de agosto, en presencia de cinco cardenales, el obispo de Ceriñola celebró misa en la habitación del Pontífice y dio la comunión al moribundo; después de vísperas, el Pontífice recibió la extremaunción. Su aspecto era ya el de un desahuciado.

El obispo de Venosa salió de la cámara papal llorando y diciendo que el peligro era inminente. Por algunos instantes, el moribundo volvió todavía en sí, esforzándose por recobrar el aliento, pero pronto tuvo ahogos y la asfixia que le sobrevino terminó en estertor. Luego entró en coma y, al anochecer, rodeado de médicos, camareros y cardenales, expiró. No se sabe si Jofré, presente en Roma o no lejos de la ciudad, llegó a asistirle en sus últimos momentos.

ENFERMEDAD O VENENO

Para Orestes Ferrara, «el gran envenenador debía morir de veneno para dar a su vida un epílogo congruente con la terrible leyenda formada alrededor de su nombre».

La hipótesis de que había sido envenenado se difundió enseguida por Roma, ciertamente. Era natural, pues a todos los personajes de la época se les suponía víctimas de tal método eliminatorio. Además, el cadáver del Papa, sea por los grandes calores, sea por el carácter de la enfermedad o por ser muy corpulento, entró pronto en proceso de descomposición, saliéndosele la lengua de la boca y ennegreciéndosele la piel, lo cual hizo pensar a los que estaban dispuestos a creerlo que, en este caso, no había dudas de que el veneno había producido sus efectos. Aun cuando Giustinian relaciona la enfermedad con la cena de los primeros días de agosto, como no habla de veneno ni entonces ni después, será Tomaso di Silvestre en sus

Crónicas el primero en formular la hipótesis de un envenenamiento.

Los historiadores han planteado múltiples teorías sobre esta muerte. Guicciardini, en un alarde de malevolencia dice que el Papa fue llevado al Vaticano moribundo y murió al día siguiente, víctima del veneno que él mismo había preparado y que ingirió por error. Giovio hace morir al Papa cuatro días después. Mariana también envía a la tumba enseguida al cardenal Adrián. Otros dicen que el Papa murió quince días después de la cena. Voltaire fue, con Raynaldi, el primero en negar el envenenamiento. Luego, muchos otros han seguido la misma senda, como Villari, Reumont, Pastor, Creighton, Gregorovius o Alvisi.

Orestes Ferrara cree que la muerte de Alejandro VI fue natural. También afirma que su enfermedad es explicable y el desenlace, absolutamente comprensible. Roma era entonces inhabitable en verano: incluso hoy resulta opresiva. Y cabe recordar que murieron en verano, en julio y agosto, los cinco inmediatos predecesores de Alejandro VI: Calixto III, el día 6 de agosto de 1458; Pío II, el 15 de agosto de 1464, si bien en Ancona y no en Roma; Pablo II, el 26 de julio de 1471; Sixto IV, el 12 de agosto de 1484, e Inocencio VIII, el 25 de julio de 1492.

Ferrara ha deducido de los documentos de la época que, desde el 8 de julio, al papa Borgia le aflige una ligera disentería, y que él mismo se lo comunica al embajador veneciano, que el 11 le encuentra vestido y recostado sobre una cama, como se dijo más arriba. Eso demostraría que ya estaba enfermo antes de la cena de primeros de agosto.

Algunos historiadores modernos han consultado con especialistas médicos respecto a lo que se sabe de la evolución clínica del enfermo, preguntando si con tales síntomas podía Alejandro VI haber muerto de veneno. La respuesta ha sido negativa. Contestación igualmente negativa hubieran dado estos mismos médicos si se les hubiera pedido revisar la hoja clínica del príncipe Djem, o del cardenal Zeno, o del cardenal De Monreal o del cardenal Orsini.

Pastor descarta también la hipótesis del veneno y cree que Alejandro VI murió de fiebres, quizá con complicación cardiaca, ya que Giustinian transmite a sus superiores en Venecia que murió del corazón. En todo caso, es difícil determinar el tipo de fiebre que padeció Alejandro. Posiblemente se trataba de una de las fiebres endémicas en Roma. Tanto César como el cardenal Adrián tuvieron los mismos síntomas. «Todo ello hace pensar que en la noche de la cena el envenenador fue un mosquito de la especie que transmite gérmenes maléficos: malaria, fiebre amarilla, etcétera, que atacó a todos o algunos de los concurrentes», afirma el historiador alemán.

«Fue un rayo que el cielo sereno descargó una sofocante noche de agosto de 1503 sobre la casa del cardenal Adrián de Corneto, en la ladera de Monte Mario, donde habían ido a cenar los Borgia», dice Gervaso. Después de haber suscrito sin la menor prueba tanto envenenamiento, el italiano no duda, sin embargo, que fue una enfermedad lo que costó la vida de Alejandro y dejó moribundo a César.

Robichon también lo cree: «Existe, de todos modos, una explicación suscrita por muchos contemporáneos, luego aceptada por la mayoría de los historiadores y de los investigadores modernos, al margen ya de la pasión y de la polémica inmediatas. Y esta explicación era, es cierto, la más natural y la más plausible: a la epidemia que causó estragos en Roma durante el verano de 1503 no escaparon ni el papa Borgia, ni su hijo César, ni ese cardenal Corneto que les invitó a cenar una hermosa noche de agosto».

TEORÍAS PARA UN FINAL TRÁGICO

Pero es seguro, sin embargo, que el cardenal Corneto no falleció de resultas de esa cena, y tampoco está comprobado que murieran por esa causa otros asistentes, como dijeron los rumores del momento. El mosquito transmisor, entonces, actuó de un modo curiosamente selectivo. Lo cual fuerza un regreso a la teoría del complot: los Borgia estaban en la cúspide de su poder; la salud del Papa y la fuerza de César sólo hacían prever mayores éxitos. Y sobre todo: que los dos cayeran mortalmente tocados al mismo tiempo aquella noche es ciertamente muy sospechoso.

Se dijo, por supuesto, que eran los mismos Borgia los que querían envenenar con *cantarella* (arsénico) a De Corneto, y que un error fatal les había hecho beber a ellos el veneno. Una tesis bastante pintoresca. Si envenenaron una copa, la del cardenal,

¿cómo resultaron ponzoñosas dos copas, la de Alejandro y la de César? ¿O bebían en la misma? Cualquier hipótesis es posible cuando se trata de denigrar a los Borgia hasta la muerte y más allá, hasta nuestros días.

En nuestra opinión, hay suficientes indicios para pensar que alguien envenenó al papa Alejandro VI y a su hijo César Borgia. Y ese alguien actuó por encargo de alguno o varios de sus principales enemigos, desesperados por la fortaleza invencible de los Borgia. Enemigos no les faltaban: desde el cardenal Della Rovere, luego papa Julio II, a la familia Orsini, los Colonna, los Savelli, los Bentivoglio o cualquiera de sus innumerables adversarios en el campo de batalla, sin olvidar a los supervivientes de Sinigaglia, Pandolfo Petrucci, el tirano de Siena, y Juan Pablo Baglioni de Perugia. Es razonable suponer que el envenenador fuera el mismo que tendió la emboscada mortal al joven duque de Gandía y al de Bisceglie. Y es posible imaginar que fuera obra del más poderoso enemigo en la sombra de los Borgia, difícilmente identificable a distancia de cinco siglos.

Se ignora si Alejandro VI había decidido aquel verano algún movimiento estratégico capaz de alterar el precario equilibrio de la política italiana, pero era un hecho su decisión de seguir sumando territorios al poder papal, tanto al norte como al sur de la península. Los españoles pensaban que estaba del lado de los franceses y temían como a la peste la anunciada presencia de las tropas del Papa, dirigidas por el ya mítico César, junto a las francesas para vengar Ceriñola. Los franceses sospechaban de un posible cambio de timón pro español en la política papal. Los venecianos, por último, hubieran dado cualquier cosa por ver a aquel Papa —por fuerte, odiado; por hábil, sospechoso— muerto y bien muerto.

¿El envenenamiento contó con la complicidad del anfitrión? El cardenal Adrián de Corneto acababa de acceder al cargo gracias a los Borgia; parece que era un intelectual —latinista y filósofo— y no tenía fortuna personal. Sin embargo, no muchos años después se construyó un palacio soberbio que aún existe junto al Vaticano. ¿Su rápido enriquecimiento significa algo anómalo? ¿Pudo ser tan traidor como para procurar la ruina de aquellos a los que debía todo?

«Según otra versión», escribe Ivan Cloulas, un experto francés en el Renacimiento, «Adrián de Corneto habría envenenado al Papa él mismo: en base a esta sospecha, será más tarde privado de la púrpura cardenalicia por León X [sucesor de Julio II]».

Parece ser que, pocas horas después del fallecimiento, el cadáver del papa Borgia se había desfigurado espantosamente: rostro pardusco, nariz y lengua hinchadas, la saliva empapando sus ropas, ojos fuera de las órbitas... ¿Malaria? «Cuando el pueblo desfiló delante del cadáver al día siguiente, el aspecto del rostro acrecentó el rumor del veneno que desde hacía una semana corría por Roma. Ninguna de las víctimas de la epidemia ofrecía ese aspecto aterrador, con esos rasgos abotargados, la lengua tan hinchada que había obligado a que se le abriera la boca, y los oídos y la nariz llenos de inmundicias», cuenta Robichon.

Para el mismo historiador, «el estado de César tenía visos de justificar dichas acusaciones [de envenenamiento], ya que jamás se había visto que una epidemia de fiebres causara estragos tan atroces». Los médicos intentaban todo cuanto era humanamente posible para arrancar al duque de las garras de la muerte. Abrieron un toro en canal y le introdujeron dentro del cadáver, todavía caliente, antes de sumergirlo en una cuba de agua helada. Este tratamiento bárbaro reforzó el rumor de que estaba muerto. Pero César sobrevivía y, aunque horriblemente agotado a causa del mal que le corroía o de los remedios de sus médicos, conservaba su lucidez, el instinto de lucha y la indomable voluntad de los Borgia. Sólo su juventud, su naturaleza de hierro, el vigor de su constitución y los recursos de una formidable capacidad de resistencia le libraron de compartir prematuramente el destino de su padre.

EL PAPA HA MUERTO

Ninguno de sus hijos asistió a Alejandro VI en su final. César se debatía a su vez entre la vida y la muerte. Lucrecia estaba en Ferrara, advertida de lo que sucedía, pero incapacitada para hacer nada. Parece que Jofré estaba fuera de Roma, aunque pronto llegó a hacerse cargo de la situación de la familia.

La maledicencia de sus enemigos alcanzó el paroxismo y llegó a inventar la existencia de un mono a la cabecera del moribundo con el que éste hablaba llamándolo Satanás y pidiéndole más tiempo para entregar su alma. Por sorprendente que resulte, aún hay «historiadores» que incluyen este episodio en sus refritos.

Eran las once de la noche cuando el encargado de los ritos protocolarios ordenó, en primer lugar, abrir de nuevo las puertas del palacio apostólico, liberando lenguas y personas, y, en segundo lugar, que se hiciera pública la muerte del Papa. Y, uno a uno, los campanarios de Roma tocaron a difunto. El sentimiento general no fue ni de alivio ni de pena o abatimiento, sino, en un principio, de gran inseguridad, ya que el pueblo temía que se produjeran revueltas, batallas de clanes y ajustes de cuentas.

Por el pasadizo secreto que une el Vaticano y el castillo de Sant'Angelo fueron evacuados rápidamente las mujeres y los niños de la familia Borgia, el «infante romano» y el pequeño Rodrigo de Bisceglie, Sancha de Aragón e incluso Vannozza Cattanei, bajo la protección de Miguel Corella y de Jofré, quien, al parecer, en ausencia de su hermano mayor, se comportó como el verdadero jefe de una familia en peligro, ordenando sacar los cañones de la fortaleza papal.

Mientras tanto, micer Burchard se ocupaba del difunto: bajo su dirección, los sacristanes del Vaticano ataviaron los restos mortales de Alejandro VI con sus ropajes de gala. Una vez reconocida la defunción, se buscó el Anillo del Pescador para romperlo, como mandaba la costumbre, para que nadie pudiera utilizarlo antes del siguiente papa; pero no se pudo dar con él. A continuación se trasladó el cuerpo a la sala del Loro, donde permaneció toda la noche.

Ya de día, el sábado 19 de agosto, se bajó por fin al Papa a la basílica de San Pedro para dejarlo expuesto a la vista de la multitud que estaba aguardando. Pero el calor aceleraba el proceso de descomposición y se convino que, satisfecha la curiosidad popular, lo mejor sería abreviar los funerales. Esta aparición en público del Pontífice difunto fue el último fasto que se concedió a Alejandro Borgia: ciento cuarenta portadores de antorchas y otros tantos lacayos de la corte vaticana, clérigos, camareros y consejeros pontificios —aunque sólo se molestaron en acudir cuatro cardenales— dieron escolta a los restos mortales, de los que emanaban efluvios nauseabundos y cuyos rasgos seguían deformándose aceleradamente. El embajador de Venecia se referirá al «más horrible cuerpo de hombre que jamás se haya visto».

Los romanos acudieron en masa a San Pedro para despedir a aquel que otro domingo de agosto, once años atrás, había cruzado Roma bajo un dosel de oro en medio del homenaje popular.

A medianoche, Alejandro fue trasladado a la luz de algunos velones hasta la pequeña capilla de Santa María de las Fiebres en el Vaticano, donde reposaba ya su yerno, Alfonso de Bisceglie, fallecido justamente tres años antes, otro 18 de agosto.

Seis mozos de cuerda fueron los encargados de acompañar a Alejandro Borgia hasta su última morada, bajo la dirección del obispo de Ceriñola. El ataúd que habían llevado los enterradores resultó ser demasiado estrecho para el cuerpo, que había aumentado de volumen por efecto de la putrefacción, y hubo forcejeos para introducir el cuerpo entero y debieron ser retirados la mitra y los adornos.

Dos semanas más tarde se celebraron los funerales solemnes que, de acuerdo con la tradición, debían durar nueve días. A la primera misa, celebrada el 4 de septiembre, acudieron veinte cardenales. Después, el número de asistentes disminuyó día a día hasta que el martes 12 de septiembre sólo se presentó un celebrante, Francisco Borgia, arzobispo de Cosenza, el mismo que acompañara al segundo marido de Lucrecia hasta su última morada.

En general, se presenta una visión sombría del final de Alejandro VI, el sucesor número 214 del apóstol Pedro, abandonado por todos en su última hora. Pero Orestes Ferrara afirma que el funeral del Papa y todas las ceremonias religiosas posteriores se llevaron a cabo de acuerdo con el ritual. La leyenda de que el cadáver del Papa fue arrastrado por los pies y que fue enterrado enseguida, y sin honores, en modesta fosa, es fantástica creación de los enemigos de Alejandro VI, que en esta hora se tornan audaces y recobran todas sus esperanzas de recuperar sus antiguas riquezas y dominios. Burchard nos dice cómo se lavó el cadáver, y que se le vistió una primera vez; también explica cómo luego, él mismo, le puso ricos hábitos; cómo cubrieron el catafalco espléndidos ornamentos con las armas de los Borgia y cómo los oficios religiosos se cumplieron a rajatabla. El funeral de los nueve días de duración se celebró con todas las formalidades de la vieja costumbre. Los cardenales que había en Roma asistieron, así como un enorme número de miembros del clero regular y del secular. Los copistas del *Diario* de Burchard añadieron descripciones fantasiosas para hacer aún más repulsivo el cadáver del papa Borgia.

Parece cierto que César, al tener noticia de la muerte de Alejandro VI, se apropió de sus riquezas y de su dinero, enviando a Miguel Corella a las Salas Pontificias a exigírselo al depositario, el cardenal Casanova. Corella, tras reunir a los hombres más fieles del duque, se apresuró a colocar una fuerte guardia en todas las salidas del Vaticano y ordenó ocupar las escaleras y los patios del palacio pontificio. Los apartamentos del Papa se encontraban justo encima de los de su hijo. Michelotto se presentó con su escolta a la puerta de la habitación en la que acababa de fallecer el Pontífice y, con la daga desnuda, conminó al cardenal camarlengo Casanova a que le entregara las llaves del tesoro papal. Ante la indignación del prelado, Corella le amenazó con cortarle la garganta antes de ordenar que arrojasen su cuerpo por la ventana. Casanova entregó lo que le pedían y los hombres de Michelotto se abalanzaron sobre los cofres del Papa, haciéndose con dos joyeros que contenían 100.000 ducados de oro. En su prisa, olvidaron examinar el espacio que se encontraba detrás de la alcoba del Papa donde, posteriormente, los notarios convocados para redactar el inventario descubrieron, además de copas y otros objetos de plata, el joyero de ciprés que contenía las piedras preciosas y las joyas de Alejandro VI.

Corella, el conocido Micheletto o Michelotto (Miguelillo, Miguelete) por su pequeña estatura, era hombre de probado valor y de una absoluta fidelidad a los Borgia. Después de la muerte del Papa fue detenido y procesado. Absuelto, pasó a prestar servicios bajo los estandartes de la entonces democrática República florentina, siendo primero *bargello* y luego condotiero.

Burchard dice que los cardenales de Santa Práxeda y de Cosenza hicieron posteriormente un inventario de los bienes del Papa que Miguel Corella no se llevó el día anterior por no conocer dónde se encontraban. De todos modos, los cardenales, para tener fondos y satisfacer las necesidades inmediatas de la Sede Apostólica, tuvieron que pedir un préstamo; el Tesoro pontificio estaba vacío. Es útil saber que una situación similar encontró Alejandro VI al subir a la silla de San Pedro, once años atrás.

El papa Borgia necesitó once años para dar a la Iglesia independencia política y territorio estable. Transcurridos solamente otros tantos días, desapareció como por ensalmo todo cuanto Alejandro VI había construido. La celeridad con la que se destruyó su enorme obra es asombrosa.

El 19 de agosto, apenas murió el Papa, Silvio Savelli, responsable de tantas traiciones al Borgia, exiliado de Roma y objeto de aquella famosa carta, panfleto calumnioso, sobre la que se ha elaborado gran parte de la leyenda negra de los Borgia, ocupa su antiguo palacio y la cárcel Savelli («Carceris sabelle»), poniendo en libertad a todos los presos por delitos comunes. Savelli estaba ya en Roma en vida del Papa y había sido recibido por éste, que tenía una concepción de la libertad bastante amplia. Probablemente, como algunos de los Colonna y otros barones, recibía incluso una pensión o subsidio del Tesoro papal. Un trato ciertamente excepcional para con el enemigo.

Los presos políticos empezaron a salir del castillo de Sant'Angelo y los exilados, a entrar en la ciudad. Próspero Colonna, al que el Sacro Colegio pide que no regrese a Roma, llega el día 22 con buena caballería. Un enviado de los cardenales le presenta la carta en que se le ruega que, por la tranquilidad de las futuras elecciones papales, no entre; no la lee, y sigue adelante. Por la noche se hacen fiestas en el Capitolio; el pueblo grita: «¡Colonna! ¡Colonna!», y cinco cardenales le rinden homenaje. El 23 entra Fabio Orsini con numerosas fuerzas de caballería e infantería. Gritos del populacho en su honor, sumisión de cardenales y asesinatos en las calles, especialmente de españoles; más de cien casas quemadas por el furor faccioso. Roma revivía tiempos medievales que Alejandro VI creía haber dejado atrás.

Las posesiones de la Sede Apostólica, que se habían organizado con tanta diligencia, desaparecieron en pocos días. César Borgia, enfermo y sin la autoridad de Alejandro VI sustentándole, quiso aliarse con una de las facciones, y escogió la de los Colonna. Para obtener su benevolencia, les facilitó la reocupación de los castillos y fortalezas que Alejandro VI les había arrebatado. Los Orsini no necesitaron contraseñas, y tampoco los Savelli, los

Conti y otros barones. Todos los guardianes entregaban las ciudades, los castillos y las tierras papales sin ofrecer resistencia.

El duque de Urbino tomaba posesión de su Estado el 22 de agosto. Los Varanno entran en Camerino el 29 del mismo mes. La *prefettessa*, o sea, la madre de Francisco María della Rovere, nieto del futuro Julio II, entra en Sinigaglia. Juan Pablo Baglioni conquista Perugia, que se ha opuesto a abrir las puertas voluntariamente, el 9 de septiembre. Juan Sforza entra en Pesaro.

Los Appiano acceden a Piombino. Más allá, los Malatesta, apoyados por los venecianos, ocupan Rímini, pero Dionisio Naldi los expulsa en nombre de la Iglesia y de César Borgia. Los Malatesta venden sus derechos señoriales a la República veneciana. Un bastardo de los Manfredi entra en Faenza con el apoyo de los florentinos. También los Ordelaffi reciben la ayuda de Florencia para adueñarse de Forlí, de la que eran señores antes de Girolamo Riario y de Catalina Sforza. Entran en la ciudad el 22 de octubre; mientras, en Roma, el cardenal Riario, tío de los pretendientes, solicita el apoyo veneciano contra las tropas de la Iglesia.

Los venecianos penetran en Romaña y ocupan tierras papales. La obra puesta en pie por Alejandro VI y su hijo César, con el concurso de costosos ejércitos y enorme audacia, se desmorona en un instante.

Todo ello representa un asalto a los intereses de la Iglesia, porque, salvo algunas ciudades y la Romaña, que estaban cedidas en vicariato, con gobiernos sólo indirectamente controlados por la Iglesia, el resto del territorio, los castillos, las ciudades y muchas propiedades más pertenecían directamente a la Santa Sede. El gran reivindicador había desaparecido y todos los antiguos usurpadores volvían a sus habituales posesiones con mayor rabia y codicia. Los ciudadanos pagaron muy caro los pocos años de libertad gozada. En muchos de estos pequeños Estados la venganza que tomaron los antiguos tiranos fue terrible.

Sin la muerte de Alejandro VI, estos príncipes que se vendían al mejor postor en el campo de batalla, personajes sin escrúpulos capaces de matar a padres y hermanos para conquistar el poder, no habrían podido recuperar sus dominios.

Parece evidente que el papa Borgia, pese a su avanzada edad, no había pensado en la eventualidad de una muerte inmediata y, por lo tanto, no había tomado precauciones sucesorias. Absorbido por el trabajo diario, el esfuerzo diplomático constante entre Francia y España, la tensión con Venecia y otras tareas, no dedicó un segundo a pensar en lo que podía ocurrir cuando él faltara. Sorprende que un hombre tan prevenido no hubiera estudiado una estrategia para la supervivencia de los suyos tras su muerte. ¿Fue por respeto a los principios de la Iglesia? ¿Fue por exceso de confianza en el Colegio Cardenalicio? ¿Fue porque sabía que, muerto él, nadie respetaría su voluntad? Todo apunta a que Alejandro, pletórico de fuerzas, no contemplaba ni remotamente la posibilidad de morir en breve plazo.

Eso explica que, siendo nepotista en sumo grado, y devoto patriarca de una familia numerosa, no tomara medidas para proteger a los suyos cuando él faltase.

LA ACIAGA SUERTE DE CÉSAR

César, todavía poderoso, intentó capear el terrible temporal, pero no acertó en los puntos clave. También puede decirse que la suerte dejó de sonreírle de golpe. Terminó su breve e intensa vida con una muerte oscura, en un lejano campo de batalla. Faltan estudios serios sobre los últimos años de César Borgia. En el Archivo de Venecia se conservan muchos datos sobre «el Valentino», igual que en el amplio resumen de Pasquale Villari a propósito de los *Despachos* de Giustinian. Lo cierto es que la República de Venecia pocas veces ha temido a un hombre más de lo que temía a este duque Valentino, incluso en la época en que estuvo detenido en Roma, en Nápoles o en España. Y pocas veces un Estado ha perseguido a un personaje de otro Estado con igual saña y constancia.

Lo mismo puede decirse de España y de su rey Fernando de Aragón, principal culpable de la ruina de un hombre que podía haberle prestados innumerables servicios. Pero el papa Julio II y el rey Fernando el Católico llegaron a traicionar compromisos adquiridos en pos de una venganza implacable.

Cuando César se vio solo, privado del apoyo del padre, muy joven aún, estaba gravemente enfermo, y es de suponer que los efectos de su dolencia duraron algunos meses. Al restablecerse, ya lo habían despojado casi de todo, y los enemigos lo tenían cercado. Él mismo nos ha dejado una explicación plausible de su derrota, en una confesión a Maquiavelo, en Roma: «Yo lo tenía previsto todo, menos que al morirse el Papa estuviese yo moribundo». Su conducta inicial, aun en tan difíciles circunstancias, parece acertada, pero luego, tras su contribución a la elección del cardenal Piccolomini como sucesor de Alejandro VI, cuyo súbito fallecimiento trastoca todo, cae en el tremendo error de fiarse de las promesas del enemigo jurado de su familia: el cardenal Della Rovere, y apoya con su aún enorme influencia en el cónclave su elección como papa a la muerte de Piccolomini, que estuvo sólo 27 días al frente de la Iglesia.

César se halló, en realidad, frente a dificultades que sólo un hombre de mucho temple podía superar. Él no lo era del todo. Mimado desde la cuna por la posición de su padre, era audaz y hábil sólo en la acción, pero incapaz de mantener una política constante. Demasiado entregado a los placeres fáciles, respaldado siempre por la diplomacia de Alejandro, que actuaba como red, evitando que ninguna caída tuviera consecuencias fatales. Cuando Alejandro VI le veía negarse a recibir a los embajadores y dormir todo el día, musitaba melancólicamente: «¡Qué sucederá después de nuestra muerte!», y también en este detalle el papa Borgia comprendía la situación con una claridad meridiana.

Según Gervaso, el 22 de agosto —apenas fallecido su padre—, César se reconcilia con los Colonna y jura obediencia al Sacro Colegio Cardenalicio.

El 2 de septiembre abandona Roma. El 22 de ese mes es elegido papa el cardenal Piccolomini, con el nombre de Pío III. Es un amigo de los Borgia y César ha contribuido decisivamente a su elección. De haber vivido más tiempo, su papado hubiera cambiado la Historia, al permitir a César recuperarse de su enfermedad, rehacer sus filas, reorganizar a sus partidarios y recuperar su influencia, aún superior a ninguna otra en aquella Roma posalejandrina. Pero Pío III muere el 18 de octubre, apenas un mes después de su elección. ¿Asesinado? ¿Por el mismo veneno que su antecesor? Nadie ha formulado esta hipótesis, nada descartable, sin embargo.

El 1 de noviembre es elegido el sucesor de Pío III. La tiara va a parar a Julián della Rovere, que se convertirá en el temible Julio II. Lo sorprendente es que Della Rovere consigue ser papa con los votos decisivos de los cardenales españoles nombrados en mayo y de los restantes partidarios de los Borgia en el cónclave —sin duda mayoría—, convencidos por César. ¿Se ha dejado engañar por sus promesas el joven duque o, simplemente, se dio cuenta de que la elección de Julián della Rovere era inevitable? Con todo, es un error de enormes proporciones, impensable en un hombre de la habilidad política de César, sólo comprensible por su espantoso estado de salud, su confusión mental y quién sabe qué factores no reflejados por la Historia.

El nuevo papa, antes de que termine el mes, ordena arrestar a César en Ostia. Maquiavelo asiste en Roma al cerco contra César y escribirá diez años después, en el verano de 1513, en *El Príncipe*:

«[César] debía temer, en primer lugar, que un nuevo sucesor en el Papado le fuera hostil e intentara arrebatarle lo que Alejandro le había dado. De ello procuró protegerse de cuatro maneras: primero, exterminando a las familias de aquellos señores a los que había expoliado para evitar al nuevo papa posibilidad alguna de restitución; segundo, ganarse a todos los nobles de Roma para poder así dominar al papa; tercero, controlar al máximo al Colegio Cardenalicio; cuarto, adquirir suficientes poderes antes de la muerte del Papa para resistir por sí solo a un primer ataque. De estas cuatro cosas, a la muerte de Alejandro había conseguido tres; la cuarta estaba a punto de conseguirla; porque de los señores expoliados mató a cuantos pudo atrapar, y poquísimos se salvaron; se había ganado a los nobles romanos y en el Colegio Cardenalicio tenía grandísima influencia; y en lo referente a las nuevas adquisiciones, había proyectado convertirse en señor de la Toscana, poseía ya Perugia y Piombino y había tomado a Pisa bajo su protección. Y si no hubiera tenido miedo de Francia (que no tenía por qué tenérselo, al ser ya los franceses desposeídos del Reino de Nápoles por los españoles, de manera que tanto unos como otros tenían necesidad de comprar su amistad), hubiera saltado sobre Pisa. Después de esto, Lucca y Siena hubieran cedido rápidamente, en parte por envidia de los florentinos, en parte por miedo; los florentinos no tenían escape. De haber conseguido todo esto (y lo habría conseguido aquel mismo año en que Alejandro murió) hubiera adquirido tantas fuerzas y tal reputación, que se habría mantenido en el poder por sí mismo y no habría tenido jamás que depender de la fortuna y de las fuerzas de otros sino de su poder y su virtud».

Y prosigue Maquiavelo: «Pero Alejandro murió cinco años después de que él hubiera comenzado a desenvainar la espada. Lo dejó con solo el Estado de Romaña consolidado y con los demás en el aire, entre dos potentísimos ejércitos enemigos, y enfermo de muerte. Tenía el duque un carácter tan indómito y tanta virtud, y sabía tan bien que a los hombres hay que ganárselos o destruirlos, y tan válidos eran los cimientos que en tan poco tiempo se había creado, que si no hubiera tenido encima aquellos ejércitos o hubiese estado sano, habría superado cualquier dificultad. Y que sus cimientos eran buenos, quedó demostrado: pues la Romaña lo esperó más de un mes; en Roma, aunque medio muerto, estuvo seguro; y, a pesar de que los Baglioni, los Vitelli y los Orsini vinieron a Roma, no encontraron a nadie dispuesto a ir contra él; y si no pudo hacer papa a quien quiso, al menos hubiera podido evitar que lo fuese quien no quería. Si a la muerte de Alejandro él hubiera estado bien, todo le habría resultado fácil. Él mismo me dijo, en los días en que fue elegido Julio II, que había pensado en todo lo que podía surgir a la muerte del padre y a todo había hallado remedio, pero que no pensó nunca que a su muerte también él podía estar a punto de morir.

»Se le puede reprochar tan sólo la elevación de Julio al pontificado; fue una mala elección, porque, como se ha dicho, no pudiendo hacer un papa a su gusto, podía, en cambio, conseguir que alguien no lo fuera y no debía consentir jamás que llegaran al Papado aquellos cardenales a los que él había ofendido o que, una vez elegidos, hubieran de temerle. Porque los hombres hacen daño o por miedo o por odio... El duque, por encima de todo, debía conseguir un papa español, y no siendo esto posible, conseguir que lo fuera el cardenal de Ruán y no el de San Pietro ad Vincula [Della Rovere]. Y quien crea que los nuevos beneficios hacen olvidar a los grandes hombres las viejas ofensas, se equivoca. Erró, pues, el duque en esta elección que fue causa de su ruina definitiva».

El 28 de diciembre de ese mismo año, los franceses son expulsados definitivamente de Nápoles. Al poco tiempo, ya en 1504, César se fuga de la prisión donde le tiene recluido Julio II y se refugia en Nápoles, donde el Gran Capitán, Fernández de Córdoba, que le había recibido después de darle un salvoconducto que garantizaba su libertad, le ofreció un trato acorde con su alta posición. Pero, por una orden del rey Fernando el Católico, el 27 de mayo de 1504 tuvo que prenderlo, faltando a la palabra empeñada, y enviarlo a España.

Lucrecia intercede por él sin éxito ante el rey Fernando. César intenta una fuga frustrada de la prisión de Chinchilla. El 26 de noviembre muere Isabel la Católica y su viudo Fernando dejará primar venganza y celos contra César por encima del cálculo político y la conveniencia de su Corona. Hubiera podido ganarse un temible aliado en los asuntos de Italia, pero prefiere encerrarlo a cambio de promesas etéreas de Julio II y conveniencias a corto plazo.

En mayo de 1505, César es trasladado a la fortaleza real de Medina del Campo. La inquina de Fernando el Católico contra César no se entiende. Se ha dicho que obedecía a fuertes presiones de Julio II, pero un genial caudillo y estratega como el hijo del Papa podía y debía haber sido reorientado hacia su causa a poca visión política que se tuviera. Documentos recientemente encontrados justifican una teoría basada en que el hecho de que Jofré, padre de Alejandro VI, fuera seguidor del conde de Urgel y adversario de Fernando de Trastámara; ésta sería la causa de la inquina del heredero, Fernando el Católico, contra los Borgia. Pero Fernando tenía no pocas cosas que agradecer a Rodrigo Borgia, empezando por la legitimidad de su matrimonio con Isabel; y, en el mismo sentido cabe añadir la ratificación de la conquista de América. Quizá el rey Católico veía a César Borgia como un duque francés cuya recuperación para España sería imposible; y tal vez consideraba a los Borgia aliados de Francia como un obstáculo a la presencia española en Italia.

César permaneció preso en el castillo de Medina del Campo hasta el 25 de octubre de 1506, cuando, al fin, pudo escaparse y entrar en el Reino de Navarra, cuyo rey era su cuñado: Juan d'Albret. En 1507, Luis de Beaumont se rebela contra el rey de Navarra. César es nombrado capitán general del ejército navarro, toma Larraya y pone cerco a Viana. El 12 de marzo de 1507 muere sitiando el castillo de Viana, en lucha desigual contra veinte jinetes. Fue una acción casi suicida por su parte, e innecesaria. Fue un acto final de rabia. Quedó abandonado desnudo en el campo de batalla. Fue enterrado en la iglesia de Santa María de Viana, donde aún reposan sus restos.

CON EL PASO DE LOS AÑOS

En enero de 1505, Lucrecia se había convertido en duquesa de Ferrara. En el verano de 1506 fracasa un intento de golpe de Estado propiciado por los hermanos de Hércules de Este, tíos de su marido. El 4 de abril de 1508 da a luz un niño, Hércules II de Ferrara.

En 1510, mientras Lutero llega a Roma, nace Francisco de Borja, duque de Gandía, nieto de Juan Borgia y bisnieto de Alejandro VI, que sería santo tras ser virrey de Cataluña, primero, y tercer general de los jesuitas, después.

Julio II continuó la obra de su siempre odiado y siempre envidiado antecesor: los tiranos fueron de nuevo combatidos; Venecia se vio acosada y se retiró hasta Ravena; y se expulsó a los Bentivoglio de Bolonia. Pero el desordenado Julio II causó la ruina de Italia y mucho daño al Papado, aunque la Historia le haya perdonado todo a cambio de la decoración de la Capilla Sixtina encargada a Miguel Ángel. En 1513 muere este feroz papa guerrero y le sucede León X, aquel Giovanni de Medici amigo de César al que Alejandro VI hiciera cardenal.

En el verano de 1513, bajo la égida de León X, Nicolás Maquiavelo escribe *El Príncipe*. Al papa Borgia dedica este comentario: «De todos los pontífices habidos hasta nuestros días, fue el primero que mostró cómo con el dinero y con la fuerza un Papa puede imponerse [...]. Y aunque su propósito no era engrandecer la Iglesia sino a su hijo el duque, sin embargo lo que hizo revirtió en la grandeza de la Iglesia; la cual, después de su muerte, eliminado el duque, fue la heredera de sus esfuerzos».

En 1516 muere Fernando el Católico, y es proclamado rey Carlos I de España, posteriormente coronado también como Carlos V de Alemania, en 1519.

En 1517 muere Jofré Borgia, que vivió retirado en sus posesiones de Nápoles, confirmadas por el rey de España. A la muerte de Sancha, se casó con una Milà, pariente de España, y, más tarde, una nieta suya se casó con un Borgia de los duques de Gandía y, siendo ella la última de la rama, unió las propiedades de la familia a las del marido.

El 23 de noviembre de 1518 muere Vannozza Cattanei, a los 76 años.

El 24 de junio de 1519 muere Lucrecia, de parto, a los 42 años de edad.

EL GRAN OLVIDADO

En 1610, los restos mortales de Alejandro VI son trasladados desde Santa María de las Fiebres a la iglesia española de Santa Maria de Monserrat. Se colocan junto a los de su tío Calixto III en la sacristía.

Sacerdote cuenta el siguiente episodio: «Dos siglos y medio después, en 1864, el ministro de Prusia ante el Vaticano, al visitar el templo en compañía del canónigo don Ramón, entró en un cuartito oscuro de techo bajo en cuyo centro sobre el pavimento yacía un polvoriento cofrecito cuadrangular de plomo. "Esta caja —escribe el ministro— contenía otra de madera marrón oscura de aproximadamente dos pies y medio de larga, un pie de alta, y un pie y medio de ancha. Alrededor de ella había una pequeña banderita de tela con dos sigilos rojos, tan viejos que no se distinguía ya el sello. Sobre ella, en un pedazo de papel blanco con letras antiguas, se leía: *Esta caja guarda los huesos de los dos papas españoles, Calixto y Alejandro VI*"».

Veinticinco años después, los restos fueron trasladados a un pequeño sepulcro decorado con dos bustos, pero quien los esculpió se equivocó en los epígrafes: bajo el nombre del tío puso el epígrafe del sobrino, y bajo el nombre del sobrino puso el del tío.

En 1889, los restos de los papas Calixto III y Alejandro VI se colocan en una capilla propia de la iglesia de Monserrat y Santiago, la iglesia oficial española en Roma.

En 1999, el Gobierno autónomo de la Comunidad Valenciana restaura dicha capilla, en el marco de las conmemoraciones de su 500 aniversario. Aun así, el lugar sigue siendo poco visible, modesto, desangelado. Claro reflejo del estado actual de su memoria histórica.

Epílogo

El papa Borja y su familia fueron un ciclón desencadenado sobre la Península Itálica del que aún no se han repuesto los italianos. Por un momento debieron temer que esta familia alucinante les convertiría en sus encantados súbditos para siempre. No sabían que los ciclones hispánicos son tan inconstantes como poderosos, y que los Borja eran como el imperio español, flor de un día, trueno de un siglo, alocadas elucubraciones de mentes calenturientas. Por estar a punto de cambiar la historia de los reinos itálicos, por salvar al Papado de la destrucción, por ser unificadores cuatro siglos antes de Garibaldi, y sobre todo, por desaparecer como aparecieron, repentinamente, las clases dominantes italianas aún no les han perdonado, o para ser más exactos, sólo ahora comienzan a recuperarse del miedo que les tuvieron y a reconocer que tejieron contra ellos una maraña de infundios, mentiras y bajezas que al final se está disolviendo irremisiblemente. Los Borja fueron más papistas que nadie, más italianos que nadie y más osados que nadie. Como saga familiar tienen pocos parangones en la historia occidental. Rodrigo Borja fue el pivote de este ciclón incomprendido. Una figura descomunal, de las que merecen el mayor de los respetos.

Fue una persona siempre jovial, sobrio y modesto en la intimidad pero ampulosamente ceremonial en el desempeño de su labor pública. Trató de prevenir los males que luego debían afligir a Italia durante los siglos posteriores. Su programa de reformas religiosas, no llevado a la práctica, fue precursor del Concilio de Trento. Benévolo y paternal, perdonó la doble traición de algunos cardenales, traición en contra del Estado papal y en contra de su persona. Fue severo y hasta cruel, al estilo de su tiempo, en llevar hasta el final su plan de librar a la Iglesia de las ataduras de las familias medievales.

No fue un místico, no fue un santo; tuvo todos los méritos y los defectos de un hombre práctico que mira al éxito, al bien real y no a la abstracción. Fue lo que luego se llamaría un papa «político», un gran papa del Renacimiento. Nepotista, amante del trabajo y de la alegría; intransigente en lo religioso; legalista en materia pública.

Durante su pontificado reprimió con vigor las tendencias heréticas que afloraban en Bohemia, en Moravia y en Lombardía. En nombre de una defensa férrea de la ortodoxia y la disciplina reactivó en Alemania las disposiciones de Inocencio VIII sobre la censura eclesiástica de libros. En los Países Bajos contrastó las tendencias absolutistas de la autoridad laica contra la libertad eclesiástica.

Encargó al nuncio en Inglaterra reformar iglesias y monasterios de ese país; favoreció proyectos de radicales reformas religiosas en toda Europa y en particular en Francia y España. Apoyó con decisión a las órdenes religiosas, con el reconocimiento entre otras cosas de los «Minimi» de san Francisco de Paula. Particularmente devoto de santa Ana y la Virgen María, confirmó en 1502 la bula de Sixto IV relativa a la Inmaculada Concepción. Favoreció con indulgencias el peregrinaje a los santuarios marianos y promovió la devoción al Ángelus.

En la Curia, para procurar una adecuada expedición de «breves» papales, reorganizó el departamento de los *scriptores* y concedió a perpetuidad a los Agustinos la sacristía del Sacro Palazzo.

Promovió en fin la difusión del cristianismo en el Extremo Oriente y América, y nombró a Bernardo Boyl como primer nuncio apostólico en tierras americanas.

Durante su pontificado, Roma y su provincia gozaron de notable impulso urbanístico, y de una amplia y ventajosa protección pontificia en el campo de la ciencia, la arqueología, las letras y los estudios humanísticos en general. Revitalizó la universidad romana, La Sapienza. Creó las de Aberdeen (Escocia, 1495), Francfort (1500), Alcalá de Henares (1499) y Valencia (1501).

Fue un mecenas, un auténtico príncipe del Renacimiento.

Algunos proyectos hoy en marcha podrían contribuir a restablecer la verdad sobre su vida. En los próximos 25 años se publicará una recopilación completa de todos los fondos documentales existentes en los archivos del mundo, y de forma destacada en el Archivo Secreto Vaticano. Los estudios sobre los Borgia están viviendo un momento de esplendor. «El problema está en la aparición de novelas que no tienen una buena base de estudio y arruinan todo lo que se había descubierto hasta entonces, llenándolo con detalles de la leyenda negra», opina un historiador.

¿Borrarán la infamia éstas y otras iniciativas? ¿Surgirá de todo ello un papa Borgia «revisado» bien distinto del anterior?

Borgia y Woytila

Conforme escribíamos, fue estableciéndose un diálogo silencioso entre el trabajo de reconstrucción de la vida del papa Borgia y la tarea de seguir la actualidad del papa Woytila. Cinco siglos les separan pero no son pocas las similitudes que les acercan. La lucha de Rodrigo Borgia por la supervivencia de la Iglesia de su época, se parece en importancia y dificultad a la realizada por Karol Woytila hoy día. Uno impuso su autoridad temporal en el marco reducido del centro de Italia, otro ha levantado su figura moral a nivel planetario. Cada uno con las armas y las circunstancias de su tiempo, espadas o medios de comunicación. Alejandro VI sería pecador, vitalista y pasional; Juan Pablo II, asceta, deportista y amante de la naturaleza. Aquél se rodeó de su familia; éste de un grupo reducido pero fundamental de allegados. Ambos tuvieron Curias adversas. Ambos rompieron intereses espurios y situaciones degeneradas que amenazaban con gangrenar el corazón de la institución más antigua y poderosa de Occidente. Ambos fueron los dos grandes extranjeros del Papado. Hay semejanzas entre aquella España en proceso de formación y esta Polonia refundada, viveros de orgullosa fe, reservas espirituales de Occidente.

Karol Woytila ha tenido tiempo, mucho tiempo para completar su obra; a Rodrigo Borja le faltaron al menos dos o tres años. Woytila ha sufrido enormes campañas de descrédito, ingentes críticas, descomunales incomprensiones que se han estrellado contra su hercúlea fortaleza. Las sufridas por Borja en cinco siglos son incluso mayores, pero de haber vivido más, probablemente hubiera vencido frente a ellas.

Hubiera sido Karol Woytila el hombre ideal para reivindicar la memoria de su antecesor Rodrigo Borja, él, que tantos perdones ha pedido y que tantas injusticias históricas ha enmendado. El pontífice indicado para corregir a una Iglesia hipócrita y cínica que cargando de delitos a Alejandro VI pasaba página sobre sus grandes culpas. Pero la causa del papa Borgia es al fin y al cabo una minucia sin contrapartidas frente a las ingentes tareas del programa de Juan Pablo II. Confiamos en que su sucesor tenga el valor y el gesto.

En ya no demasiado tiempo veremos el final del pontificado de Juan Pablo II y lo que queda de la memoria del Papa polaco. Le deseamos más suerte que la que tuvo el Papa español.

Escrito en Roma, a la vista del Cuppolone, en los años 2002 y 2003.

Terminado en Madrid, con mucha nostalgia, el 30 de octubre de ese último año.

Bibliografía

BIBLIOGRAFÍA RECIENTE

BATLLORI, Miquel y otros: *I Borgia. Mostra a Roma.* Fondazione Memmo. Mondadori Electa, Milán, 2002.

CLOULAS, Ivan: *I Borgia.* Salerno, Roma, 1988.

GERVASO, Roberto: *Los Borgia: Alejandro VI, El Valentino, Lucrecia.* Península, Barcelona, 1996.

LOUGHLIN, James F.: *The Catholic Encyclopedia, Volume I.* Robert Appleton Company, Nueva York, 1907 (Online Edition Copyright © 2003 by Kevin Knight).

MIRA, Joan F.: *Los Borja, Familia y mito.* Algar Editorial, Alzira, 2001.

ROBICHON, Jacques: *Los Borgia: La trinidad maldita.* Edaf, Madrid, 1991.

SPINOSA, Antonio: *La saga dei Borgia: Delitti e santità.* Mondadori, Milán, 1999.

VANNUCCI, Marcello: *I Borgia, dalla Spagna a Roma: la storia di una famiglia che del potere e della ricchezza fece il proprio Dio.* Newton & Compton, Roma, 2002.

BURCHARD, Jean: *Liber Notarum* (Città di Castello 1910-1911), o *Diarium* (París, 1883-1885), o *Rerum Urbanorum Commentarii* (1483-1506). De esta obra no quedan más que 26 hojas del manuscrito original, que se encuentra en el Vaticano; del resto no hay noticias desde 1508. El Diario de Burchard —también denominado Bruchard, Burkardt, Buckardi, Buccardo y otras variaciones— se refiere a un largo periodo que empieza en 21 de diciembre de 1483, bajo el pontificado de Sixto IV, y termina en 1506, en tiempo de Julio II, pero sólo la parte en que trata del pontificado de Rodrigo Borgia entra en pormenores políticos, mientras en el resto se limita a cuestiones de ceremonial, lo que hace suponer —junto a las diferentes versiones llegadas a nuestros días— que ha sido sistemáticamente falsificado.

DE ROO, Peter: *Material for a Story of Pope Alexander VI*. Brujas, 1924, 5 vols.

FERRARA, Orestes: *El Papa Borgia*. La Nave, Madrid, 1943.

FUSERO, Clemente: *I Borgia*. Milán, 1966.

GIUSTINIAN, Antonio: *Dispacci*. Florencia, 1886.

GREGOROVIUS, Ferdinand: *Storia di Roma nel Medioevo*. Milán, 1988, vols. VII-VIII.

GUICCIARDINI, Francesco: *Storia d'Italia, vols. I y II*. Bari, 1929. (Feroz antiborgiano).

INFESSURA, Stefano: *Diario della città di Roma*. O. Tommasini, Roma, 1890.

LEONETTI, Andrea: *Papa Alessandro VI secondo documenti e carteggi del tempo*. Bolonia, 1880, 3 vols.

MAQUIAVELO, Nicolás: *El príncipe*. Tecnos, Madrid, 1988.

MATARAZZO, Francesco: *Cronaca della città di Perugia (1492-1503)*. Florencia, 1851.

PASTOR, Ludwig von: *Historia de los Papas desde fines de la Edad Media* (versión de la cuarta edición alemana). Gustavo Gili, Barcelona, 1935-1953 (37 volúmenes, volúmenes V y VI).

SACERDOTE, Gustavo: *Cesare Borgia*. Milán, 1950.

SANUDO, Marino: *Diarii (1496-1532)*. Venecia, 1879.

VOLTERRA, Jacopo de: *Diarium Romanum* en *Rerum italicarum scriptores XXIII*. 1733 (Una de las pocas fuentes contemporáneas del personaje que no sufrieron modificaciones posteriores y no estuvieron condicionadas por la animadversión política o personal).

OTRAS FUENTES CONTEXTUALES

CAROCCI, Sandro: *Il nepotismo nel medioevo: Papi, cardinali e famiglie nobili*. Viella, Roma, 1999.

CLARK, Kenneth: *Civilización, una visión personal*. Alianza Editorial, Madrid, 1979.

DOMÍNGUEZ ORTIZ, Antonio: *El Antiguo Régimen: los Reyes Católicos y los Austria. Historia de España Alfaguara III*, Alfaguara, Madrid, 1973-1974.

DUFFY, Eamon: *La grande storia dei Papi: Santi, peccatori, vicari di Cristo*. Mondadori, 2001.

GARCÍA DE CORTÁZAR, Fernando y GONZÁLEZ VE-
GA, José Manuel: *Breve historia de España*. Alian-
za Editorial, Madrid, 1993.
VICARIATO DE ROMA: *La diocesi di Roma 1998-1999*.
Diocesi di Roma, Roma, 1999.
ZIZOLA, Giancarlo: *Il conclave, Storia e segreti*. New-
ton Compton, Roma, 1993.

OBRAS DE FICCIÓN RECIENTES QUE INSISTEN
EN LA LEYENDA NEGRA NO PROBADA

PUZO, Mario: *Los Borgia: La primera gran familia del
crimen*. Planeta, Barcelona, 2002.
VÁZQUEZ MONTALBÁN, Manuel: *O César o nada*.
Planeta, Barcelona, 1999.

Cronología

1431. Nace Rodrigo Borja en Xátiva.

1437. Muere su padre, Jofré.

1438. Ingresa en la carrera eclesiástica; la familia se traslada a Valencia junto al tío, el obispo Alfonso Borja.

1447. Autorizado por bula papal a desempeñar altos oficios y dignidades eclesiásticas.

1449. Autorizado por bula papal a residir en lugar distinto al de sus beneficios valencianos. Llega a Roma con su hermano Pedro Luis para vivir junto a su tío Alfonso, establecido hace unos años junto al Papa en Roma y ya cardenal.

1453. Estudios de derecho canónico en la Universidad de Bolonia.

1455. El cardenal Alfonso Borja es elegido papa, reinará con el nombre de Calixto III. A las pocas semanas nombra a Rodrigo protonotario apostólico, y al mes siguiente le confía el decanato de Xátiva.

1456. Rodrigo es nombrado cardenal por su tío, el Papa. Obtiene el doctorado en derecho canónigo. Demuestra grandes dotes políticas como vicario de Ancona.

1457. Promovido a vicecanciller de la Iglesia.

1458. Obispo de Valencia. Muere Calixto III, y su sucesor Pío II le confirma en el puesto de vice-canciller. Inicia la construcción de su palacio en Roma.

1458-1463. Impreciso nacimiento de Pedro Luis Borgia, considerado su primer hijo.

1459. Congreso de Mantua. Posible primer encuen-tro con Vannozza Cattanei, considerada su pare-ja estable durante muchos años y madre de cua-tro de sus hijos, César, Juan, Lucrecia y Jofré.

1462. Termina la construcción de su palacio.

1464. Muerte de Pío II en Ancona, sube Pablo II.

1468. Ordenado sacerdote.

1471. Muere Pablo II, sube Sixto IV.

1472. Viaja a la península Ibérica para conseguir apoyo a los planes papales de nueva Cruzada. Resuelve el conflicto dinástico en Castilla. Me-dia en la rendición de Barcelona al reino de Ara-gón. Se legaliza con su mediación el matrimonio de los Reyes Católicos haciendo posible así la formación de España. Organiza el concilio de Segovia. Visita su patria chica, Xátiva.

1473. En octubre regresa a Italia, tras 16 meses en tierras españolas. Rodrigo Borgia se salva de una tempestad y un ataque de piratas toscanos.

1475. En septiembre nace César Borgia.

1476. Nace Juan Borgia.

1477. A Nápoles, a la coronación de la reina Juana.

1480. Nace Lucrecia Borgia.

1481. Nace Jofré Borgia.

1484. Muere Sixto IV, sube Inocencio VIII.

1485. Pedro Luis Borgia obtiene el ducado de Gandía.

1486. Adriana Milà, una noble familiar del papa Borgia, se encarga de la educación de los niños César y Lucrecia.

1489. Aparece Giulia Farnesio, posible segundo amor del papa Borgia. César va a la universidad.

1489-90. Muere Pedro Luis Borgia, duque de Gandía.

1491. Primer compromiso matrimonial de Lucrecia. Juan hereda el ducado de Gandía y se casa con la prometida de Pedro Luis, María Enríquez.

1492

Enero: Celebraciones en el palacio romano de Rodrigo de la reconquista de Granada.

Julio: Muere Inocencio VIII.

Agosto: Rodrigo Borgia es elegido Papa; toma el nombre de Alejandro VI; nombramiento de César como arzobispo de Valencia y del sobrino Juan Borgia Lanzol, como cardenal.

Otoño: Primeros enfrentamientos con Ferrante de Nápoles; acogida a los judíos huidos de España.

1493

25 de abril: Liga con milaneses y venecianos.

3-4 de mayo: Bulas papales ratificando la conquista española de América.

7 de junio: Primer libelo antiborgiano: la carta de Ferrante de Nápoles a los Reyes Católicos.

12 de junio: Boda de Lucrecia Borgia y Giovanni Sforza «Sforzino».

24 de julio: Reconciliación del Papa con el cardenal Della Rovere tras su primera traición a favor de Ferrante de Nápoles y sus partidarios romanos.

16 de agosto: Compromiso oficial de Jofré Borgia y Sancha de Aragón.

24 de agosto: Boda en España de Juan Borgia y María Enríquez, prima del rey Fernando de Aragón.

20 de septiembre: César, cardenal.

25 de septiembre: Última bula de reparto del Nuevo Mundo entre España y Portugal.

Otoño: Gira por las posesiones vaticanas.

1494

Carlos VIII prepara la invasión de Italia para conquistar Nápoles. Alejandro VI se queda solo frente a él, traicionado por vicarios y cardenales. Segunda traición del cardenal Della Rovere, cambiando de bando y adoptando ahora el partido francés.

20 de marzo: El Papa respalda la sucesión de Alfonso en el trono de Nápoles, tras el fallecimiento de Ferrante.

3 de mayo: Coronación de Alfonso II de Nápoles.

7 de mayo: Boda de Jofré Borgia y Sancha de Aragón en Nápoles.

14 de julio: Reunión del Papa con Alfonso II para organizar la resistencia frente a los franceses.

2 de septiembre: El ejército francés cruza los Alpes. En Rapallo, victoria naval sobre la escuadra napolitana.

8 de noviembre: Revuelta de los partidarios del fraile rebelde Savonarola, Florencia se entrega a los franceses.

1 de enero: Al alba, Carlos VIII entra en Roma. Alejandro VI se atrinchera en el castillo de Sant'Angelo. Finalmente, acuerdo entre ambos.

16 de enero: Encuentro amistoso de Alejandro VI y Carlos VIII antes de partir éste a la conquista de Nápoles.

30 de enero: César se fuga del campamento de Carlos VIII, al que estaba obligado a acompañar hasta Nápoles por los acuerdos firmados.

22 de febrero: Entrada en Nápoles de Carlos VIII.

25 de febrero: Muerte de Djem, el hermano del Sultán turco, rehén del Vaticano, entregado en prenda a Carlos VIII.

12 de abril: El Papa promulga una Liga Santa contra Francia que aparece formalmente dirigida por Venecia e incluye Milán, España, Alemania y el Papado —su verdadero inspirador—, contando incluso con el apoyo de Inglaterra.

20 de mayo: Carlos VIII inicia la retirada de Nápoles.

1 de junio: Carlos VIII pasa de nuevo por Roma rumbo a Francia. El Papa se ha refugiado en Orvieto.

27 de junio: La ciudad recibe con júbilo a Alejandro VI y su familia de regreso a Roma.

6 de julio: Batalla de Fornovo entre franceses y Liga Santa sin claro vencedor. Los españoles expulsan a los franceses de la capital de Nápoles. Los venecianos ocupan diversas plazas de este reino. Alfonso vuelve al trono de Nápoles.

9 de agosto: Una bula papal amenaza con excomunión al rey francés y sus nobles si no desis-
ten «de sus propósitos de guerra en Italia».
Carlos VIII no volverá a intentar otra aventura
italiana.

Otoño: Primera prohibición de predicar a Savonarola.

25 de diciembre: Savonarola proclama a Jesucristo
como rey de Florencia.

1496

Alejandro VI concede a Isabel de Castilla y Fernando de Aragón el título de Reyes Católicos.

Febrero: Savonarola es autorizado de nuevo a predicar, pero nada impide su rebelión creciente.

Marzo: Alejandro VI envía al marido de Lucrecia,
Juan Sforza, a colaborar en la liberación del
reino de Nápoles.

20 de mayo: Jofré retorna a Roma con su esposa
Sancha.

1 de junio: Bula papal contra los vicarios traidores.

21 de julio: Savonarola se niega a venir a Roma. Ese
verano el Papa intenta sobornarle ofreciéndole
el capelo cardenalicio, Savonarola lo rechaza.

10 de agosto: Juan vuelve a Italia y es recibido por
César en Ostia.

8 de septiembre: El Papa decreta medidas organi-
zativas en Florencia que equivalen a impedir a
Savonarola que predique de nuevo.

Octubre: Juan es nombrado capitán general de la
Iglesia y entra en campaña contra las grandes
familias romanas rebeldes al Papa.

15 de octubre: Carta conciliatoria papal a Savonarola pidiéndole de nuevo venir a Roma; otras cartas posteriores en el mismo sentido. Savonarola no escucha.

1497

Enero: Juan Borgia es derrotado por los Orsini en Soriano; se firma un armisticio al mes siguiente.

7 de febrero: Los seguidores de Savonarola organizan un gigantesco auto de fe para quemar obras de arte «obscenas», entre ellas manuscritos de Petrarca y Boccaccio.

13 de mayo: Excomunión de Savonarola.

26 de mayo: Breves papales al marido de Lucrecia proponiendo una negociación para la disolución de su matrimonio.

6 de junio: Lucrecia se retira al convento de San Sixto mientras llega la anulación matrimonial.

7 y 8 de junio: Consistorio para aprobar la proclamación de Federico de Nápoles como heredero del fallecido Alfonso II, y el nombramiento de Juan Borgia como duque de Benevento. Serán César y Juan los elegidos para representar al Papa en la ceremonia de proclamación.

14 de junio: Asesinato de Juan Borgia.

19 de junio: Consistorio urgente. El Papa, contrito por lo ocurrido, propone una profunda reforma de la Iglesia que no llegará a llevarse a la práctica. Una comisión de cardenales redacta un exhaustivo y excelente proyecto. Pero necesitaría de un Concilio que las circunstancias hacen imposible.

5 de julio: Se suspenden las investigaciones del asesinato de Juan sin dar con autores e inductores.

22 de julio: El cardenal César Borgia representa al Papa en la proclamación de Federico de Nápoles. Contrae la sífilis que le castigará mientras viva.

19 de noviembre: «Sforzino» reconoce formalmente no haber consumado sus deberes conyugales con Lucrecia.

19 de diciembre: Anulación de este primer matrimonio de Lucrecia.

24 de diciembre: El Papa deja traslucir su voluntad de que César deje de ser cardenal para que dirija los ejércitos vaticanos en el puesto dejado vacante por su hermano asesinado, Juan.

25 de diciembre: Savonarola celebra tres misas y da la comunión a sus seguidores a pesar de la excomunión.

1498

11 de febrero: Savonarola se atreve a excomulgar al Papa.

Marzo: Nace el llamado «infante romano». Se harán toda serie de cábalas sobre sus desconocidos progenitores: alternativa o conjuntamente Rodrigo, César y Juan Borgia como padres, Lucrecia Borgia, Julia Farnesio y desconocidas varias, como madres. Puede ser hijo de César, adoptado bajo su protección por el Papa.

7 de abril: Muerte de Carlos VIII de Francia.

8 de abril: Detención de Savonarola. Juicio inmediato.

23 de mayo: Ejecución de Savonarola, ahorcado y quemado en la hoguera.

Verano: El heredero de Carlos VIII de Francia, Luis XII, manda una embajada al Papa para pedirle la a anulación de su matrimonio y sondear su disponibilidad a una alianza.

Julio: Boda de Lucrecia Borgia con el noble napolitano Alfonso de Bisceglie, hermano de su cuñada Sancha.

17 y 23 de agosto: El Consistorio por unanimidad accede a la petición de César de abandonar el cardenalato y volver a la vida laica.

1 de octubre: César parte para Francia. Por los acuerdos entre los Borgia y Luis XII, se convertirá en miembro destacado de la nobleza francesa. De ser El Valenciano, luego Il Valentino, ahora será Le Valentinois.

18 de diciembre: Anulación del matrimonio de Luis XII de Francia con Juana de Valois. Dispensa papal para contraer nupcias con Ana de Bretaña. Ello asegura la unidad de Francia.

1499

Enero: Se casa Luis XII.

9 de febrero: Lucrecia pierde el hijo que espera.

10 de mayo: Se casa César con Carlota d'Albret, hermana del rey de Navarra; en julio se despide de ella para acompañar a Luis XII en su campaña en Italia y retornar a Roma. No volverá a verla.

Agosto: Lucrecia es nombrada gobernadora de Spoleto y Foligno, posteriormente también de Nepi.

6 de octubre: Entrada francesa en Milán.

14 de octubre: Bula papal que equivale a una declaración de guerra a los señores de la Romaña, que usufructúan territorios papales y desobedecen al Papa.

1 de noviembre: Nace Rodrigo, hijo de Lucrecia y Alfonso, primer nieto del papa Borgia.

7 de noviembre: Luis XII regresa a Francia tras la anexión de Milán. Comienza la campaña militar papal, conducida por César, contra los tiranos de la Romaña.

Diciembre: Comienza el jubileo del Año Santo que inaugura el siglo XVI.

1500

27 de febrero: Desfile de inauguración de la Via Alessandrina para celebrar el retorno de César a Roma tras sus triunfos militares en la Romaña.

11 de marzo: El Papa convoca una conferencia internacional para aprobar una cruzada contra los turcos, y luego lanza una Bula en este sentido, pero apenas obtiene respuesta.

Mayo: Nace en el ducado francés de César Borgia —donde sigue sola su esposa, Carlota d'Albret— su hija Luisa. Su padre nunca la conocerá.

21 de junio: Corrida de toros en San Pedro.

18 de agosto: Muere Alfonso, marido de Lucrecia, tras haber sido herido mortalmente en una emboscada nocturna.

1 de octubre: Se reanuda la campaña vaticana de recuperación de la Romaña. Se entregan Cesena, Rímini, Pesaro.

11 de noviembre: Tratado secreto de Granada: España y Francia acuerdan repartirse el reino de Nápoles.

1501

Febrero: Una carta del Vaticano propone al duque Hércules de Ferrara casar a su primogénito Alfonso con Lucrecia Borgia.

Abril: Cae Faenza en manos de César Borgia.

Mayo: César controla Romaña, Las Marcas y Umbría. La ofensiva se para a las puertas de Bolonia y Florencia, que firman pactos para salvarse.

Primavera: Leonardo da Vinci es contratado por César Borgia.

Junio: El Papa impone la censura eclesiástica en Alemania.

13 de junio: César vuelve a Roma junto al Papa para hacer frente juntos a la nueva entrada francesa en Italia, esta vez la llegada francesa se realiza de acuerdo con España para repartirse Nápoles, y previo pactos con Venecia y Alemania.

25 de junio: El papa Borgia depone a Federico de Nápoles tras unirse a España y Francia, a cambio de la promesa de una cruzada contra los turcos.

Julio: César se incorpora a las tropas francesas que marchan a Nápoles.

Verano: Lucrecia ejerce de regente del Vaticano.

26 de agosto: Acuerdo para el tercer matrimonio de Lucrecia con el heredero del ducado de Ferrara.

Otoño: Expropiaciones de los Colonna, Savelli y otros barones aliados de Nápoles, reparto de sus tierras entre los dos nietos del papa Borgia, Rodrigo y el «infante romano».

15 de noviembre: Aparece el libelo antiborgiano «Carta a Silvio Savelli» y se intensifican la propaganda calumniadora contra los Borgia para impedir el matrimonio de Lucrecia.

30 de diciembre: Se casa Lucrecia por poderes en el Vaticano.

1502

Enero: Lucrecia marcha a reunirse con su marido en Ferrara, no volverá a ver a Alejandro VI.

Febrero: Organización administrativa de los territorios papales, viaje papal a Piombino y Elba. Por segunda vez el Papa se salva de un naufragio. Las desavenencias entre Francia y España por el reparto del reino de Nápoles evolucionan hacia el enfrentamiento armado a pesar de la mediación del Papa.

Marzo: Primeras propuestas del papa Borgia a Venecia para aliarse frente a las potencias extranjeras: siempre serán desoídas.

Junio: Tercera campaña del ejército papal: ataque por sorpresa de César a Urbino. Maquiavelo, como enviado florentino, conoce a César.

Julio: Se rinde Camerino a las tropas papales; vuelve Luis XII a entrar brevemente en Italia, César marcha a su encuentro y consolida las buenas relaciones: los Borgia de acuerdo con Luis XII para ayudarlo en la guerra contra España a cambio de permiso para atacar Bolonia.

Septiembre: Lucrecia, muy enferma, da a un luz un hijo muerto. Breve papal contra los señores feudatarios boloñeses.

Octubre: Cuaja el descontento de los lugartenientes de César contra los Borgia en la conocida como conspiración de Maglione. Pero después de poco más que movimientos de tropas, los conspiradores pactan su vuelta al redil. La rebelión ha durado un mes y no ha tenido apenas efectos prácticos.

Llamamientos continuos del Papa a Venecia para una unión en defensa de Italia frente a las potencias extranjeras.

Diciembre: Ejecutado el gobernador papal de Cesena, Ramiro de Lorca, por traicionar a los Borgia con los conspiradores de Maglione que planean un golpe a traición. César se adelanta a ellos en Sinigaglia y descabeza la conjura.

1503

Enero: Represión en Roma contra la familia Orsini, que animaba la conjura antiborgiana. Se les une la familia Colonna en su levantamiento contra el Papa. Vencen los Borgia. César fortalece la buena gestión de la Romaña.

Primavera: Plenitud del poder Borgia, destruidos casi todos los rebeldes y traidores en Roma e Italia central. Padre e hijo insisten a Venecia, pero ésta informa a los franceses de las propuestas. El Papa quiere ser equidistante entre Francia y España.

Abril: Victoria española sobre los franceses en Ceriñola y conquista del reino de Nápoles, que durará dos siglos.

Mayo: Consistorio, 9 nuevos cardenales.

Julio: Refuerzos franceses hacia Nápoles; César retrasa unirse a ellos para celebrar junto al Papa su undécimo aniversario pontifical el 11 de agosto.

28 de julio: Último consistorio de Alejandro VI.

2 de agosto: Muere de fiebres Juan Borgia Lanzol, cardenal de Monreal, amado sobrino del Papa.

5 de agosto: Cena en casa del cardenal Adrián de Corneto. El Papa y César Borgia son envenenados o caen víctimas de una grave enfermedad de resultas de la cual muere el Papa el 18 de agosto. César sobrevive, pero engañado y perseguido, será encarcelado por el rey de España, y morirá en combate —tras fugarse de la prisión— en Navarra, el 12 de marzo de 1507.

Índice onomástico

Khassin Bey, 167

Ladislao VI Jagellón, rey de Hungría, 111, 319, 320

Landucci, Lucas, 259, 388

Latés, Bonet de, 114

Lenoncourt, Robert, 189

León X (Juan de Medici), papa, 51, 54, 84, 179, 237, 352, 477, 494

Leonardo da Vinci, 349, 350, 384, 407-409, 450

Leonetti, Andrea, 52

Leonor de Nápoles, 373

Lippo, Brandolino, 268

Llangol, Pedro Guillén, 55

Llangol y de Borja, Guillermo Raimundo, 54-55, 55

López, Juan, 135

López Carvajal, Bernardino, 136, 284

López de Haro, Diego, 113, 116

López Pacheco, Diego, marqués de Villena, 63

Lorca, Ramiro de, 281, 381, 435, 438, 439

Ludovico el Moro *Véase* Sforza, Ludovico

Luis XI, rey de Francia, 264

Luis XII, rey de Francia, 241, 261-267, 273, 277-280, 282, 283, 286-288, 290, 294, 298, 299, 311, 318, 335, 337-339, 342, 349, 352-354, 366, 367, 376, 383, 392, 399, 400, 401, 403-405, 407, 409, 411, 414, 416, 446, 448, 449, 456, 460, 463, 464, 467

Luis de Orleans, cuñado de Carlos VIII, 162-163

Luna, Pedro de *Véase* Benedicto XIII

Lutero, Martín, 102, 237, 239, 310, 494

Maino, Giasone del, 95, 110

Malatesta, Pandolfo, 337

Mancione, Jerónimo, 362

Manfredi, Astorre, 296, 338, 343, 382, 388, 389

Manfredi, Galeotto, 343

Manfredi, Giovanni Battista, 343, 388

Mantua, marqués de *Véase* Gonzaga, Francisco

Biografías

Lola Galán es periodista además de licenciada en Filosofía Pura por la Universidad Complutense de Madrid. Comenzó a trabajar en el diario *El País* en noviembre de 1976. De 1994 a 2003 ha sido corresponsal de este periódico, primero en Londres y luego en Roma. Durante seis años ha cubierto la información del Vaticano y la actividad del papa Juan Pablo II. Participó en el libro colectivo *Expediente Lady Di*, publicado en 1997 por Ediciones EL PAÍS.

José Catalán Deus es periodista y ha escrito reportajes para muchas publicaciones, alternando esta tarea con el desempeño de puestos de dirección en revistas y diarios. En la última década se ha centrado en Internet, trabajando para medios como CNN Interactive, y en publicaciones propias. En la actualidad realiza Infordeus (www.infordeus.com), un noticiero diario por suscripción. Es autor de *Marzo de aquel año*, novela, y *Testimonium. De trascender milenios*, un libro de poesía.

Otros títulos publicados en Punto de Lectura

Labor arcaica
Raduan Nassar

La hermana de Robert
Petra Hammesfahr

Camarada Orlov
Jordi Sierra i Fabra

Las cenizas de papá
Graciela Beatriz Cabal

La gallina de los huevos de plomo
Álvaro de Laiglesia

Cuentos. Volumen 1
Scott Fitzgerald

Cuentos. Volumen 2
Scott Fitzgerald

La repudiada
Eliette Abécassis

El calígrafo
Edward Docx

Libros. Todo lo que hay que leer
Christiane Zschirnt

El humor de la SER
Edición y antología de Antonio Nuño

Los felices 90
Joseph E. Stiglitz

El secreto del orfebre
Elia Barceló

Literatura y vida
Augusto Monterroso

¡Qué bien huelen las señoras!
Álvaro de Laiglesia

Dios le ampare, imbécil
Álvaro de Laiglesia